凝注的文學風景

U0152152

網絡版選集

香港作家

《香港作家》網絡版編委會主編

香港作家出版社

序：不離不棄的「大目的」

潘耀明

《香港作家》網絡版社長、香港作家聯會會長

契訶夫說：「事業的大小，要看所懸的目的，目的大的事業就叫做大事業。」

我們的目的，說大也許並不太大，說小也不太小。我們志在遠方！

走在通向文學道路的作聯人，在充滿著銅鈿味的商業社會，注定是一條莽莽荊棘路。我們的作聯，已邁進了三十五年的不歸路，作為一個民間的組織、作為一個在商業林立的石屎建築物腳下的一片充滿沙礫的蠻荒地，我們是一群腳踏實地的耕耘者。我們在石礫中開墾出一角小小的、雖不惹眼、卻實在的文學花園，從本書所收集繽紛的文章及內容，俱見一圍的嫣紅妊紫、馨香誘人，大可窺見我們辛勤耕耘的成果。

說我們志在遠方，我們並不囿於腳下一時一地侷促的小園地，我們作聯於二○○四年便牽頭倡議在香港建立文學館，這是香港寫作人的「目的大的事業」。那是由三十四位文化人凝聚一起的吶喊，在商海澎湃的彼時彼地，聲音不免微弱的不招人，卻迸出點點的鼓聲和鑼響，硬要敲開這個重商不重文的銅牆鐵壁。

漫漫十九年過去，我們已有十三位倡議者飲恨泉下。但作為倖存者沒有畏葸、沒有半點氣餒，我們不歇止地奔走疾喊，終於感動了這一屆特區政府，我們所倡議的香港文學館可以揭開沉重的幃幔，雖然當局提供的場地不大，但從無到有已曙光顯現。

這原是一場悲壯的角力，重要的是，我們始終沒有放棄當初的理念和所設下的「目的」。

回頭說《香港作家》網絡版已邁進第四年了。我們仍然在努力爭取有一個平面版，換言之，我們除了網絡版外，還企望未來有兩個版，平面版與網絡版共同存在，套柏楊夫人張香華女士的話，電子傳媒有無遠弗屆的功能，我們也希望有可供收藏的實體版。這也是我們另一個「目的」。

目錄

目錄

特輯：圍爐說文化

文林

詩路

《香港作家》網絡版　編委會

《香港作家》網絡版第七期至十二期（二〇二一年二月號至十二月號）

《香港作家》網絡版卷首語

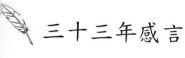

三十三年感言

潘耀明

《香港作家》網絡版社長、香港作家聯會會長

今年是香港作家聯會成立三十三周年。三三是粵語「生生」的諧音——有生生不息的意思。

想不到，一個民間的文學團體，在商海濁浪滔天的蕞爾小島，可以踏破風浪，歷經腥風血雨洗煉，茁壯發展成長。

我曾引用過歌德的話：「什麼能使時間變短？活動。什麼會讓時間長得難以忍受？安逸。」過去三十三年，香港作家聯會是在頻繁的文學活動中渡過的，日子未免匆匆，心靈卻是盈滿的。

三十三年來，「作聯」理事與會員秉承她的宗旨，以文會友，積極推動海內外文化交流。「作聯」迄今舉辦了近二百場文學活動、文學講座、文學研討會。

我們是與時俱進的！

作為「作聯」旗下的文學園地——《香港作家》也經歷了很大的變化，隨著時代的發展，我們已經由平面出版進入了網絡年代——出版《香港作家網絡版》，覆蓋面相對大得多了。

我們經過改組，建立了嶄新的編輯隊伍，採取更開放、包容的編輯方針，擴大了作者隊伍，除了會員作品，我們還有不少海內外名家供稿。

這是一塊植根香港、面向海外的文學園地，在編輯部同人的辛勤耕耘下，呈現出一片欣欣向榮的景象。

環顧三十三年「作聯」的發展軌跡，令人感慨萬千。

在「作聯」的成立大會上，理事會成員的大合照共有十一人，其中理事何達與副會長何紫較早已先後作古。我們敬愛的創會會長曾敏之先生及六屆會長劉以鬯先生，也分別於二〇一五年一月及二〇一八年六月先後羽化。前年我們執行會長陶然兄也溘然下世。

其他創會理事李文健遠適美國，夏婕在法國流連忘返，陳浩泉移居加拿大另起爐灶——成立加拿大華裔作家協會，白樂成、吳羊璧先後引退了。

日月嬗變，人事滄桑，回想這三十三年，變化真大！

記得一九八八年一月三十一日參加「作聯」成立酒會,包括城中三巨頭霍英東、張浚生、莊重文已先後仙逝!

　　正是歲月如流、人心蝸螬、草木皆非。但「作聯」卻在時間的漏斗篩選中壯大發展起來,由當初發起的三十一人,發展到現在四百多人,是以十多倍增加的數字!

　　在一九八八年香港作家聯會成立(前稱「香港作家聯誼會」)的照片簿上,照片中首先映入眼簾的是穿紅色的T恤、白色短褲、紅色襪、灰色球鞋的詩人何達先生。

　　在「作聯」成立大會全體理事的合照中,何達是最亮麗的一位。

　　他是聞一多、朱自清的學生,在中國現代詩壇佔有重要的位置,在香港文壇上也有著舉足輕重的地位。

　　何達是文學的長跑者。他的足迹遍及大江南北。

　　他跑過高山,跑過平原,也跑過美國中西部的愛荷華河畔,跑過燈火輝煌的人民大會堂;他在晴天跑,下雨跑,雪地跑。

　　他的生命,恍如他的文學創作道路,是一條奔流不息的溪河。

　　何達與文壇宿將曾敏之先生、劉以鬯先生都是同一代人,同是文壇的長跑者,其他如何紫、犁青、陶然等,那一位不是堅守文學崗位,發光發熱,直到生命最後一息。

　　他們是香港文壇的健將,是我們學習的榜樣!

　　今天,當我們紀念「作聯」創辦三十三周年之際,我們怎能忘記帶領我們「作聯」的曾敏之先生、劉以鬯先生,和與我們並肩奮鬥的已逝理事及熱心的會員。

　　他們與「作聯」共進退、同命運,鍥而不捨在這個文化沙漠的環境下揮汗如雨地忘我耕耘。

　　他們離開了,但是他們的文學足迹,恍如湲湲溪河,汩汩流入我們的心間,流進共同的目的地——文學的海洋。

　　在人類的壽命長度,三十三歲是人生三分之一路程。

　　巴爾扎克說:「文學就像所代表的社會一樣,具有不同的年齡:沸騰的童年是歌行;史詩是茁壯的青年;戲劇與小說是強大的成年。」我們是

屬於史詩般的青年，說明我們還年輕！

最後，我想起何達那首以〈我是不會變心的〉為題的詩，最後的兩行是：

我們是連接在一根鋼軸上的兩個車輪，／我們同屬於這個偉大的時代。

讓我們背負著先輩們及時代的囑託，堅守文學陣地，不折不撓，開展一片文學的新天地！

二○二一年二月

春天將在優美的文字中永駐

羅光萍
《香港作家》網絡版總編輯

那些被反覆確認過的孤獨、熱愛與烈日，都被一樹花經歷。如虛構的夢境被驚起的月色親歷。越來越多的風。當春日散盡，比人生更長的故事總在枝葉深處擦拭、重寫、凝望。

讀本期「人間春菲」，你會讀到漫山遍野的花開花落，疫情漸緩的香江春色，作家、詩人對這個春天的動人訴說。時光的深淵終有一天盜走蒼翠，春天卻將在優美的文字中永駐。

汪曾祺先生曾說：「我唸的經只有四個字：『人生苦短』。因為這苦和短，我馬不停蹄，一意孤行。」

我們始終心中有火，「馬不停蹄，一意孤行」。而文學總在不遠處，輕輕安頓著這有意義無意義的「人生苦短」，以及人間極為寂寥之美。

二○二一年四月

停頓的瞬間已在面前駐足千年

羅光萍
《香港作家》網絡版總編輯

《香港作家》網絡版已經第九期與讀者見面了。

本期，依然不負所望，「大家之作」二位大家的名字，與他們的作品一樣鏗鏘，一樣充滿力量。

總有些人會遠去。著名作家潘耀明會長、周蜜蜜副會長以深情的文字追憶詩人戴天，讀之令人觸動、惘然、懷念。

本期香港、西藏兩地作家詩人的「西藏放歌」專輯經特別策劃，感謝西藏雪域萱歌詩歌團隊的支持，與香港作家相隔萬水千山的呼喚，帶領我們走入那聖潔美麗的土地，讓我們的雪域之夢有詩可託，有跡可循。

在此，謹以一首小詩應和「西藏放歌」：他比她深情／傾聽彼此的樂章／丈量歲月的寬長／她比他深情／扛在肩頭的心曲／也曾低吟／窗外雜亂無序的／雨打梧桐／長成一寸很薄的光陰／他們比時光深情／停頓的瞬間已在面前／駐足千年。

謝謝同行者。

二〇二一年六月

走進沉默的風光 溫一壺情義的酒

羅光萍
《香港作家》網絡版總編輯

世事有時來歷未明，清醒時已是初秋。本期《香港作家》網絡版推出特輯「尋找失落的文化風景」，或仰望或低迴，作家詩人們寫盡對香港的深情與熱愛。

一些人間的風景無法複製，替一棵久久站立的樹保有鐵骨錚錚，走進沉默的風光，溫一壺情義的酒，你有多熱烈啊，這大地隱忍的劍傷。

縱有千般風情更與誰人說。

此地有勝景，更有不落的情懷。人是最美的風景。

張海澎博士道出每一次的回眸與熱望：「那些年輕的面龐，那些對知識充滿渴望的眼睛，是校園裏最美的文化風景。」畢竟，社會的進步、文明的發展，靠的是這些人中之靈。

除了各位名家對香港文化風景的熾烈抒懷，一定不能錯過的是海內外多位學者作家對潘耀明會長新作《這情感仍會在你心中流動》的推薦語，精彩極了。

「這情感仍會在你心中流動。」

二〇二一年八月

深入骨骼的味道 總被無數次地重複

羅光萍
《香港作家》網絡版總編輯

老舍說，生活是種律動，須有光有影，有晴有雨，滋味就含在這變而不猛的曲折裏。而文學作品的意義，在於寫盡生活百般滋味。如那杯液體之火，婉約還是豪邁，端起的一刻，過去已經風乾，未來已經發生。

深入骨骼的味道，總被無數次地重複；就像許多震撼心靈的文字值得無數次回味。而在有你的地方，味道是一種情愁，也是一種拯救。

本期，讓我們一起尋找記憶中的味道，重整美食河山，以一縷不絕的人間味覺，訴說黃昏黎明，朝陽夕照，四季煙火。有你共鳴。

二〇二一年十月

瑰麗迷人的文化花園

羅光萍
《香港作家》網絡版總編輯

止住草木的憂傷／止住世俗的囂叫／我準備了一個夜色濃烈的花園／因為回到你的身邊／而容下整個天空／那些細緻的花葉／正沉浸在瑰麗的餘生／即將躍進春光／理解離別的倉促／與被貶回凡間的夢想

冬月本期圍爐香港文化。有您，你們，香港文化將是一座瑰麗而迷人的花園。

二〇二一年十二月

名家名作

詩的最後音色（下）

張承志

（編按：〈詩的最後音色（上）〉刊於前一本選集《希望的春天在路上》中）

（四）

說實話，我對藝術家尤其是粗糙的一類，即詩人所講的話，已經學會了眺望的姿態。

就像他們每一張專輯必須得摻上兩三首談情說愛一樣，他們的政治表白往往和所說的愛情一樣不可全信。對他們來說，恐怖的資本主義音樂市場競爭中的言論，一大半都是有目的的宣傳。

我當然有理解他們的基礎。人有時把包括隱蔽的私人信息，都要服從於某種指令拿出交給社會時，對自己的殘酷會導致訴說的誇張。

類型有兩種。在巨星之中，比較羞澀的、心理存在一絲軟弱的人，採取的態度往往是回避。躲開使他們大大出名也使他們深深受傷的政治經歷，以藝術的盾牌去防衛沒輕沒重的粉絲侵犯。另一種不同：他們有韌性的心理素質，不太害怕別人對自己的闖入。他們大刀闊斧，該下手就下手，實現了目的再說別的。

簡言之，岡林信康屬於第一種類型，而PANTA屬於第二種。這兩種類型我都能理解。只是從激動的尊重，漸漸變作了同情地眺望。

所以PANTA的舊曲給我的印象，也就是一九六九年結成的樂隊「頭腦警察」主唱PANTA的舊詩——我雖然聽得過癮甚至有莫名的快感，但我明白：這正是當年岡林信康堅決拒絕的東西。

當然誰也不能否認前衛的真誠。他們對越南戰爭的抗議，對巴勒斯坦的支援，對資本主義的痛斥，都不僅真實而且勇敢。但我說了我已經學會了眺望，如今我更像眺望著民主的蔭涼下一些年輕人如何跳著喊著放肆喧鬧。而我是沙漠的游牧民，天生就被趕出了綠蔭，我的詩另有韻腳，我習慣更深沉的方式。

翻開《跳出歷史：PANTA自傳》，我發覺這位歌手和岡林信康的一點區別是，他反覆追問，也在問自己：「究竟什麼是搖滾？」 這句質問在我聽來其實意思就是：「究竟什麼是詩？」

那就有意思了。這正是近年我最追究的一個問題。

因為所謂詩人一旦上了路，寫出個百八十首並不稀奇。即便早期作品，也是洋洋大觀。若把歌手的詩大致區別為詞與韻的話，PANTA 的韻，也就是作曲還是比不了岡林。（當然岡林更比不了那些魅力如毒的拉美歌手，而哪怕拉美歌手恐怕也不敢比如說和維吾爾歌手較勁。）但是說到歌詞，也就是 PANTA 的詩，他倆的各有磁力，並沒有可比性。七十年代的他們一夥，渾身都滾得滿滿都是西方現代味兒，動輒希臘典故，全篇古怪朦朧——比中國人熟練多了。

在動手寫這篇文章之前我就決定：少提及、不提及、不得不提及時也不費力翻譯那些天狗吼月亮的搖滾詞，只為行文作最低限勾勒——以便把勁留在主題，即「最終了斷」時的本心傾吐，留在那些能夠給人以靈魂的震動的響聲之上。

恰巧，PANTA 的壓軸、了斷、切腹之作，就以「響」（ひびき）作符號。他的自傳回顧過這些代碼符號，即他上台時用過三種同伴組合及音響設計：一是「頭腦警察」，二是「陽炎」，三是「響」。簡單解釋，它們就是演唱的伴、靈活的組合形式。像岡林信康唱「無拳套之旅」時是一個人一把琴，後來的「嗯呀咚咚」則是打擊樂伴奏。形式之外，至於內容，PANTA 是夾雜著現代派詩句、披著頹廢嬉皮長髮的左派，歌詞像游擊隊拼刺刀。比如聽這樣的歌您能保證心臟安全麼：「你們要是有恣意殺越南人民的權利的話／我們也有幹掉尼克松佐藤基辛格的權利」，算了吧，不引用了，免得嚇壞了那些大一或乾脆小一就上英倫三島就讀的乖孩子，和他們儼然中產階級嘴臉的爹媽。

關於革命的話題，人們之間已經徹底地彼此兩界。它太嚴肅也太動情，不能在輕浮的摩擦中遭受侮辱。所以我要尋找別的層面。不是政治的而是人道的，是抒情的但更是情中藏義的——我想我能做到。這些日本歌手，他們其實是一群詩人，他們暴風一般席捲了半個世紀的搖滾樂也終於年老，在突兀的世界裂變中濾去喧囂，沉入反思，宛似洶湧的大潮退落之後一望緘默的海面。

PANTA 他的音樂活動依據著一個不太重要、但是對他非常實用的小小道理，這就是古希臘哲學家赫拉克里特的流變說。（同樣的人在不同時間

踏入同樣一條河，那水和那人其實都已變了。這些話其實日本十三世紀的鴨長明在《方丈記》中早寫過，我也為它寫過書評《方丈眺危樓》）──在不同的情景下，踩踏著眼前時事重唱舊歌，歌曲會不可思議地顯現新鮮意味。

這與岡林信康對自己往昔的潔癖，形成了一種正相反的對比。連我都曾幾度目擊聽眾那麼焦渴地想聽岡林唱《山谷布魯斯》或《朋友啊》，但他就是強著脖子不唱。望著他和聽眾爭執，我心裏感到難過。但岡林自有他的道理，舊作未必都能變成新的彈藥，回頭路畢竟不像大師所為。

而聽眾即昔日的夥伴、潛在的同黨卻一直在等待。他們盼望詩人勇敢地領頭，然後自己會加入合唱。

既然寫到赫拉克里特，那麼讀讀這一節？這是 PANTA 演繹赫拉克里特出了名的《萬物流轉》。只抄幾句大意：

森林裏樹木盡數腐朽，連季節一併賣光
野獸尋找鮮血，在林蔭裏藏身
坐進銀馬車的時候，隨便問了問馭者
天明是什麼時候？月亮被遮住了
渡過了鏡海之後
頂瓶的少女，為末日舞著
神殿裏的犧牲，懷著陶瓷的利刃
噢，什麼也沒變，即便是那樣
噢，就像空抓著風，那麼空虛
看啊，「磐塔萊」（Panta Rhei）
看啊，萬物流轉

「流變說」可能是他的支撐，但不是我們等待的「詩」。

我常發覺，我們在西方現代派藝術面前老實得太像幼兒園的小孩。他們說什麼我們都信以為真。要拖很久，要等積累了經驗之後，才能稍有改變。比如我，從八十年代中期至今在他們的搖滾民謠中摸爬滾打，如今對這樣的詩，我「微笑著眺望」。

因為當我們為他們一顆心懸著擔憂的時候，忽然發現剖心吐脯的他們其實輕鬆得多。他們在一種規矩裏唱，那叫做民主的規矩如一圈能跑馬的籬笆。在籬笆裏不管唱或者喊，能清楚地測出自己與危險的距離。

今年，為消磨新冠猖獗的時間我翻開這本自傳（註五），一盤盤聽過存放日久的光碟。我一直更在意耿耿不忘的「詞」，但這回第一次明白：他更重視的角色是音響。是的，是貝斯、架子鼓、電吉他。被工業技術製造出的強大音響，包裝了掩護了也遮擋了現代藝術——也許可以說，肉聲的「音色」，被電子樂器異化了。

提及電子樂器，應該說實際上「天王巨星」當得比人想像得容易。因為背後巨大的電子支撐。當代吃慣了餵食的聽眾根本不在乎歌詞，只要架子鼓一敲，電子音驟起，人就開始搖晃屁股，像乞丐耍的蛇一樣。今日的歌星不會寫詩，他們只是隨上節奏，功夫只在讓貝斯、架子鼓、電吉他以及所有的電子樂器別亂了套，並隨便喊點什麼。

那麼什麼是詩？

這樣問的人可能已經不多了。但我們全部的話題，談的只是六十年代以來的「革命世代」，要追究的只有一個：什麼是詩。PANTA 在自傳裏聰明地換了一個詞表達，他反覆自語：「什麼是搖滾？」

但藝術套語回避不了尖銳的質問。自傳是以問答體寫成的，提問者不被藝術套語領著兜圈子，他追問：總唱舊歌，難道不是懷舊嗎？

PANTA 的話嚴肅了：「不是懷舊……是和自己的心交戰。」（頁二三三）

顯然他被逼問出了真心話。一旦袒露了「與心交戰」，接著不遠就到了那個詞：「落とし前」。這個詞日本味兒十足，意思是「了斷，清算」。它不能掛在嘴邊，一般用在大事，甚至人生最後的事。用了它，就要撕開胸口了。

（五）

所有歌手到了這時，不，我說的是所有詩人，一個時代的詩人，從一九六〇年代至今的所有知識人——都必須走上前來，登上懸崖，站在邊緣，做最後的清算了斷。

這樣的邊緣如人生險峻的邊緣，這是一個大千世界的觀景台。你能看見：沒有幾個藝術家敢走上那個地點，也沒有幾個詩人能在那危險的棱線之上，在剖白之後，還贏得掌聲。

據我所見，走到了這一步並拿出了「了斷」之作的詩人，只有他，一九五〇年出生、原名中村治雄的日本左翼歌手PANTA。

> 我，若是老了的話
> 你，若能被愛的話
> 就把它
> 當作今天的題目吧
> 噢，唱吧，你的詩
> 噢，喊吧，你的末路

不，這首《詩人的末路》還不算那種「末路的了斷」。需要一種巨大的推動，在一個並非政治、而是人道邊緣的地點，「最後的話語」才像嬰兒一樣，高聲喊叫著，被催生落地。

那推動一定發生在大的視野，回答關鍵的問題。除非在那樣的核心，除非面對那樣的命題，詩不能毀壞舊殼，獲得新生。

用PANTA自己描寫的話，當望著被屠戮、被驅逐、被侮辱的人忍受煎熬，他就覺得那些受苦的人「不是他人，而是另一個自己」。他說我做不出一幅「不知道的臉色」（頁二三三至二五七）！

是的，面對著天下公正與世界正義，真正的詩人氣質，跳出來了。

以前格瓦拉曾說過：若是看見別人受苦時你氣憤得發抖，那麼你就是我的親戚。格瓦拉是革命世紀最偉大的詩人，PANTA用自己的音樂跟上了他──確實萬物流轉吐故納新，確實人只是在原初的那個點上，盤旋上升重複自己。他清楚一九六九年差一步「我也去了戈蘭高地」。既然臨近了暮年的了斷，PANTA挺身而出。

「那個決算，哪裏是它的著地點呢，我無論如何要看見它」。（頁二五八）

　　決算的旋律已經升起，他決心實踐天下大義。「著地點」逼近了，它就是受難的巴勒斯坦。嶄新的詩句那麼樸素，撼動著在場聽眾的心魂。這一次詩的音色凸顯了，壓倒了電子音響的伴奏。

　　這就是《萊依拉的巴拉特》和《七月的穆斯塔法》。

　　巴拉特，是多用於自敘的說唱調。萊依拉，則是後日當了黎巴嫩國會議員的、以美麗和勇敢著名的巴勒斯坦女游擊隊員。這首巴拉特從她的四歲逃離家鄉海法開始，接著唱到五歲父親含恨死去，再依次唱到自己、戰友、母親和全部巴勒斯坦。訴說式的歌曲，把女主人公的身世娓娓道來，一段一段地循環，畫出了一個巴勒斯坦女人的受難與奮鬥的軌跡。

　　　　那時我才四歲，生日後馬上就被趕出了海法
　　　　媽媽把八個孩子塞進一輛車，數數少了一個：那就是我
　　　　躲在椰棗筐的背後我喊道幹嘛非走，不搬家不行麼？
　　　　一把把我抓起來，媽媽說，他們會殺了你的！
　　　　爸爸流著淚，和孩子們一個個接吻，然後告別
　　　　逃離戰火，被驅趕出故鄉，家和街還有祖國，一切都被奪走

　　　　那以後已經半個世紀，我回不了自己的家
　　　　這就是我的故事，也是大家的故事
　　　　巴勒斯坦的，孩子的故事
　　　　萊依拉，萊依拉，萊依拉，萊依拉

　　　　第二年我五歲了，夏天，終於見到了爸爸
　　　　他身無一文，家和店都被偷走，人被趕出了祖國
　　　　抵抗失敗，爸爸變了，成了難民
　　　　他總是說著失去的過去，「什麼時候，能回到巴勒斯坦呢」
　　　　在媽媽的墓土旁栽上橄欖樹
　　　　十八年後，爸爸死了，還夢想著回到海法
　　　　逃離了戰火，被趕出故鄉，家和街還有祖國，一切都被奪走

那以後已經半個世紀，我回不了自己的家

　　這就是爸爸的故事，也是大家的故事

　　巴勒斯坦的，父親的故事

　　萊依拉，萊依拉，萊依拉，萊依拉……

　　《萊依拉的巴拉特》是一首多段組成，娓娓敘述的長歌。每段的副歌宛如低低地呼喚：「逃離了戰火，被趕出故鄉，家和街還有祖國，一切都被奪走——」

　　演唱會的最後聽眾們都唱起「萊依拉，萊依拉，萊依拉」，像陪著一個女孩子，聽著她從四歲開始直到今天的故事。夜空中能辨出獵戶座的三顆星，像綠寶石一般閃滅閃爍，像在靜靜聆聽，也像在默默訴說。

　　四歲的小女孩是不會說謊的，因此這首巴拉特有一種內在的說服力。它的主人公在長大，「家被奪走」的事實引導著她。在一波波的副歌合唱中，巴拉特的說唱者變成了日本人，接著更淹沒了國界。人潮終於洶湧而起，簇擁著PANTA和你我，大家都激動地合唱著，彷彿在慶祝回到了青春，彷彿在宣言保衛人道的邊緣。

　　它更像一篇雄辯的論文。它讓詩人的過去像影子一般走來了，隱形地站在現場。隨著句句輕聲的說唱，讀者和聽眾聽著產生了幻覺。彷彿看見了一顆種子，它在濕潤的土壤中活了，發芽並擠出土壤，長成了枝幹。聽眾和讀者注視著，枝頭孕育出花蕾，它開放了，是一朵樸素的小花。音響漸漸淹沒頭頂，這是人生的最後。滿場的人不願離開，它是共有的果實，他們要一同收穫。

　　而《七月的穆斯塔法》更成功。

　　PANTA和菊池琢巳的組合「響」（響），走遍日本的津津浦浦，巡迴演唱了這首新歌。他自我評價說，「《七月的穆斯塔法》，能夠與尼日利亞歌星菲拉·庫提相匹敵。」

　　在伊拉克戰爭開始前的二〇〇二年PANTA曾經去過伊拉克，回來不久戰爭就爆發了。一位對穆斯塔法的事跡很熟悉的日本人木村，給他熱烈地講述過一場戰鬥。在美軍一〇一空降師的直升飛機包圍下，十四歲的少年

穆斯塔法（他是薩達姆・侯賽因的小孫子）冒著導彈和機槍彈雨，和二百
名美軍打了一個小時。直升飛機傾瀉般掃射的機關炮彈，把少年推撞在牆
壁上，他死在牆上，但沒有倒下。

　　這個故事使 PANTA 興奮和激動。聽說當時他就向木村保證，要把這件
事編成歌。現在，踐約的時刻到了。

　　　請記錄下來！他是穆斯塔法

　　　才剛剛十四歲，在七月的摩蘇爾

　　　被二百個一○一空降師的槍口包圍

　　　放馬過來！狠狠打吧！

　　　噢一噢！穆斯塔法

　　　從死者的屍骸上抓起槍

　　　血海裏父親的屍體是盾牌

　　　現在只有驕傲支撐著他

　　　他也是媽媽的孩子

　　　誰都是媽媽的孩子

　　　請記錄下來！他是穆斯塔法

　　　才剛剛十四歲，在七月的摩蘇爾

　　　站在被炸飛了房頂的台階上

　　　抱著打光了子彈的槍

　　　放馬過來！狠狠打吧！

　　　噢一噢！穆斯塔法

　　　瞄準了 USA 的星

　　　扣著麻木的扳機

　　　數千發彈丸的暴風

　　　把他推到牆壁上釘住

他也是媽媽的孩子
誰都是媽媽的孩子

請記錄下來！他是穆斯塔法
才剛剛十四歲，在七月的摩蘇爾
他僅僅一個人
和美國戰鬥了一個小時
驕傲地勝利！驕傲地勝利！驕傲地勝利
噢—噢！穆斯塔法
噢—噢！穆斯塔法

　　一遍遍聽著視頻。比起萊依拉，它又有一份異色的大膽。但也更把握著分寸。時刻終於到了。詩的音色，終於顯露了。突然想起他以前寫過的一句：我的手帶著無限的愛扣動了扳機……我不禁暗暗驚嘆。在近乎瘋狂的熱唱中，其實分寸精準不差一分。

　　一個著名的導演顯然意識到了他一身集中的歷史價值，費大力氣拍了三小時長的、關於 PANTA 的實錄（註六）。真要追著感謝四方田，他知道我早晚一定會讀這些資料。

　　我凝視著他的視頻，難言心底的感動。音樂會的結尾曲，居然是《國際歌》……觀眾比意料的多，不少人白髮蒼蒼。那些日本人，有的手挽著手，有的人哭了。《國際歌》的語文是日文，但他們每一句都記得清楚。他們唱到最後，用身體打著拍子。PANTA 望著他們，同伴們圍著他，一起度過著那一刻。

　　從岡林信康到 PANTA，我居然一直貼近地閱讀和傾聽，算一算已將近半個世紀。當然不僅只是感慨。什麼是我最後的音色，到了時候我能拿出什麼——時間已經緊迫，我在問著自己。

　　其實當生命到了那個階段，當命定的時刻降臨時，辭不避工拙，曲無需悅耳。就是它，哪怕自己沒有意識到。那夙願的了斷，那一生的清算，都將在一瞬降臨。該是哪一句就是那一句，撞上哪一篇就是那一篇。了斷清算，其實只是一步踏出，事情非常簡單。

詩的最後音色，樸素而真摯。與欺世自娛的精英不同，它是 PANTA 的，也是我的。它是從六十年代末開始，被世界左翼青年銘心鏤骨、哪怕耗盡一生也決心要達到的，一代人的踐約與清算。

註五：《PANTA 自伝 1：歴史からとびだせ》（PANTA 自傳：跳出歷史），
　　　PANTA 著，K&B 出版，二〇〇九年。
註六：瀬々敬久『ドキュメンタリー　頭脳警察』レビュー

　　　　　　　　　　　　　　改定於二〇二〇年七月，疫情漸緩時

張承志小傳

回族，中國當代極具影響力的穆斯林作家、學者。曾用筆名阿爾丁夫（蒙古文「人民之子」之意）。一九四八年生於北京，一九六七年從清華附中畢業，到內蒙古插隊，在草原上生活了四年，一九七五年畢業於北京大學歷史系考古專業，一九七八年考入中國社會科學院研究生院民族系，一九八一年畢業獲得歷史學碩士學位。曾在中國歷史博物館、中國社會科學院民族研究所、海軍政治部創作室、日本愛知大學等處任職。一九八二年加入中國作家協會，一九八四年當選為中國作家協會理事。

張承志精通英語、日語、西班牙語、阿拉伯語、俄語，並熟練掌握蒙語、滿語、哈薩克語。他一九七八年開始發表作品，早年的作品帶有浪漫主義色彩，語言充滿詩意，洋溢著青春熱情的理想主義氣息。後來的作品轉向宗教題材。

張承志的小說深沉雄渾，具有一種濃郁而獨特的歷史感和樂觀向上的理想力量，在嚴峻的生活畫面中透出剛健強悍的男子漢氣質。其創作多以草原生活及當代青年生活為題材，描寫草原牧民生活，表現當代青年的困惑與追求；氣勢宏闊，筆墨粗獷，抒情濃郁，哲理深微，具有燕趙慷慨悲歌與浪漫主義氣息，具有對歷史和人生進行頑強探索的追求者氣度，具有散文詩式的濃烈抒情色彩。他善於把民族特有的生活方式和心理素質、民族的民歌和音樂以及特有的語言表達方式、廣袤的草原和壯闊的大河等自然氣息融成一體，構成作品獨有的情調和抒情的魅力；他的小說不追求精確的個性描繪，而重視作品的總體象徵性。

八十年代以小說創作為主，九十年代至今以散文為主。代表作有《騎手為什麼歌唱母親》、《北方的河》、《黑駿馬》、《心靈史》、《金牧場》等小說，他的處女作《騎手為什麼歌唱母親》於一九七八年榮獲全國優秀短篇小說獎、全國少數民族文學創作榮譽獎。《黑駿馬》、《北方的河》分別獲一九八一至一九八二年、一九八三至一九八四年全國優秀中篇小說獎。中篇小說《阿勒克足球》獲第一屆全國少數民族文學創作獎和《十月》雜誌文學獎等。已出版各類著作三十餘種。

　　　　　　　　　　　　　　　　　　　　　　　　二〇二一年二月號

張雪門的名字在我心裏放光

張香華

　　輾轉託朋友幫我買了一套河南海燕出版社出版的臺靜農全集，臺老師在台大執教四十餘年，我一直卻買不到台灣版的臺老師全集而引以為憾，直到大陸海燕出版社簡體字版彌補了我的缺憾。收到輾轉寄來的這套書，心情的高興真是筆墨難以形容。臺老師是我年輕的時候讀中文系時很景仰的老師，到今天我家裏還掛著老師寫的兩幅字。老師賜墨的故事我以前記述過，每當我抬起頭來或在家中拐一個轉角，就面對著臺老師的字，我總能從字裏行間，吸收到一股氣定神閒的溫潤。這一次朋友轉來的臺靜農全集，霎時間很奇妙地把我帶回幾乎是八十年前的一件往事：

　　一九四五年父親帶著我同家人，輾轉從我的出生地──香港取道廣州，搭上第一艘從中國大陸駛向台灣的輪船。我們是福建人，當然通曉閩南話（台語）。又因為父親在日本留過學，自然懂得日語，而台灣光復之初，部份受日本高等教育的人必須用日文溝通，所以父親很快成為來台灣接收的第一批大員。

　　當時我六歲，在台北第一個住所是在中央氣象局對面的巷弄中，巷弄中的房屋都遭受二戰時美軍的空襲，幾乎只剩斷垣殘壁，只有一排日人留下的官舍沒遭毀損，正好供來台接收官員的住所。我們的家前後都有很大的院落，屋子裏，都鋪了榻榻米，客廳醒目地擺著一把日本武士刀，擱在一個很隆重的架上，牆上還有一幅日本人沒帶走的油畫，另外還有一幅台灣籍水彩畫家藍蔭鼎畫的《山地少女》（日後上小學終於明白畫家的名字以及他對台灣美術的貢獻）。每間房屋都有一張矮矮的茶几，除此之外，一無所有。入境隨俗，我們一家就生活在這日本官舍裏，也不添購任何的家具（可能當時也沒家具可以買），白天就把鋪蓋折疊起來，收在歐西依蕾（日式用紙貼成的櫥櫃），連家具和床鋪都省了。

　　在這之前，我沒有上過托兒所或幼稚園，英屬殖民的香港，受到日軍的空襲，不幾日就投降了。我常常在家，翻翻爸爸的藏書，請長輩和我談一些並不適合我年齡的事物，卻也提前了我的早熟和開始認字。現在在台

北住定之後，爸爸送我進附近的一所小學——女師附小，讓我插班讀三年級。有一天爸爸回來告訴我們一個消息：過些天要帶回一個黃小弟來我們家住。父親壓低了聲音向我的繼母說：黃……留在台灣的兒子，這孩子目前就住在北投一家育幼院裏，我要把他接出來，然後想辦法送他去香港和他父親團聚……。果不其然，父親決定到北投去找這家育幼院，並且要帶我同行。我聽到了之後，雀躍不已，因為北投、草山（今日稱陽明山）都是我老早就聽爸爸講過的台北附近的名勝。這一次決定要帶我同行，而且去帶一位跟我年齡相仿的小朋友來我們家住，這真是令人多麼興奮的事情。我猜想這一次郊遊繼母沒有同行的原因：因為自從來到台灣，她一直水土不服鬧失眠，日常生活弄得顛三倒四，醫生診斷她有精神衰弱的疾病，爸爸深怕驚擾到她，所以讓她待在家裏休息，而獨自帶我出門。

這一次的出遊，讓我第一次見到這一間位在北投半山上的育幼院，同時也見到了育幼院院長張雪門老先生——這也是我此生唯一一次見到老先生。其實我稱他為老先生，我並不知道他實際的年齡，只聽到爸爸尊敬的稱呼他為「雪老！」而且我看他兩鬢斑白，如果要我稱呼他，大概我也會稱他為老伯伯或老先生吧！

黃小弟終於被人帶出場，院長解釋說：「小弟的腸胃不好，這兩天還拉肚子呢！其他情形還很正常。」院長把黃小弟的小手交給了爸爸。

我發現黃小弟個子很小，比我小半個頭，身子果然像院長所說的腸胃不好，所以特別顯得瘦弱，我竟然像個小姐姐一樣，牽著他的小手，快步拉著他從山坡上又蹦又跳跑下山來，爸爸在後面大聲地叫我們不要跑。我看到了黃小弟張著嘴有點氣喘起來，他張著嘴露出了不整齊的門牙，我覺得他也像我一樣快換牙了吧！

當年我從爸爸那裏約莫知道張雪門是一位教育家，其餘幾乎一無所知。這次在臺老師的全集裏翻閱到龍坡雜文的目錄有一篇〈記張雪老〉，一聽到張雪老的名字我半信半疑的打開來讀，頭一段臺老師就提到北投育幼院，我真是既吃驚又歡喜。張雪門就是那一位我大約六歲時見過一面的那位「老先生」。讀了臺老師的文章之後，我開始進一步了解雪門先生的背景。雪門先生當年在北京大學專攻幼兒教育，繼而在香山主持幼兒教育，成為我

國學前教育的先河。

可惜黃小弟在我家只停留兩天，父親就把他的行程給安排好。這一次父親仍然帶著我到機場送別黃小弟，我們的友誼其實還沒開始就匆匆話別了。倒是在台北機場的情景真是讓我大開眼界：那是我第一次看到飛機就在我的身邊。香港日軍轟炸時我根本就不敢看日本飛機在天上耀武揚威，躲警報深怕來不及，哪有機會看過這麼壯觀的場景。這麼漂亮的空中小姐，脣紅齒白、輕聲笑語牽著黃小弟，從機場辦公室走出來準備上飛機了。她纖纖玉手，指甲塗了鮮艷的紅色，我驚奇的問爸爸為什麼指甲可以塗得這麼漂亮，爸爸告訴我那叫做蔻丹，我又長知識了。那時飛機場還沒有建空橋，旅客要自己步行到飛機旁去搭乘，送行的人就遙遠的站在場外，目送親人或朋友離開。這時有幾位攝影記者衝向前給空中小姐和黃小弟拍照，只見黃小弟扭捏不肯配合，整個人幾乎趴在空中小姐的身上，半天後終於搞定，空中小姐回頭向我們招手話別。

現在，這些往事就隨著臺老師的全集，其中的龍坡雜文〈記張雪老〉一文而曝了光，也同時點亮了我的記憶之庫。近八十年的往事，隨著張雪門的名字在我的心裏閃著亮光。

張雪門一八九一年出生，一九二四年入北京大學研究幼稚教育，可以說是中國學前教育的先河，終其一生都從事幼兒教育。一九四六年，受盛關頤之邀來台主持北投的育幼院。盛關頤是名門之後，其父盛宣懷是當代中國工業之父。先生的思想前進，在舊時代中獨樹一幟，並為近代中國實業，如電報、鐵路、輪船、採礦等立下深厚基礎。盛氏之五女盛關頤嫁給台灣望族林熊徵（今日華南銀行創始人）。盛關頤繼其夫婿林熊徵遺願創立了北投育幼院，也就是後來的薇閣，現在的薇閣中學前身，托兒所院中的學生大半是對國家有貢獻者的遺孤。當年台灣剛剛光復，百廢待舉，雪門先生利用散置各地的軍眷，為他們編幼稚教材、儲備幼兒師資，不遺餘力。

臺老師的文章結尾收錄了張雪門的詩，其中有一首〈南行〉：

八年離亂渾如夢，猿鶴蟲沙自不同。投老南來多感慨，河山長在淚痕中。

雪門先生南來的淚痕早已乾了，先生為了中國的幼稚教育投入多少的

青春和心力，成為我們台灣幼兒教育中不可或缺的歷程。雪門先生可以拭淚了，一九七三年雪門先生辭世享壽八十三。他的學生們為他蓋了一所石屋，就在北投的大屯山上，雪門先生想必在石屋的門前捻鬚笑看台灣遍地的小朋友在幼稚園中歡笑地蹦跳著。

張香華小傳

著名詩人、作家。福建龍岩人，一九三九年七月三十日生於香港，國立台灣師範大學國文系畢業，曾任教於建國中學、世界新聞專校，十九歲第一次發表詩作〈門〉於《文星》雜誌，曾任《草根》詩刊執行編輯、《文星詩頁》主編。一九八四年應邀到美國愛荷華大學「國際作家工作坊」訪問，在一九九二年時獲得國際詩人桂冠獎。著有詩集《不眠的青青草》、《愛荷華詩抄》、《千般是情》，散文集《星湖散記》、《咖啡時間》和《秋水無塵》等。另編有《玫瑰與坦克》、《菲華現代詩選》等。

二〇二一年四月號

我的四弘誓願

王鼎鈞

文心無語誓願通

今年是牛年，我是屬牛的，今年是我的本命年。廣西師範大學出版社，我的鄉賢張傑先生要我做個音頻，跟讀者們談談自己。我就從牛談起。

十二生肖，子鼠丑牛。我住的這個地方有很多中國畫家，他們每年舉行生肖畫展，從子年畫鼠開始，一年一年畫下去，一直畫到戌犬亥豬，我年年都去參觀。上一個牛年，也就是十三年前，我去看那些寫實的、寫意的、古典的、現代的、彩色的、黑白的、形形色色的牛，我在致詞的時候說，我屬牛，按照自然定律，這大概是我最後一個牛年，各位參展的這些畫，每一幅我都覺得很親切，戀戀不捨。有一位參展的畫家，兆鍾芬女士，當場把她參展的那幅水彩送給我。我很感動。

沒想到那次牛年畫展之後，我還有一個牛年。十三年後，今年辛丑，又到牛年，我很興奮，很想給各位讀者朋友談談心裏的話，正好廣西師範大學出版社給我這個機會。

想當初我是一個文藝小青年，喜歡寫作，但是不知道怎樣寫。那個時候書店裏沒有一本書講寫作的方法，學校裏沒有一門課講寫作的方法，社會上也沒有文藝夏令營或者寫作補習班。我拜訪有成就的前輩，請他們指點，他們都說，文學家靠天才，沒有方法。有一位老作家反問我，誰告訴你寫作有方法？難道寫作是木匠做桌子嗎？

我不死心。有一年台灣鬧旱災，用飛機在天上造雨，我想，天下任何事都有方法，連呼風喚雨都有方法，寫文章一定有方法，我繼續找，終於找到了！有老師肯教我，這一番因緣我另外有交代。我慢慢知道，三百六十行，每一行都有他的訣竅，這是他們本行的秘密，決不傳給外人。即使是家庭主婦，他家的餃子做得特別好，她可以煮給你吃，不讓你進廚房看她怎麼和麵調餡兒。我那時候還有幾分反叛，找到了寫文章的方法，在寫作當中累積了不少心得，我就把它陸續寫出來發表，來一個秘密大公開，打破少數人的壟斷。我學習的過程給別人不大一樣，我的第一本書是

談論寫作方法，我得到的第一個獎是文學評論獎。

要想把寫作的方法說清楚講明白，並不容易。有一位老師講述咱們先賢留下的許多指點，當然是我們最重要的營養，可是他們高來高去，點到為止，影影綽綽，模糊不清，有那麼個地方，路怎麼走，沒有地圖。也有老師詳細介紹西方的論述，人家用詞精確，有嚴格的定義，該歸納的時候歸納，該演繹的地方演繹，尤其是分析的時候好像手裏有一把外科醫生的解剖刀。但是用在中國的古典名著上，總覺得隔了一層。

有一天，我明白了，作家寫作，是在共同的基礎上建立個人的特色，談共同基礎，西方的文評家，說得比較清楚，談作家個人特色，中國的先賢，說得比較有啓發。起初，我以為他們兩者似連還斷，後來發現他們似斷還連。於是兩種方式都拿來用，為了說得更周全，更透澈，我用盡一切可能，一切機緣，一切角度。天下萬事萬物，風花雪月，雞毛蒜皮，琴棋書畫，吃喝玩樂，都可以做引子談文學。你在他升官的時候說，他聽不進，你在他生病的時候再說，他聽進去了。你從正面說，他聽不懂，你從反面再說，他聽懂了。你在他二十歲的時候說，他用不上，你在他四十歲的時候再說，他用得著了。三句話不離本行，隨時說，隨地說，永遠不失望。

我想，寫作不像做桌子，寫作也許像燒瓷器，怎麼用陶土做一個「胎」，怎麼上釉子，怎麼畫上山水花鳥，都有方法，一個師傅教一群徒弟，功課都一樣，可是瓷器燒好了，從窯裏拿出來，你做的我做的有差別，大家看得出來。還有呢，瓷器燒好了，開窯了，拿出來一看，原來的設計不是這樣樣子，但是非常好，超出原來的設計，這叫「窯變」，非常珍貴，簡直是國寶。能不能再來一次呢，不能，窯變沒有方法。我們不能因為窯變沒有方法，就說燒瓷器沒有方法，倘若沒有人照著方法燒瓷器，也就沒有窯變了。有方法，才有瓷器，有瓷器，才有窯變，「方法」雖然不是窯變的今身，卻可能是窯變的前世。無方法的窯變是天助，有方法的瓷器是自助，「天助還須人自助」。

寫作的方法，能講清楚的部分還是要有人講，講不清楚的那一部分要有人想，語言不能通、靈感可以通，理性不能通、悟性可以通，作文不能通、作夢可以通。江山代有才人出，今人不能通的、後人可以通。

最後，就是閱讀的趣味了。寫文章顯示寫作方法，那文章本身應該是夠格的散文，除了可以實用，更應該可供欣賞，實用是言之有物，欣賞是言之有趣。我成長的那一段時間和空間，正好趕上文風轉變，以作者為中心轉向以讀者為中心，向知性訴求轉向感性訴求，媒體中的廣播和電視做了先驅。我做職業作家由廣播入行，從電視退休，對於文學作品要「給人以知識，給人以教訓，給人以娛樂」，操練甚久，體會很深。在這方面，我總算有了自己的特色。

到了晚年，我對自己已經出版的著作來了一次大檢閱、大整理，以前討論寫作方法的書全部焚書毀版，把我的心得經驗重新寫過，成為您現在能夠看到的版本。寫作是有方法的，無論如何我要把它說清楚，這是我的願望，我想我做到了。

文路無盡誓願行

我在參觀十二生肖的畫展的時候想到，人生百態，有龍吟虎嘯，有雞鳴狗盜，也有牛奔馬走。我自己呢，屬牛，學習的過程也像個牛。

牛的特徵就是努力、有恆。我一生都在寫，也一生都在學習，見一個，學一個，一位老師說過：「文章是別人的好」，三人行都是我師。我是「人一能之，己十之」，困而學之，勉強而行之。我相信天才，有人聞一知一，有人聞一知十，中間差九個檔次。我們一起聞一，我知一，你知十，中間多出來的那一部分你是哪兒來的呢。那就是天才。我花一年功夫，由知一登上知二，再化一年功夫，由知二登上知三，十年之後我也知十了。這就是努力。換個比喻：百尺竿頭，你我都得努力，再進一步，再進一步，你爬得快，我爬得慢。百尺竿不止百尺，你到了竿頭，這根竿自動延長，那時候上頭還有十一、十二、十五。大天才的貢獻就是使這根竹竿越來越長，讓後人爬得更高。你我都不知道自己能爬多高，只是努力再進一步，再進一步。

說到天才，我有體會，文學好比一座金礦，天才是礦苗，努力是開採。明朝末年的張岱，家境富裕，生活奢侈，有文學天才，沒有什麼好作品，因為他用不著努力。明朝滅亡以後，他一窮二白，親自修屋種菜，這時候

他得努力了，他的文學天才充分發揮，晚明小品產生了。還有大詩人江淹，早年作品很好，晚年做了一個夢，夢見神仙對他說，我的那支彩筆，你借去用了那麼久，現在該還給我了。江淹伸手向懷中一摸，果然有一支筆，就掏出來還給他，從此江淹的詩就越寫越不行了。據李辰冬教授解釋，江淹本是清寒子弟，需要努力，詩寫得好。後來從政，官越做越大，不肯再為文學費那麼大的心思了，詩好詩壞他也不在乎了，他就編出「彩筆」這麼一個故事來做個交代。

我見過號兵練號。軍隊裏都有號兵，號兵吹號也有三分九等，每個號兵都要在天亮以前到野外練習吹號，提高自己的水準。冬天，夜裏下過一場大雪，號兵更不能偷懶逃課，因為在冰天雪地中可以練出一種「寒音」，內行聽得出來。

我見過有人學提琴，老師打開樂譜，規定他從什麼地方拉到什麼地方，回家照譜練習，一個星期以後再來。下個星期，學生帶著提琴到師門排隊，一個一個拉給老師聽，老師一聽你根本沒有認真努力嘛，廢話不說，一句「next！」，你回家再練，下星期再來。如果下星期還不能過關，老師就告訴這個學生你另投名師吧，我這裏對你不適合。

我見過澳洲的一個芭蕾舞團在台北演出，場場滿座。台北有一個大官，一人之下萬人之上，要為全體團員舉行筵會，芭蕾舞團的負面責人說不行，沒有時間，那就改成喝茶吧，芭蕾舞團的負面責人仍然說不行，沒有時間，他們每天晚上要公演，第二天上午要休息，下午要排演。他們每個團員都是成名的藝術家，每一個節目都曾環遊世界一再演出，怎麼現在還要在每次演出之前認真排練一次！他們硬是有這個規矩，到哪兒也不改變。

今天，如果有人說他要做作家，我不會問他有沒有天才，我會問他是不是深深愛上了中國的文字。寫作，可能為名，可能為利，也可能為了出口氣，都有，都不長久，即使勉強維持下去，也不快樂。只有出於對中國文字的愛，中國文字是那麼可愛，字形可愛，字音可愛，字義可愛。寫作是文字的排列組合，中國字號稱方塊字，使用起來靈活方便，字靠著字、字連著字、字疊著字愛得你要死。每個字是一個精靈，一道符咒，排列組合的變化無窮無盡，使你上癮，使你成癖，使你貪得無饜，你把心一橫：我就這樣了此一生罷！如此這般，做成一個貫徹始終的作家。

前賢說每個方塊字像一塊磚，可以築成宮殿，作家像一個建築師。我說每一個方塊字像一幅圖畫，可以連成大地山河，作家像一個畫家或者電影導演。方塊字除了一字一形，還有一字一音，這一個字像一個音符，作家寫作的時候像一個音樂家，他排列聲音。中國字有四聲，有輕聲變調兒化韻，聲音有輕重長短高低強弱，變化也是不可勝計。作家使字音彰顯字義，字義強化字音，兩者相得益彰，運用之妙存乎一心，內心自有一種祕密的甘甜。「甘」是美感，「甜」是快感，所謂得失寸心知，就是暗自回味這種甘甜，甜到心裏，甜到夢裏，你樂不思蜀，樂此不疲，這才做成了一個作家。

我常常勸寫文章的朋友，文章、不能逢年過節寫一篇，不能兒娶女嫁寫一篇，不能等到日蝕月蝕寫一篇。寫作不是你長周末去釣了一條魚，不是百貨公司大減價去買了個皮包，寫作是你兼了個差，天天要簽到值班，寫作是你養了個寵物，隨時想抱一抱，摸一下，看一眼，為了它早回家，晚睡覺。寫作是一種癢，手癢，心癢。寫作是一種癮，就像煙癮酒癮。寫作是朝思暮想，千迴百轉，才下眉頭，又上心頭。

文境無上誓願登

前輩作家說，文學作品表現人生，這話比較籠統。後來有人補充，文學作品是表現人生批判人生，說得比較清楚。現在，依我自己的體會，文學作品表現人生的境界，這是作家要做的事情。

什麼是境界呢，王國維先生的說法被文學評論家引用的次數最多，馮友蘭先生的說法被哲學論文引用的次數最多。文學作品表現境界的方法跟他們不同，例如蔣捷，他有一首詞寫聽雨：「少年聽雨歌樓上，紅燭昏羅帳。」家庭社會把少年人保護得很好，不受雨打風吹，外面下雨他在樓上聽歌，中間用帷幔隔開，他聽見的雨聲是歌女唱出來的歌詞，他聽見的風聲是樂器奏出來的旋律。「壯年聽雨客舟中，江闊雲低、斷雁叫西風。」他江湖奔走，完全暴露在社會的各種衝擊之下了，孤身一人，沒有遮蔽沒有掩護了，前路茫茫，一時看不見歸宿。「而今聽雨僧廬下，鬢已星星也。悲歡離合總無情，一任階前，點滴到天明。」各種的仗都打過了，白髮也

出現了，在無情的廟門裏面避雨，看看雨點落下來，任憑世事自然發展。這三個階段，最初是不懂事，（所以不管事），後來不怕事，（事情就很多），最後不管事，（因為懂事了）。第一階段和第三階段看似相同，其實相反，第二階段是演變的過程。這麼複雜的人生經驗，用這麼簡單的一件事情表現出來，這就是文學作家的獨門絕活。

人的精神修養是向上發展的，境界就是他發展到什麼程度了，有高有低。文學作家對程度高低並不直接批判，他演示給世人看，這種方法稱為表現。莫里哀的《守財奴》，演示一個人愛錢愛到什麼樣子，沒有直接褒貶，我們看了，覺得這個愛錢的人真可笑，這一笑就是批判。

有一個典故「楚弓楚得」：據說楚王打獵，遺失了他心愛的弓，他的部下要去找回來，楚王說，楚國丟了弓，楚國人揀了去，何必尋找？據說孔子聽到這個故事，對他的學生說，一個「人」遺失了弓，另一個「人」得到了，很好，何必一定都是楚國人呢！這個小故事演示了三種境界，楚王的部下境界最低，楚王的境界比他們高，孔子的境界又比楚王高。

還有一個典故「清恐人知」：晉武帝朝中有姓胡的，父子倆代都是出名的清官。有一天，皇上忽然問這位胡二代：你們爺兒兩個都是清官，你跟你父親有什麼分別？這位胡少爺說，我父親是清官，惟恐人家知道他是清官。我是清官，惟恐人家不知道我是清官。後世論境界，以「清恐人知」比較高，「清惟恐人不知」比較低，胡公子巧妙的捧了他家老太爺，不著痕跡。

古人說，讀書也有三個境界，少年讀書，如隙中窺月；中年讀書，如庭中望月；老年讀書，如台上玩月。他用了三個比喻，沒有仔細解釋，我們來各人說說自己的體會。小時候讀《論語》：「吾十有五而志於學，三十而立，」看得清楚，「四十而不惑，五十而知天命，」就模糊不清，六十七十，琅琅上口，心中漆黑一片。這就是隙中窺月，只看見一點亮光。以後隨著經驗閱歷的增加，慢慢懂得不惑，知命，好比庭中望月，可以看見很大一片面積，這時視角仍是仰視平視，受角度限制，沒找到那個「耳順」在哪裏，「從心所欲不逾矩」又是什麼。直到高台玩月，以前仰視的、現在可以平視，以前平視的、現在可以俯視，登高可以望遠，視域也擴大了，能看見的東西更多了，這才找到孔老夫子指指點點的那些東西。

我對境界的領悟，不是由學院經典得來，我是從零碎的閱讀、零碎的閱歷受到啟發。最早的一次，幾十年前，我還年輕，為了職業參加考試，有一道智力測驗，它說一群年輕人開舞會，有一個女孩子最惹人喜愛，大家以前都沒見過她，都想知道她是從哪裏來的。夜深了，這個女孩說要回家了，很多男孩子想送她，天色昏黑，外面剛剛下過毛毛細雨，她走到院子裏，走在種花的地方，忽然不見了。有人說，她是花仙，她是這個院子裏的一棵花，今天夜裏，我們把這棵花挖起來，關在屋子裏，等她現身。可是，院子裏有很多花，到底哪一棵花是她呢？要用什麼方法才一定可以找到她呢？當時有兩個答案，一個說，把院子裏所有的花都挖起來，其中必然有她，另一個說，別的花在院子裏，淋過雨，沾了雨水，她沒有，檢查每一棵花，枝葉上沒有雨水的便是。那時我就覺得，當時有個口號，「寧可錯殺一百，不可錯放一個」，前一個答案受這個口號的影響，境界比較低，後一個答案知道找證據，境界比較高。

　　最近的一次，我住的這個地方有許多外來的移民，每天艱苦奮鬥，希望發家致富，有時候聚在一起，也談談發財以後過什麼樣的生活。有人說，到那一天，我買三十棟房子，租給三十戶人家，我什麼也不必再做了，每天出門去收一戶房租，回家數鈔票開心。我想起杜甫當年住在自己蓋的茅屋裏，一陣大風把他的屋頂揭走了，他激昂慷慨寫了一首詩，他希望能造一萬戶公寓讓沒有房子的人家搬進去住，沒提房租，顯然是免費。這時候，我又想到境界高低。

　　前輩作家說過，文學作品來自生活而又高於生活，這個「高」，應該指的就是境界。它有多高呢？它可以「悲天憫人」，對天下蒼生表現普遍的同情，它入乎其內，出乎其外，超乎其上，一覽眾山，這樣的作家我稱之為人類的作家。境界是一種精神修養，文學寫作是「誠於中，形於外」，作家的胸中先有境界，然後他的作品才有境界，所以作家也得「修行」。

　　大翻譯家傅雷寫信給他的兒子大鋼琴家傅聰，勉勵兒子「第一做人，第二做藝術家，第三是音樂家，最後才是鋼琴家」，我想，他說的「人」，不是吃喝拉撒睡的那個人，而是仁義禮智信的這個人，不是動物學最後一個名詞，而是倫理學的第一個名詞。這個人不僅可以分成幼年時期、青年

時期、中年時期、老年時期，還可以分成（如馮友蘭先生所說）自然境界、功利境界、精神境界、天地境界。或者（如我所說的）獸的境界、人的境界、英雄境界、聖賢境界。或者（如什麼人說的）學習期、事業期、政治期、宗教期。藝術家的人生境界升高，他的藝術成就也升高，你看那些登山的人，永遠想去爬另一座更高的山，高一層有高層的風光，那至高之處有聲音呼喚他，有魅力吸引他。

至於我自己呢，我沒有機會接受有系統的教育，我是碰見什麼學什麼，隨遇而學，見識慢慢增加，野心越來越大。我的程序正好相反：先做作家（其實是寫手，文字工匠），然後文學家，然後藝術家，然後做人，有意識的為了文學而提高精神修養。有一段時間我只是個江湖上跑碼頭賣藝的，幸而我好學，學然後知不足，後期作品總算有點長進。

文運無常誓願興

文運，文學發展的運勢。運勢，文學的寫作，發表，出版，閱讀，加上社會效應，造成形勢。文運有盛有衰，不會死亡，這些年有人呼喊文學死了，那是誇張。

這件事得從頭說起。人不能不思想，而人是用語言思想的。「思而後言」，不對，他思想的時候已經在使用語言了。「他講話不經過大腦」，這話也是誇張。學者稱這種無聲的語言叫內在語言，既然有內在語言，人類就需要給它製作一套外在的有形的符號，以便保存記憶，匯集經驗，溝通思想，傳播訊息，這就是文字。

在這方面，人類特別依賴文字，文字的功能無可取代，古人對文字出現有神話，對音樂圖畫沒有。有一個囚犯，單獨關在一間房子裏，有一天，他發覺隔壁也關了一個囚犯，兩人中間只隔一道牆。再過幾天，他發現他倆都會用摩爾斯電碼，於是兩人敲牆談天。如果沒有文字，依賴音樂溝通，大概就是這個樣子。有一個家庭，移民到國外居住，把孩子送進當地的小學。老師問孩子：「你的生日是哪一天？」孩子聽不懂，老師就用手勢比自己的肚子，表示懷孕。孩子放學回家，用手勢比自己的肚子，問他的媽媽。如果沒有文字，依賴舞蹈雕塑溝通，大概就是這個樣子。

既然有文字，就會發展出一套使用文字的技術，掌握了實用的技術，還不滿足，追求文字製品脫離實用，可供欣賞，這就是文學。可以想像，書寫，最早是伏羲氏拿起樹枝在地上畫了一條橫線，這一橫，後來發展出「蠶頭鳳尾」。最早，初民中有一個人，在田地上低頭工作，他抬起頭來，望見太陽下山了，西天一片燦爛，不禁發出一聲「啊！」這一聲，後世發展成「落霞與孤鶩齊飛。」人用語言思考，只要思想不死，語言就不死。只要語言不死，書面符號也不死，就要由講求語言符號怎樣物盡其用，包括發展它的「無用之用」。起初不過是在繩子上打一個結，後來發展出一套精美的手工，「中國結」。起初拿著一根棍子，不過是沿門行乞需要護身，後來發展出一套「打狗棒法」。這是人類的天性特長。夫如是，文學怎麼會死？

　　書寫，寫在什麼地方呢？這就需要一個東西：「載體」，有載體，大量的書寫才可以存起來，才可以送出去。書寫的載體，古人用甲骨，刻在龜殼上，用金石，鑄在銅器上，用竹簡，用絲綢，用木片，後來發明了紙。古人用竹簡的時候就不用甲骨了，知道用紙就不再用竹簡了，現在能用電子媒體，有人憂慮，有一天人類也不再用紙了，呼喊「文學死了」，表示不甘心。其實電子媒體即使完全代替了紙媒，那也只是更換了載體，文學並沒有死。

　　從我能夠閱讀那年起，有學問的人不斷告訴我，這個要消失了，那個也要消失了。例如說，宗教將要消失，因為宗教是人類的童話，現在人類長大成人了。可是現在呢？例如說，家庭要消失了，因為工業化使親子關係淡薄，離婚和外遇增加。可是現在呢？後來我從廣播電台找到工作，有學問的人說，電台是夕陽工業，將要被電視淘汰，可是現在呢？也有人說，長篇小說即將消失，讀者越來越忙，時間越零碎，「只有看守倉庫的人才看長篇」，結果呢？

　　還有，郵輪要消失了？鐵達尼號仍然再造一艘。刺繡要消失了？和服的地位並不動搖。毛筆要消失了？每一縣至少有一個書法協會。方塊字要消失了？結果不過是少寫了幾畫。狼來了，狼來了，我相信山中的確有狼，不相信它能把所有的羊吃光。

有人說「後浪推前浪，前浪死在沙灘上」。事實上某種藝術形式一經成立，永遠不死。你看楚辭漢賦何嘗死？白話文運動說它們是死文學，那是「革命文宣」。文學不死，只是體裁風格變化輪換，體裁好比衣服，不穿長袍馬褂不等於不穿衣服。那幾套衣服穿了幾百年，煩不煩？作家有創新的能力，我們鼓勵創新，即使是一無所成，也期待，即使是離經叛道，也讓路，即使是傲慢自大，也包容。只要他肯實驗，就是希望，只要他創新成功，就是正統。

文學的氣運有盛有衰，但是不會消亡。文學有淡季有旺季，作家在旺季中不要傲慢怠惰，在淡季中不要自暴自棄。文運是一個整體，自己寫不好不是結論，還有那麼多「別人」，任何人成功，都是全體的成功。我相信中國還會出現偉大的作家，我們不計較是紙媒載他來，還是電子媒體載他來。我們也不計較他穿著長袍來，穿著夾克來，還是穿著自己設計的奇裝異服來。兩個偉大間必須有無數的平凡，這些平凡左右相連前後相繼，好像是兩座大山之間的伏脈，但願你我都是這條長鏈上的一個環節。童女等候新娘，為她澈夜點燈，老祭司等候彌賽亞，為他延長餘年，願你我為文學相約相守，不厭不倦。

王鼎鈞小傳

散文大家，1977 年即獲選為「當代十大散文家」。創作以散文為主，其他還有詩、小說、劇本及評論等。歷經抗戰、內戰、台灣的「權威統治」、移民的文化衝擊。他出入報紙，雜誌，廣播，電視各媒體。現旅居美國紐約。1990 年入選文建會委託台北聯合報舉辦之「台灣文學經典 30」，2015 年入選紐約世界日報推出之「世界華人光輝 40」，2016 年獲美東華人學術聯誼會頒發傑出文化成就獎，2017 獲北美中文作家協會頒發終身成就獎，2018 年獲聖約翰大學亞洲研究所頒發終身成就獎等等。重要作品有散文：《桃花流水杳然去》、《隨緣破密》、《情人眼》、《山裏山外》；回憶錄：《昨天的雲》、《怒目少年》、《文學江湖》；文學理論：《靈感》、《古文觀止化讀》；中學生作文講話：《作文七巧》、《作文十九問》、《講理》等著作。2009 年 8 月並由明報月刊出版社與新加坡青年書局聯合出版《世界當代華文文學精讀文庫——美麗的謎面》。

二○二一年六月號

短篇的含義

我對五木寬之《看那匹蒼白的馬》的書評引起出版社注意、上世紀八十年代的譯文被發掘出來並以我書評充序在中國出版——此事的意義，惟在原作提出的思想終於得以在中國問世。但是，隨著發覺不僅讀者包括編者、甚至日本的讀者和編者都並不多麼在意這一思想，興奮便不得不冷卻下來。書卷之外時光流逝，一股悲哀漸漸變成了繼續發掘的決意。

我明白了：在這個腦殘時代，顯然讀者（不僅急功近利感覺粗糙的中國讀者，也包括「讀書之國」日本的讀者）愈是對重要的文字，就愈是不求甚解。

至今書評發表已有十年，那些「含義」若再不解說就真地湮沒了。趁這「不宜出行」的黃曆三月，我想作完這件功課。

寫之前先告誡自己：概括與凝練的中國古典散文筆法，尤其在這二十一世紀未必是好的寫法。哪怕一筆，只要不把話說透說白，讀者並不像你預想的那樣主動聯想。所以，放棄含蓄，文前點明：我要說的「含義」有三：關於馬的毛色隱喻的糾纏、「他本質上是個短篇小說作家」的意味、那匹威脅世界與我們的怪馬是誰。

一

原著書名《蒼ざめた馬を見よ》，我的書評自譯書題為《看那匹蒼白的馬》，中譯本譯名為《看那匹灰色的馬》。沒有哪個對與不對，這些譯名都差不多。它確實與聖經中象徵死亡的一匹白馬關聯，但那匹馬在影射誰、它在當今世界的「含義」才更重要。

先是在《讀書》雜誌的讀者留言中，有人議論說書評沒必要扯到那麼多「蒙古話中馬的顏色」。後是人民文學出版社的編輯對著我的「蒼白」和小說譯者的「灰白」想二者擇一，他搬來香港的聖經學者引經據典，當然認為《聖經》的記載就是謎底。

而我是牧民出身，先於聖經獲得的教育是蒙古牧人的知識。我用遊牧

民族對馬的稱呼及馬的顏色含義裏的「不潔」，以民間術語來加強那匹馬給人的不祥感覺。

編輯似懂非懂，於是中譯本特加了一頁講述這個譯題始末。我很願意把序言題目改得與正文一致，但保留了序文中的自譯段落。或該提及：我對引文的自譯與小說正文之間存在譯筆的微妙不同——我沒改動它，是想藉它表達我對原作思想的理解。

書評裏講到了蒙古牧民描述馬的兩種顏色。原因是我深知談及馬之顏色，唯牧人才是真正的權威。所以如「撒了」（saral）和「薄了」（būrul），它們的含義都並非「白」卻常用於白馬，因為牧民的「白色」（查幹／čagān）是概念的，針對馬使用時，它是理想的純白而不是現實中的斑駁雜色。我說「那是一種不純的白，編字典的蒙古人居然用『污白色』來表達」，我想強調的是它「給人的視野和心裏留下的不悅感覺。」

但我終於明白了，世界秩序已把人改造得讀法全變，所謂讀解、潛讀、吟味、會意、參悟——已經是舊時代的回憶。奢談什麼類近的語言心理乃是讀解的條件，對我這樣的作家，這才是真的難關。

到了去年底（二〇一八年十二月），在我應日本的河合塾（高考預備校）為應屆考生編輯的「我挑選的這一冊」約稿推薦讀物時，選了五木寬之這一本。我用日文把舊書評改成千字文，講到「包括我們在內的人們一直被洗腦卻並沒有意識到，習慣了拒絕呼吸新鮮空氣」的現象，我抱著幻想，對異國的高中生建議說：

「不願被社會潮流沖走的你，更適合異色的讀物。所謂讀書——或許正是發現真實之旅的出發。」

（社会の流れに流されたくない君は、異色の読物にふさわしい。読むことあるいは、真実へ発見の旅立つになるかもしれない）

不想囉嗦沒完，和合塾的編輯也是執著於聖經裏的那匹馬，不願接受遊牧民族的顏色觀。我煩了，不再解釋。隨他們印吧，反正我能留住自己的原稿，將來的文集裏添幾篇外文作品也不錯——只是其中的意味使我禁不住思索：他們為什麼總強調流行觀念而不願捉摸原作的警告，他們的腦子怎麼一圈也不轉，難道他們的眼前沒有掠過一匹不詳、惡意、污髒的馬麼？

二

　　關於「讀」的感慨之外，真正引起我長久思索的，不是上述的聖經故事與牧民觀念而是下面一段：

　　「……雖然也能使人感到超越種族響徹人心的痛切，但那與昔日給他以撕咬般刺激的米氏，總之並不一樣。或許，他甚至想，這個作家本質上只是一名短篇作家？也未可知。」

　　這裏藏著五木寬之的直覺。與「短篇作家」對立的，是被吹捧為「俄羅斯文學空前僅有的」長篇巨制。所以它也同時暗示了長篇小說的定義。這是兩種作品，甚至是兩類文學。這種觀點沒有被深入解釋，但使我一瞥開眼。

　　這是一種文學觀點，或者說，是一種文學學術觀點。它當然沒有被文學評論家提出過。這裏存在著對短篇作家與長篇進行兩類區分的，遠不止於篇幅技巧即形式、而是從本質上所作的判斷。

　　《看那匹蒼白的馬》裏的「短篇作家」判斷所依據的，是由於「過早看夠了不應該看到的」東西而抵達的「乾渴的虛無主義」、是使小說失去安穩感的「黑暗裂縫般的虛無感」。他沒有引伸至其他主題。但他指出了「短篇作家」是一種「與煽情主義處於對立之另一極」的作家。他指出社會熱捧的長篇「搭乘著庸俗的商業宣傳一路成為快賣榜首」，給他帶來一種「生理的厭惡感覺。」這些話不能不引起讀書人的聯想與思考，因為他們已經被牢牢吸引。

　　「短篇作家」是什麼？

　　無疑這是一個文學理論題目。也許它還超出了文學的桎梏，觸碰了漫長的思想史領域。

　　不消說文學變化無窮。

　　無疑短篇小說也罷散文也好都自由不羈，不服從概念的規定。但思想的含義更從不依仗篇幅的拉長，思想的意義只在於真與假，以及表達它的語言力量。何止篇幅，包括形式都從來不是問題，文學的生命是魅力與發現。我不再多發揮了——文學本身是多義曖昧的，心有靈犀自會體會。只是，五木寬之一語點破的「短篇作家」，給了我們判斷文學質地的某種標誌。

在造假時代討論它當然不合時宜。不過，代代更迭的人潮裏會有新人湧現。他們不是只瀏覽六十字微博的網蟲，而是新一代古典意義的讀書人。他們會參與和吟味，早晚刷新腐朽的文學理論。

順便說，書評裏我的一句話必須刪除：「按中國流的小說劃法就在小中篇與長短篇之間」——「小中篇」一詞是我學作小說時從文學界沾染的一個庸俗提法，它表現了對「短篇」本質的缺乏認識。

也許可以說說相對的另一極，即長篇小說？我們常看到長篇小說雖然充滿不節制的渲染，但其實輕薄者多。較多的現象是，它們顧全了故事的平衡，但篇幅未必與內含的思想平衡。而且，即便優異的秀作，也缺乏古典的洗練。

表述的急迫，不允許拉長篇幅。所以古典都是短篇，古典長篇名著半數是綜合民間話本甚至源於外國（若《西遊記》）。而所謂短篇隨筆或小說，即便採輯社會風物傳奇，也常常旨在文以載道。總之命筆乃為一件事或一種思路的點破，有時是由於它感悟了什麼有話要說。

它說到底就是「言論」，不過假文學以磨拭思想。它本是一己述懷，後來才流傳朋友。它身在異類，乃屬「五蠹之民」。比起娛樂，它更是辭藻的「惜身」之作。自然它多是短章，不作拖逐，愈是有意味的描述，就愈不顧平衡周到。它與媚眾及商業之間，幾乎天生缺少維繫。至於長篇，則是伴隨白話漸次成為書面語才興起的。其間世事滄桑，到了印刷垃圾時代，常見長篇作家愈寫愈快水兌得愈來愈稀。似乎長篇教人學壞——或該說：它們距離中國古典出神入化的簡煉傳統，已經太遠了。

中國古典為觀察世界提供了極高的標準。從這樣的文學觀眺望，凡懷著真知灼見的作品，確實文字無須太長。我猜五木寬之或有類似感觸，因為他面對一個世界陰謀的巨制，不是從政治背景而是從作家品質進行甄別，他甚至這樣措辭：這個作家本質上只是一名短篇作家。

三

最後一個有趣現象是：不僅是在中國，包括在作品的故鄉日本，讀者們直至今天並不理睬作家警告過的那匹不祥的、污白色的馬。自負的日本

文學評論家們沒有討論那匹馬是誰或是什麼，讀者人人都知道這位作家有名，但並不細究他的思路。

更不消說我小小書評二次呼籲的話語。一點都沒有錯，人們持續地接受洗腦，絲毫不覺得難受。

短篇小說包括散文（順便說，散文與短篇小說並無質的區別）追求的古典與洗練，在這個愚蠢的世紀裏也許純屬作繭自縛？雖然比起長篇，它們也許進行著更廣闊的戰鬥。

那「以自由這一觀念為釣餌給世界設置了巨大陷阱的、堪稱藝術的惡意」，如一代代病毒的變異，尤其經過加入洗腦工程的知識分子操作，繁殖膨脹，向著人類最後的良知攻擊。

魔鬼騎著那匹馬跑遍了世界的每一個角落。除了遊牧民族之外，沒有人發覺：那顏色並非如宣傳的潔白。

草就於二〇一九年春三月，霾中

（書評《看那匹蒼白的馬》刊於二〇一四年三期《讀書》，《看那匹灰色的馬》二〇一七年九月由人民文學出版社出版，以此書評為中譯版序）

二〇二一年六月號

一座向下修建的塔（上）

楊煉

導語

此去又經年，楊煉再論劍
沉吟俳惻之辭章，逐心剖膽之詰問
潛人性之淵以尋詩，探思想之戀以覓真
破故格以圖變法，攢險句以辟新局

自註

　　《一座向下修建的塔》，取自多年前我回答木朵長篇採訪的標題。本詩共七節，第一、七節的鐵樹靈感，來自艾未未的作品《樹》，他把巴西亞馬遜森林裏一棵近四十米高的死樹分塊製範，澆鑄成一比一比例的一棵鐵樹，滲透了人生、藝術多重寓意。第二節，我父親於二〇二〇年十二月二十九日病逝。第三節黃土南店，是我文革中插隊的村子，現已不存。第四節《漁莊秋霽圖》，為十四世紀元末明初大畫家倪瓚的名作。第五節，可參看我的文章《屈原詩，隱沒的源頭》。第六節二里頭酒爵，是一隻河南二里頭遺址出土、距今近四千年據稱夏代遺物的青銅酒爵，造形極為窈窕優雅，開後世唯美傳統之先河，現藏洛陽博物館。第七節柏林，我現居之地，亦如無邊之城。無盡的歷史輪迴在一個人體內，這棵鐵樹無處不在。

——楊煉

一座向下修建的塔
「叩寂寞而求音」（陸機：《文賦》）

鐵樹·亞馬遜

真有一個深淵嗎？
簡潔的陳述是
一棵樹從一隻手開始
被臨摹　拆卸
澆鑄　裝配

一副腳手架從一個
假的登臨開始
鐵的海拔追上樹頂一簇綠的
奄奄一息
烏有的年輪切割堆放
亞馬遜那隻死孔雀鋪開陰影
摘下的羽毛一一擺進
藍白透明的抽屜
敲叩　從灰燼開始
茫茫之美　從退無可退開始
旋入樹心中的洞
一個琥珀色的負數
乾透軀幹的性感
凹陷處甜言蜜語
絲光都被測量過
皺褶　修飾一口井
腐爛的模子
翻製高高在上的埋葬
向下　向內　太近的輪迴
幻化石膏　陶土　鐵
剝下 1：1 比例的影子
虛擬 1：1 比例的呼吸
琥珀色或灰白色
鋸開彼此　孿生彼此
唯一的甬道
鑿入腳手架固定的軀體
一截秀麗的殘肢微微扭轉
一個認定恥辱的坑
人形那麼淺　天外似的逼近
唯一的黑暗攏住鐵鏽味兒的鳥鳴
這暈眩是無底的
這跌落還能跌落到哪兒？
歷史沿著一剎那的墓道盤旋而下
從現在到現在　倒懸抓不住的絕命
一座塔虛構的巨大
俯瞰自己虛構的渺小

亞馬遜假裝發光的葉子
掀動我們的破書
攥緊贋品的邏輯
回不去的生命從電焊的火焰開始
苦肉　用一個鑄鐵的概念開始
拼裝一塊塊肌膚　摸到的都像真的
最真的不可能被稱為美學
一棵死樹不停剝下形象
發育安放我們毀滅的藝術
它忘了疼
它建造疼
眾目睽睽中一場坍塌
等著的聽覺等到一聲嘆息
冷卻的孤獨嚴絲合縫
1：1重合進
無數穿戴另外名字的死者的孤獨
鬼魂
矗立
完美地抵達
選中的厄運

父親遺像

每個瞬間吮含末日　而一個末日無窮無盡
父親的目光熟稔又陌生　像枚
劃出優美圓弧的落葉　遺像擱在
有燭火的窗台上　枯萎的仙客來是一盞長明燈
萬里外水仙寂寞的香是一盞長明燈
一隻玉琮探入暗褐色的黃昏　洇開窗外
屋簷潺潺的融雪聲　沉吟的水滴
滴進那時或這時？濡濕這裏或那裏？
時間的模具把一個名字打磨成一塊石頭
帶來些微不同　一雙手藏進隔開一米的形式
靜靜改變我　父親背倚灰燼的雕花
自何年何月凝視著現在　把我的現在
剔除出不知誰的何年何月　一張臉

親情的拋光的表面　　剛剛
從成千上萬堆滿冰冷倉庫的小方盒子裏翻出
又一包骨殖被嘎嘎壓碎時一陣嘶鳴
（親人們轉過身去）　這難忍為你造像
玉琮中的血沁絲絲縷縷　父親打開紙包
遞給我一房間用盡的午夜　讓我在萬里外
再用一次　燈下的眼神俯向詩歌的殘渣
你讀了又讀的陶淵明撐起苦香的菊花
韓退之退入他不認識的大海
李商隱被一個極端的韻律暴露著
哪個古典之美沒吮著災難的當世
歷史　翻過所有人　裸出這個人
激活毀滅的音樂　此刻　一頁又一頁
密密麻麻的小字　不被允許地　不得不
補足白紙黑字的恐懼　時鐘嘀嘀嗒嗒
履帶的韻腳說到底是一個私人事件
屋簷下一排水漬　清高的留言
迎向殘損的一刻　父親畢生的閱讀
錘煉成一行日日點燃的活的讖語
一首詩意味著牢記人生的受難之美
一隻玉琮意味著一朵小小紅艷的肉
（是一顆心嗎？）繼續震顫
父親的創作飄落鏡框裏一場場周年之雪
堆成鏡框外孩子們骯髒蜷縮的玻璃渣
更多黑暗等著融化　更多訣別
坍塌在眼底　末日主題中　我是一盞長明燈
一座塔隱身矗立在一切事物之內
向下的敘事不失去時間　卻獲得時間
不減輕父親的病痛　卻發育成兒子的病痛
不澆灑地上的酒　卻斟入啜飲不完的醉
寫於生日的死亡之詩　一個琥珀色的洞
父親般優雅　父親般性感　看著我
1：1淪為早已終結的　永不終結的
金黃燭焰的舌尖　細細舔到滄桑的意義
遠離詞的虛榮和恥辱　返回孤絕的家
這座塔無聲　「圍繞虛無的圓心旋轉」

48

木朵說　木朵在說誰？牆在腳下
牆在身後　四面八方呼嘯著逼近
讓我辨認出那個冬夜父親踏雪頂風而來的身影
繼續迎逛一次迷途　這首詩存在於此
僅僅是給予　微微抿緊的嘴角守住晚年的沉靜
不怕講述所有人的故事

黃土南店

一片記憶中的土地停在哪裏？
一陣三月的風　捲起路上的塵土
土坯的黃浸進名字的黃
放映不完的斷壁殘垣保持倒退的勻速
一剎那被撕開的春天　領著嘩嘩響的白楊
讓我看見了　我一輩子不得不繼續
看到的　一個人影「蹦出」綠葉的掩體
一抹驚詫照亮純然的不知所措
一個隱喻　從鬆脆的筆記本漏下生活
閉上眼嗅那泥土香　還耽擱在你回家半途
　　　　　　　　　向內的輪迴　唯一的輪迴
西山的山脊線嵌進夢裏　在地下幾米深
清晨四點　鐮刀雪亮地挨著抒情　在地下幾米深
小池塘裏泡脹的死貓　在地下幾米深
腳步　一前一後　繞過院牆　壓白紙的
墳頭　每天的鐘聲拽著鉸鏈　在地下幾米深
垂直的距離有青石井沿　活埋的臉
憋住波蕩的瞳孔　只讓我看見
一條水泥地平線鎖住一首田園詩的初夜
一隻骨灰甕慢慢燒製　旋緊畢生等待的蓋子
一截舊鐵軌從早到晚砸向耳聾
　　　　　　　　　訣別　堆壘得多麼溫柔
從大海頭家的土坡下來　暮色已夯實了
抱著朱永生坐在門檻上　照片簇新的笑意
不在乎死　不知道死　烏鴉活生生
抓緊一場白雪　劉大山的怨恨也走了
幾米之外　窗戶趴著的黑夜　點點鬼火

許諾我的鬼魂　你的鬼魂　還得翻飛　相遇
在一個認不出鄉愁的水泥曠野彼此認出
用一雙零下的耳朵　聽清爛掉的零
又一條大街羅列眨動霓虹燈的墓碑
遮不住一間小屋不疲倦地浮出輪廓
　　　　　　　　幹了的葦子坑像隻燕子

攬住時差　昨天被抹去　昨天才擦亮
向內的輪迴帶著初戀似的存在
永遠一個眼角的距離　瞥見前世
像雪堆　融化一次就醒來一次
再多坍塌　仍笨拙天真得像我們的第一次
黃土南店拆除無數次仍是一件亟待完成的作品
酸澀嘔出　一口浸潤歲月泥土的膽汁
把我到處導向村北墓地中一棵小柏樹的幽綠
小五子開膛破肚　沉甸甸族人的棺材
扛在我肩上　一個起源　一個聖地
　　　　　　　　忍著水與血濕漉漉的漩渦

真有一個深淵嗎？抑或想著就是深淵？
真有一座廢墟嗎？抑或腳踩在哪兒
光禿禿爬著的水泥地面　就被荒草的舌尖割開
一隻貓頭鷹咯咯的笑聲錄製進今夜
錄製成今夜　我的悔恨空蕩蕩追蹤我
我的無家可歸從不讓報廢的春天停止移動
親眼見證自己成熟為亡靈是一種幸福嗎？
一個村子　背對健忘的地圖　向內殖民
地下幾米深　瓦礫的星宿璀璨如傷
我鬢髮斑白地向你走去
　　　　　　　　愛上身體裏粉碎的總和

《漁莊秋霽圖》

烏　　　　　有
是一種形式
　　　　我的
　　　　　　浩　　　渺
說出蒼茫

50

　　　　不說出蒼茫
　　　　　　　已是蒼茫
　筆之渴如心之渴
　荒寒若此　七百年積聚秋雨　雪意
　枯澀若此　一種慢　無水　無聲
　一個不在全力以赴
　推開你們的眺望
　和我的構思　石頭的雲越飄越遠
　樹梢的爪尖撬破宣紙的隔膜
　一個岸或許多岸　有岸或無岸
　注視時間就在注視一個人　一個無人
　蒼茫依舊　一股血味兒更新又更新
　我的死看不見地溢出我的空曠
　我的沉寂　一分一秒擦洗我的潔癖
　一個空間無限苛刻　封存一汪流逝
　你們滿滿的悲歡不可解封了
　（像一個冷冰冰的信息）
　七百年　吊在鐵鉤上的鮮肉淋漓若此
　一根刺　減速扎穿現在
1：1
　　　滲漏的形式
石
　　一座孤墳
　　　　　　　　樹
　　　　　　　　　一縷孤煙
水之鬼魅
　　　　我之鬼魅
　　　　　　　你們手中的磷光
封掉盯著自己萎縮的一條破爛標語
被毆打成泥濘的骸骨不可解封了
封掉火焰清明　濃煙清明中一條拋起的白綾
凌空擊斃的黑蝙蝠不可解封了
封掉拒絕更換的年號　從未開始的溫潤
厄運的幹墨不可解封了
封掉冤魂足球場濺滿孩子們小腿的青

一張臉被哨音憋住的青
入夜陽台上那聲「假的」不可解封了
封掉一座島的沉沒　帶著一百萬塊骯髒的玻璃幕牆
沉沒　日日中元節不可解封了
一個埋頭作畫的形象　埋頭刪去
筆下掏空的人　曾以為有的意義
一塊紙做的無字碑　在空那邊刻滿了字
全力以赴的少　咽喉沙啞　只寫出不夠少
我能認出自己嗎？你們能認出自己嗎？
屏幕的冰斫了又斫　鐵網間一架肉珊瑚
爛至無色　這世界能認出自己嗎？
一面無眠的鏡子　每剎那揩拭噩耗
什麼都是舊的　什麼也不曾忘記
無處來
　　　　　　亦無處去
山水的肖像
　　　　　　背叛了山水
　　　　　　　　　亡靈的漣漪
　　　嘆出
　　　　　　水底那首詩
白白耗盡的一生有一個定稿
水已窮　雲未起　枯坐的地平線
移至嘴角　刺骨的激情只需一個定稿
畫一次就夠了　我的滄桑對你們說
我的空白對你們說　沉吟十八載的一首悲歌
對應（或對峙）無始無終的凍傷
草草勾勒渾濁　足夠你們目不轉睛
認出歷史那滴淚　從未流出平面的內心
詩　少於無辭　人　止於無路
一種註定為每個現在　每次隕落準備好
一種註定一口吸盡每次隕落　每個現在
淡淡掃過被浪費的　一模一樣的憂鬱
烏　　　　　有
　　　　聽清一聲慘叫

柏林，二〇二一年五月三日改畢
二〇二一年八月號

一座向下修建的塔（下）

楊煉

汨羅，某夜（和《涉江》）

這不是抒情詩　而是死亡之詩
這一晚　江聲喃喃　黑暗喃喃
此地照常幽獨　我倚著兩千年
那道不存在的欄杆　身前身後
文字像斷崖　讀了又讀的大江
是涉不過去的　單相思的眼睛
挽著我前仆後繼的死亡的知識
一串橋上燈火　擎著倒影埋入
橋下　一道堤岸像在塔裏漫步
夜色比虛構還寬　江風和冷霧
掘開彌漫葦叢腐爛味兒的空洞
就是這兒　仍是這兒　亡靈兮
翩遷　浪跡的對岸悄悄被抹掉
我的踟躕涉不過去　鄂浦溆浦
虛設的世紀涉不過去　枉渚或
辰陽　哪首詩沒滿滿住著南夷
蹚過我死了又死的簇新的白髮
自沉的前世無怨而盲目地召喚
後世皆然　不知所如的命定處
美人　你能騎幽冥那隻鶴來嗎？
水浸浸的欄杆　也在塔裏盤旋
燈火闌珊　照亮每一座奈何橋
這不是抒情詩　古國幽情已死
兩千年吹氣如蘭　易碎的憂傷
對攪進爛泥的呼吸有什麼意義
河底　蕩漾一座水牢　女詩人
哭泣著變老有什麼意義　血肉
滔滔　這條河不流向任何地方

我的白髮下空無一人　坍塌的
上游下游空無一人　末日零敲
碎打　一座憂鬱之塔吞咽無人
我聽見徘徊又徘徊的歷史猶如
蟬蛻　脫下的迴聲刺耳而空茫
漩渦　貼緊內臟的直徑　磨擦
一轉眼就到了的老　這衰朽的
軀體不是哪個人的　名字羅列
剜掉的巨石　堆疊假命題的岸
孤零零發生的死　重合無數死
毀滅的性感無所謂是哪個人的
水淋淋撈起的詩攜帶所有非人
倒退回忘卻　唯一剩下的命運
水面上鋪滿攥緊倒退的黑沙子
流亡和自沉立等可取　說了就
丟了　假的死亡撫慰假的生命
自戕的故事置換成淤積的腸胃
這不是抒情詩　這腐臭鏤花的
辭　用我器官裏的空茫根除我
用無須寫下根除詩　噩耗靜好
花不完的冥幣儲蓄一生的紙灰
地獄通貨膨脹　夢魘無處可逃
美人　星空的鍵盤上垃圾周年
可騎抑或可躺？一聲鶴唳濺出
一個陰間　不可能更近　欄杆
一靠就化　我們奮力修建的塔
在閻羅層　繁花獻祭一張胖臉
油膩的紀律供奉著蒼蠅麇集的
幸福感　爬　無人的屍體巨大
而麻木　被一個口號無限加固
謊言涉不過去　可誰說我不是
謊言的芯片？吾將行　吾早已
行　我沒有對岸　我就是對岸
在這　贗品的詩傍著贗品的河

二里頭酒爵

夏桀說

回到

金

酒宴的餘溫

遺下

造形

唇

遠遠遞出

腰肢

暗暗發亮

藏著的

女孩兒

三枚足尖

踮著跳

非實用

之舞

四面八方

攏進

橢圓

雪白的手

拿著

博物館一角

暈之靜止

婀娜

花紋醒來

優雅

肯定

一次澆鑄一道刻痕

下葬的小海

完美開始

勒斷的脖子

低懸

青銅之黑

目睹祭祀

斟入裏面也斟入外面
一抹銅綠一聲慨歎
無邊的拍打
摳出
小小的乳突
起點
孤絕
終點是天意
夏桀說
喝我吧
殺殉是器皿
憂鬱是器皿
綠松石
請圍觀
我的叫喊
不在我嘴裏
我的死亡
總正在死去
零距離燒灼
痛之金屬
摯愛從來如此
越精緻
越虛無
火焰是器皿
淤泥是器皿
輕踱的腳步
護著滴血的方向
沉不到海底
我的海無底
敲叩從來如此
每天的坑
肯定
向下

塌陷　是一種行動

不可能　是一種行動

博物館

唯一發育著陰影

塑造迴聲

是一種行動

夏桀說

開始了

你們的鬼魂

1：1

盈漾

在我體內

死不

放棄

同一次毀滅

幹！

鐵樹‧柏林

七個長句靜靜落到紙上　七重夢魘

在一個夢魘之內　一座塔

從未輪迴到一個人之外

一連串替身搭成腳手架

攀登一棵不停加高的死樹

清清楚楚摸到1：1成形的

嘴唇　耳廓　眼角　矗立成語言

一連串化名像個拆遷的語法

亞馬遜碧綠的死孔雀輾轉在每個街角上

脫盡羽毛　爛成季節的疤痕

編號　切割　翻製　一扇玻璃

向內推開無數透明的層次

嫩芽的小雲　初春的寂寞

模擬無力凋落的鋼鐵枝葉的喧囂

修建不願掙脫的寒意
七個片段是一個片段　一個人形
不敲響記憶的噹噹鐘聲懸進殘破的頭顱
不感覺殺戮的火焰噴出熟睡的窗口
不計時的爆炸　不停把彈片擲向
陽光明媚的草地　野餐和孩子們的小腿
不知道清明節　只蹚進清明節
死亡多麼相似多麼無知　一個是另一個
1：1創作彼此的贗品
不沮喪心裏一個琥珀色的樹洞
不厭倦掏挖日子的倒影　上個就是下個
不惶惑沒有原版時　誰都像原版
一隻嘤嘤嚀嚀的蒼蠅　不到廢話為止
而是淹死於廢話　一塊琥珀裏
滿滿的時間兌換烏有的時間
滿滿的歷史　除了褒獎一個人的痛苦
什麼也不是　留給我孤絕的此地
沒有出路　一場雨遙控一雙乾涸的眼睛
假觀看認出淅淅瀝瀝的假迴聲
像隻艾未未手中掉下的罐子　靜靜
掛在艾未未的空中　（藝術和人生不能碎兩次）
一個掛在呼吸機上的人死扛自己的命
器官的街壘繞不過去　蒙面的海浪之城
為災難補課　海鷗催淚彈打爆花花綠綠的
海面　一首只為無意義人生存在的詩
康德街策蘭街　繃著鄉下人的小臉　都在賣
家回不去　於是蜇入離不開的謊言
輪迴的喃喃自語輪迴在我之內
慢慢訴說的長句訴說著歷史　又明亮
又空曠從裏面咬緊唯一的日子
一個人一點點形成於自己的反方向上
一首詩的窗口蓄滿不會過去的風景
從手開始　一棵大樹真的死亡不怕衍生假

再衍生虛無　每一步追上最後的空曠
亞馬遜鑄鐵的風聲裏　根還奢望發芽嗎？
四十米的無限高　殘肢正從哪個身體砍掉？
父親回眸的隱喻　重申回眸之不可能
一個空缺不會驚動掠過的春色
西山淤血的紫色鑲在一九七六年邊緣
逃離一步　黃土南店貼近一點
斷壁殘垣是我　一隻骨灰甕盛滿抱緊的冷
一扇雪地的灰白轉門匆匆咽下人影
千古　只需一幅畫　只有一幅畫
倪瓚無淚之哭無比熱烈　四溢蒼茫
和一首吸乾秋水的詩　像大夫一樣
徘徊岸邊因為我的奈何橋已留在身後
不奢望涉江因為每天橫亙一條大江
兩岸的陰間攏著漂泊　絕命一跳
只撞上語言的卵石　血沫迸濺
上一聲驚呼無間隔地溺斃於下一聲驚呼
一隻酒爵像猥褻的軸死死纏住碰杯的手
夏桀說　沉淪之美憂傷之美　再死
一次　仍１：１翻製出冷卻到底的我
摸著濕漉漉的塔壁下來　踩著
盤旋的墓道下來　喪失一次就綻放一次
所有斟入修飾一個窈窕　貫穿的形象
沒別的超越只剩在自己之內輪迴和超越
沒別的拯救　一隻手探至向下的塔尖
我　你們　這個早晨窗台上兩隻跳躍的紅松鼠
唯一的優雅只鎖定死亡中這場超越
我們渴求的聲音不在烏有的別處
根的皺褶　石頭的皺褶　接住所有坍塌
１：１對稱於一個漆黑的完美
不依賴其他　不放過其他　替身和化名
搖撼一個矗立　老病的歷史教我靜靜說
歷史不存在　爆裂的剎那如此確切　從現在

到現在　完成的寂寞等著完成　父親
發掘之手輕拍我的身體　使我成為我的一切
正在落下　四月的陽光灰塵般落下
足夠讓我感到一簇鋼鐵枝葉狠狠吹拂
死之馨香用父親的清澈
把不可忍受的世界忍受在內部

柏林，二〇二一年五月三日改畢
二〇二一年十月號

楊煉小傳

一九五五年出生於瑞士，成長於北京，現旅居歐洲。上世紀七十年代後期開始寫詩。一九八三年，以長詩《諾日朗》轟動大陸詩壇，其後，作品被介紹到海外。楊煉的作品以詩和散文為主，兼及文學與藝術批評。他迄今共出版中文詩集十四種、散文集二種、與一部文論集，已被譯成三十餘種外文。其代表作長詩和組詩《YI》、《大海停止之處》、《諾日朗》、《同心圓》、《敘事詩》等，通過精心結構詩學空間，追問人生困境並追求思想深度。

楊煉作品被評論為「像麥克迪爾米德遇見了里爾克，還有一把出鞘的武士刀！」，也被譽為世界上當代中國文學最有代表性的聲音之一。

楊煉和英國詩人 William N. Herbert 等共同主編的英譯當代中文詩選《玉梯》（Bloodaxe Book，二〇一二），為在英語世界確立當代中文詩思想和藝術標準的突破性作品，全書三百六十頁，構成一幅深入當代中國文化的「思想地圖」。二〇一三年，同樣由楊煉和 William N Herbert 主編的中英詩人互譯詩選《大海的第三岸》，由英國 Shearsman 出版社和中國華東師大出版社聯合出版。二〇一五年，楊煉主編的英譯北京文藝網國際華文詩歌獎獲獎作品選《龐大的單數》由英國 Shearsman 出版社出版。二〇一五年五月，北京作家出版社出版楊煉詩文選《周年之雪》。從二〇一五年九月起，《楊煉創作總集一九七八——二〇一五》十卷本陸續由華東師範大學出版社（九卷）及台北秀威出版公司（一卷）出版，這是迄今為止展示楊煉創作最為完全的出版物。

楊煉獲得的諸多獎項，其中包括英國薩拉‧麥克奎利國際詩集翻譯獎（二〇〇一）；中國首屆汨羅文學獎‧九歌獎（二〇二〇）；意大利蘇爾摩納獎（二〇一九）；雅努斯‧潘諾尼烏斯國際詩歌大獎、拉奎來國際文學獎、意大利北－南文學獎等（二〇一八）；英國筆會獎暨英國詩歌書籍協會推薦翻譯詩集獎（二〇一七）；台灣首屆太平洋國際詩歌獎‧累積成就獎（二〇一六）；意大利卡普里國際詩歌獎（二〇一四），意大利諾尼諾國際文學獎（二〇一二）等等。

楊煉於二〇〇八年和二〇一一年兩次以最高票當選為國際筆會理事。二〇一三年，楊煉獲邀成為挪威文學暨自由表達學院院士，二〇一四年至今，楊煉受邀成為汕頭大學特聘教授暨駐校作家。自二〇一七年起，他擔任一九八八年創刊的《倖存者詩刊》雙主編之一。

談心
──與林青霞一起走過的十八年

金聖華

編按：作者金聖華與林青霞相知相交十八年，風雨同舟，互相扶持，攜手共渡了悠悠歲月。一位是學貫中西的翻譯學家、作家；一位是遐邇海內外的巨星、作家。林青霞說金聖華是她文章的第一個讀者；金聖華則記錄了一位傳奇人物不為人知的真實面貌。《香港作家》網絡版獲作者授權發表（當時）即將出版的新作《談心──與林青霞一起走過的十八年》其中四篇文章，以饗讀者。

一、緣起

二〇二一年三月十七日與青霞通電話，一如往常，我們天南地北，無話不談，從她給影迷團「愛林泉」講的一個笑話開始，說到今屆諾貝爾文學獎得主Louis Gluck（格麗克）的詩學，因為那陣子，我正在用Zoom教香港中文大學翻譯碩士班的《英譯中翻譯工作坊》，有個遠在貴州的男學生選譯了格麗克的評論，而這樣學術性的嚴肅內容，青霞居然也聽得津津有味。電話將要結束時，我對青霞說，想寫篇有關我們多年相交的文章，說著說著，覺得資料太多了，不是一篇文章可以承載得了的，她忽然建議，「何不寫成一本書？」這下，好似靈光乍現，豁然醒覺，對了，為什麼不寫成一本書？

因此，有了寫書的動機。我們都認為，如今世界瞬息萬變，今日不知明日事，任何想法，必須得馬上坐言起行，說做就做，否則，延宕誤事，徒然留下遺憾而已！

這本書當然不是容易寫的，先得想個書名，我暫時想到的名字是：《同步綠茵上──與林青霞一起走過的十八年》。書中計劃把我們相識相交十八年以來的點點滴滴，記錄下來，作為一個見證，將林青霞如何由一個明星，蛻變為一位作家的心路歷程，如實呈現在讀者眼前。誰知道跟青霞說起，個性爽朗的她認為「同步綠茵上」不夠突出，她說書名最好直截了當，讓人一眼就受到吸引。我說，我們多年來談天說地，話題不完，可惜「交談」

這麼好的書名，早讓林文月用上了，我們商討了一下，認為那就不如用《談心》吧！

十八年前，由於友人的引薦，我們初次會晤，當時彼此之間，並沒有存在什麼特殊的展望和期盼。友誼是在不經意中自然而然發展的，恰似一顆微小的種子，纖纖弱弱，於適當的時候，播入適當的土壤，經長年累月，在和風吹拂細雨潤澤下，逐漸發芽，成長，如今竟然綻放了一片燦爛繽紛的姹紫和嫣紅！

十八年前，青霞是洗盡鉛華的退隱明星，一位成功實業家的妻子，一個兩名稚齡孩子的母親，膝下的小女兒還是個正在學步的嬰孩。剛完成了生兒育女大任的她，意欲尋找自我在人生道上的方向。我呢？當時還是在中文大學全職任教，一向在學術園地裏忙於耕耘，跟外面的繁華世界，尤其是影藝圈絕少往返。

▲ 作者與林青霞相識至今十八載，互相扶持，互相勉勵。（鄧永傑攝影，林青霞提供）

絕對想不到的是，這樣不同圈子的兩個人，驀然邂逅，在此後的人生旅程上，竟然同步向前，攜手共賞了無數怡情悅性的好風光。這些年來，我們彼此扶持，互相勉勵，無論對生命，對文學，對為人處世的看法，都有了嶄新的感悟和體會。

從相識的第二年起，青霞嘗試把內心的所思所感寫下來，而自從她第三篇文章〈小花〉開始，我就成為她的第一個讀者，眼看著她在寫作前如何全神貫注，寫作時如何廢寢忘食，寫作後如何虛心求教於各方好友，繼而從善如流，一改再改，務必要把文章改得精益求精，方才罷休。

青霞是個非常懂得感恩的人，朋友只要曾經對她出謀獻策，予以鼓勵的，哪怕只是提點一二，她都感念在心。於是，她身旁就有了一大堆高人謀士，誰是「伯樂」，誰是「老師」，誰是「知音」，她都經常掛在口邊。剛開始時，她說我是她的「繆斯」，因為只要一對我說故事，就有靈感寫文章了。其實，是她自己早已成竹在胸，不過要找另外一雙耳朵來聆聽一

下罷了。日子久了，有時候她事情一忙，就會停下筆來，我在一旁替她的讀者乾著急，偶爾悄悄催促一下，她倒是挺爽快，只要輕輕一催，就又催出一篇好文章來，讓望眼欲穿的讀者和期待佳作的期刊老總特別高興。一日，她心血來潮，說我是她「無形的軟鞭」（這個稱謂，後來變成了她第三本著作序言的題目），常常會在她鬆懈的時候抽她一下。這可是十分冤枉的說法，我哪裏是做鞭子的材料？兒女都說，小時候不聽話，我哪怕作勢要體罰他們，也像搔癢似的，一點也不管用；而我當了這麼多年教師，從來也沒硬起心腸來給任何學生不及格過。因此，我這軟鞭，就算使將起來，也絕不會虎虎生威，霍霍作響的。自二〇一一年以來，青霞在繁忙的日程中，連續出版了三本散文集：《窗裏窗外》、《雲去雲來》、《鏡前鏡後》，如此亮麗的成績，主要是靠她自淬自勵，自我鞭策所致。

三年前，我曾經在深圳海天出版社，出版過一本散文集《披著蝶衣的蜜蜂》，書名的寓意，是向世界上所有勤勉不懈，追求美善，而又內外兼及，表裏兼顧的女性先驅（如西蒙波娃和楊絳）及朋友致意。這些朋友，看似身披彩衣的穿花蝴蝶，實則是辛勤釀蜜的勞碌蜜蜂。林青霞絕對就是這樣一個「披著蝶衣的蜜蜂」！也許，在別人眼中，她是養尊處優，眾人供奉的蜂后，美艷不可方物；實則幹起活來，她卻是個不折不扣的工蜂，可以日以繼夜，不眠不休，只要是她自己喜愛的事情，可以做得比誰都投入，比誰都勤快！

林文月曾經說過一句名言，「別人不做我來做」，說的是一件件有意義的工作，包括學術評論、文學創作和文學翻譯。寫這本書，也是別人不做我來做，記錄下來的是一份歷久不渝的友情，一種同步追求創作的文緣，一個傳奇人物不為人知的真實面貌，以及息影巨星如何從紅毯到綠茵，在人生道上，跨界轉身，自強不息的故事。

二、初次會晤

不記得那天是星期幾了，應該是個周末，否則我也不會有空。日期倒是記得清清楚楚的，二〇〇三年三月八日，婦女節！

車行在飛鵝山道上，路盤旋曲折，因為是外子 Alan 在開車，緩慢而平

穩，也就感到好整以暇，否則，以當時有點好奇緊張的心情，倘若坐上飛車的士，可能會頭暈目眩一陣呢！

不久，來到一個大宅門口，核對了門牌號碼，按了喇叭，大門緩緩打開了，車子慢慢駛進院子，在屋前停下，這時候，她現身了。迎面而來的是一張含笑的素臉，毫無濃妝艷抹；一身乳白的便裝，淡雅，簡樸，倒也使人眼前一亮！

這麼多年來，曾經在街上巧遇過林青霞兩次：一次在大會堂看節目，我坐著，她在我面前施施然經過；一次在皇后大道上，等交通燈轉綠過馬路，她恰好站在身邊。即使如此，看到傳說中的天皇巨星在視線中出現，也不會不顧禮貌直勾勾盯著她瞧，因此，她真人到底是否跟上鏡一樣好看，這還是第一次打個照面。

說起來，我不算是她的影迷，根本也不是任何人的影迷。再說，她出道的時候，我們這一輩，已經度過了追星的年齡了。《窗外》這電影宣傳得沸沸揚揚時，我正忙於成家立業，哪會有閒工夫去管身外之事。然而，多年來，她那清麗脫俗的容貌，不時展現在各種媒體上；她那轟轟烈烈的銀色生涯，也是如雷貫耳，時有所聞的。因此，當朋友在電話中提起，林青霞想找個人聊聊有關文學的事，介紹她看些中英文書，不知道我可有時間否？倒是令我產生一些好感和興趣。一向很欣賞這樣有上進心的人，特別是她現在名成利就，環境優渥，在物質享受方面，可以說要風得風，要雨得雨，假如她純然以吃喝玩樂為生活目標，盡可以舒舒服服過日子，何必花時間來讀書求進，正如粵語所說，自己「搵苦來辛」？

那天，走進屋內，放眼一望，的確令我有些詫異。屋子很大，很寬敞，但是完全看不到預期的富麗堂皇或金碧輝煌，家具靠牆而立，疏落有致，幾乎都是乳白色的，那麼低調，那麼沉靜，跟主人的謙遜隨和，默默呼應。接著，女主人招呼我去參觀後院，院子裏的格局，更是令人料想不到，既沒有中國庭院常見的亭台樓閣，小橋流水；也沒有歐洲宮殿式的花團錦簇，絢爛繽紛，只有碎石小徑，柳條木凳，一切依然是那麼寧謐平和，簡約素淡，使我霎那間想起了京都龍安寺中「枯山水」的石庭景觀，對了，就是那種以一砂一石砌出的禪意美感，如此澄明，如此空靈！時間彷彿凝聚在這一

庭空間裏，使人渾忘了外界的煩囂和紛擾。四周有樹，很多影影綽綽的大樹都佇立在籬牆外，如忠實的侍衛般守護著這一方淨土；不見什麼花，心如明鏡時，原是無需凡花俗卉來點綴的。接著，我們自自然然坐在樹蔭下，木凳上，無拘無束的聊起天來。

那天到底聊了些什麼？事隔十八年後的今天，要追憶起來，已經有點模糊了，只記得我們當時是天南地北，即興聊天而話題不斷的。其實，我們生活的圈子截然不同，年齡也有差距，怎麼一打開話匣子就滔滔不絕了呢？到現在我也弄不清楚。也許，因為我原籍浙江，她原籍山東，我們都是在台灣長大的「外省人」，隨後又因各自不同的機緣，來到了香港，嫁給了廣東人。這些年來，我們都蒙受了香港的種種福澤，因而深深愛上了這個有福地之稱的東方之珠。我們談起父母、兄長、兒女，以及生命中的點點滴滴，當然，也談到文學與創作。青霞當時顯得有點靦覥，她說，閒來喜歡看《心靈雞湯》那樣的書籍，不太看嚴肅的大塊文章。至於寫作，那是很遙遠的事，不過她也常常會把一些內心的所思所感記下來，寫在一張張紙片上，鎖在抽屜裏。她更提到，曾經有一位香港大學的洋教師教過她英語，兩人相處得很好，只是，後來老師回美國去了，她們之間的交往，也就沒有了下文。

那天，在樹蔭下，微風中，鳥鳴聲裏，我們聊了好久，青霞特別好客，從客廳中的瓶瓶罐罐裏，掏出好多從各地送來的小吃，一碟碟放在桌子上，讓我嚐嚐。也許是忙於交談，美食沒有怎麼動過，清茶倒是喝了一杯又一杯。我們聊得那麼開懷，竟然不覺得時間匆匆過去，一晃眼已經幾個鐘頭了。於是，相約以後每個周末一次，我會帶些她適合看的中英文章或書籍來探訪，在輕鬆愉快，沒有壓力的情況下，一起研究交流。

是時候告辭了，我們穿過後院，走進屋子，她一轉身拿出一大盒GODIVA巧克力，接著，又搬出一大本印刷精美的雜誌，不太記得內容了，似乎是有關溫莎公爵夫人珍藏珠寶的，說是要送給我。我知道她待客有道，這麼殷切，也因為我事前聲明，從來沒有上門兼差的經驗，這次破例，是為了交個朋友，絕不收費！

「東西太重了，我先替你拿著！」毫無架子的大美人體貼的說，一把將禮物拽了過去，提在手上，另一隻手挽著我，送我到前來接我回家的車

65

邊，跟 Alan 禮貌的打個招呼。就這樣，結束了第一次的會晤。

這以後，我們又相聚了幾次，記得我曾帶上 O.Henry 耳熟能詳的短篇小說，如 *The Gift of the Magi, The Last Leaf* 等跟她一起欣賞，正當一切漸上軌道的時候，香港爆發沙士瘟疫，青霞帶著兩個年幼的女兒，匆匆離港避疫去了，於是，我們這段剛剛萌芽的情誼，也就在無法預料，無可奈何的情況下，嘎然而止了！

三、覓名師

二○○四年十二月，蘇浙同鄉會的餐桌上，坐著張樂樂，我，還有林青霞。由於料想不到的原因，促成這次聚會，而這次餐敘，把原本已經斷線的兩端，又連接在一起了。

張樂樂，一個熱心的朋友，當年曾是活躍於電影圈的娛樂記者，跟許多大明星相熟，包括張國榮、林青霞等巨星。後來嫁到美國去了，由於想念香港，時常找機會回來跟朋友敘舊。那年年底，香江才子黃霑因病逝世，十二月五日在香港大球場有場追思會，樂樂特地從加州趕回參加，在會前，這位我與青霞之間原先的穿針引線人，又把我們倆給聯繫上了。

是因為懷念黃霑，青霞發表了她的處女作〈滄海一聲笑〉，這篇文章，題目取得非常好，既是《笑傲江湖》主題曲的名字，而曲中的詞句，如「江山笑，煙雨遙，濤浪淘盡紅塵俗事知多少；清風笑，竟惹寂寥，豪情還剩了一襟晚照」，又確是填詞人一生的寫照。原來，青霞從一開始，就是為文章點題的能手，多年後，她屢次為好友江青設想書名，如《點點滴滴》、《我歌我唱》、《念念》等，這種特殊的才具，早年已有先兆。

從二○○五年開始，我們又時相過從，然不再拘泥於定時定候的相聚，而是採取隨心所欲，自由自在的方式，譬如，在半島飲茶，相約去看電影，看畫展，逛書店，聽演講等。這時候，青霞雖然已經在文壇上跨出一小步，但是仍然謹慎謙遜，抱著畢恭畢敬的態度，到處虛心求教。寫完一篇文章，她會傳給高中同學、各地友人等舊雨新知看，把就近或遠在上海、台北，甚至美國的反饋意見收集起來，悉心揣摩，努力求進。當然，她也會向相識的文壇中人一再討教。以下，就是一些她當時搜羅所得的寫作竅門。

　　有一回，她向倪匡請益。飯局上，這位科幻小說達人對著大美人說：「文章只有兩種：一種好看，一種不好看。」說畢，這位可愛老頑童的圓臉，嘎嘎嘎的笑開了，就像一團綿綿的南瓜蓉。聽了這番似平凡實高妙的言論，青霞倒是銘記在心，以後無論寫什麼，總是提醒自己，千萬不要寫得枯燥乏味悶煞人！

　　又有一回，青霞說，林燕妮曾經表示：「寫文章開頭跟結尾最重要，中間隨便寫寫就可以了。」那到底該怎麼起頭，怎麼結尾呢？這就是問題所在了。記得愛爾蘭裔日本作家小泉八雲好像曾經說過，寫文章，起首就像一條河，你在河道的任何一段跳入都可以。至於結尾，幾年後青霞認識了董橋，向他請教寫作之道，董說：「想在哪裏停，就在哪裏停。」這些高人的指點，對初出茅廬的新手，倒是有些諱莫如深的。

　　龍應台的妙訣，分為宏觀的和微觀的兩種。先說微觀的，龍告訴林：「文章寫完，要像雕塑一樣，去掉多餘的字，尤其是『我』字，千萬不要寫『我覺得』、『我很榮幸』、『我很慶幸』這樣的句子！」這個容易遵從。至於宏觀的，龍勸諭林寫作前，「最好先畫一個表格，寫上年份、事件、表達你的價值觀等等」，龍自己的文章，常以大時代為背景，富有歷史觀。那麼，青霞懷疑，自己是否得先在書齋裏埋頭苦讀若干年月，才能開始動筆呢？

　　張大春告訴林青霞，「寫別人沒有寫過的，自己的故事」，這倒是最適合的方式，青霞的故事，有多少人傳過、聽過，但都是道聽途說言過其實，讓當事人自己現身說法，不是最引人入勝嗎？因此，小思認為：「青霞的圈子，青霞的經驗，是旁人無法企及的」，所以該寫她圈子裏自己最熟悉的，獨一無二的經驗。

　　然而，材料有了，該怎麼書之成文？記得青霞曾經寫過一篇文章，請一位她在文化之旅中認識而當時身在美國的教授審閱，誰知道教授一改之下，添加了許許多多四字成語，形容詞句，乍看，還以為是哪一本教科書中的招牌抒情文，徹頭徹尾跟青霞的原作分了家。這光景，就好比一向打扮素淨的姑娘，忽然穿金戴銀，花枝招展起來，左看右看都不像她！

　　青霞在踏上文化之旅的初階，的確時常躬身自省，反覆思量，摸索著一條最適合的路子，她既怕自己才學不足，又恐文筆不濟，這時候，她最

需要的是增強自信，盡情發揮。因此，我開始介紹一些名家的作品給她看，例如楊絳、林文月、季羨林的散文。這些大家，有一個共同點，就是「豪華落盡見真淳」，他們下筆，不在乎尋章摘句，不在乎精雕細琢，而是以最最懇摯的態度，直抒胸臆，將內心深處的所思所感，通過純真的言語，如實表達出來，因此最能觸動人心。看了這些名家的文章，青霞開始感悟，覺得非常踏實、舒坦，原來，好的文章可以這樣寫的，恰似真正美麗的人，未必需要塗脂抹粉，錦衣羅裙一般。

除此之外，我也盡量將一些在自己人生旅途上，曾經對我從事翻譯和文學創作多番提點、引領、協助、支持的前輩先驅，一一介紹給青霞，希望她也能從中得到滋養，有所裨益。

於是，就衍生了青霞與名家之間，日後種種隔空相遇、隔代求教、千里尋訪、香江會晤等文壇佳話了。

四、互相扶持

那一通電話，來得正是我要出門的時候。電話那頭，傳來低沉哀傷的聲音，「你有空嗎？可以請你來一趟我家嗎？」那是二〇〇六年五月裏的一天。

那段日子，香港翻譯學會正在籌備慶祝成立三十五周年的活動，由於我重新出任會長，幾個月來，一直忙於邀請名家如林文月、龍應台等前來為學會舉行講座。每次文月來港，我和外子必定會親自去機場迎接，那天也不例外。正要出門的時候，林青霞的電話來了，情急之下，我們決定兵分兩路：Alan 去啓德機場，我去香港半山，兩人二話不說，奪門而出。

香港半山？到底是那條街？那棟樓？完全不記得了，只知道那天匆匆跳上的士，從新界直奔港島，一路上心裏七上八下，忐忑不安。青霞要我去跟她聊聊，我得知她幾日前老父仙逝，正陷於喪親之痛中，真不知道該怎麼去安慰她，開導她？那時她家正在裝修，所以搬到香港半山去暫住。失去至親，就好比在汪洋大海裏迎風顛簸的扁舟，茫茫然迷失了方向；這時候還得暫住別處，更會心神不寧。她怎麼經受得住呢？

還記得在早前的日子裏，青霞曾興沖沖為父親籌備壽宴。林老先生說

不如等到大壽時再過生日吧！一向孝順的青霞堅持不肯，「生日年年要過，歲歲要做，哪裏還要等？」她特地請劉家昌為老父作曲，並親自填詞——「只要老爺你笑一笑」，更訓練兩個小女兒在生日宴上為老爺獻唱，她還為父親獻上玉桃作為壽禮，又替宴的親朋戚友準備了回禮金牌。「我做這些，爸爸可不領情，他捨不得我花錢，還把我訓一頓呢！」青霞笑吟吟說，一點委屈的樣子都沒有，因為心底明白，哪個一輩子簡樸如故而又心疼兒女的老人家不是這樣！

那天走進她的居所，發現公寓很寬敞，但暗沉沉的，室外原是初夏暖陽的季節，室內怎麼竟有素秋蕭索的感覺？難道是冷氣開得太大了？這時，青霞從臥室出來，走到客廳，看起來形容憔悴，臉色蒼白，眼睛顯得特別累！從來沒有見過她這副模樣，叫我一時裏不知如何啓齒，倒是她先跟我打招呼，請我在沙發坐下，還讓傭人端出一大碗燕窩來放在小茶几上。「過幾天要回台北去主持爸爸的追思禮了，真不知道到時要說些什麼？」她幽幽說，輕嘆一口氣。空氣在沉默中凝聚了幾分鐘，「你倒說說看，你小時候最記得父親的，是什麼樣的情景呢？」我問。「最記得在我三四歲的時候，每當傍晚時刻，就會蹲在眷村的巷子口等爸爸回來，一見到他出現，就高高興興的撲上去握住他的手，我的手太小了，只好抓著他的大拇指。」說時，她似乎在凝目遠望，悠然出神。「那麼，到你大了，父親老了的時候呢？」我輕輕追問。「啊！那時候反過來了，輪到爸爸握著我的手了」。就這樣，青霞突然醒悟到自己和父親之間的似海親情，原來都在兩手相牽時所帶來的溫暖和安全感中展現無遺。於是幾天後追思禮上想說的話，也逐漸在腦海中盤旋成形了。接著，青霞又想起父親生前的種種：他的雋永智慧，他的雍容大度，他的生性幽默與知足常樂，談著談著，好像從極度哀傷中漸漸釋懷了，正如她不久後在〈牽手〉一文中所說，「父親平安的走了，雖然他離開了我們的世界，但他那無形的大手將會握住我們兒女的手，引領我們度過生命的每一刻」。

那天之後，我們各忙各的，雖時有通訊，但不常見面。我忙於籌辦第三屆「全球華文青年文學獎」的頒獎典禮，完畢後應王蒙之邀，和余光中一起去了一趟青島講學，之後又遠赴歐洲坐了一次郵輪。那時候，我父母

健在，椿萱並茂，以為日子就會這樣平淡而幸福的延續下去，哪知道漫漫長夏的背後，震天驚雷正在靜靜的醞釀中！

七月十號那一日，我正在忙於撰寫《江聲浩蕩話傅雷》一書的序言時，忽然來了個晴天霹靂，原來那天早上，媽媽在房間裏不慎摔了一跤，跌斷了髖骨！頭一天晚上她還開開心心的跟我說，第二天約了診所的姑娘（護士小姐）去飲茶呢。這以後，就是不斷的求醫，連串的診治，持續進出醫院，擾擾攘攘了一個多月，使老人痛苦不堪，叫我們心急如焚。終於，來到了八月中旬，媽媽因昏迷不醒，第四次送進醫院。

記得八月十三號的晚上，媽媽正在 ICU（加護病房）裏躺著，當時的我六神無主，心煩意亂，雖然盼著母親最後會蘇醒過來，但心底明白這終究是沒有可能的奢望。這時候，手機響了，是青霞的來電。聽到我語無倫次的陳述之後，她靜靜告訴我：「你該準備了，叫傭人去拿一套乾淨的衣服，到時候替給老人家抹身替換。」

那天晚上，從威爾斯親王醫院出來，望見不遠處一排村屋，村屋後橫著矮矮的小山丘，灰藍色天幕上的月亮特別醜，就如一彎陳舊汎黃的貼紙，讓造化隨手一扔，黏在黑越越的山丘上方，一切都這麼突兀！

第二天，八月十四日上午十點，媽媽終於撒手塵寰。頭頂上原有一棵華蓋如傘的大樹，為我遮風擋雨，怎麼突然間就葉殘枝折了呢？

八月十六日，青霞寫了一封信給我：

親愛的聖華：

今年六月於美國洛杉磯的玫瑰園安葬我父親的那一刻，我十八歲的大女兒嘉倩問我，心中有什麼感覺，我說他在我的心裏，我和老爸之間已經沒有了距離，他是「風」，他是「雲」，他是天上的星星，他也是「一股輕煙」，他無所不在，他瀟灑自如。

記得你介紹我看的那本書《斐多》嗎？書裏蘇格拉底說過，靈魂是永遠不死的，人的身體就是靈魂的住所，房子老了，住所舊了，它會再換一所新的房子。既然我們無法抗拒那自然的定律，就只有面對它，接受它，處理它，然後放下它。

伯父是一位基督徒，他必定會以伯母回到天國，回到耶穌基督的懷抱而感到欣慰，他必定也相信他將會在天國與他的妻子相聚而感到釋懷，將來有一天我們也都會在那裏見面，所以，讓我們擦乾那有形和無形的眼淚，在我們有限的歲月裏，尋找到快樂的泉源，讓我們互相勉勵成為生活的藝術家。

青霞

2006-08-16

5：09a.m.

第二天，八月十七日，青霞又給我寫了一封短函：

親愛的聖華：

今天好一點了嗎？

相信你在處理母親後事的忙碌中，會幫助你暫時忘記自己的悲傷。人家說家有一老如有一寶，別忘了，你家還有一寶呢！

請節哀，保重！

青霞

2006-08-17

1：49a.m.

不久後，中秋節將至，青霞約我到四季酒店去喝下午茶。那天，我們在靠窗的座位，靜靜的坐了許久，不記得聊了些什麼。天色將晚，這時候放眼窗外，只見車水馬龍，華燈初上了，為什麼這個中秋月圓人不圓呢？我在心中納罕！為什麼外面的世界越熱鬧越喧嘩，我的內心深處越落寞，越蒼涼呢？忽然抬頭，看到青霞從對面含笑望過來，目光中盡顯溫暖與憐恤，從這眼神，我深深體會到——她懂的！

金聖華小傳

美國華盛頓大學碩士，法國巴黎大學博士。現任香港中文大學翻譯學榮休講座教授及榮譽院士，香港翻譯學會榮譽會長。曾出版散文及翻譯作品逾三十種。一九九七年因對推動香港翻譯工作貢獻良多而獲頒 OBE（英國官佐）勳銜。

二○二一年十二月號

71

特稿

我所認識的戴天

潘耀明

我與戴天相交凡四十載，大都在文化界聚會碰頭，偶爾也相約在酒吧談天。他喜歡泡酒吧，他侃侃而談，盡吐心聲。在這個場合下，他大都不會喝醉。

他在香港文壇享有較崇高的地位，海內外文化人途次香港，也會由他出面，約同好友一敘。

記憶有一次，他在北角香港老飯店設宴，盛情招待北京來的作家鄧友梅、吳泰昌，邀我作陪。他以一窩火曈翅和上海特色菜饗之，加上一瓶大號 XO 拔蘭地待客，結果吃飽喝醉，四個人撐著大肚子，戴天口鼻乜斜，腳步浮泛，搖搖欲墜地自去，至於吳泰昌則喝得酩酊大醉，在我駕車送他到酒店時，把吃喝進肚的東西一古腦兒全吐在我車上，印象難忘。

某次文友聚會，記得有卜少夫、胡菊人、戴天、孫述憲等人，飯後孫述憲兄說他有一個好友，住在半山的玫瑰新村，珍藏不少年份久遠的洋酒，不如一起去叨他一頓美酒，大家拍手贊成。

孫述憲向朋友打了電話，一干人由我開車，夜探名酒收藏家。

收藏家（忘了姓名）從酒櫃取出五六瓶陳年法國拔蘭地，醇酒佳釀前，酒友無不雀躍，敞開胸懷，一直喝到天翻地覆，深更夜闌，每個人都進入情緒亢奮、欲仙欲死狀態，只好抱醉而歸。我抖擻精神，開車把每個人送回家。待送戴天到了尖沙咀區某街頭，戴天忘了門號，扶著欄杆，身子搖晃欲墜，我扶住他，他指指褲袋，我找出一個電話簿，他讓我致電賢內助，然後勒令我開車走，他自有作理。他好像不願意見到下面的一幕。

現實中的戴天，詩酒風流，「他追求的是現世的快樂」：好友好酒好美食兼豁達。戴天在香港居住期間，一干酒友，胡菊人、卜少夫、孫述憲等常常聚飲，偶然還加上出版家藍真李蕙伉儷，三杯下肚，話題廣及政治、時人、文化圈、兩岸三地之政經，戴天酒興之所至，月旦古今，針砭時弊，痛斥牛鬼蛇神，罵聲不絕於耳。白先勇認為，「戴天醉後，滿口囈語」，「我感到他心中有一股悶痛。」也許戴天之嗜酒，是刻意借美酒來澆胸中的塊壘（悶痛）。

後來卜老仙逝，戴、胡先後移民加拿大，香港文壇寂寞多了！

戴天還有另外一面──他把內心的糾結，都轉化成筆下的詩文。

他的詩是再沉鬱痛切不過的，如他寫於上世紀八十年代初的《觀景記──為多位朋友作》，以下是開首的一段：

「我站在城樓觀會景／我感覺歷史的沉重枷鎖／拖著傷殘的大地／哽咽的河流／一個個匍伏於地的／人物形象／停駐在一顆欲滴的／淚珠裏」

這首詩與他的另一首《命》，讀後同樣令人心靈悸動：

「我攤開手掌好比攤開／那張秋海棠的葉子／把命運的秘密公開／這條是黃河充滿激情／那條是長江裝著磅礡／我收起手掌／聽到一聲／骨的呻吟」

上述的詩句，意象繁複，是從內心肺腑發出的掙扎和吶喊。

我曾指出，「戴天是帶著歷史枷鎖且有強烈憂國憂民的悲情詩人」。

記得前些時，我對戴天曾有此問：「您被譽為無地方、國家偏見的作家，您如何看港人當下的身份認同問題？」

戴天答得簡練：「『登泰山而小天下』。香港人能否站高一點，望遠一點，想深一點，而不要『劃地為牢』、『顧影自憐』、『東施效顰』呢？！」

戴天以孔子「登泰山而小天下」的偉岸襟懷，暗喻我們只有站得高、看得遠，以超然物外的眼界閱盡人世間變幻紛擾，才能撥開障目的雲霧，做到通達曉明！

在《明報月刊》六月號劉紹銘曾寫道：「戴詩人生前愛香港愛得嘔心瀝血。他是國際『難民』，不必移民，選在哪個地方都可以。但他一大段日子留在香港，讀《骨的呻吟‧附錄二》知道，他在寫完幾十首『文化詩』後，就會開始寫小說──提出我對九七前後的看法，或者對九七問題發生後某些人心理的批判。如某些受英國影響多的人，他們脫離了時代的主流，跟不上時代發展的腳步，他們這些阻擋歷史的反應，對這些問題產生的效果該負什麼責任？他們有沒有把自己放在歷史中間看自己的地位，而做一個公正、正直的人呢？」

戴天以上的話，言簡意賅，值得港人深思。

最後值得一提，平常很少音訊的戴天，去年秒倏地寄來一封信，信中特別提到「疫後擬以愛荷華獎學金相託」。所謂「愛荷華獎學金」，

之前他也曾提過，是贊助華人作家參加美國愛荷華「國際寫作計劃」（International Writing Program，The University of Iowa），可見他逝世之前，仍念念不忘促進中外文化交流，可惜他此次遽然而逝，未及安排獎學金事宜，令人深感遺憾。

一個在異國出生的文化人，對中華文化的宏揚和傳播念念在茲，並且身體力行。環顧我們的華文文化圈，能像戴天認真做實事、付諸行動有幾許？！

戴天走得遽然，希望他在天國可以真正過詩酒逍遙的生活。

二〇二一年六月

潘耀明簡介

筆名彥火、艾火等。福建省南安縣人。先後任職三聯書店（香港）有限公司董事兼副總編輯、香港中華版權代理公司董事經理、南粵出版社總編輯、明河社出版有限公司董事總經理兼總編輯、明報出版社 / 明窗出版社 / 明文出版社總編輯兼總經理、文學雜誌《香港作家》社長。現職《明報月刊》總編輯兼總經理，文學雜誌《香港作家》網絡版社長、《文綜》社長兼總編輯。

現為中國作家協會全國工作委員會榮譽委員、國務院僑務辦公室專家諮詢委員會委員、香港作家聯會會長、世界華文旅遊文學聯會會長、香港世界華文文藝研究學會會長、世界華文文學聯會執行會長、美國愛荷華「國際寫作計劃」成員、馬來西亞「花蹤世界文學獎」評審委員會顧問、中華海外聯誼會榮譽理事、香港新聞工作者聯會常務理事、香港期刊傳媒公會創會副主席、中華佛教教學院理事、中國茶文化國際交流協會副秘書長。

已出版評論、散文二十五種，分別在內地、港台及海外出版。近著有《山水挹趣》（香港中華書局，二〇一八年）、《大家風貌：細說當代文壇往事》（人民日報出版社，二〇一五年）、《字遊：大家訪談錄》（人民日報出版社，二〇一四年）等等，其中《當代中國作家風貌》被韓國聖心大學翻譯成韓文，並成為大學參考書。部分作品被收入香港中、小學教科書內。

一九九四年，憑《竹風·竹笑與血性》文章獲北京中央人民廣播電台舉辦之第九屆《海峽情》文學獎，首屆《四海華文筆匯》授予散文和特別獎。二〇〇九年，獲日本聖教新聞社頒發「聖教文化獎」。二〇〇九年九月，獲香港國際創價學會頒發「香港SGI」獎狀。鑒於潘先生在企業創新領域和對亞洲社會、文化及經濟方面的傑出貢獻與成就，二〇一九年九月八日獲得亞洲知識管理學院頒授二〇一九年度「亞洲華人領袖獎」。

二〇二一年六月號

懷念戴天先生

周蜜蜜

二〇二一年五月八日傍晚，詩人戴天先生在加拿大多倫多病逝。

我最早是從旅居加拿大的華文作家陳浩泉先生發來的短訊中得知這消息的，同時還附有戴天先生一頭白髮如暮雪的晚年近照。我看得怔住了，久久地，許許多多往事湧上了心頭。

八十年代之初，在家翁羅孚安排的一個文化人的飯局上，我第一次見到了香港著名的詩人戴天先生。他有一頭天然捲曲的頭髮，戴著眼鏡，手持煙斗，說話聲音宏亮，別具一種詩人的氣質。他和羅孚就像相識多年的好朋友，嬉笑怒罵，無所不談。而他的國語發音非常純正，我覺得他像台灣人多於香港人。後來我才知道，戴天先生原名戴成義，原籍廣東，長於毛里裘斯。五七年考入台大外文系，老師有夏濟安，同學是白先勇、王文興、李歐梵等。五九年夏濟安赴美，所辦的《文學雜誌》要停刊，班上同學就繼承老師，合辦《現代文學》，戴天也是編委會成員。

戴天與香港結緣，始於畢業後來港任教中學。六七年戴天赴美，參加愛荷華大學「國際寫作計劃」。回港後辦「詩作坊」，任「今日世界」出版社編輯，七十年代創立「文化・生活出版社」。而他與羅孚認識交往，還是在不久之前的事情。據說源自一個香港左、右翼兩方文化人「破冰式」相會的晚宴上──由於當時的政治氣候使然，彼此還隔著深深的意識形態鴻溝，心內卻有著難以宣之於口的千言萬語想要表白。於是他們一齊舉杯，借酒寄語，這邊一個說：

「為黃河乾杯！」

那邊一個回應：

「為長江乾杯！」

觥籌交錯，激情沸騰，結果，大家都醉倒了。

自此之後，羅孚和戴天等文化人的來往，就漸漸地密切起來。

我曾經拜讀過戴天先生的詩作〈長江四帖〉：

〈第一帖〉

看見長江的時候／頸項伸長如虹吸管／擺出一個躬身去釣歷史深淺的姿勢／也許是佛說的罷／弱水何止三千／一瓢飲亦可謂足矣……

〈第二帖〉

飛過江南而向江北／忍不住要將草長鶯飛的景色／用江水這條翠綠的緞帶繫起來／再打一個蝴蝶結（還剩一大截呢）／當成莊重的禮品／送給鄉愁如斷弦／暗地裏彈盡日月星辰的異客／穿越雲山霧沼／黃土高原彷彿在望了／但覺有一隻急切的手來牽／帶著澎湃的情意／回頭望望罷（也實在難抗拒）／原來流落江南的那截長流／湧上來浸潤一顆鄉心

〈第三帖〉

這寒暑表已有千萬年歷史／水銀柱裏面／到底裝的是血還是別的甚麼／也許是淚罷／也許是一掬又一掬悲歡／摸一摸就會知道……

〈第四帖〉

一髮難收的感觸那管精粗／鋒毫危般屹立／卸下陸變的機緣（一管筆／蘸著蒼蒼茫茫寫盡了／山川的困阨，滾滾東去的沉鬱／一點一撇蘊藏著萬里的功力／還帶著春花爛漫的溫柔）……

這是多麼優秀的詩作！字字珠璣，盡顯詩人既豪邁又浪漫的情懷，我很喜歡，百讀不厭。

但對於父執輩的友人，尤其是知名的大作家、大詩人，我向來都是懷著仰慕之情，敬而遠之的。然而，有一次，我去參加一個兩岸作家的文學交流活動，戴天先生作為主持人，坐在高高的舞台上。沒想到，他竟向著剛進場入座的我，大聲地叫出名字打招呼，令我感到非常意外，又很溫暖。戴天先生平易近人，毫無名家前輩的架子，令我從此再也不「遠之」，隔閡消除得無影無蹤。

過了一段時間，我寫的一首新詩〈人模〉，獲得「青年文學獎」的優異獎，赫然發現，原來戴天先生是此屆的評審之一。他對我這個不成熟的新詩作品，作出了十分認真、中肯的評語，既褒揚此詩的創作新意，點讚寫得精練、生動的詞句，同時又指出可以進一步提升意境的不足之處。我細細地閱讀領教，倍覺欣喜：這一位名家大師，對我這個初入文壇的後輩如此悉心教導，實在是非常非常難得的！我一定要好好地學習、珍惜。

當我出版第一本短篇小說結集的時候，便大著膽子，請戴天先生為我作序。他二話不說，爽朗地答應了。序文很快就寫成，並且在他的報刊專

欄中首先發表，再一次對我這個初入文壇的後輩，予以極大的關懷和鼓勵。這也成為我在文學創作道路上向前奮進的極好的起點，我永遠永遠都感激他——敬愛的戴天先生。

九十年代，戴天先生決定移居加拿大多倫多，羅孚和我，還有香港的許多朋友們，都非常不捨，香港的文壇，少了戴天先生那中氣十足的宏亮聲音，也似乎變得寂靜了。我們唯有通過往返於加、港兩地之間的文友，傳遞與戴天先生有關的一些訊息。大概知道他在那邊的的生活還平靜，在夫人大去之後，堅強的他，還能在異國獨自堅持過日子，實在也是很不簡單的！

直至二〇一六年十一月二日，《明報月刊》慶祝創刊五十周年，舉行了盛大的酒會。那一天晚上，在尖沙咀香港文化中心四樓的禮堂上，華燈高照，賓客如雲，我只看見那一頭暮雪白髮，在眾頭攢動的場景中突顯出別具一格的飄逸、高雅：是他！他回來了！真的回來了！闊別多年的戴天先生，風采依然，精神抖擻。我急忙穿過人群，向著戴先生走近。歲月，時間，似乎都一下子凝止住了，再沒有任何行進的距離。戴先生臉上的笑容，還是那麼親切，說話的聲音還是那麼響亮，我們高高興興地互相問候、碰杯。可惜的是在場的人太多了，我們無法詳細地交談，而我翌日又有公幹在身，必須遠行，卻萬萬想不到，這是見到戴天先生的最後一面……

還記得，戴天先生曾經把自己的成長地毛里裘斯浪漫地翻譯為「夢里西施」，如今，但願他歸去自己心目中的夢幻之地，一路順風都有詩……

二〇二一年六月

周蜜蜜簡介

又名周密密，曾任電台、電視編劇、專題電影節目編導，影評人協會理事，報刊、雜誌執行總編輯，出版社副總編輯。1980 年開始業餘寫作，作品在海內外發表，並且多次獲得各種獎項。至今已出版 100 多本著作及多部兒童電視劇、電視節目，其中部分作品被選入中、小學教科書。現為中國作家協會會員、香港作家聯會副會長、香港作家出版社副總編輯、兒童文學藝術聯會會長、香港藝術發展局文學委員會評審員、護苗基金教育委員，世界華文文學聯會理事，香港電台節目顧問。

與時間賽跑的人——我自己背後的故事

潘耀明

我從幼便喜歡文學。我小學、中學時期都住在西營盤一帶，附近的高街有一個公共圖書館。圖書館裏邊有關新文學作家的書幾乎全部都被我借閱，我幾乎讀遍全部巴金作品。

記得上世紀六十年代末期，我在一家報紙——《正午報》當記者，當時曹聚仁在《正午報》寫專欄。每天下午他來《正午報》寫稿，很喜歡與我們一班年青人「吹水」。他是一個詼諧的人，年紀不少，心態卻很年輕。他一本正經告訴我們，他一天要趕三場：一、跑馬場——大清早到跑馬地看晨操；二、菜市場——親自到街市買菜，自己炒幾味掂手小菜；三、舞場——跳舞作樂。

我們對他的話半信半疑，倒是在我們報館的收郵件欄上，經常看到舞廳或夜總會給他寄的宣傳單張。

除了以上半開玩笑的調侃外，曹聚仁學富五車，是一個著作等身的大學者、名作家。我們到過他在大坑一幢唐樓居所探訪過他，只見所有空間都被書籍填滿了——床上、床底、走廊，甚至洗手間、廚房都堆滿書，大有書滿之患，十分湫隘。

他卻不以為然，笑對我們說，唯其這樣，走到那裏，都可以手到書來，方便時就更方便了，令我們哭笑不得。

我們管稱他曹老師，他說不必稱師道弟，你們管叫我「糟老頭」——曹老頭的諧音就是了。

雖然他有話在先，我們誰也不敢叫他「糟老頭」，反而覺得他是一個大智若愚的人，更打從心裏敬佩他。

這是他平易近人的一面。其實他還有另外乏人知道的一面。

尋常他玩笑開過後，一臉肅穆莊容對我們說，你們都是文藝青年，最好趁年輕選定志向，給自己選一些文化課題，下點苦功夫，日積月累，將來肯定會有所成。

我把他的話聽進去了。因長期涉獵五四以來的新文學的作品，對這些

相關作家開始關注了。

　　那是沒有電腦的年代，我在客廳的靠牆的地方造了一排排抽屜，活像中藥舖的藥櫃一樣，每個抽屜貼上作家名字的標籤，開始收集這些作家的資料，包括剪報、影印、閱讀作品的心得卡片。

　　之前我所能蒐集的各種資料是從報上、出版物獲得的，可以說，都是死資料。就算有疑問，也無從求證，因為這些作家在文革期間都在人間被消失了。

　　在那個年代，所有這些作家相關的資料，都是從已出版的刊物上取得、互相轉引的，所謂一家錯，家家錯。

　　待到上世紀七十年代末，內地改革開放，這些作家經歷了二十年的沉寂，才像「出土文物」———一個個從地下冒出來了。

　　我那個時候，先是在《海洋文藝》做執行編輯，主編吳其敏先生很想邀請復出的名作家寫稿，我自告奮勇，開始與這些作家聯繫，一旦到內地參加文學活動，便抽空去探望或訪問這些作家，順便把之前一些解不開的謎團向這些作家求證。這就是我後來出版的《當代中國作家風貌》（正、續篇，共五十萬字）的一些成果。後來在香港三聯書店當編輯部主管，因與人民文學出版社合作出版《現代中國作家選集叢書》及與北京三聯書店合作出版《回憶與隨想叢書》，與現代中國作家有更多的聯繫，如巴金的《隨想錄》及《創作回憶錄》繁體字版，還有俞平伯、茅盾、趙清閣、蕭乾、卞之琳、臧克家、老舍等人作品，都是由我們出繁體字版。

　　中國大陸剛開放，物資匱乏，這些作家有些生活用品也短缺，我常常為他們捎一些物品帶過去，如放大鏡、錄音機、咖啡、香煙，保健食品如西洋參，甚至醫療器械，如蕭乾患了腎病，動了手術，要在體外排尿所需的尿袋，我都為他們購買，或郵寄、或親自帶給他們。

　　通過以上的交往，很多後來變成了忘年交，甚至可以做到無話不講，因為多年深入交往，對他們的風骨和對文學的熱誠，更佩服得五體投地。他們在生命最燦爛的年華都耗在批鬥、勞改、寫自我檢討上，一旦可以重新執筆，每個人都重新埋頭寫作，爭分奪秒，錢鍾書重新校勘《談藝錄》、《管錐編》、《宋詩選注》等巨著，俞平伯重新投入《紅樓夢》研究，巴

金寫出擲地有聲的《隨想錄》，蕭乾掛著尿袋，與夫人文潔若全力搬動大山——翻譯天書《尤利西斯》……。

他們都想窮餘生之年，把過去被虛耗的時間挣回來，換言之，他們都是在拚力與時間競賽的人。

更準確地說，他們都是用生命寫作的人，其精神境界、道德文章，如高山流水，仰之彌高。

我在跟他們近半世紀的交往中，積累近千件手稿及書信。近年我開始整理這些書信和手稿，發現其中兼有不少少人聞問的文史資料，我在二〇一一年把整理好的一百多件手跡先後在香港城市大學及香港浸會大學做展覽，反應很熱烈，之後我希望能陸續整理成文字出版，為現代中國文學史的研究添磚加瓦。這就是這一本《這情感仍會在你心中流動》出版的原由。

這只是其中一部分，也想藉此拋磚引玉。

二〇二一年十一月六日

（本文為「用生命寫作的人——名家手迹背後的故事」講座發言稿）

「用生命寫作的人——
名家手迹背後的故事」講座紀要

傅曉　記錄整理

編按：文學講座「用生命寫作的人——名家手跡背後的故事」十一月六日在中央圖書館演講廳舉行，展開對潘耀明新書《這情感仍會在你心中流動》的討論，約二百位文學愛好者出席。講座內容精彩，現輯錄精華，以饗讀者。

「用生命寫作的人——名家手跡背後的故事」文學講座十一月六日在香港中央圖書館演講廳舉辦，展開對潘耀明新書《這情感仍會在你心中流動——名家手跡背後的故事》的討論，約二百位文學愛好者出席。

活動由香港作家聯會、《香港作家》網絡版主辦，《明報月刊》、康樂及文化事務署香港公共圖書館協辦，並邀請作家周蜜蜜主持，香港大學中文學院名譽教授許子東、香港專欄作家黃子程、《香港作家》網絡版總編輯萍兒發言，香港中文大學中文系榮休教授張雙慶作總結發言。

北京大學資深教授嚴家炎為該書撰寫長篇序文，讚揚潘耀明充滿人性充滿愛的為人，支撐他付出了常人難以想像的時間、精力和心血，成就了與老一輩學者作家們難能可貴的隔代情誼，更因為潘耀明的才氣，使他受到大師們的信任和倚重。他認為「這部豐富而厚重的著作，在現當代文學史上應該是獨一無二的。」潘耀明先生好友、著名影星林青霞在她的微博公眾號上推薦潘耀明新書：「那天晚飯後回家，收到一本大書，翻開來看，即刻放不下……鳥叫了，不停，天亮了，還在看。」

與時間競賽、用生命寫作

潘耀明先生是香港著名的作家、編輯和出版人，現任香港作家聯會會長、《明報月刊》總編輯。他自幼喜歡文學，小學中學時期，家附近圖書館裏邊有關新文學作家的書幾乎全都看過，上世紀六十年代末期，他在《正午報》當記者，受到著名學者及作家曹聚仁的啟發，更是年少對中國文學的強烈熱愛與癡迷，他開始關注和研究五四以來的新文學。

後來在《海洋文藝》做執行編輯，以及在香港三聯書店當編輯部主管，有機會與很多內地作家聯繫，他抽空去探望或訪問這些作家，順便把之前

一些解不開的謎團向這些作家求證。《這情感仍會在你心中流動——名家手跡背後的故事》，講述潘耀明與巴金、錢鍾書、楊絳、葉聖陶、俞平伯、沈從文、卞之琳、金庸等眾多文壇名家的訪談交往，並配以書信、手稿、照片等，道出與他們相交多年中別具價值的寫作研究、生活軼事，更立體的呈現了一批文壇作家的風貌。

彼時中國剛開放，物資匱乏，儘管潘耀明本身並不富裕，卻對朋友非常慷慨。內地作家生活物品短缺，他常常為捎一些物品帶過去，如放大鏡、錄音機、咖啡、香煙，保健食品如西洋參，甚至醫療器械——好比蕭乾患了腎病，動了手術，要在體外排尿所需的尿袋，潘耀明都會為他們購買，或郵寄、或親自帶給他們。

另一方面，這些作家的風骨和對文學的熱誠，讓潘耀明感到敬佩。他在發言中感慨表示，這些老作家們「都是在拚力與時間競賽的人」、「用生命寫作的人」、「其精神境界、道德文章，如高山流水，仰之彌高」。他們在經歷了生命的各種磨難和艱辛，甚至生命最燦爛的年華都耗在批鬥、勞改、寫自我檢討上，仍然熱愛文學：錢鍾書重新校勘《談藝錄》、《管錐編》、《宋詩選注》等巨著，俞平伯重新投入《紅樓夢》研究，巴金寫出擲地有聲的《隨想錄》，蕭乾掛著尿袋，與夫人文潔若全力搬動大山——翻譯天書《尤利西斯》……他們都想窮餘生之年去寫作，把過去被虛耗的時間掙回來。

在分享中，他更表示對香港原創文學的未來發展感到擔憂，「相較於影視、表演藝術等領域，特區政府在文學方面的投入一直較少，因此我也擔憂香港原創文學的未來發展。」他希望可以此書，令大家看到文學界的歷史與價值，如同書名所言，令心向文學的情感在人們心中流動。

香港文學的重要推手

許子東表示，觀察香港文學有三個角度，一是香港作家所著、在華文文壇中都被定義好的作品，二是注重香港本體性、表現香港主題的作品，而潘耀明的《這情感仍會在你心中流動》即屬第三個角度——香港作為世界華文文學的交叉路口，香港文化人所扮演的重要時代影響力。他認為，香港不僅是金融、財政、物質流動的港，還是一個文化的港口，香港文學的歷史從上世紀三四十年代到今天，一直是世界華文文學的交叉路口。如

曹聚仁、羅孚、宋淇這些文化人，他們的文化活動，讓更多作家被記住、被看見，推動華文文學界交流，更是香港文學在大文化場域中巨大的文化政治效應。他更表示：「香港在這方面的工作，沒有人能夠超過潘耀明。」

許子東解釋，要做到這樣的工作需要三個條件，一是香港在兩岸四地乃至全球華文文學中的超越、寬容、多元和自由的獨特地位，二是報刊文化的優勢，第三更是因為潘耀明先生與眾不同的誠懇和厚道，以真誠打動老作家向他吐露心聲。

以作家為基礎的文學史

黃子程表示，這本書不僅僅是一本回憶錄，更有重大的意義，這是一本以作家為基礎的文學史，這些作家們，不僅限於最知名的作家，他們的命運隨著時代浮沉，順利或挫折，從中看到很多文學發展的現象。一般文學史都非常枯燥、硬邦邦，這本書應成為讀文學科目的人必備的書籍，整本書非常有啟發性，讓讀者走進這些作家的內心世界，也將正統中國文學史看得更加通，有更深的體會。很難得有人好像潘耀明先生這樣認識這麼多作家，並且有很深入的交流，發現作家本人都未能看到自己的特點。他更讚揚潘先生多年來對朋友的無私照顧，對朋友出手非常闊綽。更期待這本書有下集，將潘先生和更多作家交往的故事寫出來。

骨子裏的「詩人氣質」

萍兒認為，這本新書富有「詩意」，展現了潘耀明骨子裏的「詩人氣質」。書中的書信互動、深厚的文字功力和文學涵養，值得推薦給新聞行業的同業去學習。她更認為，包括潘耀明在內的香港很多精彩的文化人，用他們的努力證明香港並不是「文化沙漠」，香港具有獨特的、多元的文化環境和文學氣息。

張雙慶在總結中表示，他很讚賞潘耀明作為一名編輯對於作家們的付出，亦記錄了那些在香港文化交流中起到推動作用的人，可以說是「用生命編輯的人」。他更建議，潘耀明先生可以就海外華文作家再出版一本著作。

二○二一年十二月

傅曉簡介

香港作家聯會理事。

從香港文學的角度談
《這情感仍會在你心中流動》

許子東 演講
傅曉 記錄整理

編按：這是許子東於十一月六日在中央圖書館演講廳所舉行文學講座
「用生命寫作的人——名家手迹背後的故事」的主講嘉賓發言。

　　潘耀明《這情感仍會在你心中流動——名家手迹背後的故事》這本書
的價值和意義，嚴家炎教授的序言裏面已經非常詳盡的介紹了，我不再重
複。我想從香港文學的角度談談這本書和潘耀明多年的文學活動，以至對
香港文學的貢獻。

　　我的想法不一定對，僅供大家參考。

　　在我看來，這本書不僅僅是潘耀明多年來關於一系列中國文學作家的
文章的匯集，也不只是一個非常珍貴的書畫展覽的引言介紹。

香港文學的三種觀察角度

　　我們講香港文學，通常可以有三種角度。第一種簡單說，就是有人在
香港寫的文學作品，放在世界華文文學作家裏面也是好的作品，寫的人不
一定想著我是香港人、為了香港，但最後拿到不管是在內地、台灣、海外
看，大家都會覺得是好作品，全世界華文文壇都站得住腳，這是第一種角
度。主要是看作品，最好的例子是金庸先生的小說，還有以董橋為代表的
一系列香港散文，這是兩岸三地沒有超過他們的創作。個別的作品還有《酒
徒》、《秧歌》。當然，做研究的人也會關注金庸小說和香港環境的關係，
也有人提出韋小寶有這麼多女人跟當時的《明報》這麼多人追看、讀者的
互動有沒有關係呢，還有韋小寶對皇帝和天地會的雙重忠誠跟香港的意識
形態有沒有關係，這都可以研究。

　　第二種現在討論最多，就是香港文學表現香港的本土性、獨特性，比
如西西、也斯、崑南、黃碧雲等，香港主體性是這些作品的主要內容，也

有人將這個主體性變成衡量香港文學的唯一標準。

我今天想講的是第三種，香港文學還有第三個觀察角度，香港是一個港，不僅是金融、財政、物質流動的港，還是一個文化的港口，香港文學的歷史從三四十年代到今天，一直是世界華文文學的交叉路口。現在文學研究一個主要的概念叫「場域」，香港文學有一個非常重要的貢獻，作為一個文學溝通的重要基地。小思研究南來作家，注意到茅盾、夏衍當初對香港本地人的影響，其實放在整個大中華文學圈，茅盾、夏衍當時在香港做的事情意義是非常重大的。舉例來說，毛澤東的延安文藝座談會講話，除了延安以外，第二個發表出版的地方就是香港，後來內地五十年代很多文化政治運動，在四十年代的香港已經開始操練。後來香港文化交流的活躍，很多文化人有貢獻，比如剛剛潘耀明所講的曹聚仁，聽潘耀明說他「一日三場」：早上馬場、中午菜場、晚上舞場，但是大家知道他在香港有什麼作用嗎——他同時和周恩來總理還有蔣經國見面。這是香港文化人在那個時代的作用。

曹聚仁之後，還有羅孚。羅孚是非常重要的文化人，他所做的文化活動，比他的文章更有價值。沒有他金庸的小說就不會這麼出名。近年也是他的一句話：「一定要讀董橋！」活生生讓內地文化人以不讀董橋為恥，這也是香港文化人的力量。

還有一個例子宋淇，大家可能只知道他和傅雷、錢鍾書等很多人認識，可是就在這麼多事情中，有一項尤為重要：他和夏志清兩個人使得張愛玲這個知名作家進入大家視野。

潘耀明引起的特別文化交流作用

在曹聚仁、羅孚、宋淇之後，潘耀明也起這樣的文化交流作用。這本書就是一個實證，他代表了香港文學在大中華文化場域中作為交流的重要作用。這並不是潘耀明一開始想做的事情，他開始只是看書、對這些人好奇，又有這樣的機會，於是就去做了。台灣不會有這樣的人，內地與他類似的也許是李輝。李輝也認識很多老作家，老作家也願意把不願與別人說的故事講給他聽，但李輝的著重點總在老作家怎麼受到冤枉……當然李輝

的工作也非常有價值。很多人帶著問題去採訪老作家未必得到理會，但李輝就可以問出答案。

香港在這方面的工作，沒有人能夠超過潘耀明。

要做到這樣的工作是需要幾個條件的，第一個條件是香港的獨特地位，香港在兩岸四地乃至全球華文文學中，香港的地位是比較超越、寬容、多元和自由。這本書中好幾次提到到北京去參加一個代表團，至少有兩三次他都會說這是由廖承志一九七八年邀請的代表團，我估計他不是有意重複，但客觀上這個名字提到好幾次，使我們想到當時香港在廖承志貫徹周恩來的統戰路線所起到的一個巨大的文化政治效應。

第二個是香港有報刊文化的優勢。內地做這方面事情可能是大學學者、研究者，或者一般文學愛好者，報刊非常零散，新文學史料一般是作為論文發布出去的。而香港是一個報刊工業非常發達的地方，香港這麼小的地方，幾百萬人口可以同時容納十幾份報紙，報紙的文化也是超越、寬容、多元和自由。

第三，這些老作家閱人無數，甚至隔了一代，唯有真誠能夠打動他們，使得他們願意寫字、回信，很多研究者寫了長篇大論的論文，卻未必能夠被理睬。

客觀上，潘耀明這本書記載了香港在華文世界文化交流中的獨特貢獻，是因為這幾個原因。因此看這本書，有主流作家，有信有真相，同時他不展開全面的論述，只是抓住一點，比如說巴金，就講他《隨想錄》被挑戰和被刪掉的事情；講冰心坦然面對她晚年的疾病，這也是我們不知道的；講曹禺忙，沒空寫東西，這事實上是個批評。我們私下都會說曹禺可惜了，文革後巴金的地位越來越高，因為巴金不斷講真話，也因為艾青、曹禺、丁玲都不寫東西了。潘耀明厚道並且有策略，他的書裏面沒有批評，但是委婉的表達了曹禺非常忙，做官、見人、開會，沒時間寫東西。估計曹禺看了也不能生氣，他確實是忙。吳祖光就給曹禺寫信，說你這個天才萎縮了，其實很多人都看到，潘耀明採用的策略就是不說你寫得不好，說你忙不過來。「忙」還牽涉到對大陸文化生成體制的批評，作家到了一定的時候被委任政治身份。還有寫到丁玲，丁玲的晚期是非常受爭論，她和沈從

文吵，又堅持左派觀點，亦跟周揚他們反思文革唱對台戲，潘耀明花了好幾篇文章講丁玲的「怨」，說不清楚有多怨。我們都知道丁玲去了美國，我們都認為丁玲晚年非常僵化，但潘耀明卻說丁玲到了美國還要去看桌上跳舞呢。

有史料有秘聞更有作家的感受

相比這些主流作家，整本書的重點是一些非主流的作家——俞平伯、汪曾祺、王辛笛、端木蕻良、卞之琳……這些作家非常有才學，但他們在內地的文學史敘述中是非常邊緣的，他們是潘耀明花了很多筆墨的，相對來說也是值得研究者參考的。

俞平伯給我的感覺非常親切，我至今現在還記得我坐在上海靜安公園，手裏拿著一本批判用的、沒有封面的俞平伯《紅樓夢辨》，讀到第一段話，就把我小時候形成對文藝的看法完全顛覆了，並且影響我一輩子。那一段話非常簡單，他說為什麼高鶚續《紅樓夢》不可能，因為文學是一個作家個性的表現，如果後四十回高鶚按照曹雪芹的個性去寫，那麼就不是他自己的個性，那麼就肯定不如前八十回。如果他發揮自己的個性，可是一本書不可能有兩個不同的個性。當然從紅學的角度值得斟酌，但對我一個少年人來說令我震撼，我才明白作品不僅僅是宣傳意識形態，而是作家個性的表現。太厲害了俞平伯，我後來明白了，為什麼要批判！

潘耀明對作家們個人經歷還注重於情史的介紹，不知道其中多少是因為香港的文化市場需求，有多少是因為這些內容別的地方不方便講，又或是潘耀明從老一輩的愛情生活中的確得到某種感悟（笑）。比如說趙清閣，我們都說她「小三」，害的胡絜青對老舍不好。但把故事從趙清閣的角度講一遍，又是不同的感受。例如吳祖光和新鳳霞是非常感人的故事，沈從文和丁玲一方自作多情、一方又不理他，非常有意思。更有趣的是蕭乾的艷史我真是不知道，原來個個老婆每個都愛得不得了……

總括來說，這本書有很多史料，但不是考證文章。

除此，這本書的文體也值得討論，有虛構也有史實，在文體上也是個挑戰，有點像報告文學，也有點像新文學史料的文章，有時候是散文體有

作家的感受在裏面。

我最後想到金庸先生曾寫下「副刊之五字真言」：短、趣、近、物、圖。香港是有特定文化背景、讀者的文化需求，而放在長遠看，是一個特別的文體。尤其是我們現在正面臨一個印刷工業走向衰落的時候，進入電子閱讀的時代，金庸先生的五個字好像是給「Ｂ站」、抖音的指示方針。我想，這本書給我們提供了觀察香港文學的第三個角度。

謝謝大家！

（許子東為香港大學中文學院名譽教授。傅曉為香港作家聯會理事。講稿經許子東教授審閱。）

特輯

我動身前往山谷取點舊歲的故事

萍兒

在清晨溫習鄉愁
有意放過舊歲的每日每夜
斟文酌句寫你更尖銳更疼
晦澀的典故擠在陽光照不到的角落
「獨愴然而淚下」
一定是狂風的問題
所有的端莊華美都失真
我動身前往山谷取點歌聲中的故事
千山萬水都是你的欲言又止
生命講述中獨闢蹊徑的過客
妄圖修改完前塵再糾正世間的虛詞
一個深刻的構思浪跡天涯多年
豪情退場
思念懸空　用堅冰
燃燒成沉默不語的石頭
故土風塵滿面微笑在遠方
苦痛的詩行一次又一次
被執著的江水揮霍

——寫於小年之日

萍兒簡介

原名羅光萍，筆名萍兒、曉萍，中國作家協會會員，詩人。現為香港中通社副總編輯、香港藝術發展局文學組主席、香港作家聯會執行會長、《香港作家》網絡版總編輯。祖籍福建省福州市，少時隨父母赴港定居。一九九六年畢業於香港樹仁大學中文系。目前還擔任香港新聞工作者聯會理事。多年來筆耕不輟，出版詩集《萍兒短詩選》、《相信一場雪的天真》。曾發起創辦香港《當代文學》並出任創刊總編輯。

祈望牛年「掂過碌蔗」

孫博

「送鼠迎牛」之際，友人冒寒送來一根甘蔗，有兩米多高，也較粗壯。我漂洋過海三十年，還是第一次在異國他鄉見到甘蔗，高興程度並不亞於獲得文學獎。有幾次回國，在街上看到賣甘蔗的人，也無時間排隊買。友人說，他也是第一回在多倫多的華人超市看到甘蔗——還是中國大陸進口的，便興沖沖地買了幾根，與親朋好友分享。

友人前腳走，我後腳擼起袖子，揮起菜刀，刨甘蔗皮。在加拿大長大的兩個兒子見狀傻了眼，好像看到原始人突然闖進文明社會一般，邊議論邊拍照。以往，他們祇是在電影裏見到過甘蔗，現在親眼目睹，感到十分好奇。

剝去紫色的外衣，甘蔗莖變成赤條條的，呈黃綠色，新鮮欲滴。我斬了兩節，分別給兩個兒子，他倆目瞪口呆，問我需要全部吞嚥下去嗎？弄得我哭笑不得。看來，在城市長大的孩子，真是「四體不勤，五穀不分」啊。

我又斬了一節，做示範。咬了一口，果然脆甜汁多，再嚼了幾口，吐出蔗渣。兩兒子依樣畫葫蘆，像模像樣的啃起甘蔗來。已工作幾年的老大說甘蔗太硬，再說自己剛補了牙，馬上放棄了享用。正在讀大四的老二誇獎甘蔗味道好極了，但也覺得較硬。這時，一旁的太太說孩子沒有啃甘蔗的習慣，建議剖成手指大的小塊，我馬上照辦。

老二問甘蔗到底有什麼好處，我說它含有豐富的維生素，有清熱解毒的功效，還含有鈣、鐵等物質，能夠促進骨骼的生長發育，對人體新陳代謝非常有益。他聽後，馬上嚼起小塊的甘蔗，說感覺比剛纔舒服多了。

提及甘蔗，馬上讓人聯想起成語「漸入佳境」的出處。有一回，東晉畫家顧愷之吃甘蔗是從末梢啃起，再到根部，即「啖甘蔗，先食尾」。朋友問他感覺，他則說「漸入佳境」，意思是越吃越甜，逐漸進入美妙境界。之後，「啖蔗」用來形容初時乏味而後漸入佳境的狀況，而「蔗尾」比喻先苦後樂，具有後福。其實，這裏的「啖」與「啖」同音同義，意為吃或給人吃。

宋朝大文豪蘇東坡，曾以〈甘蔗〉指代自己的際遇：「老境於吾漸不佳，一生拗性舊秋崖。」說的是人生漸漸進入老年的景況，就像甘蔗從根到梢一樣，越來越不好，這甘蔗生長在深秋破敗的石崖邊，跟我一樣，性子是

那麼的頑固。但他在〈次韻前篇〉中則把老年生活比作「啖蔗」，說道：「少年辛苦真食蓼，老景清閒如啖蔗」，意思是少年辛苦的滋味，就像吃苦辣的蓼草；而老年清閒的日子，就像吃甜香的甘蔗……

我和太太各捧兩節甘蔗，面對面啃起來，大有擺龍門陣的架勢。兩個兒子見我們津津有味，異口同聲說我們吃的是一種回憶。真是一語中的啊！我腦海中馬上回憶起少年時代的情景：在那物質匱乏的年月，甘蔗並不貴，但家裏還是沒有閒錢買來吃，只有考試獲得高分，或者是運動會拿了獎，母親才會掏幾毛錢給我，讓我去買一根甘蔗解饞。有時甘蔗太長，只能央求商販賣半根。

「掂過碌蔗」，太太啃著甘蔗，突然用廣東話自言自語。我馬上皺起了眉頭，當了二十多年的「廣州女婿」，怎麼纔第一次聽到這樣的說法呢？她慢慢解釋，這裏的「掂」字有兩層意思，一層是直，另一層是達成，而「碌」是廣東話中的量詞，也就是一根的意思。「掂過碌蔗」的字面意思是比甘蔗還要直，寓意事情的進展非常順利。

她還說，每逢過年前夕，廣東的一些鮮花市集或街口花檔，總會見到高高的甘蔗，市民把甘蔗買回家後，擺在大廳，祈求新年由頭甜到尾，順風順水。我心裏想，這與阿拉上海人所說「新年吃甘蔗，節節甜、節節高」，有異曲同工之妙。

太太又舉例，廣東話中還有「有蕉一日，掂過碌蔗」的說法，「蕉」和「朝」的讀音相近，「有蕉一日」即「有朝一日」。她記得，有一年的高考，廣州一家中學門口，有家長帶著助考「神器」來到現場，每根甘蔗上綁著三根香蕉，寄望「今朝高考，搞掂一切」。

由此看來，廣東話確實傳神。如果我要想精通粵語，還得花大功夫。

我和太太又啃了一節甘蔗，她說牙齒受不了了。其實，我的牙齒並沒有她的厲害，但為了牛年「掂過碌蔗」，不妨打腫臉充胖子，便拍著胸脯說：「我把最後兩節消滅了！」

孫博簡介

加拿大華裔作家、編劇。現任加拿大網絡電視台總編輯、加拿大中國筆會會長。出版長篇小說《中國芯傳奇》、《回流》、《小留學生淚灑異國》、《茶花淚》、《男人三十》、散文集等十多部書，部分作品被翻譯成英文、法文、韓文、日文。發表電影劇本《中國處方》、二十集電視劇本《中國創造》。擔任三十集電視劇《錯放你的手》編劇、四十集電視劇《鄭觀應》項目顧問。曾獲中國作家鄂爾多斯文學獎、中山杯華僑華人文學獎、北京市廣電局優秀劇本獎、「英雄兒女杯」電影劇本獎、粼國劇本創意大賽獎、大灣區杯網絡文學大賽「最時代獎」、新移民文學突出貢獻獎，以及三十多項微小說、閃小說、散文大賽獎。

牛年唯耕耘　鼠年已建倉
——兼賀《香港作家》網絡版一周年

閻陽生

看到《香港作家》不分地域的徵稿，心裏感到一種溫暖。自從去年底，《香港作家》背負危局，退出紙媒。任用新人，逆「疫」而上。一年下來，不僅四季開花，而且逢雙摘果，不等桃三杏五；似有高人在後，涉足三境染指批評，其志不可小覷。

鼠年執編，年齡雖小。但樂天豁達，四眼如炬。借殼建倉，結交四海。筆者亦有兩稿入選發表。其中〈相交十三載，清水亦陶然〉，編輯加按語提出中港互補：「綠葉亦能護根」。此前，經尹公推薦《海內外》發表了我在嘗試的《和名人合影都說了些什麼？》反響不錯。且照片獨特奇貨可居，大可作為人物系列的一個形式。

貴刊新版圈地建倉之際，我受聘在《財新》開寫「作家專欄」。「擇時不如撞時」，從〈和高曉松相向而行〉到〈史鐵生十年祭：耕耘守護人〉的老三屆傳統寫作，從〈「疫情」大考七十天中的九十後〉到〈外孫百日傳奇〉的九十後新探索

說這些並非自許。我們逆「疫情」上發刊開欄，編者作者惺惺相惜，使我有了底氣。上屆世界華文旅遊文學研討未能與會求教，悵然若失。是此，謹祝老總和諸位同仁祥雲四海、開卷生輝！我輩唯有「低頭耕耘，不負初心」耳。

閻陽生簡介

一九四七年十一月十四日生。祖籍山西磧口。獨立撰稿人和文史研究者。一九八二年畢業於北京建築大學市政系。一九八六年至一九八八年赴聯邦德國研修城市生態和環境工程。曾任北京科技研究院業務處長，全國工商聯執委、宣教部副部長，《中國工商》總編輯。教授職稱。一九七七年恢復高考，被譽為「十一屆的文章狀元」。退休後「帶著帕金森」環遊世界。著有《中國高考史上的兩次重要變革（手稿中博館藏）》、《觀星斷想——瞬間的永恆》、《我的兩次大串聯》、《一個知青偶像的沉浮》，另有中央台《冬天裏的春天》、《魯豫有約》等專題片。二〇〇九年當選為世界華文旅遊文學聯會理事。二〇二〇年《財新週刊》聘為專欄作家。

牛年，我想放炮慶祝一下

劉利祥

　　我想放炮慶祝一下，大概是經歷了排山倒海過去的二○二○庚子年，很多人的心聲，或是埋在心底的聲音。因為包括但不限於欣慰新冠肺炎疫情在中國得到有效遏制，祝賀我們的《香港作家》刊發上網一周年，迎接新的牛年，希望牛年不管哪來的牛肉核酸檢測均為陰性且便宜一點。

　　我就屬牛，我們一家子都屬牛，無論二牛強勁，還是群牛奔騰，這一定是特別的安排。我也愛放炮，無論點煙花爆竹，還是生活中開火，雖然也曾膽小，卻始終未被蹉跎。

　　一晃十二年前，短信正風靡一時，正好解決家中忙著年夜飯團聚一堂時，伴著隆隆鞭炮聲震耳欲聾，打電話互致問候拜年的繁瑣和聽不清，大家不顧手上還沾著包餃子的麵粉，摳著現在看來不能再復古那手機綠豆大的按鈕，彼此「這牛那牛」一通暈頭轉向地「嗨皮牛 Year」拜年，把張生發給李小姐的曖昧私信，沒注意去掉署名，轉給了歐陽教授，歐陽教授不細看，又回給了女學生，女學生徑直拿來問候老爸，老爸琢磨半天，大概其這祝福語裏說的牛，是頭花奶牛。可能直到今日，還有未讀的消息，塵封在已找不到充電器的古董機裏，但關於「世界上第一個喝牛奶的人，究竟對牛做了什麼」的熱烈討論，打扮得像世紀未解之謎，仍然甚囂塵上。

　　二○二一辛丑牛年，大家更期待「牛轉乾坤」。但據說新年元旦上海新生兒只二十七人，一九九○年則多出一百倍。看來不得不閉門家中時，也難以直接提升生育率，誰讓現在的娛樂方式太多元了呢？按說牛年圖吉祥，怎麼也比蛇鼠年好聽，可別說喊牛氣沖天牛運亨通，就算牛郎見了織女，似乎吹牛都沒了底氣。

　　天津，我雖然不知道生育率，但在中國北方城市裏，是年味很濃的。與僅百里之隔的首都北京，特別是長安街一眼望到頭唱起「空城計」的春節，完全是兩樣世界。近幾年，因為禁炮，這裏的春節也變得靜悄悄，冷不防偷襲來的新冠肺炎疫情，為已經「靜淨敬」的氛圍，又封上了一層口罩。

　　爸爸還在天津住院，為防止疫情擴散院內感染，醫院採取了更嚴格的封閉措施，出不來，進不去。由於護理跟不上，活動減少，屁股在冬日竟

然生了星點壓瘡，就怕「星星之火可以燎原」啊！來自秦皇島的小護士，也因為河北突如其來反撲的疫情可能難以回家要「就地過年」。

護士為好換藥，讓我從後背側面翻起爸爸，她俯下身來湊近傷口處，聚精會神要揭開藥布時，爸爸一記脆亮有力的「噔！」差點把護士眼鏡崩掉，迎風流淚辣眼睛，噎得半天說不出話來。頓時，病房裏氣氛濃烈了起來，肇事者趕緊裝睡，怎麼呼喚都一動不動，憋著不敢樂出來。我趕緊用手捂住「發動機口」，替病人為失禮而道歉。平時冷面的小護士，說出一句話，連樓道裏的病友都樂了半天。「大爺，就說我過年不能回家，咱這過年不讓放炮，您也不能這樣慶祝，這樣迎接我啊！」她拿老頭出響恭當放炮聽了，可見要是在高速公路上遇見不是自己的汽車爆胎，也能調皮到開心得蹦起來，只要有響動，顧不得什麼味道來了。

早在一九九三年，北京市一紙禁令，全城不讓放炮。一時間，突然「這裏的春節靜悄悄」。之後每十二年一個輪迴，從「禁改限」，又到「限改禁」。二〇二〇年北京市空氣質量新聞發布會上，公布 PM2.5 年均濃度創有數據記錄以來歷史新低，全年四分之三為「好天」，比上年多了一個多月。網友說，北京空氣質量這麼好了，我們是不是放炮慶祝一下？

遙想北京第一次在爭議中禁炮那年，我還小，年根底下，爸爸帶著我去天津古文化街買吊錢兒。津城的炮販，站在「津門故里」牌坊前，那是海河蜿蜒在城區的風口，冰凍得最結實，也最冷，大聲吆喝：「北京不讓放炮了，咱這也是最後一年！」有多少箱炮都哄搶一空，越大個的越好賣。北京有舉家開著桑塔納來過癮的，想必是有身份有實力的主兒，一買就幾百上千塊，那時候奶油冰棍最好的才兩三毛錢，搬著比磨盤還粗的那麼大卷炮，跟娘娘宮外面放還不過癮，直接提拉到海河冰面上，砸冰窟窿釣魚的哭笑不得，眼省得鑿了，可魚也嚇跑了。我們爺倆吊錢兒也沒買，光看熱鬧了。沒想到後來二十多年天津都順應民意沒禁炮。

當然，放炮也確實出過事。印象最深刻的，在家裏，老姑姥姥喬遷新居，正舉家團圓包餃子看春節晚會，從房頂用紙糊好已廢棄的煙道孔中，活生生沖下來一隻已點燃引信冒藍煙吱吱響的二踢腳，還沒及反應過來，咣！響了，驚魂未定，當！又是一響。半成品餃子從炸裂的玻璃縫隙直接

飛到了樓下的窗子上，這個年過得名副其實「灰頭土臉」。不知是誰家孩子淘氣出圈，可比炸煙盒塑料瓶和往公共廁所扔炮仗更「精確制導」。直到現在沒破案，卻是心有餘悸，旁觀者光是聽這過程就樂得肚子疼。也有新聞報道加上坊間傳說，城北小王莊，原先是槍斃人的地方，津浦鐵路線從此經過，有座天橋，整日戰士把守。天橋下是大街，避開風吹日曬，是賣貨的良港，涵洞裏支起煙花爆竹的大攤位，琳琅滿目，不一而足。現時普通火車也沒禁煙，但那年月很多車沒空調，都是可以開窗的。怎麼就那麼巧？極有可能是火車上掉下來的煙頭，正好落在炮攤當中，真是一石激起千層浪，此起彼伏，奏響露天的拉德斯基進行曲。賣炮的倒也心寬，說，誰買炮都是放，就當我請大夥客了，別把火車炸壞了就好。可見天津人的幽默與自嘲。

　　比起北平的和平解放，天津是真槍實彈打下來了，接受過中西碰撞和戰火洗禮的市民，不懼炮聲隆隆，絲毫歸然不動，甚至哪門炮響，就要點哪門。古文化街旅遊區的地標「津門故里」牌坊前，就擺著解放天津的坦克，旁邊海河之上的金湯大鐵橋畔，那是解放戰爭大決戰決定勝局最後一戰的平津戰役會師紀念地。

　　「敢放一掛鞭，拘留十五天」這種簡潔而有力的標語近年終於出現在了很多省市的鄉野田間。

　　我做夢，夢見家門口的光棍兒去世，是街坊社區和民政機構幫助料理的，臨出發不忘有個告別儀式，樓長拿起手機，用藍牙連上大喇叭，預備，放，劈哩啪啦，鞭炮的錄音響起，大概是悶在被窩裏放屁的動靜，寒冬臘月，街面白雪皚皚，一塵不染。我納悶他手機裏還存著這個音樂？莫非家裏驅蟑滅鼠之用？他說，時代變了，科技在升級，這是「雲端的炮竹聲」。我說，光棍兒走了，應該給他再找個「雲端的媳婦」，不至於飄起來也不會撒氣那種。

　　開香檳，踩氣球，放錄音，在禁炮的地界兒，為了製造節日氣氛的響動，我們無所不用其極。

　　爸病前，我最後一趟出門是元宵節去泉州。見紅石屋巷間鋪滿紅炮皮，羨慕，比發現紅燈區激動。硝煙散去，寧將硫磺比松香，踩上去柔軟而踏實。

「一聲兩聲百鬼驚，三聲四聲鬼巢傾。十聲連百神道寧，八方上下皆和平。卻拾焦頭疊床底，猶有餘威可驅癘。」

疫情下需宣泄，崩煞神驅邪祟的樸素願景也不再像迷信。無論北方正月初五剁小人，還是南方驚蟄日打小人。解放，釋放。在糟粕與腐朽間，似乎有一絲在可憐與無知無奈中特別容易被寬容和理解的人文本性。

循著氹仔益隆炮竹廠生滿青苔那斑駁的圍牆，似無聲地告訴路人，緊張又逼仄的都市中，這個毫無原罪的行業卻已迅速被摒棄。但無論香江維多利亞港賀歲煙花匯演，還是澳門國際煙花節，官方鳴炮放花我們聽響也是種不錯的選擇。這在舊社會，窮人家孩子過年的心氣和自信，就是從聽胡同裏別人家放炮而自己開心中樹立起來的。掂量下，回鄉隔離十四天，放炮拘留十五天。牛年春節就地過年，能讓約個炮嗎？

我們擔心，爆竹聲聲辭舊歲。孩子們像不知煤球一樣，也不再認識鞭炮。那些因為炸響留在兒時記憶的閃光，也一併被掃進故紙堆或擺進博物館。

台北的張曉風女士曾用她細膩柔情的筆調講個故事：

「朋友要帶他新婚的妻子從香港到台灣來過年，長途電話裏我大概有點驚奇，他立刻解釋說：『因為她想去台北放鞭炮，在香港不准。』

放下電話，我想笑又端肅，第一次覺得放炮是件了不起的大事，於是把兒子叫來說：『去買一串不長不短的炮——有位阿姨要從香港到台灣來放炮。』

歲除之夜，滿城爆裂小小的、微紅的、有聲的春花，其中一串自我們手中綻放。」

相信愛情，擁抱愛，但如果甩過你的渣女離婚了，你不想放炮慶祝一下嗎？當然，走進二〇二〇年代，即便是除夕和春節及重大節慶的例外放寬，台北也再不能隨時隨地隨意放鞭炮了，附加上了很多嚴格但溫暖的規定，比如放完炮要清理乾淨，禁止在公園放炮，禁止留小朋友獨自放炮等等。

二〇二一年元旦，我大採購回來，要去給醫院送飯，在天津的郊區，碰上土豪老闆的兩個小寶貝兒，繫著歪毛地主辮兒，在自家飯店前追跑玩耍，他說見叔叔大冷天晚上背著提著拉著那麼多吃喝的東西，自己還沒吃飯，就把所有煙花存貨都抱出來，一個一個點火放了，邀請我坐小馬扎上一起看，

過新年。那種迸發，那種升騰，那種瀰漫，透過眼眸，在我胸中五味雜陳。

疫情瘋狂反撲，困難突如其來，但美好的生活並未戛然而止。雖然少了鞭炮，但有你，有我，有愛，有文字。炮竹聲在雲端，燃亮零星煙火中的碎念。

有位著名畫家，值此牛年到來之際，公開見報講，自己已經八十八歲高齡，履歷顯示確實也一九三三年出生，但他說自己不僅畫牛，還屬牛，就這麼登出來了。配刊一堆他的大作，弟子門徒老伴記者合影其樂融融。大家都在稱讚他牛畫得好時，我琢磨本命年歲數應該都是十二的倍數啊！難道天增一歲，地增一歲，日月增一歲，再虛一歲？一個真敢說，一個真敢登。我畫畫不好，數學還行，請不要騙我。所以畫牛不如屬牛，屬牛不如吹牛。

我還是想放炮慶祝一下，因為我真屬牛。我寧想讓《香港作家》也屬牛，因為香港作家很牛。二○二一年即使能召開東京奧運會，別管誰去，就瞪著大眼楞還叫 TOKYO 二○二○。就地過年，不如把年也攢著先不忙過，待到春暖花開，周身舒暢，再重新過個團圓的好年。

滯停在過往的城市，陌生的人也會溫暖你，不要想家，你在哪裏，哪裏就有你的家。如果哪裏都能放炮慶祝一下，或許更像家，就更不想家了。要相信，歷史的注定告訴我們，人群的每一次流動、遷徙和駐足，都應該是偉大的。

「春風送暖入屠蘇，總把新桃換舊符。」二○二○年在魔幻中確實已經過去了，太多會周而復始，也必有不一樣的春天。牛年春早，二月花開，暢筆一頓，正好介乎牛 A 與牛 C 之間。

炮竹聲已遠在雲端，而你和生活，還在我眼前。

劉利祥簡介

播音名祥子，網名歡樂使者，祖籍四川的天津人。世界華文旅遊文學聯會理事、天津市歷史學學會藝術史專業委員會委員，愛好地方文史、相聲戲曲、交通、旅遊、方言及民俗，著有《天津地名故事》等。律師、仲裁員、廣播電視編輯主播、新聞評論員，曾任政協委員，受聘政府智庫。發表散文因視角獨特筆觸幽默小獲讚譽，作品刊於《光明日報》、《深圳特區報》、《今晚報》、《香港文綜》、《澳門日報》等，並多次摘獎。致力於海內外歷史文化交流與非遺活態保育，並將研究轉化為現實優勢，自勉「探索無休止，跨界無極限」，以「把日子過成段子」為樂。

香港東坡詩社賀
《香港作家》網絡版周歲之慶

香江寶地綻荊花

港匯群賢育嫩芽

作手裁詩研翰墨

家風立說耀中華

周觀勤奮登堂殿

年月飛奔印海沙

紀述毋忘塵世意

念存文賦沐朝霞

香港東坡詩社敬贈

林律光社長撰　　辛丑初春鄧潤鎏書

賀香港作家網絡版周歲之慶
香江寶地綻荊花
港匯群賢育嫩芽
作手裁詩研翰墨
家風立說耀中華
周觀勤奮登堂殿
年月飛奔印海沙
紀述毋忘塵世意
念存文賦沐朝霞
香港東坡詩社敬贈
林律光社長撰
辛丑初春鄧潤鎏書

林律光簡介

字無涯，號維摩居士，祖籍廣東番禺，誕於香港。畢業於廣州暨南大學及香港科技大學，文哲雙博士，從事教育工作凡廿餘年，著作包括《荷塘詩影百詠》、《維摩詩作三百首》、《蘇曼殊之文藝特色研究》等二十四本。並擔任香港東坡詩社會長、《雪泥鴻爪》雜誌主編、四川什邡馬祖禪文化研究會顧問、四川眉山市東坡詩社副社長兼理事、《香港詩詞》顧問等，詩聯文作品散見於中、港、台、馬來西亞、美國等各地刊物及網頁。

二〇二〇年雜感

凌鼎年

二〇二〇年，又稱庚子年。這一年，發生的，經歷的，聽聞的，對中國人，對外國人，對中國，對世界各國來說，都是刻骨銘心的，都是極難忘懷的。僅舉兩件事，就攪得周天寒徹，一為新冠病毒肆虐，導致封城、斷航、宅家，個人生活秩序、世界生活秩序，全打亂了；二為美國大選，挺川黑川的，賭拜登的，竟牽動了數十萬億人的心，吵的吵，鬧的鬧，笑的笑，罵的罵，各種觀點，莫衷一是，各種表演，粉墨登場，構成了一個光怪陸離的世界，構成了一個令人有點看不懂的世界。

年初，新冠狀病毒猖獗之時，遠的，武漢封城，近的，小區管制，草木皆兵，人心惶惶。春節假期延長，機關食堂分批吃飯，要求自帶飯盒，回辦公室分散吃。我就上午在家，吃了飯再去工作室。因半天宅在家，看了多部以前沒有時間，也沒有興趣看的電視連續劇。

一月份還算沉得住氣，一天寫一篇。到二月份，各地的各種微信越來越多，真真假假，看得揪心，心緒有些亂，有半個月沒有心思寫。到三月十六日，才恢復像平時一樣吃了早飯就去工作室。

四月四日，清明節，國家公祭日，汽笛一響，我在工作室一個人站起來，雙手合十，低頭閉目，默默禱告，一直到三分鐘後汽笛聲停止。

因疫情，不少活動或叫停，或暫緩，有些外地活動則推了，能不去就不去。往年每年要出國好幾回，今年，一個國家也沒有去，老老實實在家呆著，在家時間多了，今年寫得稍多些，四十多萬字，也算是歪打正著的收穫吧。

二〇二〇年最大的收穫是盤點清楚了自己文學創作的底。因有出版社來聯繫出版《凌鼎年文集》，問夠不夠一下子出版四五十本集子？我估計是走館配的路子，十本二十本量少了划不來。我出版過五十六本集子，應該符合要求了，但到底能出幾本，得把創作目錄整理出來。如果是長篇小說作家，比較容易，一生寫多少本書，一目了然，中短篇小說作家，也不難，多的也就幾百篇。而我是寫小小說的，好幾千篇，這目錄整理，工作量就

大了去了，一直想做，一直沒有時間做。這次，宅在家，正好完成這事。

於是，花了一兩個月時間，核對底稿，查看日記，再按年月編排，列出目錄，終於弄清了一九七〇——二〇二〇年的五十年來，共創作中篇小說九篇，短篇小說一百一十三篇，微型小說一千八百多篇；散文、隨筆三千三百五十多篇；詩歌一千一百九十多首；評論、點評七百四十多篇，代序三百三十多篇，總計七千五百三十多篇（首）。發表約六千六百篇（首），去掉重複發表與選載、轉載的，實際發表篇數約五千五百篇（首），一千多萬字。沒有丁點水分與虛頭。

只是早期的作品沒有電子版，要打印出那些作品的電子版，又是一個不小的工程。

二〇二〇年我出版個人集子三本，主編的集子出版了二本。其中一本翻譯的英譯本在美國出版，這也是我在海外出版的第四本被翻譯的集子。令人欣喜的是第五本也翻譯好了。二〇二一年可能是我的出版大年，韓譯本已簽約，已校對，將在韓國出版。《凌鼎年散文精選》，已簽約，已校對，封面已設計，出版應該快了。《庚子年筆記》收錄我二〇二〇年一至九月創作的一百篇小小說，還有《凌鼎年小小說中考版》、《凌鼎年小小說高考版》，也都已簽約、校對，封面已設計，出版應該也快了。估計二〇二一年有五至六本集子會出版。

我原有書齋名「先飛齋」、「守拙廬」，今年又增一新齋名「八得堂」，兩層含義：其一，吃得下，拉得出，睡得著，走得動，看得進，講得出，想得開，放得下。其二，看得開、看得淡、看得穿、看得清、看得透、看得破、看得深、看得遠。

我還準備刻一閑章「三心二意」——有敬畏之心，有感恩之心，有菩薩之心。說有意思的話，做有意義的事。

我在想，如果真能做到：不在乎名，不在乎利，不在乎圈，不在乎色，不在乎地位，不在乎諷刺。說自己想說的話，做自己想做的事。那一定是個超脫的人，一個純粹的人，一個性情中人。

我還對自己說：不比誰錢多，不比誰權大，不比誰知名度高。如果要比，就比誰的寫作勁頭高，寫作後勁足，誰的題材多而廣，誰的作品挖掘深，

立意深，寫得出，寫得好，寫得精彩，誰的作品更受讀者歡迎，能流傳下去。總之，有了好心情、好心態、好牙口、好胃口、好腦子、好口才、好腳勁、好身體，就能陽光心態，筆體雙健。

二〇二一年新的一年，我祈求：病毒敗於醫學，科學戰勝病魔。對外無戰爭，對內無運動。世界太平，人間大同。

我自己呢，放平心態，多寫一篇，少寫一篇，多發一篇，少發一篇，多一個獎，少一個獎，都無所謂，健康第一，快樂第一。無計劃，無壓力，筆不停，人不累，能寫多少是多少。有邀請，外出走走、看看，權當散心，權當會友，權當旅遊；無邀請，在家看看書，翻翻雜誌，再瀏覽瀏覽微信，有題材、有興趣就敲敲鍵盤，留點思考，留點感悟。並不斷告誡自己：贈人玫瑰，手有餘香。

二〇二〇年十二月三十一日於太倉先飛齋

凌鼎年簡介

中國作協會員、世界華文微型小說研究會秘書長。曾獲「世界華文微型小說大賽最高獎」、「冰心兒童圖書獎」、「紫金山文學獎」、「吳承恩文學獎」等兩百多個獎項；更被上海世博會聯合國館 UNITAR 周論壇組委會授予「世界華文微型小說創新發展領軍人物金獎」、全美中國作家聯誼會授予「世界華文微型小說大師」獎。

醒獅行、歲晚滬上遇雪二首

黃偉豪

醒獅行

予年十五六入南鷹爪白鶴派，隨李師大衛習舞獅、舞麒麟凡三年，李師乃師祖歐紹永先生門人。英國查理斯王子、戴安娜王妃昔日訪港，師祖乃舞獅迎之者，嘗示我以照片。後余以發奮讀書，獅藝遂而荒廢，然見獵心喜，加之以新春節近，舞獅助興，四處可見，為賦醒獅行，並以獅樂入詩。

歷落復礫格，鴻蒙恍湏洞。
鼓鈸忽一勒，似動卻未動。
目光何矍鑠，閑將髭鬚弄。
倏忽翻身躍，掌噪雜呼鬨。
君不見雙槌鏗，獅頭撐，後足踢，前足行，回腰脊，登肩怒目恰與千根高椿平。
觀其左矖右眈，後蹲前探，聳耳提尾撚雪額。
復而翹首騰空，引睇張躬，舞爪蓄勢如勁弓。
採得青菜葵，衝天凌風飛，凜然颯爽姿。
嚼青吞青復拋青，遙見爾許神獸絕頂矗立崢嶸。

歲晚滬上遇雪二首

余至壯歲未嘗遇雪，歲初赴加國始見之。今者作客滬上，聞將下雪，喜不自勝，詩以記之。

待雪

寒颸搖落木，鑽隙入窗呼。
聞道今初雪，翻將鐵騎趨。

註：鐵騎，自行車也。

望雪

零雨非零雨，飄飄似白塵。
排空風晚急，著帽一堆銀。

黃偉豪簡介

南京大學中國古代文學博士，曾任復旦大學中國語言文學博士後研究，並任教於香港浸會大學、中山大學等校，現為上海交通大學人文學院副教授，著有學術著作《文學師承與詩歌推演──南宋中興詩壇的師門與師法》、舊體創作集《活水彙草》等。

花徑／花徑不曾緣客掃

山村四季有花。

我們這一家，一九九七年十月搬來山村，那時每個半小時有村巴上落，倒也方便。然而，奈何村巴老闆因病去世後，幾年前新公司接手後，村巴減少過半班次，影響了客源，收入不繼而停辦。

我們家住這山村，由於村車蝕本而停辦一年多了，現終能再有公司肯接辦上落，但已沒以前風光日子了。

多麼似疫情！

由於疫情，現村車每天只有早、晚兩程載客上落山；疫情下，上學返工，交通頓成民生的重要難題了。

多麼似疫情！人們為了解決民生難題，又豈只是交通？

但山村四季有花。有花，就有精神了。

沒有村巴的日子，我要下山，便會像村民那樣，步行一個多小時下山，我覺得有雙足，人就走出路來了。

現村民各家組成順風車群組，沒村巴時也可互助義載上落山村。遠親不如近鄰，大家都已學懂了在村巴和順風車之間，在防疫與生活中，找到相對的平衡點，村民大部分的生活，貌似如昔日平常，冬走了，春臨人間，疫情趨穩，我們的希望，在春天的花，在山村的花徑上，不曾停步，芳菲滿路，足履生香，沒有村車，人有雙足，信步拾花訊，有另一種美好精神。

山村四季有花。牽牛花。

這一天，清晨的陽光燦爛，牽牛花就迎入眼內，她在那斜斜山坡上展開了。在綠色斜坡上，點染了一點一滴的紫色，看起來真好看，是自然界的亮麗配襯哩。我知道太陽西斜時分，牽牛花就閉起來，你知這花為甚麼叫牽牛呢？因為她愛攀著樹幹，或緣著斜坡，豈不是像牽牛上樹嗎？你說多難得呀，植物學家說她的中文學名，竟叫七爪龍！真是調皮不得，理應不可少看她，她是龍的傳花，好有生命力，這就足夠偉大了。

我既受清晨時光之邀，到外面走走看看，當然盡解花語了。我要請花徑上的大樹、小樹，他們的樹葉呀，都在陽光上打結，那麼，大地上就生

出一隻又一隻閃亮亮的美麗蝴蝶了。

散步去，請花徑上的喬木邊，那一朵朵的小蘑菇，在草地上打結吧，讓路過的小動物，來吃一口，說一句話，獻給朝陽呀。

咦，漫山遍野，盡見洋紫荊的芳容。

洋紫荊，深紫紅色的洋紫荊，真是漂亮！這種被獲選為香港市花的花，由五塊不同大小的花瓣組成，可以說是最令人聯想到香港人的精神了。在一九九七年七月一日，香港特別行政區成立後，由於洋紫荊是香港的市花，她便順理成章地成為了我們的特區區旗和區徽的圖案了。那年香港回歸，祖國便送了一座紫荊花雕像給香港人，放在金紫荊廣場上，慶賀我們回歸祖國的懷抱，也象徵英國對香港的殖民統治已經結束。以前三月到港督府賞洋紫荊，今日港督府已易名禮賓府了。而賞洋紫荊嗎？山村上花徑都咫尺可親呀，實在是何須勞師動眾，去禮賓府呢？賞花，親芳容，不是生活日常一件普天同人可以有的雅事嗎？

看！洋紫荊盛開了，人間三、四月這段時間，洋紫荊開得漫山遍野，她是粗生的花，她既抵得住風雨，又很耐寒呢。

近年來疫情未斷，香港的經濟一波接一波地受到嚴峻的考驗，尤其是失業率上升了不少，很多人的生活環境，亦因此而有所改變，甚或失去了親人好友。但面對著疫情波及，全世界亦無處倖免；因此香港人也要挺著呀，要依然本著一向拼搏的精神，為將來尋求出路，像那不屈不撓、無懼風雨地開花的洋紫荊吧，由寒冬至暮春，即使天氣再寒冷，甚至低至攝氏十度以下，依然無損洋紫荊的美艷。

這種不屈不撓的精神，　便是香港人永不放棄、永不言敗的精神，正正是和洋紫荊不畏風雨的精神不謀而合了！

洋紫荊的葉，有「聰明葉」之稱，她的葉形也很特別，是分成兩邊的，就像人類的左、右腦一樣哩。我們迎春，都愛將聰明葉製成精緻的小書籤，希望放在書本內，人的頭腦，可以變得更聰明！

我覺得，其實香港人，普遍都有靈活的頭腦，　敏捷的思考，現以這種具有「聰明葉」的花—洋紫荊，來象徵香港人，代表著香港人的精神，真是合適不過了！

這樣，我就一路晨運 ，一路賞花， 在喜歡的野花山徑上，有時仰望乾淨如洗的天空，偶有三兩晨運客打招呼；有時，迎面見宅家久了的村民們，笑著散步、甩手、彎腿，快樂遛狗，肢體活動著；在野花山徑上，偷得平生半日閒，慢活人生；春來了，綠意正濃，不須太留戀著短暫的花期，夏天，可以繼續賞夏日的花，做仲夏美夢，秋可賞菊冬賞梅；人生的風景，四季都很好啊，互勉！

潘金英簡介

香港公開大學兼任講師、香港作家聯會委任理事，公職任香港藝發局文學評審。曾獲香港不同的文學獎：如童詩、故事、散文、小說及劇本寫作獎，著有《詩韻小珍珠》、《心窗常開》、《三棱鏡》、《兩個噴泉》等。現為《文匯報》及校園報寫專欄，客串主持香港電台文化節目《文學相對論》、《創意寫作學滿FUN》。

生活有花，春常在

潘明珠

「今天是花朝節，從前在鄉下，我們會去郊遊踏青、賞花，還有廟會和祈福呢！」媽媽看看日曆，喃喃的說。

日前媽媽從老友的喪禮回來，臉上鬱鬱寡歡，我便伴她談談話。她喜歡說從前的故事。也難怪；這年頭在疫情的陰霾下，她前後也去了數趟追思會或喪禮，難免失落，悲從中來，總回憶過去一些美好的日子。

來！疫下困在家，最好來執拾一下吧！我母親自少勞動慣了，疫情下哪裏也去不了，但每天若只是呆坐，她會感覺不舒服。趁陽光普照，她把一些舊書和舊衣物都拿出來曬；我看見她辛苦搬動，就上前幫忙，原來一直放在角落的舊木籠裏，還有很多年代久遠的東西，有發黃的相片，爸爸寄回家的信箋……

媽媽拿出自己的一件碎花上衣，在燦燦的日光中，那些粉色的小花在光影中似飄動起來，媽媽的思緒似也飄遠了。

母親跟我細說她少女時的軼事，好像就是昨天的事情。她十七歲便嫁給我父親，但結婚不久，丈夫便到了省城繼續完成學業，留下她這初嫁娘在農村伴著奶奶生活。她說，自己多麼渴望可以跟着丈夫到省城去啊！那時候農村非常窮困，她每天要挑擔大桶大桶的糞水，來來回回去給田裏施肥，因自己長得瘦小，滿滿的水桶又大又重，且很難聞，來回走了數趟，已累極了，路過的茅草又有很多蟲跳來咬她，所以她一邊挑著桶走，一邊哭，內心不斷的想：難道我的春天就這樣往復地擔糞水而過？我的青春就被埋在這貧瘠的山村裏麼？

母親的心中有個渴望，就是走向外面的天地。當時老一輩的人從沒想過要走出農村的，她只有自己努力爭取！

媽媽這樣一說，眼睛便閃亮著像少女一樣明澄的亮光；奶奶是反對的，她嘆氣說。不過，我爸爸太愛妻，支持她，令她終於去了廣州省城。初期我們母女要寄人籬下，暫住在姑婆古老宅院的板間房，每次經過姑婆的飯廳，走過長長的走廊回房間去，媽媽都叫我們姐妹走快一點，不要回望，

也不要羨慕姑婆有肉吃，媽媽說將來會好的；她後來找到縫衣廠的工作，自食其力了，給我們生活打開廣闊的天地。

媽媽這自製的碎花衫，現不捨得丟棄啊，這是她給過去窮困艱辛生活爭取到的美好憶記啊。

從廣州到澳門，到香港，母親為家庭肩負重任，愛護子女，爸爸在外打拼，是我們的支柱，我們兄弟姐妹童年過得快樂，沒感到生活有所饋乏，都有賴父母不為所報的付出。母親自認有戰鬥格，處事爽直，為爭取好生活，會向前衝，不斷努力。

可惜數年前父親急病離世，媽媽頓失依靠，失魂落魄，幸有敬嬸安慰她，常聽她傾訴。

敬嬸是媽媽的閨密老友，一個堅強的婦女；每次媽媽去探望敬嬸回來，說的盡是對敬嬸的讚美和佩服，敬嬸不識字，做的是倒垃圾工，清早四時便起床去各家各戶清倒垃圾，養大兒女，把家清潔得井井有條，敬嬸老公卻還嫌棄她。媽媽最欣賞敬嬸常在家中插上鮮花，說看著生意盎然；她和堅毅的敬嬸閒話日常，敬嬸常說雖有腳痛之疾，但身體仍算健康，就感恩，不應常想悲憂負面的事了。母親從敬嬸話中總會得到鼓勵，內心感到自己其實已身在幸福中。

自此媽媽家中的花瓶也常常插上不同的花，有時是劍蘭、有時是百合、有時是康乃馨或玫瑰花；過年時更有多盆水仙花，令一室飄香。

可惜年前一向勞碌的敬嬸忽然重病，不久便猝然離世，母親頓感人世無常，幸好母親能化傷感為力量；敬嬸說過一生人做事對得起自己和家庭，臨終前沒有感到後悔的事，便死而無憾了。我母親憶記敬嬸和她自己的少女情事，說若當初沒有勇氣離鄉出外，爭取過自己想要的生活，一定會感後悔啊！

這星期天，母親戴上口罩，決定外出一下。

她大概去了花墟。回來的時候手中捧着一大束百合花和劍蘭，還有一小盆不知名的小紅花。

「看到花，才有生氣！後山的木棉花也開得紅紅的，你敬嬸喜歡木棉⋯⋯」

母親點開了唱碟機，播放羅文和甄妮合唱的《紅棉》，男聲鏗鏘有力，女聲宛轉悠揚，歌頌木棉英雄氣概：「英雄樹，力爭向上，志氣誰能擋。紅棉怒放，驅去嚴寒，花朵競向高枝放......」

午後，年老的母親坐在沙發上，垂著頭，後頸和背都佝僂了，她瞇著眼，靜聽那盪氣迴腸的歌聲：「紅棉獨有傲骨幹，我正直無偏，英挺好榜樣。紅棉盛放，天氣暖洋洋，英姿勃發堪景仰。」

我聽到身旁響起輕微鼾聲，以為母親隨歌聲睡著了，便點開微信跟姐姐聊天，姐姐感嘆新冠病毒弄得人心惶惶，尤其是老人家，大概要讓媽媽有些寄託或事情做，那樣她才能安心下來。

因疫情關係沒能四出去旅行賞花，我想介紹繪本故事給媽媽看看，一來圖畫吸引，二來文字較少，對識字不多的媽媽來說，比較容易接受，而且我鼓勵她看了繪本，可以向她曾孫講故事，媽媽最喜歡親近曾孫，果然，只一下子解說，媽媽就像非常好奇的孩子一般，很有興致地翻閱我給她看的繪本了。

她喜歡一本像花兒一樣的立體書，一頁一頁翻開，會組成一朵讓小朋友驚喜的花兒的形狀。我看母親翻閱得開心，就有一種充實幸福的感覺。

媽媽取出一個錦盒，打開來，原來放置了我留學時寄回家的信，那時候初到東京，我很喜愛那些印花和紙的美麗信箋，用它來向父母報平安及寫些留學感受。其中還有我摺的花形卡。「看了這些彩麗信箋，才以為你留學生活沒有捱苦呢！」媽媽笑說。我指著其中一頁明信片，有美麗的櫻花相片，我對媽媽說：「這是我的校園，有美麗的櫻花道呢；其實，我是媽媽的女兒，我就像媽媽你一樣，年輕，總渴望出去闖闖的呀，生活，有了美麗的花，便不覺苦！」

昨天，我給媽媽讀了保冬妮的《花娘谷》，她聽了這嫁到窮鄉的花娘故事，特別共鳴！故事講述這個住在窮山谷的花娘，用她的樂觀和帶來的種子，勤勞墾種，為這荒蕪貧瘠的山村帶來希望和美好的果實，也留下美景和富裕，山谷開滿紅花和果樹了，在花娘的努力下，改變了貧困的生活！故事中的女主角沒有出現自己的名字，但其實她亦象徵了千萬位這樣勤勞、用愛和美好的心，為家庭貢獻的媽媽。

媽媽掩卷笑說：「即使生活再艱難，心情再低落，看到美美的花開了，便可開心生活了！」

誰說繪本只是給孩子讀的呢？無論大人、老人家，同樣可從中取得溫暖和幸福啊！

春天是繁花的節日，春來花開，我們抬頭張望，都想尋找花蹤，只是別忽略身邊的人呢，看媽媽樂觀，感受到愛和美的笑容，就知道，春天，就在她的笑容裏。

而母親，也為我們帶來美好的春天。

潘明珠簡介

中英日文翻譯、香港作家聯會理事、大細路劇團董事，公職任香港康文署文學專業顧問、香港書展文化顧問。並於文匯報及校園報寫專欄，主持香港電台文化節目《文學相對論》。近著有《心窗常開》、《三棱鏡》等。

詠玫瑰、等待春風

冷月

詠玫瑰

序：曾居屯門黃金海岸，見一株玫瑰於風雨中搖曳飄落。

紅艷如火的你
何以在風中飲泣？
羞紅了臉的你是一朵嬌艷待放的玫瑰，
青春本是你的專利，
燦爛綻放是你華美的人生。
你的眼眶為何凝著一串淚珠？
滿身荊棘的你可有感覺疼痛與不適？
是荊棘讓你無法傾訴？
還是你欲以尖刺嚇退欺負你的人？

美麗的你為何在瀟瀟細雨中飲泣？
是否無端凋落了？
飄落在浩瀚的汪洋之中，
未能吻別蝴蝶至親蜜蜂好友，
心有戚戚然？
若有飛霜之情？
能否讓澎濤士在星夢裏託付希臘女神？
你縱使凋零了，
你的青春美麗卻凝聚永恆。
願你一片片善良的紅瓣飄進每個路人的心湖……

二〇二一年三月十五日修訂

等待春風

　　摯友登獅子山郊野公園以試新購攝影鏡頭，寄來照片數幀，誘發靈感而撰。

獅子山下的香江美麗如斯，
繁華璀璨中鎖著陣陣濃霧。
只有黃花風鈴木依舊燦爛盛開，
縱然孤獨寂寞，
依舊無懼冷酷無情的北風凜凜。

無奈樹葉一再凋零，
青春歲月流逝如斯⋯⋯
只有硬朗挺直的樹幹傷痕累累，
仍然堅毅屹立，
等待寒風消逝後，
在溫暖的春風中蛻變重生⋯⋯

二〇二一年二月八日　書於地鐵車廂中

冷月簡介

香港作家聯會委任理事，有《錯失的緣份》等小說作品。

聽那一聲

木子

　　清晨，當天邊第一道陽光射入雲層。報更的鳥飛了起來，深藍天幕中的小黑點奮力拉開了厚重的雲層。牠邊飛邊叫，餘音裊裊，不絕如縷，在這個密集的城市中。在這個繁華之地，長著無數摩天高樓的地方。無數隻鳥也跟著叫了起來。一隻、兩隻、三四隻，此起彼伏、唧唧咋咋、呼天喚地。這些鳥，為了擁有他們的居住地，也有一套弱肉強食的生存法則，就好像有錢人住大屋，基層百姓就只能居住在小豆腐一樣的房間裏。這些鳥，並不是所有都可以棲息在公園裏、草叢中、大樹上，寄居在人家的窗口邊、花槽裏、空調的縫隙中，或許也是鳥兒一種無可奈何的生存方式。

　　我家的空調機邊就住著這樣的幾隻鳥。牠們每天早上在我耳邊呢噥，啾啾唧唧的聲音，鳥媽媽的叮嚀。我很喜歡這樣的鬧鐘，把偶爾上班的遲到歸結於牠們晚起。「羽毛和糞便會弄壞空調的。」鐘點工說。我實在不忍心毀了牠們的棲息處，借口說忙，就任由著牠們住在那兒。每次開空調，必定先在空調殼上敲打幾下，想像牠們聽到聲音必會飛走，想像牠們聰明必不會在馬達邊築巢。每天，我在牠們的叫聲中感覺雛鳥逐漸長大，牠們有時齊聲歌唱，有時七嘴八舌，有時又突然有其他鳥種的叫聲，想必是有朋自遠方來，因為那時牠們聲音就格外的珠圓玉潤。劉鶚在〈明湖居聽書〉寫王小玉的歌聲餘音繞樑、天上人間，我想也不過如此。這樣的日子持續了一段時間，直到有一天，鳥媽媽的聲音突然不見了，只聽到小鳥「嗚嗚嗚」壓低喉嚨發出的聲音。洞簫中的滄桑，嗚嗚然，如怨、如慕、如泣、如訴……這樣的悲鳴，徘徊在窗口好久好久。都說時光飛逝，但我常常覺得時光常駐，要走的或許只是我們。

　　雲層滾動變換光亮的時候，無數隻鳥飛起、捕捉完小蟲又突然消失不知隱身何處。我居住在青衣公園旁的高樓整整二十年，人生不短的日子在這小屋度過。小屋的上一手是一位台灣太太，賣樓時她站在窗邊指著外面介紹：「沒有地鐵的時候，公園過去就是藍藍的海啊。」台灣人的國語，把「藍藍的」三個字拖得長長的。我常常幻想遠處的高樓瞬間消失變成彎

彎的海峽和天相連，藍藍的畫布上海船點點，海鳥翱翔。而現在，我看到盤旋在葉公樑柱上的龍，點睛後，成了呼嘯的鐵龍。鐵龍用最快的速度連接港九，直達機場。

當第一杯咖啡喝完，又到上班時間，又是必經的公園。此刻，哪怕雲層足夠美麗，上班一族照例無暇抬頭，照例的腳步匆匆，照例的灰頭土臉，照例地打著睡不醒的哈欠，照例的總有幾個小孩給工人拖著走，瞇著還未睡醒的眼睛，嘴裏吃著麵包，鼓著兩腮嘟嘟囔囔、含含糊糊地抗議。此時，大樹下有張椅子，椅子上是一對夫婦，女人摸著肚子說話，說的是天氣很好，景色很美，下個月就可以看到BB。男人和女人都是快樂的。是的，新的生活即將開始，一切都是喜悅和充滿期待的。此刻，如果再看遠點，大樹下有張椅子，椅子上是個阿伯，老而木訥。他是那張椅子的椅主，每天上班看到他，下了班還坐那。他喜歡聽鄧麗君的歌，把錄音機開得震耳。此刻是《何日君再來》。「好花不常開，好景不常在……」沒完沒了地唱。廣場舞的音樂響起、太極扇子啪啪作響，做運動的女人在一個吱吱嘎嘎的藍色圓盤上扭動著並不苗條的身體和對面並不苗條的女人一起扭來扭去，扭來扭去地說：「聽講陳太離婚了……」八卦的風兒，帶著桂花甜絲絲的香味，聽著這座城市最常聽的故事。「好香的桂花」女人們跟著風兒轉換著話題「可以拿來做桂花糕。」「沖茶不錯。」拿著鳥籠的阿伯搭訕著，看著扭來扭去的女人並不搭理自己，搖搖頭，學著畫眉鳥叫向前走。

雲層隨著太陽升起變換成天藍，掛在杉樹上的幾隻酸枝鳥籠隨著風搖搖晃晃。籠中的畫眉鳥叫了起來，百囀千聲。不遠處是一個小小的，開滿杜鵑的山坡。上下一次山，看草賞花也不過半個小時就可以打個來回。花季時，滿山繁花，姹紫嫣紅，如果你願意像我一樣，把自己縮成一隻鳥的大小，那麼這小小的山坡因為風吹滿山，紅艷嘩嘩，就有了氣壯山河的豪情。如果此刻有風，不是那種拂面的春風，而是足以讓枝葉搖動，讓樹木落淚，讓林中鳥拉著二胡，野蜂飛舞般亂轉亂叫的風。公園就更美了，那滿地的落葉落花，黛玉來了、寶玉來了，恐怕小小的竹籃和羅帕是裝不下那麼多的呻吟的花魂。瑰紅如紫荊、金黃如水杉、血紅如紅葉……爭先恐後、前赴後繼的，為這樣的風而殉情。葉如淚，花成塚。如果正好遇到這

樣的大風，我必然會遲到了。而這樣的大風是前世的一場約定，今世不期然的偶見。

相信嗎？空氣是會唱歌的，在都市中，唱著讓人心猿意馬的歌。不得不承認，那是一首煽情的歌，讓人以為一切都是美好的歌。可畢竟是靠工作為生的人啊。即便前世是鳥，即便再怎樣留戀綠林，也必定要邁進紅塵。踱步出了公園，急步過了馬路，合著紅綠燈的聲音和派報紙的女人說著早安。走進地鐵。那擁擠的人群，那流動的人流，那八達通的嘟嘟聲，那唰唰唰的腳步聲……前世回溯，聽那一聲。

木子簡介

原名李俊。香港作家聯會會員，其各類文學作品和學術論文散見於兩岸四地教科書、文學雜集以及學術論文庫，有影視及海外報紙專欄合約在身。著有散文集《遠去的風景眼前的你》、小說集《開到荼蘼》等。以職業出版人身份出版校本教材和教學電視超過一百多部，以推動中國文學、弘揚中國文化為己任。為全面推行香港免費教育，用教育解決各族裔跨代貧窮問題做不懈努力。

莎草冒出來了

凌雁

　　時間匆匆過去，約在一個月前的那天，正是農曆新年假期，早上的陽光不算強烈，放在窗台上用水仙盆浸養的水仙花正開得燦爛。更換了清水之餘，偶然察覺那個放在窗台邊角的閒置小花盆有點異樣，表面呈現乾涸的泥土長出了一捆幼幼的青絲。說它是青絲是對的，它就好像髮菜一般幼小，蜷曲起來像一粒翠綠色的小彈珠；它是甚麼東西呢？當時真的沒有任何概念，只感覺它是有生機的植物。不敢給它胡亂澆水，深怕這幼小的青絲會一下子受不了，於是用噴壺把泥土表面噴濕。相隔幾天再看它時，青絲球散發開來，幼絲長多了，長高了，青蔥的綠色幼苗有點可愛；接下來每隔三幾天便把小花盆放進淺水砵中，讓它從底孔吸水再滲透上土表。今天，它已經長到十厘米高度，青絲變成幼長的嫩葉，中間還伸出幾支比較高和較硬朗的幼莖，分岔的頂部長出比半顆芝麻還要小的米白色顆粒。好奇心驅使我透過微距鏡頭把它拍攝下來，定神看一看，它真美啊！是非常微細的小花。

　　生物課堂學習已經是年月久遠的往事，再也沒法回憶起那位生物老師的容貌，他所教授的植物學內容同樣蕩然無存。閒時喜愛栽花種植只是出於興趣，這株小東西到底是甚麼植物呢？我倒希望尋出它的名字，或者還會有其他可愛的故事浮現出來。從印刷的書本中找了一番卻連半點頭緒也沒有，唯有透過與時並進的軟件作網絡搜尋，仔細地將最接近的描述和圖片與實物對照比較，終於相信這就是它的家族：莎草。它究竟從那裏來到我家中的小花盆裏呢？只有天曉得吧！窗台朝向東南方，大概是東風把這小植物弄醒，莎草冒出來了。

　　乘升降機降到樓下大堂。步入大堂的時候，剛巧前方的另一部升降機同時抵達；一種訝異感覺令我瞬間停步。先是一隻有點兒顫抖的手緊握著手杖伸出升降機外，這是一個熟悉的身影；他低著頭，彎下腰在我身前緩慢地從升降機走出來。雖然大家間中會在平台附近偶然相遇，彼此只是點點頭，但並不太熟絡，也沒有請教姓名。他向來都是低頭、彎腰的，大概

118

是由於年紀大脊骨衰退無力吧，雖然雙腳走起路來較為緩慢卻是行走正常；令我訝異是首次見到他需要依賴手杖幫助行動了。他沒有抬頭看其他人，其他人都讓他先行；在大門前他忽然間表現得有點兒不知所措，可能由於不習慣手中多了手杖，不知該用那隻手去按下開門電掣，他在霎時間似乎出現了反應遲疑。我趕忙代辦和伸手替他推開大門，他報以微笑點頭出門。跟隨他慢慢地走向屋苑平台，心頭不期然泛起了一陣憂戚；他的面容訴說出他的健康亮起了紅燈吧。

建築在平台上行人通道旁的花圃栽種了不少花草樹木，美麗的杜鵑花正在陽光中綻放；純樸的白色，淡雅的粉紅，兩者都很可愛。小小的蜂兒們忙得不可開交，頻繁地圍繞著杜鵑花兒起舞；飛舞一陣，停頓一陣，在一朵朵花兒當中穿梭；想要知道那朵花兒最甜蜜嗎？小蜂兒一定會是最佳評判。小小的昆蟲是如此活躍，活像有用不完的無窮精力；是真的嗎？陳年往事的生物課堂情景忽然不經意地浮現到腦海中，告訴我不要那般天真地幻想，其實工蜂的壽命只有三幾個月光景。在花兒盛開的季節，過於辛勞的採蜜工作甚至令牠們的壽命會縮減至三十多天而已；牠們的活力並不持久，更說不上無窮。

最近這幾個年頭，總覺得起霧的日子越來越少，更不用說有多少個下雨天。過往的這段日子，從窗台遠遠望向港島，在維港海面與山巒之間偶然會泛起一層海霧，像飄浮在雲霧中的海島，煞是優美迷人。小時候住在小山崗上的平房區，濃霧的日子裏開門不見山，五米外的鄰舍在迷濛的白色空間裏隱藏起來，讓人有世界真細小的純真感覺。雖然母親會抱怨清洗後的衣物乾不了，但是我總喜愛那股潤物無聲的白霧。現在，這些景象似乎消失得越來越快了。

平台邊緣處有一堵高牆，入冬以後牆身已經滿佈斑紋。往花圃泥土中扎根的爬山虎，它的攀藤不斷地向上蔓生，緊緊地纏繞著牆身不願意放鬆，高牆在冬季落葉以後就恍如滿身傷痕一般。幸好，植物的天賦基因讓它們知道追隨地球的節氣；儘管缺少雷雨的呼喚聲，缺少霧水的滋潤，莎草還是冒了出來，杜鵑花還是盛開，爬山虎的綠葉又再重現，看來很快便會替高牆披上一件美麗的綠色披肩。

植物可以依賴天賦本能進行自身調節來存活發展，可是若果氣候變化持續惡劣下去，植物還會有循環不息的生存機會嗎？勞動的蜂兒壽命很短；青春不再的朋友，從兩腳走路變成依靠手杖的三足慢行，個體生命的活力總會有極限。大地運行不息，萬物的生存還需仰賴大自然提供適當條件，這樣才有機會一代接替一代地讓生命力延續下去。

凌雁簡介

原名馮轉成，祖籍廣東省高要縣，二十世紀中葉生於香港。高中時代曾發表過多篇文藝創作，於當時香港電台的「爐峰夜話」節目中播出，近期作品見於《香港作家》；年青時期曾在業餘時間進行採訪及編輯地區性報紙。在香港成長及接受教育，分別取得工程系「設計與科技」學士、「教育心理學」碩士、「應用心理學」碩士等學位，亦為「香港心理學會」會員。從事生產工程管理工作達十年，其後於中學任教達三十多年，兼任教務主任一職。退休後修讀並取得翻譯深造文憑，現從事兼職翻譯工作。

漁家傲‧春思

萬里雲

春雨秋風晨霧起，緣來緣去平常道。花艷無風終自掉。驕杏小，亢龍悲悔天宮嘯。

無玷初心原念造，古來可有能全好？老樹門前根抓靠。今夕妙，烏雲不雨存塵笑。

萬里雲簡介

香港浸會大學畢業。作品見於《香港文學》、《香港作家》、《字花》、《聲韻詩刊》《大頭菜文藝月刊》、《文學評論》等文學雜誌。

納木娜尼的傳說
——過去獻給未來的愛情詩

吉米平階

在天地洪荒、混沌初分的時候，
在地球的極西之地，
那時候這裏還不分晝夜，
太陽和月亮輪流邏巡，
所有的星星還長在地上，
有屬於自己的領地、家族和牧場。

每天，快樂的塵埃在這裏聚集，
它們成群地在空中舞蹈，
極速旋轉，交織，緊緊擁抱，
漸漸堆積成一片片新的高地，
這些高地是這樣新鮮，
還沒有被任何一個名字命名。

有一天，太陽在西邊久久停留，
它是聽見了什麼召喚？
專注的金黃餘暉灑遍田野，
山嶽的影子被拉得很長。
那裏天空碧藍、湖水碧藍，
萬物因為凝神屏氣，呈現一種寂靜。

白雲排開，在白雲之下，
一個亙古的愛情，彌漫過雪山、草地，
彌漫過曠世的空濛，長久的時間，
即將降落！
這是新生大地第一次精心的孕育，
是新生大地給未來的一個驚喜。

納木娜尼，一個鐫刻在天上的名字，
你是高原天空最閃亮的那輪明月，
你是原始大地最芬芳的花朵，
你有永不敗壞的金剛之軀，
你的故事會成為創世紀的傳說。
因為你的誕生，
這裏的山川湖泊，有了聖神的名字，
因為你的降臨，
天與地會在某處連接，
成為溝通蒼穹的唯一通道。

吉米平階簡介

藏族，生於四川康定，出版有中短篇小說集《北京藏人》，長篇紀實文學《高原明珠日喀則》、《葉巴紀事》，文化散文集《尋找朗薩雯波》，敘事長詩《納木娜尼的傳說》等，中央電視台六集紀錄片《天河》總撰稿。現任西藏文聯副主席、巡視員、西藏作協主席、《西藏文學》編委會主任，中國作協全委會委員。

這個初冬、藏北·格仁措

劉萱

這個初冬

一朵雲落在了花上
月光便開始了嘹亮
緩慢的寒風啊
還有雪中的河床，蔚藍，母親的笑容
天空也站著
最後一片落葉站在高原

離別是初冬
我在這裏等待一樹的星空
眼睛睜開了溫熱
天漸漸拉開黑暗
荒原走向西邊
我把命運接住
又在，這個冬天拋出

寒風的聲音不再呼嘯
時光在不朽中荒蕪、洗滌
躍過暗夜
我彷彿聽到
一步之遙之外
土地沉默已久的
春天

藏北·格仁措

你是天上火晶般的太陽
還是黑暗中水晶般的月亮？
紅色的山岩停靠的是白雪
還是晶瑩的空寂？
走向你，我們相聚在天空的草地

遠古的腳印在群山中閃爍
羊群和冰凍又一次來到草原的根部
細雪打在厚厚的草甸上
重重的雲壓低嗓門
今夜
岸邊萬年的犛牛角化石
能否挑開
格薩爾王在湖底的私語？

無人回答的曠野
奔跑的羊群和牧羊女
搖晃了一下
足下的花朵
忽地
夢擠進了雪花

劉萱簡介

筆名萱歌，西藏女詩人，中國作家協會會員、西藏作家協會會員。西藏《雪域萱歌》微信公眾平台及主打欄目《雪域讀詩》創始人。曾供職於國務院新聞辦公室，兩屆援藏後主動申請調入西藏工作。著有詩集《生命·階梯》、《生命高地》，用十八年時間行遍西藏，二〇一八年出版了西藏第一本有聲詩集《西藏三章》。在《詩刊》、《十月》、《星星詩刊》、《人民日報》、《西藏日報》、《西藏文學》、《散文選刊》、《華西都市報》等全國性報刊發表詩歌、散文等數百篇作品，並獲全國獎項。其詩作《藏北三章》（二）榮登《二〇一六·文傳榜》國內「十大國學文字作品」榜單，全國網絡讀者投票位列第一。

你好，新西藏

敖超

在第三極
我仰望天空的晴朗
追尋心中的太陽
觸摸那一塵不染的天堂
你好，新西藏
那歲月留下的痕跡
散發著生命裏的芬芳
生命過往
西藏，我的新西藏
和你一起地老天荒

在第三極
我收藏永恆的時光
耀眼的晨光照亮
那些寂靜空曠還有蒼茫
你好，新西藏
年深月久還有記憶
隨悠揚歌聲去了遠方
所有夢想
西藏，我的新西藏
共赴一場地老天荒

新西藏
劃過時光滄桑
我們一路
用生命的執著
追逐陽光

敖超簡介

生於重慶，一直在拉薩生活工作。出版短篇小說集《假裝沒感覺》、長篇小說《直線三公里》、詩集《遇見》。中國作家協會會員，西藏作家協會副主席。現在西藏群藝館工作。

坐在雅江邊遙望香江

陳躍軍

傑馬央宗冰川下，我坐在清泉邊
想像一滴晶瑩的水珠如何長途跋涉
變成一滴渾濁的眼淚，和我一樣
流浪在異鄉，把故鄉藏在
一個溫暖的角落

一滴水在與我依依惜別，此刻
我多想變成一朵雪花，融入清泉
一起奔向香江，去看看
血肉相連的同胞
和迷人的東方之珠

我面朝香港，掬起
一捧水，細細品嘗
這條古老的河多像一條血管
連著西藏與世界
流淌在每一個中國人的心裏

陳躍軍簡介

一九七九年生於山西芮城，中國作家協會會員，曾在《詩刊》、《詩歌月刊》、《散文選刊》等報刊發表作品，著有《飛翔的夢》、《用心觸摸天堂》、《觸摸瑪吉阿米的笑》，主編《相約西藏去放牧》、《西藏情緣》、《格桑花開》、《感悟山南》、《詩美山南》。

失語、普姆雍措

白瑪央金

失語

由一道光引領
被期望建樹的領地中
尋找一扇裝滿靈魂的窗

他們是懼怕的
他們是緘默的

那些被流水洗濯的水草
同樣失語在大地的營帳中
被願望懲罰的行動者
巡遊在高高的山頭

日落的地方
山的鋒芒逐日暗淡

白瑪央金簡介

中國作家協會會員，西藏作家協會會員、理事，作品散見於《詩刊》、《民族文學》等多種文學刊物和報刊，部分作品由日本漢學家竹內新先生翻譯成日文在日本《詩與思想》刊出，有作品入選《二〇一九中國詩歌年選》等眾多選本。出版詩集《滴雨的松石》、《一粒青稞的舞蹈》、《詩與思想》，詩歌合集藏地詩人十人行《格桑花開》、《詩美山南》等。曾榮獲二〇一五年度網絡時代十大知名詩人提名獎、雅礱文學藝術獎及首屆吐蕃文學藝術獎等獎項。

普姆雍措

它是天的延展，或幽居於群山中兀自嬉戲的精靈
它是柔波中的天然語言，又是苦雨淒風中殘缺的笛

用雲的心思，聽無數跫音遠足
陽光、波紋，盤旋於心的長唳，復成為曠世者的傲嬌
不曾褻瀆，藍色的依戀隨著淋漓的年華在湖面蕩漾

輕聲哼起長歌，我的髮鬢被微風拂動
我聽見光與影摩擦的聲音，目睹羚羊聞聲脫逃的矯健

這無可匹敵的藍許是素心的梯田
我在這裏沉澱，又在這裏驚醒
真相已逼近，倏然間，一群黑頸鶴騰空而起

祥雲繞聖城、潔白的春天

納穆卓瑪

祥雲繞聖城

正是美好的時節啊

五月的雲朵把乳汁還給樹根
葉子把脈絡還給清風

山脊漸次明亮時
河流把萬物的碎片還給了遠方

一滴甘露，已經鬆動了時間的筋骨
月光鋪開的經卷上，萬物湧動

夏日的魯康裏，古旋柳和鳥雀
交換著各自的寂靜和鳥鳴
隨祥雲繞聖城的人們，走著走著
變成了透明的雨滴

潔白的春天

像是一次期待中的朝聖之旅
一身素白，終於讓在春分前
看到了雪域的底色
這寂靜的白，摁下時間慌忙的速度
生命的空白浮出水面

這潔白的春天，高天之鏡
照見大地的慈悲
它認領著一條河流的決絕
一座空山無處安放的回音
一棵樹木悲傷的獨行
像一粒過濾的塵埃
時間和現實之間再次相認
——每一粒雪花供養的萬物
都與你合二為一

新的地平線，從眼前拉開
鴿子從屋簷下飛出，一樹桃花
伸向風中，疏影烙在牆上
被落日加冕的世界，正從山頂上
一點點拉升塵世的海拔
一直飛鷹隱遁處
我看見了宇宙小小的偏愛

納穆卓瑪簡介

藏族，現居拉薩。中國少數民族作家學會會員。出版詩集《半個月亮》，選入二〇二〇年民族文學作品扶持項目。

雅魯藏布江的春天、雅礱八月

劉沐陽

雅魯藏布江的春天

雨水來臨之前。春天越往深處走
雅魯藏布江的水位越低

她裸露著大片母體，像極了
哺乳期的母親
春風一再掀開她的衣衫
裸露得越多
她所經過的兩岸越綠

我在岸邊的某一處，忍不住
每天看望她，並打探
雨季的消息

雅礱八月

用車輪打開八月
摩擦路面的呻吟
穿透泥石流沖刷的不堪
駱駝刺龐大的根系，緊緊抓牢沙土

格桑花從不辜負季節
自下而上，盛開了高原

雪蓮也抖落一身外衣
自峭壁的崖縫隔水相望
聖潔的身影
試圖漂洗一江的渾濁

而雄鷹，用翅膀劃破蔚藍
跌落的雲朵亦步亦趨，從高空
緊隨野驢、犛牛和羊群
優雅地踩著節點

望果節回音繚繞
即將收割一場麥香
雅礱文化節嘹亮整個河畔

註：雅礱是西藏山南市的別稱，基本是山南所
轄範圍。

劉沐陽簡介

筆名木朵朵，河北人，現居西藏。詩歌散見《詩刊》、《詩歌月刊》、《西藏文學》、《西藏日報》、《中國·詩影響》、《山東詩人》、《詩意人生》、《中國大灣區詩匯》、《圓桌詩刊》等刊。有詩被選入《二〇一七中國詩歌年選》。

類烏齊‧伊日大峽谷

德西

附了魔咒的伊日峽谷
仰臥在深幽的花谷中
枕著溫泉的溫熱沉睡了
碎落的山石，鬱鬱的叢林
將睡美人鎖進了傳說中的香巴拉
青藤的圍欄中編織了峽谷的坐騎
天宇中傳來吉祥螺號的梵音
萬道光芒射中了黑夜裏的眼睛
蓮盤上蘇醒的美人
在背水的路上
淋濕了眺望的黃昏
勇士的利劍在鷹笛中出鞘
魔咒在聖光中破解
輕風拂過
面紗滑落
度母般聖潔的面龐
讓蒙蔽世俗的雙眼閉上了羞愧的眼簾
五彩的氆氇獨自在溪水裏浸洗
七彩的顏盤潑染了元根地
藍天肩頭走神的白雲
停止了游動

草灘上怒放的紫梅朵
含羞的將花瓣放在大地的手中
蜂蝶在花海中迷失了方向
是誰在小溪邊遺落了月華霞裙
峽谷嫵媚多情的眼神
誘惑了時間的腳步
灌鉛的雙足停駐在谷口
恐將涉塵的足印留痕在這
萬物跪拜在峽谷的谷底
伊日峽谷靜靜佇立在天地間

德西簡介

西藏詩人。

130

左旋的柳

烏蘭玉兒

在拉薩的池塘邊，宮牆下，幽靜之處。一棵棵柳樹往左旋著身子，在張望著什麼；或是往左撇著頭，在躲避著什麼；多少年了，我百思不得其解。我猜想著你左旋的原由，試圖揭示你漫長的過去。

左旋柳，向左旋著生長，有人說是因為文成公主遠嫁到西藏，思鄉心切，她從長安帶來的柳樹就向東顧望，年長日久之後，柳樹旋成了現在的模樣。也有人說是當年瓊傑達瓦卓瑪姑娘，在八廓街人群中與情人走散了，她就來到他們常常幽會的龍王潭柳樹下，等待情人找來，她深情的向左邊八廓街的方向旋望著，久而久之她也長成了左旋的柳。

左旋柳，當我第一次看見你時，我詫異你的身軀，竟旋成了如此這般的美妙：似翩翩的舞娘柔軟窈窕；如風姿綽約的少婦豐滿惹人；又像歷盡人間滄桑的老婦人幹練結實。你的千姿百態讓我浮想聯翩，我好想一下看穿你左旋的奧秘。多少次，我漫步在你身邊，常常坐在你的身上，遙想你的過去。曾經也和別的情侶一樣，帶著他來到你的樹蔭下，說著那些幼稚的情話。而你卻靜靜地看著這一切，沒有暗示，不言不語，把你前世今生的故事，掩藏在潭水的微波深處。

在布達拉宮北邊宮牆外圍，綠蔭婆娑，潭水悠悠的龍王潭公園裏，左旋柳自成一處幽靜之隅，這裏旋柳稀疏有序地圍成圓圈，整齊劃一地向左旋著，活脫脫一群跳鍋莊的舞者。充足的陽光，豐沛的水源，使得龍王潭公園的旋柳，生長得極其茂盛，旋柳優雅地越過宮牆，向南伸向轉經路上，像是為了給轉經的人們，遮蔭擋陽，阻風禦雨；傍晚，熱戀中的人們，一對對來到你幽靜的林下，卿卿我我，互訴衷腸，毫不顧忌你的存在。也許，你左旋的姿勢，是羞於看見這些激情的畫面，於是撇過頭去，不看不看！或許你是不願驚擾他們濃濃的纏綿，而把頭旋過一邊去？

左旋柳，我不能斷定你，是否曾聆聽過天才詩人、六世達賴喇嘛倉央嘉措，那深奧隱晦難解的道歌，但你一定聽聞了瓊傑達瓦卓瑪姑娘的情歌！同樣你也目睹了，姹紫嫣紅的夏天，帳圍裏的激情，天高雲淡的秋夜，圓

特輯：西藏放歌——西藏詩人專稿

左旋的柳

烏蘭玉兒

在拉薩的池塘邊，宮牆下，幽靜之處。一棵棵柳樹往左旋著身子，在張望著什麼；或是往左撇著頭，在躲避著什麼；多少年了，我百思不得其解。我猜想著你左旋的原由，試圖揭示你漫長的過去。

左旋柳，向左旋著生長，有人說是因為文成公主遠嫁到西藏，思鄉心切，她從長安帶來的柳樹就向東顧望，年長日久之後，柳樹旋成了現在的模樣。也有人說是當年瓊傑達瓦卓瑪姑娘，在八廓街人群中與情人走散了，她就來到他們常常幽會的龍王潭柳樹下，等待情人找來，她深情的向左邊八廓街的方向旋望著，久而久之她也長成了左旋的柳。

左旋柳，當我第一次看見你時，我詫異你的身軀，竟旋成了如此這般的美妙：似翩翩的舞娘柔軟窈窕；如風姿綽約的少婦豐滿惹人；又像歷盡人間滄桑的老婦人幹練結實。你的千姿百態讓我浮想聯翩，我好想一下看穿你左旋的奧秘。多少次，我漫步在你身邊，常常坐在你的身上，遙想你的過去。曾經也和別的情侶一樣，帶著他來到你的樹蔭下，說著那些幼稚的情話。而你卻靜靜地看著這一切，沒有暗示，不言不語，把你前世今生的故事，掩藏在潭水的微波深處。

在布達拉宮北邊宮牆外圍，綠蔭婆娑，潭水悠悠的龍王潭公園裏，左旋柳自成一處幽靜之隅，這裏旋柳稀疏有序地圍成圓圈，整齊劃一地向左旋著，活脫脫一群跳鍋莊的舞者。充足的陽光，豐沛的水源，使得龍王潭公園的旋柳，生長得極其茂盛，旋柳優雅地越過宮牆，向南伸向轉經路上，像是為了給轉經的人們，遮蔭擋陽，阻風禦雨；傍晚，熱戀中的人們，一對對來到你幽靜的林下，卿卿我我，互訴衷腸，毫不顧忌你的存在。也許，你左旋的姿勢，是羞於看見這些激情的畫面，於是撇過頭去，不看不看！或許你是不願驚擾他們濃濃的纏綿，而把頭旋過一邊去？

左旋柳，我不能斷定你，是否曾聆聽過天才詩人、六世達賴喇嘛倉央嘉措，那深奧隱晦難解的道歌，但你一定聽聞了瓊傑達瓦卓瑪姑娘的情歌！同樣你也目睹了，姹紫嫣紅的夏天，帳圍裏的激情，天高雲淡的秋夜，圓

月下的纏綿。多少年來，你默默目睹了幾多人間的聚散離合，潮起潮落，那麼請你告訴我，你的左旋是為了什麼？你的回眸又是為了誰？

左旋的柳，我知道你還會這麼永久地回眸旋轉下去，但我不知道，你還將為後人們旋轉出怎樣的美麗傳說……

烏蘭玉兒簡介

本名薩霍爾‧次仁玉珍，長期從事藏漢雙語新聞傳媒工作。喜歡讀讀寫寫。一顆善感的心，感悟著人間悲喜苦樂；一雙敏銳的眼睛，掃視著塵世的風雲變幻；一支纖細的筆鋒，書寫著世間萬般情態，或歌之，或斥之，或覓之，或探之，一生總在求索之路上。

羌塘牧人

覺乃‧完瑪才讓

地平線或天地接壤的地方
晚風呼嘯的吹過牛羊和野花
遠處的天供起圓月，少了狼的嘶鳴

拉薩是海上疊起的城堡
羌塘草原是湖上生活的部落
沒有薰衣草的色，草地披上格桑花

草原上，望向哪裏都是方向
帳篷裏，糌粑與奶酪是一場宴席
將一株雜草含嘴裏，聽這裏的老人說
格薩爾王的駿馬一直是活在羌塘的魂

在羌塘的湖邊，我欲攜雲朵寄情遠方
從香格里拉摘下一朵杜鵑種在這草原

覺乃‧完瑪才讓簡介

藏族，現居西藏拉薩。《西藏詩歌》執行主編、《虹詩》網刊編委、《九〇後》詩歌專刊編委。作品散見於《西藏文學》、《星星詩刊》、《詩歌週刊》、《南方文藝》、《西藏日報》等報刊和中國詩歌網、藏人文化網等網絡平台，詩歌入選《甘肅青年詩會二〇一七詩選》、《二〇〇七－二〇一七中國詩歌版圖》等選本。二〇一八年六月在西藏大學舉行個人詩歌專場分享會，著有詩集《糌粑腦袋》。

我在拉薩等你

江揚

來自天邊的呼喚，像一顆石子投進湖裏，在我心中泛起層層漣漪。

調去拉薩工作的朋友，拋來誘人的「橄欖枝」：「趁年輕，來一趟西藏。我在拉薩等你。」

拉薩，在我的企盼裏閃現很久了。

想像中，那是一個傳奇的雪域，挺立在天地間最美的地方，自古以來高僧輩出，引無數信眾仰望的藏傳佛教聖地。究竟它有一種什麼樣的力量，讓萬千藏民對它頂禮膜拜？那未知的神秘，給人無窮的想像空間，心生出無限的浪漫嚮往。

收拾行裝，說走就走。

飛機降落在海拔三千六百米的貢嘎機場，陽光猛烈得睜不開眼睛。天空藍得透明透亮，不含一絲雜質。大片大片的白雲在頭頂飄浮，彷彿伸手就能觸碰到一朵。我按捺不住激動與急切，興高采烈地奔向來接我的朋友。雖然老山一別才一年，我們卻好像久別重逢一樣欣喜若狂。朋友不忘提醒說：緩步慢行，走路別蹦蹦跳跳。

回到她那間鐵皮屋頂的小平房，朋友千叮嚀萬囑咐不能洗頭洗澡。她說毛細血管的擴張，會增加耗氧量，容易引起感冒。聽了她的話，我擦擦抹抹就替代了沖洗。第二天早晨她去上班，丟下一句「不許出門」的話，順手就把我鎖在了房間裏。貼著她為我準備的氧氣枕頭，老老實實地臥床休息了三天。我相信，若不是朋友的悉心照顧和安排，高原反應可真不是一件輕鬆的事情。

陽光初照的時刻，空氣水晶般的清澈。在拉薩河畔，遠遠望見那雪白宮牆托起的赭紅色宮殿，矗立在海拔三千七百五十米的山頭上。高聳入雲的桀驁氣勢，睥睨天下，似乎訴說著世間最深的神秘和最執著的信仰。

身臨其境，有一種隆重的感覺，甚或宗教的感覺。這座緣起於公元七世紀的輝煌宮殿，彰顯西藏吐蕃王松贊幹布與漢朝和親的最大誠意，開創了漢蕃交好的一個新時代。為迎娶唐朝文成公主，松贊幹布在紅山上修建

布達拉宮。那是沒有鋼筋和水泥的年代，僅憑著黏土和乾草，就建成世界上海拔最高最雄偉的宮殿。

隨著吐蕃王朝土崩瓦解，西藏歷史上第一個統一政權也走到了它的盡頭。曾經見證這個王朝燦爛崛起的紅山宮，從此失去顏色，孤獨落寞，一朝毀於戰火。八百年後，第五世達賴喇嘛重修紅山宮，更名為布達拉宮。作為青藏高原的標誌，這座宮殿在過去幾百年間，一直是西藏政教合一的權力中心。這裏安放著從第五世達賴喇嘛到第十三世達賴喇嘛的靈塔，缺席的唯有第六世達拉喇嘛倉央嘉措。

許是命運的安排，「住進布達拉宮」的倉央嘉措，處在西藏一個政治風雲變幻的年代，宗教派系之間勢不兩立的鬥爭殘酷而激烈。「他是雪域之王」，卻從不掌握政教大權。活佛生活，也許沒有給他帶來多少歡樂。「曾慮多情損梵行，入山又恐別傾城。世間安得雙全法，不負如來不負卿。」至尊至聖的身份和至純至深的情感，糾結成倉央嘉措一生的情愁怨錯，讓他來不及躲閃，成為西藏歷史上最具爭議的達賴喇嘛。

時光在這裏，似乎一直沒有流轉過。讀不完的佛經，燃不盡的酥油燈。轉不停的轉經筒，磕不完的等身長頭。喇嘛，信徒。日復一日，年復一年。

第二世、三世、四世達賴喇嘛的靈塔，保存在哲蚌寺的措欽大殿裏，那是歷代喇嘛的母寺。一大片白色建築群依山而下，好似巨大的米堆，鱗次櫛比地鋪滿山坡。藏語「哲蚌」，意為「雪白的大米高高堆聚」，象徵著繁榮昌盛。從山門到大殿有一段崎嶇的山路，走得我氣喘籲籲。這段距離在平地沒有難度，但在海拔三千八百米之上，卻是一個不小的「考驗」。

擁有眾多莊園與牧場的哲蚌寺，最盛時期的寺僧編製近八千人。這座藏傳佛教最大寺廟供奉的佛像，無論正殿還是廂殿，從哪個角度看上去都精緻無比，栩栩如生。第二世、三世、四世、五世達賴都在哲蚌寺坐床，可以想像這裏曾經對西藏歷史的影響。直到第五世達賴喇嘛掌領西藏地方政教大權後，才遷往布達拉宮處理政務。

行走在拉薩，總能看到五彩的經幡在大地與蒼穹之間飄蕩搖曳，構成一種連地接天的境界。它的每一次舞動如同念誦經文，把祈禱和祝福都寫在了天上。

在掛滿經幡的地方，往往會有瑪尼堆。別小看這些瑪尼堆，那可是信徒一塊石頭一塊石頭堆起來的。隨著時光的不斷延續，這些經受歲月打磨的石頭，便被賦予了一種承載人們美好心願的神秘能量。我撿來一塊石頭，跟著信徒一邊默念六字真言，一邊用額頭碰觸石塊，然後放在瑪尼堆的最上面，看著它一副天長地久的樣子。

行走在拉薩，總會遇到一個又一個口中念念有詞的信徒。他們不遠千里，歷經數年，風餐露宿，用身長丈量到聖城的距離。他們的臉上溝壑縱橫，額頭正中央磨出了灰黑色的繭子，可是看不見絲毫痛楚，平和地就像是西藏的天空，一塵不染。他們心無雜念地雙掌合十，高高舉過頭頂，五體投地匍匐向前直深，用額頭去磕響大地，好讓佛聽到自己虔誠的叩拜。伏身的時候，以手劃地做記號，起身後行到記號處再匍匐。就這樣，周而復始，磕著等身長的頭一直來到拉薩。每一個頭都畢恭畢敬，每一個頭都浸染信仰。

朝聖的終點不在布達拉宮，而在大昭寺。那裏供奉著文成公主進藏時，帶到拉薩的釋迦牟尼佛十二歲等身像。在藏傳佛教信徒的眼裏，見到這尊佛像如同見到二千五百年前的佛祖。環繞大昭寺著名轉經道的八廓街，地面上已經被信徒的身軀摩擦得光可鑑人。那道道等身長頭的深深印痕，寄託著信徒的期盼：將他們的身體在執著中變得聖潔，將他們的靈魂在誠懇中引向天堂。就像一首傳唱了數百年的藏族民歌：

> 黑色的大地是我用身體量過來的，
> 白色的雲彩是我用手指數過來的，
> 陡峭的山崖我像爬梯子一樣攀上，
> 平坦的草原我像讀經書一樣掀過⋯⋯

多年來，每當聽到來自雪域高原的天籟之聲，我都會想念拉薩那些走過的地方，那些遠去的日子。它們在視野裏消失了許久，卻通過印在瞳孔裏、一輩子都不會褪色的記憶浮現出來。那些文字不能完全記載的、被時光過濾成散發著情感芬芳的美麗畫面，若有若無地在眼前拂動，像水中恍惚迷離的倒影。

遠在雪域高原的城市、民族與宗教本來就屬於不同的人間部落，從海

拔的高度就能判別出來。內涵一種精神圖騰，崇拜、敬畏和臣服之心的信仰，成為藏民心靈歸屬的地方。我突然明白，自己是要去尋找生命丟失了的那部分，它或許就存在於這片秘境。

在拉薩的時間不算長，我去的地方也不多，可是，作為一段難忘的經歷，早已鑿刻在我的記憶深處，明明很遙遠卻彷彿是最近的沉澱，時不時地會泛上心頭。

我在拉薩等你。

待你去過之後，你會無數次的在夢中重返這裏。

江揚簡介

香港作家聯會永遠名譽會長、中國作家協會會員。歷任《黃金時代》雜誌社記者和編輯，香港《文匯報》記者、高級記者、首席記者。出版報告文學集《九七香港風雲人物》，散文集《歲月不曾帶走》、《留住那晚的星星》等作品。

波密，桃花的記憶也是前世的記憶

文榕

白雲是飄帶，縮結著天空的情緒，桃花盛開在寧靜的村莊。在波密，桃花的記憶也是前世的記憶。

那些殘舊山頂的指向上，已看不到徘徊的雄鷹，聞到的花香，是生前的氣息，翠綠山坡的輪廓是往事的一幀剪影。

小村帶來純正的祥和安寧，無人的世界，自然並不因此缺少什麼，而人的腳步疏疏落落，卻遺留在江水逝去的遠方。

白雲永不用枉自多情，蒙太奇的倩影已過去，雲蒸霞蔚的時空卻不作停留。

桃花曾被白雲洗滌，白雲仍是我們初見的模樣，但草地的翠綠已改變了走向。

河邊的卵石或將寂寥地發灰，但陽光會為它鍍滿金色，亮麗的昨天在山後邊窺視。

在波密，桃花的記憶也是前世的記憶。

明日的夢境經久不息⋯⋯

文榕簡介

江蘇人。現居香港。香港《橄欖葉》詩刊主編。曾獲兩岸四地華語詩歌高峰論壇華語優秀詩篇獎、二〇二〇年女性詩歌創作優異獎、第三屆中國散文詩天馬獎等獎項。有作品入選《詩刊》、《詩潮》、《星星》、《作品》、《中國散文詩一百年大系》等數十種詩文集。有作品被收錄中學語文教材等。出版詩集《輕飛的月光》、散文詩集《比春天更遠的地方》等多部。現任香港文聯常務副秘書長、香港女作家協會秘書長、香港散文詩學會副會長等職。

孤獨的行走者

周瀚

回到了羊卓雍錯的湖邊
我仍是一位孤獨的行走者
背囊裝著半生流浪的故事
我一邊唱歌，一邊行進
嘹亮的歌聲在崇山峻嶺間迴盪
行走的憂愁，誰能明白？

翡翠般的湖，生命的湖
你默默無言陪伴我行走
你像好友，又像母親
洗滌我滄桑的容顏

行走者的家在哪裏？
在天涯海角，在羊卓雍錯
白雲，像一朵朵鮮艷的牡丹
永遠在我的內心深處盛開

廣袤的綠湖離天空很近
我遠離煩囂的塵世
高山的石路彎彎曲曲
藍天下，我像一隻螞蟻
在地上匍匐前進
我撫摸自己的靈魂
它比石頭還堅硬

周瀚簡介

文學博士。現任香港青年文學促進會會長、國際當代華文詩歌研究會執行主席兼秘書長、《國際漢詩研究專刊》社長、《國際漢詩探索》及《五洲華人文藝》《五洲華人詩刊》執行社長兼總編輯。曾榮獲「香港中華文化金紫荊獎」的「實力詩人獎」等。著有詩集《靈魂在陽光中飛舞》、中英對照《周瀚短詩選》。翻譯詩集若干。

想西藏（外三首）

冬冬

想西藏

題記：雖然沒有踏足那片神聖而美麗的國土，但西藏對我的吸引力，絲毫不亞於萬有引力，不亞於真正意義上的遠方。有了苟且和詩，最需要的就是遠方，真正可以融匯心靈的遠方。

往上
那長在樹梢上的山
山上披著的雪
雪線與天際線的交合
太陽和心上

往下
開了花的枝條
嫩綠的青草和青稞
翻著白浪的河谷
遠方與詩

喜馬拉雅與雅魯藏布
也流淌出來
沿著地勢
沿著被仰視的目光
向下
向著黃河和長江
向著濁水溪和香江
向著廣袤的國土和遼闊的海洋

跟著十四億顆心
一起想
世界的屋脊
讓我和我們想像
在想像中到達
在到達中想像

對著那片聖地
所有的黑暗
都變得渺小
所有的匍匐
都是一種高尚

二〇二一年五月十日在列治文辦公室

流過加勒萬河谷

題記：加勒萬河發源於我國新疆和田縣阿克賽欽南部薩木崇嶺地區的加勒萬岡日峰，向西北流出國境，匯入什約克河，而什約克河最後匯入印度河。二○二○年五月，中國抗議印度進入加勒萬河谷，侵犯中國主權。

中國的白石灘（註一）
不瀕東海
不臨南海
而在真正的西邊
叫做阿克賽欽
不是清淺
而是深谷冰川

流淌八十公里的河道
留下九處深潭
與東西兩岸的綠蒲
共築水中的家

上游的冰河
如同走過並封凍的童年
不時張望遠去的冰水
搭起浣紗般的涼棚
如詩佛站上加勒萬岡日峰（註二）
召喚兩岸的明月
鋪就喀喇崑崙的峰脊
其中含有日出東方的餘輝

快到達河口的時候
水花開始奔騰
因為看到了匯合後的騷動
不是來自雪山和冰川
也不是來自喜馬拉雅或者喀喇崑崙
那些不朽的光和風
開放的瞬間
也開始凋謝
如同那首別哭（註三）
曾經來過
卻又馬上毀滅
只有祥和的白石灘
顯得更加祥和

二○二○年六月四日在溫哥華列治文時代廣場辦公室

註一：阿克賽欽，突厥語，意思為中國的白石灘，位於加勒萬岡日峰的東面。
　　　加勒萬河谷一帶是阿克賽欽的西部屏障。

註二：唐代詩人王維寫有〈白石灘〉：「清淺白石灘，綠蒲向堪把，家住水東西，明月浣紗下。」
　　　王維，號稱詩佛。其詩中的白石灘指輞水邊上的白石灘，輞水二十景之一。

註三：《別哭，我最愛的人》是由鄭智化作詞作曲並演唱的一首歌。
　　　其中有「這世界我曾經來過／不要告訴我永恆是什麼／我在最燦爛的瞬間毀滅」。

高山下的小西藏

題記：位於喀什米爾東南部，北有喀喇崑崙山脈、南有喜馬拉雅山脈，西南則是介於海拔三千米至六千米的喀什米爾山谷。拉達克面積四萬五千一百一十平方公里，首府是列城。拉達克是藏族的傳統居住區，有「小西藏」之稱，是中國西藏同中亞和南亞交通、貿易的中心和門戶，是中國西藏的一部分，現被印度侵佔。

西下的太陽開始沉默
從帕米爾出發的山結
一直向南
只有幾朵在此留下了童年的紅雲
豎起八千六百一十一米
在喬戈里峰上登頂
才可以在刮起石頭的風裏
領略倒映在拉達克的星星

到底有多深的情感
才可以在巴黎之後
被稱為小巴黎
在布希之後
被叫做小布希
小的意思就是大的濃縮
小的裏面就是濃縮後的縮影
高山下的小西藏
與我高高的西藏心結
一起高聳

真想不停的北風把我吹成葉子
飄落到列城
就著興都庫什的山結
化作不息的春風
依著不時跌倒的陽光
把希望耕種

二〇一九年十月二十六日在列治文圖書館

142

墨拉薩丁的野花

題記：墨拉薩丁位於門隅地區達旺以南，塔希岡宗以東，打攏宗以西，面積三千三百平方公里，是中國固有領土，現被不丹侵佔。

特別像地中海的靴子
長出了一個釘子
不是那大大的撒丁
也不是那高高的但丁
而是喜馬拉雅山南麓的墨拉薩丁
特別豐美的草場
吸引了大批牛羊
也吸引了居心叵測的觀眾

墨拉薩丁
陽光直撲撲地落下
將一朵朵藏波羅花
燒成火焰
燒到延布
燒到新德里
那些曾經藍色和褐色的眼睛
都被灼傷

那些安家在樹上的砂生槐
用刺頂住那些採摘的手指
頂住流動成河的風
頂住歲月的侵蝕
頂住貪婪的欲望

墨拉薩丁
開放成苞葉雪蓮
迎接來自北部的溫暖
迎接向南方的伸展
迎接面向世界屋脊的海洋

二〇一九年十一月十八日在溫哥華家中

冬冬簡介

律師、教授、詩人。生於大興安嶺，執業律師，在中國（大陸、台灣、香港）、加拿大、美國、新加坡、泰國、馬來西亞的刊物及網路上發表詩歌，已經出版詩集《漂泊的孤帆》、《為愛而生》、《中國海之歌》、《世界從心開始》、《無處安放》。冬冬獲得武漢大學文學學士、約克大學法學學士、渥太華大學法學博士，是魯迅文學院第三十三屆作家高研班學員。冬冬的詩集《中國海之歌》在二〇一七年十一月舉辦的首屆海洋詩會上被評選為「當代十佳海洋詩歌」，詩歌〈和萬里長城跳繩〉在二〇二〇年四月八日獲得《【美麗中國】世界華文詩歌大賽》優秀獎。冬冬是中國邊界與海洋研究院客座研究員、武漢大學、青島大學、燕山大學的兼職教授，加拿大華裔作家協會會員。

143

西藏詩草（三首）

徐國強

走過西藏

曾經是忐忑和敬畏，歸來卻滿載喜悅和感激……

湛藍遼遠的是湖水還是天空
潔白無瑕的是哈達還是雲朵
陽光晶瑩了千年的念青唐古拉
犛牛和羊群在高原草灘上徜徉
瑪尼堆訴說著一個古老民族的祈願
五彩經幡在群山和溪流間迎風飛揚

黑色的氈蓬上升起嫋嫋的炊煙
酥油茶和青稞酒飄溢著誘人的清香
川藏路上等身臥拜的身影延續了多少年
從遙遠的山道一直蜿蜒到大昭寺前
布達拉宮見證著歷史的傳奇
松贊干布和文成公主還徘徊在昨天

羅布林卡濃縮了千年的滄桑
阿沛新村是藏家今天的歡顏
青藏鐵路翻山越嶺如巨龍出世橫空
尼洋河歡騰高歌著奔向雅魯藏布江
「扎西德勒」溝通了各族人民的心坎
傲翔的神鷹為萬里高原帶來如意吉祥……

唐柳

相傳西藏的柳樹是文成公主當年從長安帶來的樹種的後代，藏民稱為唐柳。

車窗外閃過兩行翠柳
洗盡鉛華風姿搖蕩
一株株豐盈端莊
深植在高原之上

越過巍峨念青唐古拉
公主把它從中原捎來
它收起灞橋的青絲
長成了公主的模樣

公主走進了布達拉宮
漢藏攜手又走過了多少滄桑
她的豐姿綽約依然
堅守著初心千年……

納木錯與念青唐古拉

有一個美麗的傳說：納木錯和念青唐古拉是一對戀人。

藏族姑娘納木錯
美麗又大方
遼遠的天湖
是你的媚眼
雄渾的高原
是你的家園

小伙子念青唐古拉
勇敢又剛強
不老的雪峰
是我的表白
心愛的姑娘
是我的永遠

納木錯看在眼裏
情人的倒影
時空已凝固
雪白水更藍
我來到湖畔
山水卻依然……

徐國強簡介

香港作家聯會永久會員、香港書評家協會榮譽會長。

藏夢

李紹端

你問起青稞酒的滋味
我掩面笑了，笑成
一片舊時月色
幾隻犛牛入夢
破曉片刻
趕住去市集易物
莫道君行早
金銀花茉莉和薰衣草

再苦也是甜美
叩拜的日子
多少個隘口
都不會回頭
布達拉宮布施
雲在青天酒在瓶

李紹端簡介

廣東潮安人，香港出生；浸會學院傳理系畢業，意大利波洛尼亞大學文學哲學院深造。已出版有詩集《靜夏思》（一九九九）、《床前涼月夜三更》（二〇一〇）、小說集《午後的第一步》（二〇〇二）及散文集《猶記舊時情》（二〇一四）。

草原風鈴（外二首）

遠岸

草原風鈴

草原風鈴
雨點般擊打
大地的心臟
格拉夫葡萄園
神跡降臨
讓一九八九年花枝招展
玻璃瓶弄空自己
節拍搖曳
暗中摸索
紅帆船未來的密碼
一些千百年前的螢火蟲
自帶特權
溫軟撐開藍色的翅
風鈴聲已經抵達
葡萄精靈已經抵達

葡萄精靈

葡萄精靈打著手語
最輕微的呼吸
傾聽雨後的憂傷
口哨聲陽光一樣燦爛
花兒酣睡
等待不再虛空
微醺
從深谷到雲霓
古希臘的誓約
歐羅巴的榮耀
那帕穀的盛夏
葡萄藤
蜷縮　伸展
斷裂　重生
數千年
最簡單的元素
最複雜的圖騰
最甘美的暗示
地老天荒

未來的密碼

一直以來的修煉
是為了獲取未來的密碼？
一枚穿越時空的橡木塞
是虔誠祈禱
是經書頌讀
還是真言默念
嗡嘛呢叭咪吽
嗡嘛呢叭咪吽
嗡嘛呢叭咪吽
天香純淨、嫋娜
仙氣飄逸、繚繞
眾神禮畢
夜色微暖
憂傷漸漸遠去
未來的密碼
透露出新年明亮的瞳孔

遠岸簡介

男，中國作家協會會員、中國詩歌學會理事、《國際漢語詩歌》執行主編、紅帆詩社創始社長、中國農業大學葡萄酒科技發展中心特約研究員、《中國葡萄酒》雜誌特約研究員。出版詩集《無岸的遠航》、《帶上我的詩歌去遠行》、《把日子過成詩》，在《人民文學》、《詩刊》等發表作品數百篇，入選《新詩百年詩抄》及多年年度排行榜、各種詩歌精選集等六十多種詩歌選本。曾獲《人民文學》優秀作品獎（二〇〇四年）、《現代青年》最佳詩人獎（二〇一六年）、《詩歌月刊》年度詩人（二〇一六年）、百年新詩特別貢獻獎（二〇一七年）、年度十佳華語詩人（二〇一九年）。

西藏放歌詞作三首

張德明

鷓鴣天·珠穆朗瑪峰

冰嶽巍峨漾霧濃，天涯屋脊入雲龍。
風中雪域尋山道，月下雲霞照冷空。
登太極，闖珠峰，長空萬里嘯西風。
崇山本是英雄地，又見驕陽在向東。

西江月·雪域江南夏至

翠綠梯田展秀，嵐山雲霧風姿。
冰川溶化匯奔馳，大地歡迎夏至。
雪域江南若畫，人間仙境如詩。
珠峰寒極永恆時，絕嶺英雄大志。

武陵春·雅魯藏布江

絕嶺冰川流峭壁，山脈也高歌。
霧漾雲翻飛瀑多，水墨韻天河。
異草奇葩織錦繡，一片玉綾羅。
如是天香御翠娥，相挽夢同梭。

張德明簡介

香港客家人，祖籍廣東興寧。香港註冊專業工程師。近年熱愛詩詞譜律。為香港多德詩歌同學會創會會長、香港東坡詩社元朗分社創社社長、及深圳市積微書院名譽會長。詩詞作品收錄於《遠景》、《大江》、《東坡詩苑》等。

遠州森町的楓紅之路

華純

　　秋冬之際最值得狩獵的景色，莫過於漫山遍野的楓紅似火了。有人說世界上怕是沒有其他國家可以和楓葉之國加拿大媲美。北美友人打過兩針疫苗後在臉書上鼓動去鄰國坐觀光火車，穿越秋日楓紅可一路飽覽丹霞般的絢爛色彩，不料報名者蜂擁而至，似乎是反轉新冠疫情之束縛的破繭而出，點燃了大家心裏的一把火。

　　我想起多倫多最美的 Maple Road，秋風吹落楓葉，人走在路上發出簌簌的聲響，四周的樹被彩筆塗抹成鮮紅，山巒色彩斑斕，層林盡染，確實是終生難忘的視覺饕餮。不過我心裏還會感慨一句，一定是上帝拿著調色板，特別恩賜加拿大的安大略省和魁北克省了。遺憾的是，美加兩國的陸路邊境一直關閉了近二十個月，直到今年十一月才得以開放。這時氣候已經寒冷，楓葉也差不多凋落，友人的加國楓路之旅，終究沒有實現，只能寄託於明年了。

　　此時，氣溫緩慢下降的日本，人們的楓葉之旅正如火如荼。由於新冠病毒感染人數急遽下降，全日本地區疫情不斷走向清零，安全指數上升，大大鼓舞了人們乘機結伴出遊的興致。像青森八甲、日光、京都等名山名園都是最人氣的賞楓首選。日本列島絲毫不遜色於加拿大，大自然點綴的楓紅與古樸寺院、日本庭園相映生輝，有些地方的風騷更是美得令人屏息，流連忘返。世界宗教歷史文化的分佈沿傳，在東西方的地理版圖上劃出了不同特色，大量的人文景觀覆蓋其上，旅遊者親遊其中，總能收穫眼角瑰麗和心靈反饋。

　　想誇一下我最近去過的一個小眾景點。

　　遠離城市喧囂的森町位於靜岡縣西部的山間地帶，自然資源豐富，素有遠州小京都之稱。每年十一月到十二月，小國神社和大洞院會迎接各地遊客紛至遝來。過去本人孤陋寡聞，對靜岡縣的了解僅限於短歌中吟唱的「山屬富士，茶屬靜岡」，以及日本數一數二的溫泉海岸線熱海與伊豆。恰逢 Z 女士在森町購置了房產，盛情邀請我們去，便有了這意外的攜足登入。

森町離東京不遠，乘坐新幹線大約兩小時抵達掛川站，再轉乘天龍濱名湖鐵道到達遠州森站，借自駕車可以一路駛進幽深老林的山中秘境。

森町擁有眾多寺院和神社，從沿街零落的格子戶町屋和路邊半掩的地藏石像來看，能推測歷史上是農業經濟比較發達的魚米之鄉，出現過過繁榮的興盛時期。Z女士帶領我和名古屋過來的兩位好友，先去探訪曹洞宗古寺大洞院。這是一座在南北朝時代応永十八年（一四一一）開山的名刹。由於日照時長適宜，又不似京都名園那樣人流如潮，遊客盡可展開三百六十度的視角，觀賞紅、黃、綠葉夾雜在一起，在陽光下熠熠生輝的美景。突然發現站在太鼓橋邊上的D先生，被身後一片楓林映照得滿面紅光，三位女士立刻手機搶拍特寫鏡頭。我們反覆說這張如何如何的好，D先生也不仁讓，大家一時不亦樂乎，抓住樹梢和縫隙間的變幻顏色拍下印象美圖。當鐘樓輪流傳出了舉臂一擊的悠長鳴響，心中自然而然散去了疫情生活的一些旮旮旯旯投下的陰影。

登石階而上，高台上的僧堂和法堂，應該是供著開山鼻祖梅山禪師和二代怒恕禪師的尊像，但是大洞院最著名的人物不是他們，而是入口處一塊紀念石松的墓碑。出生於森町的石松是江湖幕府末期的一位俠客，長話短說，上一世紀五十年代此地突然刮起了一股風，有人相信崇拜石松能帶來賭博好運，幫助消災除厄、繁榮商運和傳宗接代，因此用刀具在石松的墓石上刮下邊角，眾人紛起效之，墓石很快被破壞得面目皆非。一九七七年重新造碑後又受到多次刮損，至一九七九年不得不更換第三次的墓碑，也就是我們今天所看到的模樣。即便如此，仍然有迷信的人偷偷切刮，令人又好氣又好笑。據說石松這樣的人物是否真實存在也尚存許多疑議。

接下來我們來到當地赫赫有名的小國神社。這裏有一千多年悠久歷史的神社和古杉樹蔭大道，與周圍延伸三十萬坪土地（約一百萬平方米）的原生林相得益彰。沿著宮川河流，午後的光束穿過林立的樹隙斜照過來，在擎天的古樹嶙峋下，千年古刹的厚重與清幽滲透在每一處紅葉變幻的空氣裏。人們若然身處其中，定會感覺神靈就在四周森林裏時隱時現，不由得心中肅然起敬，閉了眼睛合掌祈福。同行中的L小姐，本來就長得秀麗可愛，隨意站在哪一個視角上，都宛如仙女下凡，在紅葉襯托下美哉樂哉，

令人豈不快哉。

我們在一路快活中穿過了一座座獨木橋，最後匯合在正殿之前的鳥居門下。鳥居是人世和神域的分界線。遠遠望見正殿屋頂猶如神鳥展開羽翼，霧氣陽光和參天古樹，更添加了神秘氣氛。最近木造結構修葺一新，剛對外開放。整個小國神社的建築佈局是匠心獨運，處處有名人留痕的書翰筆墨。參觀這樣的地方，自然要有所了解神道的核心就是大和民族的自然崇拜和祖先崇拜。

源於神道教的「十二段舞樂」被日本指定為重要無形民俗文化財產，這裏每年春天的祭祀場合都會上演。在巫師和藝人的配合下「追儺」、「散樂」、「舞樂」等習俗表演形式起到了延續千年神道信仰的重要作用。那些神靈與生命輪迴之說，上千年以來一直是日本人的精神寄託。漫步這樣的名所，身心會深深感受對大自然的敬畏和安寧靜謐。

離開小國神社，天色已接近黃昏，身上感到了寒風凜冽，兩部車載四個人趕緊去買當地的土特產。靜岡茶葉，與中國淵源深厚。一二四一年日本高僧聖一國師從中國宋朝帶回茶種到故鄉靜岡推廣，由於靜岡氣候溫暖，遍佈冷暖差較大的山間和丘陵地帶，非常適合茶葉的生長。其栽培面積和生產量很快成為日本第一。遠州森之茶是一種深蒸煎茶，我們試喝了好幾種免費供應的樣茶，一邊往手提包裝入各種伴手禮物，一邊就覺得 Z 女士選中這個移住之地，確實很有福氣和眼光。

晚飯後，告辭了要趕回名古屋的 D 先生、L 小姐，我跟隨 Z 女士來到她的一戶建新居。寬敞的客廳打開了電器火爐，變得十分溫暖。桌上擺上酒和幾碟小吃，就著小酌微醺，兩人打開了話閘……

其實我倆是因為共同愛好登山運動而在微信上建立初交。東京奧林匹克大會期間，Z 女士發起戶外野營行走，目標是穿過青森和秋田的高山地帶，夜間自帶帳篷宿夜。計劃周密、經驗豐富的 Z 女士給了我非常完美的印象，未料日本在這時突然捲入第五波新冠疫情，東京人都嚇得不敢外出，以致徒步旅行的日程被取消。Z 女士在朋友圈發佈了她和老伴駕車出發去北海道的消息，那時受颱風影響，夜間氣溫突然降至三、四度，微信截圖上見她第二天單獨攀上北海道有二千米海拔的富良野山頂，感動之餘我寫了

一首詩給這位女俠客：

　　昨夜，你的身影

　　漸漸被微弱的信號抹去

　　颱風已經越過你而去

　　我想像那一隻帳篷

　　在晨曦之前

　　不安地被山野潮濕的寒冷凍醒

　　立秋後的東京

　　依然每天燃燒著毒日

　　我洗濯箱底裏翻出的登山鞋

　　它在我眼裏迷惑

　　彷彿在冷暖交界的地方

　　踩在你跋涉群峰的足印上

　　……

　　此刻，我神馳著秋的夢想

　　那裏沒有城市的憂傷和意氣消沉

　　只有一群輕盈的精靈

　　飛入五彩斑斕的尾瀨沼原

　　原以為徒步旅行的夢想在秋天會實現，結果身體出現狀況，不得不入醫院接受手術治療。術後恢復得相當快，看來我還有希望成為Z女士的驢友。這樣想著心裏著實很開心，把Z女士端出來的一碟美味醬牛肉吃得一乾二淨。遇上生活這麼有情致又會享受的朋友，你再端詳她在新居裏裏外外的精心佈置和色彩癒合，定然會分辨出審美情趣的高雅。她製作的次郎柿餅和早餐也很好吃，用這樣勤快利索的手舉起萊卡高級相機時，又從家庭主婦搖身一變為攝影師了。Z女士就有這樣的本事，她每天有做不完的事，充滿了充沛的精力和追求。

第二天，我們再次出發，一路穿過田野和山川急流，在某一停車處彎腰檢了幾枚巴掌大的闊葉紅楓，發現附近河床上有倒斃的一隻死鹿，像是被狩獵人開了一槍，傷口很大，引來老鷹啄食。

　　位於靜岡縣袋井市的可睡齋，大約建於一四○○年前後。道元禪師七代法孫如仲天誾禪師在此開山。德川家康被武田信玄追討時，曾一度隱居此地。統一天下後家康招請有救命之恩的東陽軒和尚來濱松城見面，不想當場和尚昏昏沉沉打起瞌睡，德川家康的家臣們見狀激怒叱喝，家康說了一句和尚「可睡」，使恩人得以赦免。之後這位和尚被稱為「可睡和尚」，東陽軒也改名「可睡齋」，從此寺運騰達，名僧雲集，為東海道首屈一指之曹洞宗名剎。

　　我們逐一參觀了幾處開放紅葉景點，正好遇見誦經禮佛的僧侶隊伍從經堂裏魚貫而出。他們似乎受過美聲訓練，加上演奏法螺號角的音色，在山谷中形成了雄渾有力的天籟之聲，很是震撼。這裏比較獨特的是供奉東司之神。東司是僧侶專用的廁所，現在也對香客開放。上完廁所的人要記住往財淨箱投入小錢，拜一拜廁所神明為安。

　　楓紅之旅的尾聲在這裏應該結束了，小小的插曲是在可睡齋附近的舊貨商店發現了薄如蟬翼的木制葉片，這是細工製作精品，閃著油亮清晰的紋路肌理。店主說能製作這種手藝的匠人已經去世，價錢很低廉，卻是難得一見的寶物。有點心疼地選了幾枚，小心包裝好。如今除了上好的茶葉，這幾枚木葉已經成為我心愛的紀念品，不時要拿出來端詳上面的紋路，似乎是這次出遊路線的一個縮影。

華純簡介

旅日作家。創作詩歌、散文、小說、俳句等作品並多次獲得文學獎，部分作品進入大學教材。歷任日本華文女作家協會會長、名譽會長，日本華人文聯副主席，世界華文旅遊文學聯會理事，世界華人作家交流協會副會長等。

拜年

丹孃

又到了一年一回的春節，對於中國人來說，一年中沒有哪個節日可以和過年比了，辛勞一年闔家團圓，所有的人都期待著那一刻。回頭看，我們每一個人不就是在這樣的年年歲歲中長大成人，慢慢變老嗎？

過年的習俗中，除了一頓年夜飯，還有一個重要的環節，就是拜年了。大年初一，小輩們輪番給長輩拜年，長輩們呢，又分別給小輩們發上一個個紅包。對於一個孩子來說，那是一個多麼激動人心的時刻。記得孩提時，那個物資貧乏的年代裏過年，我和鄰家的幾個小夥伴們，樓上樓下地亂竄，敲開每家的大門去拜年，當口袋裏塞滿了花生瓜子糖果後，趕緊回家掏空，再趕往下一家又下一家。緊張刺激的拜年遊戲常常讓自己感慨和回味。

等我長大後直到現在，春節拜年已經不需再玩兒時的遊戲了，留在記憶深處的是那些無法重複的人與事了。

記得也是一個大年初一的早上，我吃完湯圓就獨自出門了。和往日相比，大街上出奇的安靜，昨晚守歲的人都還在夢鄉裏，而我已經一身紅裝興沖沖地趕往市中心。石伽爺爺家是我平日裏最愛去的地方，今天，就是去給我最愛的人拜年。

上海的興國路是一條高檔幽雅的小路，走進一條僻靜的弄堂就到了石伽爺爺家了，開門的是一臉慈祥的爺爺本人，他詼諧地說到：「我就是想看看今天誰是第一個來拜年的。」這話語似乎有一種潛台詞？走進畫室，桌上平攤著一幅「紅竹」，像一縷紅光讓我眼睛一亮，爺爺說：「這就是為第一位拜年人準備的禮物。」不用說，我已經激動得不知如何是好了。整整一個上午，我們一老一少聊得特別開心，就像平日裏的無話不談。窗外傳來陣陣爆竹聲，窗台上飄來甜絲絲的水仙花香，花香伴著墨香的那個年味讓我刻骨銘心終身難忘。

在中國畫壇上有著「竹王」美譽的申石伽先生和我爺爺是世交又是親家，父親和姑媽年青時都師從石伽先生學畫。當爺爺把我送去申府學畫時，我自然就是他的一名徒孫了，而這段淵源還要追溯到上世紀的四十年代。

那是抗戰勝利後的上海，有一天，我們家來了一位貴賓，他就是爺爺的好朋友，同為杭州人的申石伽先生。眾所周知，西泠、仁和都是杭州的古地名，上海的霞飛路（今淮海路）上有一條弄堂叫仁和里，顧名思義其沿革總和杭州人有些瓜葛。而杭州的文人雅士則總愛在落款時冠以西泠，以示古樸風雅，赫赫有名的「西泠印社」就坐落在杭州的西子湖畔。那時候，從杭州來上海先在我們家落腳的人絡繹不絕，無論是親戚還是朋友，爺爺奶奶一概熱情接待，文人墨客更是座上賓了。石伽先生比爺爺年長幾歲，所以我父親從小稱其申家伯伯。石伽擅長山水，尤以「十萬圖」為華夏畫壇一絕。抗戰勝利後出山來滬，擬在上海建立畫室，能把這樣一位貴客請進，真乃蓬壁生輝。於是，爺爺把家中西廂房騰出來，油漆整修一新，佈置出一個畫室，而其後面的閣樓則作為客人下榻之臥室。

爺爺雖然自己不通翰墨，但是很敬重那些「圈裏的」朋友，雖然資財不豐，卻也捨得花錢，想收藏和鑒賞書畫金石之文物。能請來石伽先生來我家暫住自然是件大好事，這也便於爺爺讓自己的孩兒們拜師學藝，主攻書法和繪畫。石伽先生將畫室（包括臥室）提名為「忘憂居」，並以篆書寫了貼在門楣上，這就是我們家曾經的忘憂居時代。

真是有心栽花花不開，無意插柳柳成蔭。「忘憂居」時代最終並未出現一位我們家族的藝術家，卻因為兩家的長子長女的相戀成就的一段姻緣，使兩個家庭結為秦晉之好。後來，也正是這種緣分的存在，讓我這個後代有幸獲得一位生命中不可多得的啟蒙老師，我和他的孫輩們一樣稱呼他「爺爺」。等我長大了，也慢慢地知道了石伽爺爺的傳奇人生。

記得小時候，看石伽爺爺的畫作上落款都是「西泠石伽」他出生於繪畫世家，曾經拜為慈禧太后作畫的王潛樓為師，一九二六年，郎靜山和葉淺予為其出版《申石伽山水扇冊》。一九四〇年《石伽十萬圖山水畫冊》問世。石伽爺爺最擅長山水，而且創作數量頗豐，然而在人們心目中，他的墨竹更具盛名。石伽畫竹，師法前人又造化自然。最有意思的是，石伽爺爺不為名所累，始終低調做人，並以教畫為榮。

我從小跟在石伽爺爺身邊學書法，學繪畫，除了傳授技法，他更多的是教我觀察自然，領會內在的原理。比如，竹杆與樹杆有何不同？天然生

長的模樣最後如何變成畫裏的模樣？有一次問我：「你知道風中的竹子是怎麼畫出來的？」他又直接告訴我：「是觀察舞台上的水袖受到的啓發！」確實如此，靜態中的竹子腰杆筆挺，但微風搖曳時是如此的婀娜多姿，與舞蹈中甩動的水袖真的是異曲同工啊！隨著年齡的增長，智力和閱歷的成熟，我真的體會到，人的思維創造在藝術中可誕生一種讓人迷戀的新的生命。爺爺常說：「有了書法基礎，學中國畫就很快了，書畫同源嘛。」除了繪畫，石伽爺爺的題畫詩詞也是一絕，他常常很有興趣地念給我聽，雖然似懂非懂，但我朦朦朧朧地感覺到，詩和畫在一起特別美。一個人童年時受到的點點滴滴的教悔，會影響自己的一輩子，我生命中美的啓蒙就是來源於生活中的這位貴人。現在，我用的每一本繪畫教材都是石伽爺爺親手所編，翻開的每一頁都充滿了他的氣息，我想，他一定在天上用慈愛的目光每天看著我畫呀畫。

又過年了，今年，我要認真地畫一幅竹子，給我最愛的石伽爺爺拜個年！

丹孃簡介

作家、攝影家、美好生活創導者。中國人像攝影學會會員、上海市攝影家協會會員、上海市作家協會會員、上海市廣告攝影專業委員會會員、上海女攝影家協會副會長、全日本寫真聯盟會會員、日本華文女作家協會會員、出版散文集《城市的歲月》、《歲月留影》、《在旅途中找回自己》。

天邊的八重櫻

元山里子

夫君元山俊美駕鶴西去十九載，陽台上他留下的盆栽花卉依然鬱鬱蔥蔥。

山茶花剛剛褪去它高潔孤傲的深沉紅；杜鵑花就驕傲地綻放出它充滿喜悅的嫩粉紅；旁邊木香薔薇也爭先恐後地露出它嬌小清純的淡黃花蕾。看著它們，夫君生前精心栽培呵護的情景歷歷在目。

可是我最在意的並不是這些近在咫尺的盆栽，而是遠在天邊的一片八重櫻，它們是夫君臨終前兩年的二〇〇〇年三月十二日捐贈中國湖南祁陽縣文明鋪的二百棵日本八重櫻。

湖南是元山俊美作為日本侵華士兵的曾經的戰場，湖南又是他迎來日本投降，得於脫下軍裝，從一個戰爭「機器」，變成了一個「人」的地方。他對湖南抱有一種非常特殊的感情：悔恨、痛惜、熱愛，至終身念念不忘。

離開湖南五十五年後的二〇〇〇年，元山俊美以耄耋之年，不遠萬里又一次來到他重獲新生的湖南，不過這次他帶來的不是侵略者的刺刀，而是象徵著和平的二百棵八重櫻。

二〇〇〇年三月十二日在昔日戰場湖南文明鋪與他的戰友們及文明鋪的中學生們一起種下從日本帶來的二百棵八重櫻。當天晚上，元山俊美於文明鋪，在他隨身攜帶的日記本裏含淚寫下了一首詩。我把詩翻譯如下：

文明鋪的櫻花樹

一生惦記著一個地方，
那裏並沒有戀人等待，
卻牽繫著我無盡思念。
那是中國湖南祁陽鄉下，
是陸地的孤島「文明鋪」。
想起半個世紀前那天，
侵略戰爭把我從故鄉運來。
星空下飄盪隱隱的稻香，

青蛙的叫聲卻戛然而止，
文明鋪震撼在槍林彈雨中。
半個世紀後重訪「文明鋪」，
這次不是帶著刺刀，
而是帶著櫻花樹啊。
人未到，淚先流。
對不起您文明鋪，
謝謝您文明鋪。

回想夫君的晚年，沒有給我留下關於身邊瑣事的遺囑，而是反覆語重心長地留下對這片遠在天邊的八重櫻的遺言。他說：「我離開這個世界以後，

請一定在合適的時候，多代我去看看二〇〇〇年種植在昔日戰場湖南文明鋪的八重櫻們。」

二〇一六年三月三十日，我有幸在中國花城出版社的兩位編輯的帶領下，與湖南《南方都市報》的一名記者及二〇〇〇年與元山俊美一起栽種二百棵櫻花的三位日本朋友來到湖南文明鋪，看望那片八重櫻。

那是我第一次與夫君生前栽種的八重櫻面對面，我無比激動地看到，元山俊美當年栽種的八重櫻小樹們，已經長成參天大樹了，開滿沉甸甸的八重櫻花，滿樹粉紅色的櫻花瓣，爭相對著我們微笑，一瓣瓣、一朵朵、一片片，那麼溫柔、那麼親切、那麼可人。

花城出版社的首席編輯林宋瑜老師把元山俊美臨終前寫下的自傳《文明鋪的櫻花樹》高高舉起，與八重櫻重疊，攝下珍貴的一張照片，令我感動得淚流滿面。

八重櫻屬於晚櫻，花期在清明之際，我這幾天一直心繫天邊那片八重櫻，是否在湖南已經開放出文雅、溫柔、耐心的八層重重疊疊的花兒呢？

去年二〇二〇年我和元山俊美的兩位朋友約好，在元山俊美種植二十周年的春天，去看望那片八重櫻，但是去年四月疫情嚴重，沒能實現，今年，沒想到疫情依舊不穩定，我們的計劃，又再次落空，真所謂天有不測風雲啊。

二〇二一年的清明節，因為新冠，所有的跨境活動戛然而止，但是大自然依然在裝點大地，等疫情過後，我將啟程去看那天邊的八重櫻，即使不是花期，只要看到綠葉也足矣。

啊，天邊的八重櫻，請你耐心的等我！

二〇二一年三月二十七日星期六於日本桑名田舍

元山里子簡介

一九八二年畢業於廈大外文系。八三年赴日本留學，曾任東京文化服裝學院助教。九六年創業至今。二〇〇二年在日出版了處女作日語長篇小說《XO ジャン男と杏仁女》。二〇一七年和二〇一九年由花城出版社分別出版長篇紀實小說《三代東瀛物語》、《他和我的東瀛物語》。其中《三代東瀛物語》獲過賞家族史大賽一等獎。現為海外華文女作家協會會員，日本華文女作家協會理事。

新春吉祥如意菜

孔明珠

　　傳統菜餚的菜名講究富貴、喜氣與吉利，所謂彩頭，就是好預兆。到餐館裏宴請貴賓，菜單很有講究，菜名必須吉祥，四字組合排成兩列，兵馬俑一樣沉甸甸整齊碼在菜單上，使客人一展頓覺身份提升。一道菜出鍋，端上桌的同時，報出一個響亮好聽的菜名，彷彿一片祥雲飄落，舉座客人笑逐顏開。

　　吉祥必如意。先說真正的吉祥物，硬件「如意」。它應該是清代起從皇宮進貢品開始逐步流行到民間的。如意的造型很優美，長長的柄，靈芝模樣的圓形腦袋，S型曲線。材質有玉石的，有銅的、金銀的、鑲嵌珠寶的等等。要說功用，有說是從鞋拔子或者搔癢癢的「不求人」發展過來的，聽上去太粗俗，我寧可不信。因如意的外形與寓意都那麼美，我相信創作人有形而上的審美初衷。之後，歷代能工巧匠借題發揮，雕琢進化，用作皇宮貢品，禮送達官貴人、外國使臣等等，遂流傳開來，模仿複製樣式越來越多，衍生品亦層出不窮。精美如意作為藝術品供人欣賞，酷暑天手裏捏個凍玉如意把玩，給人體膚降溫。我曾經在清宮電影裏見過慈禧太后出行，貼身太監小李子扶著她，用一柄玉如意墊著太后的手，通過工具中介，避免下人與太后肌膚接觸，彰顯龍威。

　　吉祥日子裏老百姓規矩也很多，說話行事都得注意。猶記得上世紀六、七十年代我家人丁興旺吃年夜飯的情景。中國人逢重要節慶日，儀式感還是很重要。先是父親換上中式絲棉襖主持孔家祭祖，大紅蠟燭、碩長檀香點燃，領頭鞠躬，吩咐我哥哥去曬台上喊天上的爺爺奶奶回家吃飯。屋內圓台面四周垂手而立的子孫們懾於場域中的無形壓力，靜默不語大約一刻鐘左右，想爺爺奶奶已視察畢，復露出釋然的表情，落坐圓台面四周開始用餐。

　　待到八冷盤、六熱炒一一上完，我媽媽繫上飯單進廚房，不一會兒功夫就端上一盆菜。定睛一看，金邊細瓷淺碟上是一堆雪白透明的長條，每條頂端連著橢圓形金黃色豆瓣，原來是黃豆芽。過年，黃豆芽不能叫黃豆芽，要叫「如意菜」！如意兩字，標準上海話讀音為「是意」，因為黃豆芽的模樣兒活脫慈禧太后最喜歡的玉如意。那麼這盆「脫苦如意菜」中脫苦是什麼？

塌棵諧音脫苦，冬天下霜後口感鮮美的塌棵菜，洗淨切碎炒在黃豆芽裏面，翠綠色點綴雪白嫩黃，和諧美好。就這樣，大吉大利的春節，黃豆芽龍登寶座討得口彩。這個菜的做法是寧波籍外婆家傳下來的，據說過年吃此吉祥如意菜已在江南民間流傳了上百年。年夜飯吃幾筷黃豆芽炒塌棵菜，便能脫掉去年所受的種種苦難，換來明年一年的稱心如意，寓意貼心，附加值太高。

那時我年幼，不懂得什麼討口彩，一看是我最恨的素小菜黃豆芽當然不起勁。媽媽招呼我，明珠儂吃一口呀，這個如意菜一定要吃。父親帶點酒意玩笑似的說，脫苦如意，怎麼每年吃每年還有脫不完的苦，三百六十五天沒有幾天是稱心如意的。人哪，從娘胎裏落到世界上，就是來吃苦的！我媽媽連忙打斷他，勿要瞎講，新年新歲要講吉利的話，霉氣不能帶到明年。哥哥姐姐都是不相信迷信的年紀，嘻嘻哈哈打岔，紛紛數起前一年的倒霉事，這苦那苦，滿室盡聞苦苦苦，弄得媽媽皺眉頭，要緊捂耳朵。善良勤儉的媽媽為實現全家新年吉祥如意的美好願望，一早摘黃豆芽，洗塌棵菜，不會做菜的她，每年必定親自下廚炒這盆如意菜。

時光匆匆，社會風俗變遷，如今過春節親人團聚，辦家宴的人家不多，即使在家聚餐，大家寬鬆自由，不在乎主人端什麼食物出來吃。況且如今人心思頗難捉摸，別以為上大魚大肉、螃蟹龍蝦一大桌「硬菜」人家就會誇你大方，除了防「三高」的原因，另外，很少有人手頭拮据到想吃點好的要像三四十年前那樣等上一年半載。輕鬆自如的年夜飯酒菜幾巡過後，倒是那一道碧綠嫩黃的「如意菜」上桌會引來眾人一陣歡呼，齊齊舉筷，互祝來年稱心如意。

我每年基本上在家吃年夜飯，做幾個好菜，喝自釀梅子酒。除舊迎新之際，還是要承襲民族優良傳統炒一道吉祥如意菜。我除了黃豆芽、塌棵菜之外，還用幾個油豆腐，切開炒在一起，素淨清口很樂胃。最主要的是，討得好口彩，闔家都幸福。

孔明珠簡介

上海作家、中國作協會員、上海作協理事、《上海紀實》副主編。著有《月明珠還》、《孔娘子廚房》、《上海妹妹》、《咬得菜根香》等十幾部著作。開設「孔娘子」品牌美食隨筆專欄。二○一六年獲「冰心散文獎」。微信公眾號：孔娘子廚房。

老兵

　　望梅止渴，畫餅充饑，國人就是有辦法。梅非飲料，餅可是實打實的乾糧。餅，古之去聲今之上聲，聽上去沉潛堅實。老覺得畫餅充饑裏的餅應該指的就是最基本的家常餅，即烙餅。當初外子學漢語，四聲紊亂，烙餅就變成老兵。老兵，平仄相配，還真比烙餅順溜兒。不少與老有關的詞兒彷彿都有些久遠醇厚的味道，像老子、老師、老抽、老白乾⋯⋯連老Q叫起來好像都比阿Q有份量。老兵，應該也不必醉臥沙場了。鳴金收兵，葡萄美酒夜光杯熠熠閃光。

　　日本有一首家喻戶曉的兒歌叫《媽媽》，只有短短兩小段兒：「媽媽味道真好啊，洗衣服的味兒，肥皂泡的味兒。媽媽味道真好啊，做飯飯的味兒，煎雞蛋的味兒。」微言大義，不是香水味兒也不是舊書味兒。日本還有一種說法叫「媽媽的味道」，指的是媽媽做的飯菜的味道，孩子長大後最引他鄉愁的、嚐一口就會眼淚汪汪的那個味道。

　　漢民族喜豬肉，對紅燒肉、扣肉之類的感應大概早就編到基因裏了，美文家美食家如梁實秋如邱永漢寫到豬肉總是一往情深。張愛玲八十年代初有篇散文叫〈談吃與畫餅充饑〉，寫的是大半生的飲食遍歷。張愛玲雖不善牽愁惹恨，文中還是讀得出一縷鄉愁。後來張愛玲把發表於一九六三年的長文 "A Return to the Frontier" 改寫為〈重返邊城〉，文中寫到由香港北望，「大陸橫躺在那裏，聽得見它的呼吸。」骨灰級鄉愁。裏面寫到食物也有時代特色：來自上海的二房東太太每月「寄給她婆家娘家麵條炒米鹹肉、肉乾筍乾」，一次還「燉了一鍋紅燒肉」，「凍結實了」，託「一個七十來歲的老太太」帶到上海。

　　孩子們小時候似乎都還跟我一個基因，豬蹄兒也吃過。外子則基本是個素食主義者，看一眼豬蹄兒就要生病，聞到豬蹄味兒就開始懷疑人生。如今孩子們都比我高，大概也都「轉基因」了，都把豬蹄兒當笑話。次子連紅白相間的五花肉也不吃，只吃瘦肉，隔三差五紮個圍裙自己煎牛排，與哥哥分享。

　　上大學時，日本教授Y先生聽說班上同學在家裏基本不做飯不幹家務，就頗感慨，開玩笑說你們這些人不是文盲是生盲，生活之盲。而生盲原意乃生而即盲，後來聽了崔健的《一塊紅布》就想起生盲，懷疑Y先生用的是春秋筆法。剛到日本時曾在Y先生家小住，大張旗鼓烙過一次餅。先生夫婦原本對生盲沒抱什

麼期待，遂大大給了一番鼓勵。其實從前在家好像還真沒怎麼烙過餅，只是牢牢記得餅的味道，亦隱約記得從和麵到出鍋的過程。當媽之前，雖是兩人世界，也總還有讀不完的書寫不完的報告看不完的世界，烙過兩三次餅，物以稀為貴，外子奉為珍味。當媽之後又有教不完的書開不完的會，哪有心思和麵擀麵？

　　日本的中餐館多以米飯為主食，沒饅頭也沒烙餅，大概因為老闆多為南方人，或者亦因做米飯省事，剩了還可以做炒飯。附近一家四川館子倒能吃到蔥油餅，那餅的確香，只是油大，一層層近乎透明，似乎比麥當勞、肯德基都肯用油。初看世界的幼兒大概都會覺得花花綠綠的繪本比塞尚、畢加索好玩兒，稚嫩的味蕾大概也都容易被滋味深重的快餐吸引。日後若麥當勞、肯德基成了孩子們的鄉愁如何了得？淡其滋味，再淡其滋味，方是正途。每當在那四川館子吃餅吃得糾結，我就跟家人毛遂自薦，等回家坐到書桌前又忘得一乾二淨，孩子們也就都當是聽了笑話。

　　文科省近年新設旨在升入海外大學的高中課程，長子即在試點班。準備大學入學資格考試那些日子長子忙得食欲大減，我就想起了醉臥沙場的老兵。兵書十萬卷，催兵上戰場。開水燙麵，和麵餳麵抻麵擀麵，少油亦少鹽，臨出鍋再顛它幾顛。渾圓的藝術品。淺褐雲朵點綴於一片金黃乳白之間，酥酥軟軟層層疊疊。幾張餅擺將起來，簡直輝煌燦爛。一片片撕開，一縷縷的小麥香，一絲絲的甜意。北方的主食，北方遊子的鄉愁。麵粉，麥穗，金黃的麥田，《拾穗者》。多年後若孩子們重訪奧賽美術館，看到這幅畫，可會憶起「媽媽的味道」？

　　「今天做老兵了，十年一次啊！」外子對孩子們說。香菜三文魚與蒜香雞排各剩三分之一的時候，老兵倒已凱旋了。於是乘勝追擊，在網絡與書本的加持下，試做蔥油餅、豆沙餅、芝麻餅、山藥餅、南瓜餅、蘿蔔絲餅、肉餅、煎餅，試著加酵母，也試著用涼水、溫水和麵……風風火火，初生牛犢一般。肉餅餡兒太少，豆沙餅餡兒又太多，蘿蔔絲餅烙破了……啊哈物以稀為貴，都是珍味。一圈兒吃下來，應考季節便結束了，老兵遂解甲歸田，奔葡萄美酒夜光杯去也。後來問孩子們最喜歡哪種餅，他們猶豫一下，都回答是老兵。

　　「下次做老兵，得等陽陽考大學啦！」外子酸酸地說。

長安簡介

本名張欣。北京大學中文系畢業，東京大學文學博士，法政大學教授。著有《越境‧離散‧女性》（法政大學出版局）。

立春日記

杜海玲

從沒有一個時刻，我離香港這樣遠，隔著海洋，無法入境。

也從沒有一個時刻，我離香港這樣近，隔著海洋，一日數次電話聯繫，與獨居在港的母親。

香港是我的故鄉——之一。我在香港真正生活雖不過三年時光，卻正處於從十五歲到十八歲這感性接近無限豐富的階段。來日本留學、成家、工作、定居後，回香港探親，如點水蜻蜓，主要行程是吃熟悉親切的美食，逛少女時代走過的地方，以及聽母親話家常。每次行色匆匆，說是歸客，更似過客。浮現於我記憶裏的香港，還是一九八七年的模樣。

我一直以為，既然我在日本定居，香港已是少年舊夢，如同撫育我成長的上海和四川，是回不去的歲月懷戀，是搖曳於時光碎影的舊夢。

我承認之前未認真想過母親的老後和未來，直到最近。她總是那麼健康而健談，總是說她要讓我「腦殼頂頂上有一片雲」，永遠前路有一個母親，像分割線，隔著青春與耄耋，於是我便永遠是「小輩」。

去年的一月二十八日，我送我母親到羽田機場回香港，當時疫情尚未遍及全球，原設想隔幾個月再讓她來日本探親與我和孩子們相見，不料那之後疫情隔山阻水，封城封國，也讓人切身意識到地球上人類究竟是命運共同體。

疫情期，每天固定時間的微信電話，也溫柔維繫了母女的親情。在春天我說病毒這個東西是怕熱的，想想非典那時候就是天熱就好了。結果不然。我安慰的話語延綿不絕，從「日本已經解除緊急事態宣言了（五月）、夏天高溫下病毒就滅了、各國正在研究疫苗呢馬上有疫苗就好了……」，對焦慮不安的老人，我的態度就像日本抗疫那樣佛系，展望未來給她前方一束希望之光。

十月十六日，母親在家中洗手間頭暈摔倒，起來後她還自己乘出租去了附近的馬會診所，但當時並未拍片子，只取了高血壓藥回家。十七日早上她來信息，原來是比預想的嚴重許多，她在地下無法起身，打電話請鄰

居幫叫了救護車。之後她被送入威爾斯親王醫院急診，大腿骨骨折，緊急全麻手術植入人工股關節。

我在香港的姨媽為她送去了需用物品。疫情期間香港醫院也是封閉式管理，不能探視，送東西亦是交給護士。出院後她經歷短期老人院，但執意要回家，幸好我姨媽聯絡了社會工作者，並告訴我香港的社工非常優秀——之後也確實證明了香港社工的專業和盡職。可以說，在疫情鎖城，我無法前往探視的時期，除了親戚們，是香港成熟的社工體制和醫護人員之連攜為我母親重傷後的生活撐起了安全的空間。我唯一能做的是一日數次微信或電話。

俗話說「傷筋動骨一百天」，果然不假，傷後約三個月，母親在家裏不用拐杖也能直立行走——對於近八十的老人，這已如奇跡。畢竟受傷嚴重，獨立生活的能力大受影響，時常記不得今日星期幾，以及我這天是去報社上班還是在宅工作，甚至記不得一個星期前看醫生時醫生說了些什麼……而縱觀全球之蒼茫動盪，很多人受疫情重創之際，我的母親已是得到周圍善待，這讓人感激。

這個春節，注定只能通過電話給我母親拜年。在立春的這一天，我記下幾個字，祈願牛年吉祥。

杜海玲簡介

一九六八年出生於上海，十五歲隨父母移民香港，十八歲到日本留學。日本《中文導報》主任記者編輯。出版過隨筆集《女人的東京》、《無事不說日本》，翻譯出版日本芥川獎作品《我將獨自前行》（磨鐵圖書）。

櫻花季裏

彌生

三月二十七日，東京的吉野櫻滿開，這是三月的最後一個週六，春光明媚，春陽暖人，春風和煦。在櫻花的雲蒸霞蔚裏，很多身穿美麗和服的姑娘們手裏拿著畢業證在拍照留念，與往年不同的，是遮在臉上的口罩擋住了她們的表情。

「今年的花見圖片上的口罩也是一個難得的紀念，」走在身邊的曲曲說。

曲曲五年前來自於西安，也是今年畢業，從最初學日語開始，到取得碩士學位，也著實努力奮鬥了一番。她從四月一日起就進東京的公司工作了，她說，今年再跟我來一次花見。

看著這個一顰一笑頗有唐朝感覺的姑娘，「你是從唐朝那裏穿越過來的吧？」我打趣她，「嗯那，我穿越到這裏來賞花」，她笑起來。

日本的花見，原本是從奈良時代的貴族們仿照中國古代賞梅詠詩而流傳下來的，後來到了平安時代，賞梅變成了賞櫻。歷史上有名的「吉野的花見」最為盛大，德川家康、前田利家、伊達政宗等有名的武將及茶人和連歌師們，都未拉下，據說當時參加者達到了五千人……。

「愛賞花的人都多愁善感，」我說，她看了我一下，說，「的確，站在櫻花裏，彷彿我能感覺到櫻花的訴說……」

「今年無法相聚，不能共飲，只能走走，你拍張照給他啊」！

「看到櫻花，你會想念我嗎？我想念你……」

我寫了，她說。

兩年前，她在朋友的中文教室裏，愛上了一位學中文十分努力的日本青年。那年，櫻花也開得無比燦爛，她考上了東外大的碩士生的時候，青年在公司得到提升並被外派出國，而原本兩人以為可以來來往往的浪漫，卻一下子被疫情阻斷，牛郎織女般的分隔兩地，每天的日子好漫長。

「畢業了，打算去找他？」看著站在櫻花樹下的西安姑娘，我打趣她。

「老師，櫻花盛開，我在這裏等他啦……」

等待，或許只屬於年輕人，能夠等待本身，都感覺好美。

雨下起來，風也刮得很急……毫無例外，櫻花總是在最燦爛最美麗的時候，遭受這樣的風雨吹打。看到風雨中，粉紅的花瓣紛紛揚揚飄落下來，

心裏充滿了惆悵。

　　當然，在日本，花開花落，並不是櫻花季惆悵的全部，而是因為三月的這個花期，表示著一段什麼的結束、也表示著離別的開始⋯⋯

　　雪雁來跟我告別的時候，是在今年的櫻花季裏，三月二十日。

　　賞櫻名勝之地的新宿御苑因為東京疫情的「緊急狀態」還尚未解除，仍不開放，隔著鐵闌珊的門，我們看見園裏的櫻花粉白粉紅地滿開在枝頭，口罩遮臉的兩人無奈地只在門口拍了張照。

　　「去年的花季就挺寂寞的，看來今年也無法花見」，雪雁說，「在日本，櫻花季不能花見，似乎一年裏都缺失了什麼似的⋯⋯」

　　「還記得我剛來日本時老師帶我去花見的事，櫻花樹下，大家席地而坐，喝酒，聊天，吃便當，見到許多新朋友，說著開心的話的那種情形，竟然都是好久以前了呢⋯⋯」雪雁感慨。

　　我望著這個文氣白淨且有著一雙漂亮的大眼睛的姑娘，感覺到她的心裏的柔軟和纖細，或許要告別離開的緣故吧，自己的眼睛也濕潤了起來。

　　在日本留學五年，一個人一路艱辛地走過來，從最初的日語學校到大學院的碩士畢業，她付出的是從二十三歲到二十八歲這段人生裏最美的花季。

　　「我在東京學藝大學總共有三年的時間。先做了一年研究生後又讀了兩年碩士課程。那個時候剛來日本一年多，每天面臨語言、打工等大大小小的困難，還有就是無法抑制地想家⋯⋯，在大學院的兩年裏，我選了心理學、先端科技、人工智能、社會學，還有木工等等與我的教育學專業似乎沒有很多內在聯繫的課程，而且最初大約有三分之一的內容都聽不懂，但還是硬啃下來了」，雪雁說。

　　「從去年我就一直在糾結是要留在日本工作還是回國⋯⋯」雪雁的眼睛透露著真誠，「後來真正幫我做出決定的不是兩邊的公司待遇或環境⋯⋯」她說。

　　「是感情」，我猜到了。她是個內心純淨而重感情的姑娘，看她的眼睛就知道。

　　這裏櫻花盛開，她卻要轉身去寒冷的北方，儘管她自己都不知道還能不能適應，也十分不捨得告別她渡過了五年的這裏，也儘管此刻美麗的櫻花讓她留戀，但因為那裏有一個人等她，愛情的力量真是強大無比。

　　「你，一定要幸福哦」，我說。

　　雪雁把手放進我的手裏，她的手溫熱而柔軟，等待她的那個青年好福氣。

我想起她作為東京學藝大學生代表參加「東亞教師教育國際聯盟（ICUE）」的第十四屆教育國際研討會時的自信和活躍，當時剛進學校不久的她，在屏幕前向各國師生針對教育科技化這一議題作了報告，她不僅對日本的學校、企業、網絡等方面目前的中文教育狀況做了調查，還對多款中文學習軟件的使用與改善提出了自己的想法和建議。

　　「我學的是教育AI的研究項目，專業名字很長，叫『教育支援協動實踐開發專業』，長的自己都記不住」，雪雁說。

　　雪雁兩個月前買好回國的機票，因為疫情所增加的許許多多出入境手續的繁雜，因為留學五年裏所積累的生活的厚重，她從訂票的那天起，便開啟了自己的道別模式。她是個細膩的姑娘，她自己的內心需要多一些的時間，與自己對以往日子的付出一點兒一點兒地剝離，她向打工的地方道別，向老師道別，向學校告別，向朋友們道別，向高尾山道別，向溫泉道別，向烤肉道別，向自己的小窩道別，最後，向東京向櫻花道別。

　　她把手裏的鑰匙一把一把地還回原處，把每一個生活用具及屋裏擺設的物件一件一件地處理，最後只剩一個她自己剛來日本時買的粉紅小豬的鑰匙鏈……

　　那天，她跟我告別後回到居住的武藏小金井車站，看到出站口旁邊立著一塊畫滿櫻花祝賀畢業的牌子，上面寫著：「祝賀你畢業和懷抱著人生的夢想從這裏出發，期待著你未來的活躍和笑容……便拍了照片發給我，說：「本來還好，可又看到『武藏小金井至新舞台方向』以及下面這句：『你有可回的地方，所以你能夠加油！（戻れる場所がある、だからきっと頑張れる！）」這句話時，眼睛就濕潤了起來……」

　　但願日本的這些小溫馨能夠留在你的記憶裏，但願日本的櫻花季能夠讓你懷念，只是，既然腳步向前跨出了，就不要回頭。

　　即使沒有可回的地方，你仍然能夠加油的，我相信。

　　櫻花季裏，總有另外一些美麗成為風景並留下印象，我寫下她們，並期待來年的春滿花開。

二〇二一年三月二十九日　東京

彌生簡介

和富彌生，曾用名祁放。出生在山東。日本中央大學文學碩士。代表作有詩集《永遠的女孩》、《之間的心》和散文集《那時彷徨日本》。世界華文女作家協會會員，日本華文文學筆會副會長。日本華文女作家協會理事。

落英二首

趙晴

（一）

此生
我也是輕輕地
渡著紅塵
不願打擾了
任何世間的存在

不料這片花瓣卻是頑皮
與風舞了一陣子後
就落在我的裙角
玄衣
因這朵落英而生動了起來

花落歸土
我正欲拂去
卻終究難捨

罷了
既緣起
就同行吧

想來
我是過客
花亦是過客
那麼相遇
或許
真的就是
重逢？

（二）

草地上的花瓣被風吹起
像不經意地講述著一個故事
揚起一幕煙塵
彷彿你曾經的舞
那是一段對世間的告白
溫婉而孤獨
安靜卻激烈

筋疲力盡之後
悄悄地落下
入了流水、化為塵土……
也有幾朵總是不甘
癡癡地落在了郵箱上面
卻終究是
寄不出的思念

趙晴簡介

翻譯家、旅日詩人。一邊寫作，一邊在大學教授漢語及中國文化。出版物有個人詩集《你和我（趙晴詩選）》（上海教育出版社）、譯著《耶律楚材》（陳舜臣）（廣西師範大學出版社）、《隨緣護花》（陳舜臣）（中國畫報社）、《近代城市公園史——歐化的源流》（白幡洋三郎）（北京新星出版社）（校譯）等多部，也寫散文、隨筆。日本華文女作家協會副會長。

千鳥淵之櫻
——與日本華文女作家共花見於疫情期間
（外一首）

林祁

又開了，在天地之間
千樹萬樹壓枝低的櫻
選擇放低身段，傾聽
埋在淵底的驚濤
抑或鳥鳴山更幽呢
原來這裏有比靜更靜的寂

長睫毛還沾著昨夜的雨珠
褪盡紅艷的唇色甚至微露蒼白
你選擇臨淵羨鳥
千姿百態地投入
從粉身碎骨到漂浮，沒有歸宿

天問從巨大的沉默而來
透過幾重白口罩
你卻傾心於水
千鳥淵裏藏著一整座藍天
還有水靈靈的黑眼睛

木棉的莫名其妙

有時這世上只剩了我和樹
你橫空出世，偏把殷紅的唇朝向我
積攢一宿的話壓向心底
天空是巨大的回音壁
我只聽到靜寂，只看見
你和雪白的牆對峙
讓黑影走過，不依不偎
孤獨得唯有大地知道
你的莫名其妙

風吹走多餘的葉子
長青藤彎下腰匍匐，你挺立
白淨的枝椏何等幹練
英雄史就藏在花的本色裏
誰懂你的鄉愁
唯有我與你相看兩不厭
陽光在風裏閃爍

二〇二一年三月於廈門

林祁簡介

日本華僑。北京大學文學博士、中國作家協會會員、日本華文女作家協會理事、日本華文筆會副會長。來往於中日之間，現為廈門大學嘉庚學院教授、暨南大學兼職教授。出版詩集：《唇邊》、《情結》、《裸詩》；散文：《心靈的回聲》、《歸來的陌生人》、《彷徨日本》、《踏過櫻花》、《莫名祁妙——林祁詩文集》，及《紀實長篇——莎莎物語》（獲日本新風舍非虛構文學獎第一名）；論著：《風骨與物哀——二十世紀中日女性敘述比較》等。

冬夜的星光

河崎深雪

　　Aldebaran，漢語名字叫「畢宿五」，即冬天的金牛座中最亮，呈現橙色的一顆星，也是近期在 NHK 電視台播出的電視劇主題曲名。那首歌曲很好聽，歌詞也對劇情（三代母女的故事）有關，動人心弦。Aldebaran 本來是阿拉伯語，意為「追隨者」。

　　其實這顆恆星的名字，我很耳熟。因為我在中學時代，我是「天文少女」，參加了我們小城市裏的天文愛好者具樂部，跟其他叔叔哥哥們一起去觀察星星，自己也有一台天文望遠鏡。冬天白藍色的大犬座 Sirius 天狼星，春天白裏淡紅的室女 Spica 角宿一，夏天呈火紅的天蝎座 Antares 心宿二等星都是我一年裏頭抬頭看的明星們。

　　當時的我也喜歡看書，其中記得法國作家聖 - 埃克蘇佩里寫的《小王子》裏面的很多細節。在故事裏小王子住在小行星，這顆星被一位土耳其天文學家發現了。那位天文學家在國際天文學學術會上發表了此事。但當時他穿著土耳其的民族服，也戴上了紅色的民族帽子，所以外國學者們看著他很奇怪，沒人相信他說的。後來他穿著西服重新做了報告，這次大家都相信他了。時代變了但還存在著這種偏見。

　　今年十月，我花了近八年的工夫終於出版了我的第一本譯書，李娟的《阿勒泰的角落（アルタイの片隅で）》。幸運的是第二本譯著也即將出版了。還是李娟寫的《冬牧場（冬牧場）》。李娟二〇一八年獲得了中國最高文學獎魯迅文學獎。我和她沒見過，但八年之間我們通過微信交流，有些詞彙、表達、方言、文化上的差異等我搞不明白的地方我都問了她，她毫不嫌棄，很誠懇地一一回答我了。

　　在《冬牧場》第三章裏有「再往上，是陡然明月，和單獨的一顆喬里潘星」這樣的描述。我不知道「喬里潘星」是什麼星星，查資料都找不到。於是我問了她，她回答說：喬里潘是哈語，意思是啓明星（金星）。哈薩克族有一個習俗，牧民給孩子取名字，孩子出生時父親抬頭看到了的第一個事物就是孩子的名字。

在《冬牧場》裏的主角級人物牧民居麻給他的大女兒取名喬里潘。我想像著年輕的居麻，第一個孩子出生的那天晚上在荒野裏滿心歡喜仰望天空看到一顆最亮的星，金星……。

我去散步的時候，常常抬頭觀望晚霞，拍拍雲朵，但現在很少觀察夜裏的星星了。我當天文學家的當時的夢沒有實現了。但我當時的另外一個願望，從事語言文學工作，彷彿星星們為我實現了。

二〇二一年十二月

河崎深雪（河崎みゆき）簡介

文學博士。日語性別語言學會評議員，日本華文女作家協會會員。曾在華中科技大學和上海交通大學任教，現任日本國學院大學教師。著有中文版《漢語角色語言研究》（二〇一七年商務印書館）。並發表漢日雙語詩作和詩歌譯文。有詩作發表於《香港文學》雜誌。

疫年有感等七律五首

徐前

疫年有感

新冠之年百事哀，疫情依舊笑難開。
滴滴玉露秋將去，寂寂霜風冬又來。
夜夢家鄉窗月冷，朝思故國素花皚。
凝心悵想階前坐，客在天涯不得回。

家邊會友

家邊有水有芳庭，漫步其間滿目清。
朔月寒梅紅影亂，秋江倦鳥暖陽明。
晨風動柳添幽趣，暮靄盈窗湧慕情。
清茗一杯邀摯友，吟詩作賦幾人行。

戀黃昏

餘暉絢麗暮天遙，皎月懸空暑氣消。
燕雀歸巢迷夜色，池魚戲水戀清宵。
雲舒雲湧雲如畫，情起情生情似潮。
人向黃昏常易醉，斜陽入戶與誰邀。

偶感

東瀛苦讀謝師恩，去國鄉愁皆有痕。
黃卷青篇衣錦夢，晨習晚學月光門。
憑欄獨嘆天涯遠，伏案凝思日色昏。
幾載寒窗書一冊，子規漱石漢詩魂。

霧中行

破曉攀岩霧裏行，奇峰陡壁老猿鳴。
幽幽古剎僧人意，寂寂閒庭世外情。
棧道凌雲浮巨像，三江交匯響濤聲。
清流峭岸松風起，似有佛光渡眾生。

徐前簡介

文學博士、翻譯家，日本華文女作家協會會員。五十年代出生於北京，現為日本大學、國士館大學中文講師。出版有學術專著《漱石と子規の漢詩　対比の視点から》（日本明治書院），譯有《窗邊的阿徹》（黑柳徹子）（少年兒童出版社）、《流浪王妃》（愛新覺羅·浩）（北京十月文藝出版社）、《清朝王女的一生》（愛新覺羅·顯琦）（作家出版社）等多部文學作品（均為合譯）。

砌一盤文化記憶的拼圖

東瑞

飛走的唐樓

走過昔日做事的舊址,早已不見那我日夕相處的唐樓蹤影。

七十年代中期,每天清晨八時許,我就從土瓜灣的九龍城碼頭搭渡輪過海,十幾分鐘的航程,就在北角碼頭上岸。匆匆忙忙走過琴行街,抵達我上班的地點——位於琴行街與馬寶道交界處六十四號的大光出版社。辦事處在一棟六層唐樓的最底層。出版社前半是五個人在辦事的寫字樓,後面則是兩人管理的貨倉。

我搭的渡輪固定航班,非常準確地按照時間,稍微遲到就要等候二十分鐘或半小時,搭下一班的渡輪。要是遲到,又遇炎夏,勁走帶小跑,抵達公司已滿頭大汗。從碼頭走到寫字樓,以前要經碼頭汽車總站、穿過不少店舖市集,現在代之以一片油綠的、花木扶疏的花園。我喜歡園中那縱橫交錯的小徑,如果和夫人同行,她穿紅色衣裙的話,我就會要她站在我指定的位置,為她拍攝幾張,有種色彩對比強烈的效果。

我曾迷失在綠色天地中,慢慢地往前走,想尋覓七十年代工作過的那棟舊唐樓,已不可得,彷彿在一夜之間被風吹走了,竟然不留歲月的丁點痕跡;而那新矗立的、參差不齊、各有特色的嶄新大廈,一時令人目眩神迷。

懷念那時前後三年的行街日子,我公文箱裏裝著幾本出版社新出版或再版的圖書,常常搭電車,沿途下書店推銷。看書、談書、送書、買書……懷念初到貴境時的拼搏精神,在這家出版社出了我一本幼嫩的處女作,還感恩她接受了我在這裏謀一職,勉強獲得溫飽;不知一起做事的同事如今都安好嗎?

拆遷的碼頭

走過中環嶄新的古典式新碼頭,很大,上下兩層,非常地復古味。從中環玻璃幕牆、摩天大廈延伸出的天橋出發,穿過有無數圓形窗戶的康樂大廈,一路走到新碼頭,非常漫長,才走到過海到尖沙咀、紅磡的中環新碼頭。想尋覓舊日我天天走的碼頭已一樣不可得。我不知道中環舊碼頭何

174

時拆撤的，也不知道新碼頭何時建好和啟用的。曾經一度埋頭做事，不理外面世界的天翻地覆；到非親身走一趟不可的時候，新碼頭已經像博物館裏的龐然大物那樣，停留在維多利亞港一角，教我目瞪目結舌。

八十年代，我告別了北角，來到了銀行密集的香港中環，在毗鄰街市的一條叫域多利皇后街的一棟大廈內的寫字樓做事，先是在四樓宣傳部，為公司代理的一些圖書寫簡介文字，一幹就是四年；後來調到十一樓，擔任一本讀書雜誌《讀者良友》的執行編輯，一做也是四年。移居香港後，我工作數度與書有緣，在一份雜誌做事，也需要寫一些讀書、寫作隨筆和文學評論，大約也在那之後，劉以鬯先生主編的《香港文學》創刊，也約了我寫稿，於是整個八十年代成了我爬格子最忙碌的時期。還記得當時在業餘以寫十一塊專欄稱著的劉以鬯先生因為雜誌編務忙碌，讓出他《成報》的小說專欄，讓我寫一種一個月完的小說，一寫就好幾年。

在中環上班實行打卡制度，小女兒八十年代出生，家務事不少，上班十分趕，有時遲到，一個月的勤工獎也就泡湯了。

那時的中環舊碼頭距離公司不遠，碼頭規模很小，從踏板走上來，得經過兩旁都是小賣店的夾道，一個號稱「沙嗲詩人」的新加坡華人就在一個小舖賣自己製作的沙嗲。上下班時分，一個小碼頭熙熙攘攘的好不熱鬧，充滿了集市那種人情味和煙火味道。

一九八八年後，我告別中環，很少再過這個碼頭了，後來聽說碼頭遷移到不太近的地方，我特地走一趟，哇，新碼頭大到在想像之外。到尖沙咀、紅磡的似乎不同一層？還曾走錯。我拍攝了不少照片。紅磡中環渡輪航線停航了多時，一直到復航的二〇二〇年，六月底，我偕同孫女遊覽摩天輪公園，再踏上這新碼頭，感覺上比從前舊的那個冷清了很多。

爬格子的小巷

走過中環、上環的大街小巷，恐怕很少文友有我那種失落感。

我總是在尋尋覓覓，多次尋找八十年代我爬格子的小巷而不可得。讀到這樣的小標題，讀者一定會奇怪，怎麼會有「爬格子」的「小巷」？實際的意思是省略了主語「我」，而不是小巷。

175

有一度，因為內子芬需要照顧年幼的子女，我成了單職工、家庭經濟的擎天柱，微薄可恥的薪酬不足於三餐溫飽，需要寫大量的稿件彌補家用。我怕兒女在家打擾於心不忍，又擔心我抽煙影響家人的健康，就利用上班提早一小時、下班推遲一小時、中午吃過魚蛋麵後的半小時空檔來寫稿。上午下午多數走進速食廳，叫一杯奶茶或咖啡就開工了。那時我沒用什麼公事包，每天只是拎著破爛的大手抽，裏面裝了筆、原稿紙、剪報本子等等東西。中午那段時間吃得簡單又快，只是魚蛋麵或三文治，配一杯奶茶。不到半小時就吃完，馬上開工。一張小圓檯坐著五六個人，有的白領吃完抽煙、刨馬經。座位的窄逼拘束可想而知，我依然稿子一攤開，拉著寫。寫不完，下班繼續到速食廳開工。那時有好幾個報紙方塊（專欄）需要我填滿，每天交稿；如果是長篇小說，我還需要將前面寫了的溫習一遍，以使銜接順暢沒有破綻。

這樣的在巷子裏見縫插針爬格子的生涯延續了好幾年，直至一九八八年我被調到北角工作才告一段落。離開後，多年就沒有再踏足中環。有一次在中環，想尋昔日常常去寫稿的小巷，可是，他們如同香港消失的大排檔一樣，已經被無數嶄新的、超級的、現代化的摩天大廈所替代了。我躲起來輾轉寫稿的有好幾個地方，賣著大同小異的牛丸粉麵、魚蛋粉麵、三文治、油多、咖啡、奶茶，他們大都開設在街邊巷尾，最常見的是在大廈與大廈之間的夾縫中，擺三五張方桌圓檯，約莫可以供應二十來位白領的中午簡餐吧。

每次走過中環的電車路，總會懷念那些小巷，特地在幾座大廈周圍留心看看找找，真的所有在大廈與大廈之間苟延殘喘的大排檔已經在歲月的更新中蕩然無存、風消雲散了。可是，三十幾年前拼搏的日子總會時不時浮現我眼前，那個處處都可以當書桌的我一類的爬格子動物，也從爬格子的老牛搖身一變，成為在鍵盤跳舞的芭蕾老男了。

「紙質」的前輩

每次走過街頭越來越少的報攤和如雨後春筍冒出的通宵店，都會留意那些越來越少的紙質報紙。跟許多人一樣，因為閱讀了電子報紙、免費派

發的報紙和手機上鋪天蓋地轉來的新聞視頻，而少了光顧紙質報紙。在疫境中，視出外為畏途，在舖頭購物，摸這摸那，很擔心染菌，雙手一天都要搓消毒液幾十次，搞到手皮膚都起皺。何況如今，一份報紙賣十元十一元，幾乎是半盒簡餐的價格了。因此不買、少買報紙也很正常。以前有我文章發表的報紙買它三四份，如今連買一份，也猶豫著是否必要，累計久了，再大的書房也擺不下了。

每次在通宵店翻閱我要買的報紙，總是浮現從七十年代到九十年代末期倒閉的報紙。先是晚報，成了最早執笠的一批。《新晚報》、《星島晚報》、《明報晚報》、《香港夜報》首當其衝，再來是《中報》、《晶報》、《快報》、《新報》、《天天日報》等報紙陸續關門。如今翻看書櫃裏當時的剪報本子，多到我自己也覺得不可思議，幾乎大部分報紙我都寫過稿了。

每次想起了那些投過稿、寫過稿的報紙，都會想起了那些我因為投稿或被邀請寫稿而來往「紙質的前輩」——紙質報刊那些我尊敬的老前輩，還有那些爬格子的文友、寫作人。除了少數，大部分境況不太好。賣舊書的柳木下；晚年生活境況欠好的老詩人何達病重，最後鋸掉腿坐輪椅；夏易獨居，旅居外國的女兒回港，才發現母親臥斃地上不知幾多日；老稿匠蕭銅家裏失火，燒傷住院，最終去世；《新晚報》老報人、文學週刊《星海》版編輯陳雄邦也孤單到天國，……唉，這些傳統文化人盡心竭力弘揚文學，太缺乏社會的關懷了。

個人的經歷都折射社會的滄桑變遷，反映了時代的發展和進步；但消失了的許多東西，連接起來都是一道道令人懷念的、無法複製再版的可愛而珍貴文化風景，充滿了溫馨和人情味，它們都隨風而逝了。

東瑞簡介

原名黃東濤，香港作家。一九九一年與蔡瑞芬一起創辦獲益出版事業有限公司迄今，任董事總編輯。代表作有《雪夜翻牆說愛你》、《暗角》、《迷城》、《小站》、《轉角照相館》、《風雨甲政第》、《落番長歌》等一百四十五種，獲得過第六屆小小說金麻雀獎、小小說創作終身成就獎、世界華文微型小說傑出貢獻獎、全球華文散文徵文大賽優秀獎、連續兩屆台灣金門「浯島文學獎」長篇小說優等獎等三十餘個獎項。曾任海內外文學獎評審近百次。目前任香港華文微型小說學會會長、世界華文微型小說研究會副會長、國立華僑大學香港校友會名譽會長、香港兒童文藝協會名譽會長等。

燈昏影雜南昌街

黃秀蓮

　　南昌街，通衢大道，車水馬龍，縱走於深水埗，南達西九龍走廊，北接龍翔道。南昌之名，猶如山東街、通州街、蘇杭街，低訴中國鄉愁；另一端的牛津道、劍橋道、蘭開夏道，亦瀰漫著英國鄉愁，可見思鄉之情，不分國籍，各有懷抱，人同此心。

　　南昌街與汝州街交會，再延伸到長沙灣道那一段，每逢入夜，店舖打烊了，拉下鐵閘，本應空寂的騎樓底，反而熱鬧起來，如夜墟，把城中一角已深沉的夜色照得半昏半昧，掩映微明。放眼望去，只見街燈之下，另有光芒，一焰一焰朦朦朧朧的漾開，而人影錯雜，三五而聚，把燈花圍住。夜，先天就有股神秘氣氛，何況燈火迷離哩，南昌夜市，情調尤其魅異迷人。

　　南昌街的茶樓商舖，白日昌盛；夜市地攤，生意獨特，百業中唯務兩科。攤主並非引車賣漿的小販，無實質銷售，有專業經營，其外表看似民間草莽，其實腹藏技藝，為客看掌相，與君鬥棋技。尋常百姓一時興起，會在星月下追逐燈光，來到南昌街這另類文化區尋訪高明。

　　看掌相，古已有之，術士俗稱「睇相佬」，身懷子平之術，學得相人之能，一技傍身，流浪江湖，只求茶飯。相中南昌之旺地，趁著月華，擺下地攤，招徠欲求指點迷津的顧客。所謂「機藏體疢榮枯事，理斷窮通壽夭根；任你紫袍金帶客，也須下馬問前程」，人生中最難勘破者，無非榮枯壽夭而已，若能早著先機，或可趨吉避凶，那麼區區相金，又何足道哉？難怪燈火晃動，除非風雨交加，否則那點點光芒總點燃到迷茫月落。猜想起初是三兩個攤子而已，漸漸有點生意，其他行家自然跟風，陸續潛來，於是騎樓底從一邊到兩側，從路旁這頭到那頭，鱗次櫛比，成行成市。攤主施展實力，各有顧客，相鄰相挨，互不相干，成為小小的南昌夜市，窄窄的民間文化路了。

　　相士把鏡架傍在牆邊，等如豎起招牌，寫明相金若干，亦有把相書所畫的面相圖掌紋圖，鑲於鏡框，以便解說。所謂地攤，名副其實，隨地而擺，佔地甚小，相士與客對坐小板凳上，客先坐定，正襟端坐，不可亂動。

原來農村夜裏捕捉田雞，只要用燈光直射，田雞頓時不能動彈，恰像提燈看相未敢妄動之片刻，故此把看相戲謔為「照田雞」。

相士提起火水燈，焰火微微搖晃，就著光，把面容、掌紋端詳良久，審視一番，才贈君良言，批論前程。相士標榜能知過去未來，預言將來，當下誰都無法驗證，但是說過去，或會不符事實，可是相士擅長口才，善觀神色，有本事把話說得不準的話，連忙兜住，及時補充，或者巧言把話說得模棱兩可。顧客中不乏女流，基於女性心理，一定結伴同來；鬚眉則喜歡獨來獨往，靜聽玄機。

鬥棋技，則不論顧客抑或旁觀，清一色是男性。弈棋文雅，講求理性，有君子之爭，無街頭之霸。善弈者在地上擺下白底印上紅線的棋盤紙，紙張已舊，摺痕斑駁，偏又紙質單薄，怕給風吹翻，便用小石子鎮住四角。火水燈或者大光燈，照亮棋局，弈者常常讓客三子，顯示自己有力追回；而顧客在承讓下依然敗北，也輸得心服口服了。有時高下立判，不消幾個回合已殺得落花流水；有時久戰不休，難分難解。對弈一局，好像是兩元，約等於一張戲票。主與客，勝負難料，誰敗就誰放下銀兩。設下棋局，賴以維生者，當然棋藝深厚，不過偶遇高手，也會敗陣。而圍觀的老中青，或立或蹲，凝神斂息，見下錯一子，棋差一著了，只有焦急、惋惜，要做到完全超然局外恐怕不容易，何況是浮沉困局當局者迷哩。觀棋多了，除了從觀摩中領略下棋心法外，對棋術風雨變幻以至得失成敗，是否體會得更深切呢？

夜深，相了，棋罷，人散，倦極的南昌街也沉沉入睡。

掌相與弈棋，源遠流長地流淌於歷史長河，深深淺淺地刻印於中國人的思想裏。曾國藩精於相術，日記中記載了相人的口訣：「邪正看眼鼻，真假看嘴唇；功名看氣概，富貴看精神；立意看指爪，風波看腳筋；若要看條理，全在言語中。」徐志摩儘管是留學英美的紳士，相當洋化，依然偶爾以相學來品評人物。我大哥少年時代曾去南昌街「照田雞」，看掌人說：「你雙掌有旗，即是你有本事扛起大旗；你這一生，不管走到哪裏，都是當領袖的。」大哥年已古稀了，這番預言果然應驗，可見掌相之學，並非盡是無稽。

相士測前說後，弈者棋局交鋒，一席地攤、一盞孤燈、兩張小板凳，毫無背景，不藉宣傳，只憑專門功夫，單打獨鬥，顯露身手，箇中自有其本領。坊間濟濟之士為了謀生，舌燦子平，弈棋揚藝，把中國傳統俗文化融入香港市井圈子裏，口耳相傳，代代相承。如今廟街仍有看相的夜市，格局已變，有檯有凳，不再席地，少了草根而不失志向，貧寒而力爭上游的奮發氣息，至於攤子首尾相啣之盛況當然不復了。自從電視普及後，燈影黯淡，顧客稀少，景況冷落，南昌街這一段燈月交輝的文化風景，在難測的天機下零星落索，最後歸於湮沒，如一局殘棋。

黃秀蓮簡介

中文大學中文系畢業，師承余光中；曾任中文大學圖書館任白珍藏展——「九十風華帝女花」策展人。著有散文集《灑淚暗牽袍》、《歲月如煙》、《此生或不虛度》、《風雨蕭瑟上學路》、《翠篷紅衫人力車》、《生時不負樹中盟》。

光影斑駁看茜茜
——茜茜公主故居波森霍芬堡沉思

夏青青

德國有一句諺語說：Wo Licht ist, ist auch Schatten。意思是：有光明的地方，必然也會有暗影。今年七月底，我偕同家人走訪了茜茜公主故居波森霍芬堡，對這句諺語有了更深的理解。

茜茜公主是歐洲歷史上的一位傳奇公主，十九世紀的「戴安娜王妃」。她出身侯門，不是巴伐利亞王室正支嫡傳的公主，可是命運讓她嫁入奧地利皇室，成為奧地利歷史上的伊麗莎白皇后、奧匈帝國的國母，臣民遍布多瑙河以及地中海流域。生前，她引領時尚潮流，她的髮型和服飾被貴婦模仿，她的美貌和身材被萬眾膜拜，她的足跡和身影被媒體追蹤。身後，她的人生故事多少次被搬上銀幕。其中最成功的是五十年代中期拍攝的三部曲，通過這三部電影她的故事在全世界廣為流傳，茜茜公主以及她的扮演者羅密·施耐德（Romy Schneider）都成為萬千粉絲的偶像。

隔了一個世紀回望，她的人生故事是一個充滿光明的現代版童話。通過電影，人們看到光彩照人的茜茜公主：

兩岸青山鬱鬱蒼蒼，中間藍色多瑙河水平如鏡，一艘巨大的畫舫順流而下，一位年輕姑娘身披紅色披風，密密的頭髮編成長長的髮辮整齊地盤在頭上，髮辮間一顆顆白色的雪絨花星星般閃亮。姑娘站在船頭揮動手絹，向兩岸歡呼的民眾致意。這是第一部結尾，茜茜公主出嫁，王子公主喜結良緣，萬眾歡呼的情景。密密盤起的髮辮，秀髮間閃亮的星星，這是最為經典流傳最廣的茜茜形象。

一個被眾人包圍的四方高台，一身白色禮服頭戴王冠的王后緩步登上高台，面向臣民，面對蒼天，先後用各民族語言莊嚴宣誓。這是第二部結尾，經歷一番衝突後，匈牙利國王和王后的加冕盛典。

寬闊的街道，沉默的民眾，敵視的目光，皇帝夫婦攜隨從迎面向教皇走去，突然一個小女孩掙脫奶媽的懷抱，邁開小腳跑過來。皇后停步怔了一刻，然後也快步向前，抱起孩子摟在胸前熱淚流淌。圍觀的人群被自然

181

流露的母女親情感動，驀然爆發歡呼高喊祝福。這是第三部身染重病僥倖康復歸來的皇后重見女兒的一幕。

三部電影，各有各的故事情節，各有各的波瀾起伏，但是最後的圓滿結局讓觀眾不會耽溺於故事中的波折、爭吵、悲哀、傷痛。人們看到的是美麗的公主，善良的王后，很少深究背後的真實。

我也一樣。在巴伐利亞州生活三十餘年了，多少次到施塔恩貝格湖邊散步湖中泛舟，卻從沒想去看看湖邊的茜茜公主故居波森霍芬堡，甚至不知道確切地址。行前夜裏在網上查找資料，然後大吃一驚，感慨不已。

第二天，在一個美好的夏日，我們一家一早出門驅車前往，先到故居附近的皇后博物館參觀。博物館不大，交通卻非常便利，緊挨著六號輕軌線車站。博物館前身是路德維希二世修建的車站，橘紅色左右對稱的建築獨立於一個高坡上，沒有皇宮的宏偉氣魄，卻也不失美觀。前面一座塑像，伊麗莎白皇后長髮梳起長裙曳地，雙手交疊無言肅立。

博物館有三間展室，中間展室房門大開，陳列有關茜茜故居波森霍芬堡的介紹。在這裏我慢慢參觀一張張平面圖、照片，對應網上找到的故居歷史介紹。

對電影中的波森霍芬堡印象太深刻了，查資料才知道電影中的波森霍芬堡另有其地，並不是施塔恩貝格湖邊真實的故居，而現實中的故居在短短的一兩百年間飽經滄桑多歷變遷。

波森霍芬堡始建於十六世紀，是當時的巴伐利亞侯爵威廉四世下令修建的，最初是全木結構，規模很小，侯爵不大滿意。負責建造的首相雅各布·羅森布施（Jakob Rosenbusch）追加成本投入重金，在那裏修建了一座三層四角有方形塔樓的宮堡，蔚為壯觀。他因此獲得侯爵歡心，被封為貴族。其後宮堡數次易主，直到一八三四年，被茜茜公主的父親馬克西米連侯爵買下，作為那個龐大家族的夏日行宮。馬克西米連侯爵在原來的老建築旁另建新殿，新宮是一座馬蹄鐵形的三層樓房，一座小教堂連接新老宮殿。在波森霍芬堡，茜茜公主和姊妹們度過無拘無束的童年。

茜茜公主嫁到奧地利後，巴伐利亞國王路德維希二世為了皇后歸寧方便，特別在旁修建鐵路車站。可是皇后晚年常年在地中海各地旅行，很少

回來。在她身後她的家族越來越少到那裏，一度車水馬龍的門庭逐漸冷落荒敗。一九四〇年，第三帝國時期她的家族把宮堡賣給當時的納粹政府，那裏成為戰時醫院。戰後波森霍芬堡更是命運多舛，幾次變賣，用途一改再改，當年宏偉壯觀的宮殿，一度成為工廠，一度成為修理車間，一度甚至淪為羊圈！

不過短短幾十年，這座童話故事裏的宮殿面目全非，瀕臨坍塌！八十年代初，這座危樓差點被拆毀徹底消失，後來被賣給私人。投資商耗費巨資大力整修，保存建築外觀，內部徹底重建，改建為高級公寓。現在是私人產業，不對外開放參觀，只有宮堡前面到湖邊的一段闢為公園，供民眾散步休憩。

為了彌補故居不對外開放的缺憾，才有了現在的伊麗莎白皇后博物館（Kaiserin Elisabeth Museum），供人們參觀紀念。

博物館右邊展室陳列大量的照片，一大摞當時有關伊麗莎白皇后的剪報，一張張翻看，她真實的故事隱約重現。

茜茜公主，本名：伊麗莎白，全稱是：伊麗莎白·阿瑪麗亞·歐根妮（Elisabeth Amalie Eugenie），於一八三七年十二月二十四日平安夜出生於慕尼黑，一八九八年九月十日在瑞士日內瓦湖畔遇刺身亡。茜茜，是父母家人對她極為親暱的稱呼。一八五四年，茜茜公主在她十六歲時嫁給表兄奧地利皇帝弗朗茨·約瑟夫一世，成為後來的奧匈帝國的國母。

茜茜公主不是出身王室正支，很幸運少女時代可以不必過循規蹈矩的皇室生活，得以跟隨喜愛自然的父母，在風光秀麗的斯坦恩貝格湖邊長大，自幼徜徉山林縱聲歡笑縱馬奔馳，按照自己心性自由快樂地成長，直到⋯⋯，直到她嫁入皇室，成為伊麗莎白皇后。

在電影中年輕的伊麗莎白皇后在輝煌的美泉宮成為美麗的籠中鳥，不得不學習宮廷生活準則，一言一行，一顰一笑，被嚴格遵守宮廷教條的太后苛責。長女索菲公主誕生後，撫養權被太后奪走，年輕的皇后忍無可忍私自離開皇宮回到娘家。多少年來我一直相信，這些不過是編劇故意製造的情節衝突吧。可是認真探究之下發現這些情節都有歷史上的真實背景，而且伊麗莎白皇后真實的人生遠比電影故事更加曲折。

茜茜公主或許是一個幸福的女孩，嫁給了自己心愛的人，可是伊麗莎白皇后是一位不幸的母親，四位子女，她在生前失去兩位。她十六歲結婚，婚後第二年長女索菲公主出生，緊接著次女吉賽拉公主來到人間，婚後第四年皇儲魯道夫降生，最愛的小女兒瑪麗·瓦拉莉公主姍姍來遲，生於一八六八年，比哥哥姐姐小十多歲。

十七歲做母親，太年輕了，太后以此為由剝奪了她作為母親親自撫養孩子的權利。伊麗莎白皇后很少能夠接近孩子，跟年長的三個子女沒有特別親密的關係。或許為了跟太后抗爭吧，一八五七年，婚後第三年，她不顧醫生反對帶著兩個年幼的女兒到匈牙利旅行，途中孩子染病，長女索菲公主兩歲夭亡。這件傷心的意外給她和弗蘭茨的婚姻造成深深的裂痕。一八八九年，伊麗莎白皇后時年五十二歲，步入晚年獨生愛子皇儲魯道夫自殺身亡，更是命運給她沉重一擊。從此她放棄鮮艷色彩，黑色喪服成為她的招牌標誌。那段時間後來被稱為「黑色時期」（Die schwarze Periode）。

嫁入皇室，貴為國母，外人眼裏風光無限，可是伊麗莎白皇后最終選擇逃離，自我流放常年在外旅行，二十年間足跡遠至匈牙利、英格蘭、瑞士、意大利、土耳其、葡萄牙、西班牙、埃及，以及她非常喜愛的希臘。她曾經在希臘養病，僥倖康復，對那裏滿懷感激，甚至在科孚島建造了一座行宮阿喀琉斯宮（Achilleion）。一八九八年九月，正當她計劃再一次坐船旅行時，在日內瓦湖畔被一名意大利反對皇權者刺殺身亡。她遇刺身亡，各大報刊爭相發行號外。她的葬禮，萬人哭送的場面，都是當年最轟動的報道。

回顧茜茜一生，年輕的伊麗莎白皇后為調和奧匈帝國各民族間的矛盾做出了不可磨滅的貢獻。她用一顆柔軟的心真正征服匈牙利，使奧匈帝國成為一家。在匈牙利境內至今有很多王后雕像，我在匈牙利首都布達佩斯親耳聽到匈牙利導遊對王后讚譽有加。除此以外，伊麗莎白皇后在內政外交上無甚太大建樹，最後二三十年她常居海外，遠離國家，不問政事，選擇做影子皇后。

她和表兄弗蘭茨的婚姻，從深愛到疏遠，後來常年分居，靠書信維繫

感情，婚姻名存實亡。雖然如此，在弗蘭茨心中她的地位無可替代。據說她的死訊傳來，弗蘭茨喃喃低語：「她永遠不知道，我有多麼愛她。」弗蘭茨在一戰期間去世後，兩人在皇家的地下墓室裏並排安息，永遠相伴。

茜茜公主的傳奇故事從一個偶然開始，在另一個偶然裏結束。一八五三年，她母親和姨母、奧地利皇太后，安排相親，本欲撮合她姐姐海倫公主和表兄，偶然帶上妹妹同行。相親見面時，表兄陰錯陽差地沒有愛上十八歲花樣年華的姐姐，反而對十五歲含苞待放的妹妹傾心不已。一八九八年的行刺事件，行刺者後來供認，他計劃刺殺一名皇室成員，不拘是誰。他鎖定的目標本來是法國王子亨利·菲利普·奧爾良 (Henri Philippe d'Orléans)，可是法國王子臨時改變行程沒到日內瓦來，行刺者轉而盯上了伊麗莎白皇后。兩次偶然，兩次陰錯陽差，一代傳奇就此展開，又遽然謝幕。時也？命也？令人喟嘆。

走出右邊展室，我們來到最後一間展室，左面展室在門口標明不允許拍照。這裏莫非正在裝修嗎？門口懸掛一道黑色布簾，裏面還有一道，隔開一部分不能參觀的地方。布簾使展室光線幽暗。進門迎面是幾個玻璃展櫃，裏面陳列少數當時的器皿、用具、首飾。在另外一道布簾隔開的一角，一個展櫃特別引起我的注意。那裏有一張照片，是一身黑衣的伊麗莎白皇后，照片旁是一把棕色扇子。下面有介紹說，伊麗莎白皇后在兒子皇儲自殺後，深受打擊，從那時起只穿黑色衣服。一身黑衣棕色扇子遮面，成為她晚年的招牌形象。展櫃旁邊的角落裏，衣架上一條黑色長裙被撐開，那是伊麗莎白皇后曾經穿過的裙子。

交替注視角落裏的黑色長裙和展櫃裏的棕色扇子，腦海裏身穿黑裙手拿扇子的伊麗莎白皇后和髮辮細密頭戴鑽石髮飾的茜茜公主交替出現。半晌轉身，推門走出前再次回頭，有人走動帶起一絲微風，黑色長裙的下擺輕微顫動。

走出博物館，或者說「紀念館」，陽光陡然耀眼。回過頭來，橘紅色的建築，建築前的伊麗莎白皇后銅像，高貴、美麗，卻……，在陽光下閃著一絲寒冷的金屬光澤。

告別伊麗莎白皇后博物館，我們走向茜茜公主故居——波森霍芬堡。

波森霍芬堡離皇后博物館不遠，步行下坡，走過一個路口，在正前方即可看到一座龐大的建築物的後牆。

慢慢走近，從後牆轉到側面入口，沿路綠色籬笆圈地為牢，正面灰色柵欄擋路而立，攔住我們前進的腳步。抬頭遠望，波森霍芬堡氣勢宏大外觀宏偉，淡黃色的牆壁淡雅柔和，整潔到似乎上個月才粉刷過，周圍綠茸茸的草地夢一樣鋪展開來，柵欄後一個簡單的石堆裏，幾股水柱湧起，水珠在陽光下閃爍。

無法走近參觀，我們只能遠遠繞宮堡一圈。茜茜公主的父親擴建的馬蹄形新宮，連接新舊兩處的禮拜堂，老宮四角塔樓建築，一一走過看過，最後停在波森霍芬堡偌大的綠地公園前，好大的綠地，草色葳蕤，綠樹成蔭。

不得入內，我們只好走向湖邊，在那裏回望波森霍芬堡，彎彎小路穿過草地通向宮堡。茜茜公主，她曾經在草地上奔跑，在花園裏歡笑，在小路上縱馬，在樹林深處喁喁私語嗎？

佇立湖邊，享受夏日金色的陽光。眼前，施塔恩貝格湖蔚藍的湖面波光粼粼帆影點點，對岸群山逶迤連綿。茜茜公主在一個明媚的春天乘船出發，走向戀人開始新生活，她站在船頭向歡呼的民眾揮手致意時，多瑙河的河水也曾經這麼藍，這麼清，這樣輕輕蕩漾嗎？

我們沿著湖邊的人行道走去，濃密的林蔭道隨湖岸蜿蜒伸展，陽光透過樹蔭灑落。初秋，伊麗莎白皇后在生命的最後一刻，在日內瓦湖邊徒步走向郵輪時，可曾有一縷陽光照亮她的黑裙？

我們一路走下去，隨著我們的腳步，茜茜公主曾經的故居波森霍芬堡一會兒露出一角，一會兒完全隱去。走下去，有風來，水面金光跳躍，林中光影變換。

夏青青簡介

本名宋麗娟。一九八三年赴德定居，在德國接受中學和大學教育，慕尼黑大學經濟學碩士，在德國經過國家考試認證註冊的稅務諮詢師，現在德國《南德日報》媒體集團擔任內部諮詢工作。從二〇一一年開始活躍於歐洲華語文壇，作品以散文為主，參與出版多部海內外合集，出版個人散文集《天涯芳草青青》以及紀實文學集《萊茵河畔的華人風采》。

十八年前的那間小屋

李翠薇

十八年前，我剛剛結婚。

丈夫來自香港，他在東莞與人合作投資開辦了一家小型的木器廠。我們在一座名叫「石鼓村」的小村莊中租住了一間小屋，日子過得清苦而充實。

紅艷艷的籐杜鵑裝點著外牆，一直盤旋蜿蜒至小閣樓的屋頂——那是世上最溫馨的小屋。

從大道通往小屋的巷子很深、很窄，僅僅容得下一個人通行，若兩人在巷子裏相遇，那就必須側著身子方可勉勉強強擠過。拾級而上，小屋就在巷子的盡頭的高坡上。

十八年前第一次看到這間小屋，我不禁想起了《詩經・蒹葭》裏的「所謂伊人，在水一方」。小屋就是在水一方的伊人，那一樹紅色的籐杜鵑就是伊人的一襲長裙……

歷經十八年的奮鬥，如今我和丈夫不僅擁有了自己的房子和車子，還創建了自己的裝修公司，業務也蒸蒸日上。十八年的歲月雖然漫長，但隨著時光的匆匆，我們卻怎麼也忘不了十八年前的那間小屋。偶爾的閒聊中，我們不時會提起當年在小屋裏的點點滴滴……

這天，我到一家 4S 店做汽車保養。車在維修車間停了下來。打開車門，我猛然看到車行旁邊的小河，一種似曾相識的親切感忽然從心底騰升，這條小河似乎在哪裏見過……

這……這不就是十八年前我和丈夫曾經工作過的木器廠嗎？

曾記得，木器廠旁邊有一條彎彎的小河。如今小河就在眼前了，小河沒變！河上的小橋也沒變！這條原來的泥巴路現在雖然鋪了水泥，但是舊日影子依然清晰可辨。甚至連老木器廠的那堵圍牆也如從前一般矗立在眼前！曾記得，以前有人在這條小河裏用電捕魚，看見了活蹦亂跳的魚兒，我們准會買來加菜……曾記得，十八年前我騎著單車經過小橋時摔過的一跤……

那時候，大貨櫃車每天要在木器廠門前的這條泥巴路上輾過好幾趟，車輪後總會揚起漫天塵土……那時候，一叢叢的含羞草就愛在木器廠的那堵圍牆下落地生根，粉紫色的花球一年四季頑強地綻放著笑臉……

　　然而，十八年後，一切都在變，原來的木器廠變成了車行，木器廠的宿舍樓現在變成了車行的倉庫……

　　摹然，我有一種衝動，我要尋找當年生活過的那間小屋！

　　我踏上了車行門前的天橋，跨過馬路走到了石鼓村的村口。

　　原來通往石鼓村的泥路在哪裏呢？村頭曾經走過兩年的鄉間泥巴路再也尋它不著了。記得，當時的泥路是順著小河延伸到村裏，至於河邊有沒有石欄杆已經記不清楚了，依稀記得村民喜歡在河邊洗衣服、喜歡在河裏游泳、電魚……

　　然而，眼前卻是一條寬闊而潔淨的商業大街。是我走錯了嗎？不，村口明明寫著「石鼓村」啊！

　　村口那個小士多店呢？那個臉上長著黑胎記的老闆娘去哪裏了？……

　　十八年了，真是「物換星移幾度秋」啊！數十家的門店，竟然找不到一個說本地話的售貨員。

　　正徬徨中，一個大叔從我身邊走過，看起來似是本地人。我連忙迎了過去，正想張嘴問路，卻語塞了！我忘記當年那個房東叫什麼了。就連那條窄窄的小巷子也說不清道不明了。

　　好鬱悶啊！我跟在大叔的身後慢吞吞地走著，惹得大叔回了幾次頭，我有點不好意思了。忽見前面出現了一個路口。啊，那不就是小河嗎？！我興奮得跳躍了起來！

　　記得十八年前的小屋就是從小河邊的一條窄巷進去的，窄巷口有個瓦屋頂的小門，周圍或是一溜青磚老屋，或是幾間低矮的泥磚房子……可是如今面目全非了，村民們富裕了，到處建得都是幾層高的樓房。這些樓房貼著各式各樣外牆磚，真讓人眼花繚亂。

　　究竟是哪條窄巷呢？我茫然了。

　　「地氈式搜索吧！」我對自己暗暗鼓勵道，「反正河邊只有這麼幾條小巷了！」

　　來回穿梭在河邊的窄巷中，偶爾發現看著眼熟的半片黑瓦房頂、一堵青磚牆、幾道紅粉石台階……我覺得格外的親切，當我想把它們和小屋聯繫起來時，卻又顯得那樣的模糊，那樣的單薄。

　　十八年前的小屋在哪裏呢？

　　找找那樹燦爛的簕杜鵑吧！我反覆地查看每一條窄巷裏的每一戶人家的門口，妄圖找到簕杜鵑的影子。

　　這堵牆……這是一堵紅磚牆，牆上隱隱約約看到一些攀爬植物留下的根鬚。這是一間兩層高的紅磚房子 —— 跟十八年前的那間小屋非常相似。〈蒹葭〉裏的那個所謂伊人曾經在這裏把我傾倒？

　　我彷彿嗅到了小屋的氣息。

　　可是那時的小屋門前似乎沒有這麼寬闊啊？應該上來這個門口還有幾道水泥台階，然後是兩扇對開的小鐵門，如今怎麼是平開的一扇鐵門呢？不對，這不是舊時的鄰居嗎？印象中她家的房子要再往上一點，可是那個麻石門檻分明就是當年鄰居聾婆最喜歡坐在上面梳頭的呢。聾婆的頭髮又長又白，盤起來卻沒多少，銅髮簪、紅頭繩是永恆的飾物……

　　再往下走走吧，我猶豫著。

　　記得那裏應該還有條橫巷，橫巷裏有兩間別人用來做柴房灶間的青磚老屋。如果那兩間老屋還在的話，那麼剛才那間紅磚房子就可以確定是十八年前的那間小屋了。

　　我的步子突然大了起來。

　　我覺得呼吸在加重，心兒幾乎都要跳出來了！

　　橫巷、青磚老屋豁然出現在我面前，眼睛瞬間濕潤了！

　　那紅磚房子不就是十八年前的小屋嗎！我折身回到那棟二層的小樓門前。

　　進去嗎？會不會很冒昧呢？我在小屋門前徘徊。

　　十八年啊……我最終舉起了右手，輕輕地敲開了紅磚房子的門。

　　開門的是一個二十多歲的高個頭的小夥子。

　　「請原諒我的冒昧，我可以進來看看嗎？」我怕小夥子誤會，趕忙客氣地向他請求著。

小夥子愣了一下，一個孕婦也從屋子裏走了出來。看樣子這房子裏住得是一對年輕的夫婦，就像十八年前的我和丈夫。

　　「十八年前，我租住過這間房子。」我再次向這對年輕的夫婦解釋著。

　　「啊……十八年前？你也租住過這裏？」小夥子回頭看了看身後的孕婦。夫婦倆頓時露出了笑容。

　　「請進來吧！」夫妻倆急忙打開關得緊緊的鐵門，十分熱情地把我讓了進去。我們曾經都是這間小屋的臨時主人。

　　屋裏的結構沒有多大的變化，只是原來的灶台打掉了。我彷彿回到了十八年前。緊靠右邊牆根有一方紅磚砌的灶台。其中兩個灶龕是用來燒柴火的，一個是燒木糠的。從小沒有做過家務的我，在這裏學會了做飯、燉湯、炒菜……我們燒的木糠和柴火都是丈夫用單車從廠裏拉回來的。還有客廳的桌子、凳子都是丈夫利用工餘時間自己做的。

　　我又登上了小閣樓的房間。那是我曾經的新房，我最初的家。床和衣櫃是從東莞運河邊的傢俬攤上買來的，書桌是丈夫親手做的。我用針線縫了一套床罩被單。後來又別出心裁地用剩下的布碎縫了一個粉色的套子，裏面裝了兩個大枕頭，丈夫說：「這是美人靠。」呵呵！我最喜歡靠在上面看書了……

　　從小屋出來，我感覺眼眶已經不能承載我久違的淚水了。我顫顫抖抖地拿起了電話，用咽哽的聲音對出差在外的丈夫說：「老公……我，我找到十八年前的那間小屋了！」

　　摘自《東莞印象》（小說散文集）·寫於二〇〇八年

李翠薇簡介

女，二〇〇〇年從廣東東莞移居香港。中國人類學民族學研究會會員、中國民間文藝家協會會員、香港作家聯會會員，廣東省作家協會會員。第六、七、八、九屆廣東省民間文藝學術著作獎獲得者。出版《東莞印象》、《東莞城跡》、《南社印記·楹聯》、《南社印記·小樓深巷》等九部著作。

地質公園尋覓

陳曉芳

如果沒有疫情，有許多人此時可能在世界各地自由穿梭。

徜徉在泰國的沙灘，享受沙清水碧的深海潛水，或者與戀人沐浴北海道的溫泉，入住大阪環球影城夢幻酒店。又或歷經十幾個小時的飛行落地在一處不為人知的小島，看漁夫打魚，見日出日落。生活在別處一段時間，才真正體會到故園的親切。

川端康成在〈花未眠〉裏說：他在凌晨四點半見海棠花在花瓶裏開得如此嬌艷未眠時，感動得語無倫次，心中祇有一個念頭，就是要活下去。

而徐志摩在〈翡冷翠山居閒話〉裏直接就說他要去山中看花，就想一個人去，不要結伴而行，還特別強調不要年輕的女子陪同，因為她會像綠草叢中的花蛇一樣纏著他，專制的打擾他欣賞大自然之美。

西貢已來過許多次，來地質公園是第一次。

去地質公園的必經之地是西貢。

說到西貢就令人想到空氣中的海水味。海邊漁船上面的海鮮被打漁人用紅紅藍藍的塑膠兜裝著像極了畫盤裏的色塊。而購買海鮮，拎到海邊大排檔舖頭去加工製作過程充滿原生態。

說來說去沒說到正題，這裏離一億四千萬年前的海底運動而形成的六角形圓柱那個地質公園相差四個小時的路步行路程。

據說這個地質公園是六十年代為了修香港最大的水庫萬宜水庫而被炸開了一座山才得以發現的。

所以西貢萬宜水庫地質公園這一條線形成了一條香港郊外的獨特的景點。

甚至有市民說，如果沒有到香港地質公園你就沒有來過香港。

這個地質公園與北愛爾蘭的巨人堤道、台灣澎湖和韓國濟州島可相提並論。觀之探之確實是大自然的鬼斧神工，哪裏知道西貢出來沿著麥理浩徑走了一兩個鐘也不到盡頭。

萬宜水庫郊野公園一路風光無限，走著走著已對沿途的風景著了迷。

萬宜水庫邊雙「T」字形的石堤，水庫的碧浪裏的一艘一艘白色的風帆新奇有趣幾乎忘記了自己的目的地，已經過去了幾個鐘，還不知道我們要去的公園在前方何處？

走累了，停下來擦擦汗，喝口水。天是那樣藍，海水也是那樣藍，海邊的小村莊在小路的盡頭而我們卻不敢踏步進入怕沒有時間打道回府。

在幾乎沒有其他交通工具可以通往地質公園的情況下，我們慶幸自己腿腳還行，不然只能花上百元大鈔坐的士才能進入了。沒有過度開發的好處是增加了人類踏足的難度，從另一個角度也起到了保護其不受破壞。

不管是有意為之，還是無意為之。這些原本存在於此的山山水水的自然風景打從人們給冠以了公園景點這些冠冕堂皇的名詞，這個地方便多了一個炫耀的資本。經政界商界宣傳曝光之後昔日的靜謐不再，人潮湧動，絡繹不絕。多數人如曾經的我煞有介事的拎上相機，不相信自己的眼睛，不相信自己的記憶，來不及觀望與思考或者停留。唯有匆匆攝錄，初看每個人出來的片片好像都是如出一轍。細看每個人攝入的光影角度都有出入。就像人不可以同時踏入同一條河流一樣，每一個人不可能在同一個時間，同一個地點，同一光線，同一角度下拍出同一樣的照片。如今的我索性什麼都不拍。反正相機也沒有別人的貴，手機也沒有旁人高級，更別說拍照的水準了。回去打開電腦一搜索就會有一大堆別人辛辛苦苦拍來的既專業又壯觀的大片。雖然不能抄襲，但是可以欣賞。

當歷經幾個鐘的徒步行走，站在百米高的六角形石壁前，它靜置萬宜水庫東壩，五彩斑斕的橋嘴洲火山岩用大自然的畫筆調製出了深淺不一的赤，或棕，或紅或黃，或青藍，又如鬼斧神工的雕刻，六角形的圓柱刀刀蒼勁流利，那是風那是水那是歲月的痕跡。

凝望遐思流連忘返，徘徊復徘徊，此時早已忘卻了來時道路的崎嶇奔波與勞累。

欲知有色還無色，須識無形卻有形。

歲月往復，昔日重回，火山帶著海底的泥沙奔騰翻湧，炙熱的岩漿流光溢彩。翻天覆地之後歷經千萬年的沉積，海水雨水淅淅瀝瀝嘩嘩啦啦循環往復的沖刷，成就了今日之瑰麗巍峨！

人活一世最多百年，與這樣的千年萬年歷久不衰相比真是太微不足道。雄偉壯觀只能用來描述這樣的自然場景。

東壩上有一塊碑，寫著「香港聯合國教科文組織世界地質公園」，在背光中倒顯得格外凝重深邃。

有遊客站在碑前留影紀念。

返回的路上，有人談起今天的新聞，說有一個女孩子到了一處風景地打卡，不慎掉入水潭，香消玉殞。

何嘗不是呢？生命的真諦在來來往往的過程當中已然是美好的體驗。你不必刻意為了別人想看到的風景而冒著生命的危險來博取歡悅。生命的實質是什麼呢？活在當下。

「逢時遇景，拾翠尋芳。」

或搭車或徒步，車窗外遊走的風景，腳下匆匆跑過的蜥蜴，忽然的一場大雨或彩虹都是一種艷遇與驚喜。

風起雲湧，朝霞夕陽遇見是天意是緣分。放開身心去感知大自然的真美，與一朵盛開的玫瑰對話，與一棵樹對話。讀出一朵花的悲喜，傾聽一段小溪和海浪的歌唱，遠離蝸居帶給你的禁錮，遠離塵世的骯髒與病毒的驚恐。與天光雲影共徘徊，也許你就尋找到了你要尋找的，放下了你要你該放下的。

看山山笑，看水水喜。

「我看江山多嫵媚，江山對我亦如是。」是趣味是來自內心深處的歡悅。

陳曉芳簡介

女，自由創作者。自幼愛好文學，現居香港。擅長以散文隨筆記錄心情與市井文化，部分作品散見於紙媒和網路平台。部分文字曾發表於雙月刊《香港作家》二〇一七至二〇一八年度。於二〇二〇年獲香港藝術發展局資助出版小說《夢裏夢外》。

校園裏最美的風景

張海澎

一

收到大學有關部門的通知，從下學期開始，學校恢復以面授的方式上課。心情非常興奮，這是我翹望已久的事。終於又能回到坐滿學生的課室，又能見到一個個年輕、聰慧的面龐了。

我在香港中文大學教書。中大校園座落在山上，草木蔥蘢，環境十分優美，回到學校上課是一件非常愉快的事。然而，過去一年多，由於疫情關係，我都只能在家裏以視像會議的方式授課。每次上課都是一個人對著電腦自言自語，看不到學生，也無法與學生面對面交流，十分沒趣。我教的是「邏輯學」和「思考方法學」，需要學生積極參與討論，需要分析、批判和質疑。但現在由於是通過視像上課，討論起來沒那麼方便，這就影響學生參與討論的積極性，教學效果也受到了一定的影響。

我喜歡在課室上課，這樣我就可以看到學生們的神情和反應。當我看到他們不解時疑惑的眼神，以及明白後那種豁然開朗的表情，就給了我教學上很大的滿足感。我也希望看到學生對我的質疑和反駁，這表明他們具備批判和懷疑精神，未來的社會棟樑須有獨立思考的能力。在講課時，我有時會將某些待講解的難題讓學生先思考一下，要他們嘗試找出解決的方法。其後，當我將他們意想不到的方法告訴他們後，看到他們深受啟迪的表情，我就知道我的教學是有意義的。邏輯和思考方法教的就是方法學，掌握思考方法有時比掌握知識更重要。

我喜歡和學生們接觸，尤其是來自內地的學生。能夠被香港三間大學錄取，他們很多都是各省市的精英，平均素質遠高於本地學生，無論是智力、學習態度、還是對知識的熱忱，都比本地學生優勝。在課堂上，內地學生的表現也更加活躍，他們更積極地參與討論，提的問題也更有深度。

以下講一講三個我印象比較深刻的學生：一個是本地生，兩個是內地生；兩個是男生，一個是女生。

二

大約七、八年前，有一個本地的男生給我留下了深刻的印象。那年，他是數學系一年級的學生，修讀我的邏輯學課程。這位學生的好奇心非常強，對各種知識都非常感興趣，經常在下課後跑到我的辦公室，問我各種各樣的問題，從邏輯、科學、哲學、到文學，他都想與我討論，他自己也讀過不少哲學的書籍。

但這位學生有一個毛病，就是在口語表達上有一些困難。他說話有些結結巴巴的，有時無法完整地講完一句話，只能費勁地說出一些關鍵詞，你必須根據上下文去猜測他的意思。但儘管如此，在與他交談中，可以看出他非常聰明，領悟力很強，尤其在邏輯和數學方面，有很高的天賦。原來在讀中學時，他曾經代表學校參加過全港的奧林匹克數學競賽，並且還獲過獎。

臨近期末考，他突然向我遞交一張醫生的證明文件，證明他從小患有讀寫障礙，要求我在考試時多給他半小時的時間。我說這事我無權做決定，要他向有關部門申請。他的申請最後當然獲得了批准。

但考試時卻出現令人意想不到的情形：在全班八十個學生中他第一個交卷，並且以九十多分的全班最高分獲得了 A。他不但在需要較強數學能力的證明題上做得非常出色，而且在需要較強語文能力的分析題上也做得很好。他寫的文章語句流暢、條理清晰。不是說有讀寫障礙嗎？怎麼寫得比一般同學都好？

我猜測他小時候確有讀寫障礙，但經過後天的努力這個障礙已經被克服了。不過為了保險起見，才提出上述的申請。

三

大約五、六年前，一位內地男生讓我見識了什麼是數學天才。這位學生來自江蘇，當時也是數學系一年級學生，也是選修我的邏輯學課程。與前面提到的那位學生一樣，這位學生也具有極強的好奇心，一下課就跟在我後面，問這問那。

他一臉稚氣，看起來像初中或高一的學生，就問他幾歲了，原來才

十六歲，讀中、小學時跳過兩次級。雖然年紀最小，但在課堂上卻是最活躍的。他總是坐在第一排，非常專注地聽講，一有問題就舉手發問或提出質疑，提的問題也往往都很有深度。有一次，他對我講的一種證明方法提出質疑，竟讓我一時答不上來，需要回去想一想，要在下一節課才能解答他的疑問。

那節課我正在講命題邏輯與謂詞邏輯中的自然演繹法，我示範如何運用反證法證明排中律。他當即提出異議，認為不能用反證法來證明排中律，因為反證法預設了排中律，用反證法證明排中律就會導致循環論證。我聽了吃了一驚：反證法確實預設了排中律！要運用反證法證明一個命題 P 為真，先假定非 P 為真，然後推出矛盾的結果，就證明了非 P 為假，然後再從非 P 為假推出 P 為真。而這最後一步所依據的恰恰就是排中律。我知道用反證法證明排中律並沒有問題，但必須講出道理來。當時快下課了，我一時又想不出如何解釋，就對他說：「這個問題比較複雜，讓我回去想一想，下節課回答你。」

回去想了一下，在下一節的課上我就對學生們解釋說：「我們應該區分一個系統內部的推理規則和構造這個系統時所遵循的理性原則，以及區分作為理性原則的排中律和作為邏輯公式『P 或者非 P』的排中律。當我們運用反證法證明排中律時，我們是在一個演繹系統內證明邏輯公式『P 或者非 P』，在證明這個公式時並沒有運用排中律作為推理規則，因此並沒有循環論證。但當我們制定反證法這種論證的方法時，遵循的是作為理性原則的排中律，而根據我們的理性這個原則是合理的。因此，即使這裏含有循環，也是無害的。」

一個大學一年級的學生，能如此敏銳地提出如此深刻的問題，我不得不驚嘆，這位十六歲少年擁有極高的數學和邏輯天賦。

有一次上完課後，他一如既往地追著我問問題。我赫然發現他手裏拿著一本 Aladdin M. Yaqub 的《An Introduction to Metalogic》（《元邏輯導論》），這是一本頗為高深的數理邏輯的書，絕非一個正在修讀基礎邏輯課程的大學一年級學生所能看得懂的。他竟然正在看這本書，並且想與我討論這本書的內容。在討論的過程中，我看出他對這本書有一定程度的掌

握，這使我更加確信這個男孩是一個數學天才。經過多次交談後，我漸漸對他越來越了解，原來他參加過全國性的奧林匹克數學競賽，獲過一等獎。

毫不意外，最後考試的結果是他得了全班最高分。在需要較強數學能力的證明題上，他輕易地獲得滿分；在需要較強語文能力的分析題上，他只被扣一分。最終以九十九分的高分獲得了 A。一個智力非常全面的男孩！問他將來有什麼目標，他說畢業後想到美國去唸博士，他熱愛數學，一心想當個數學家。

我突然意識到，眼前的這個極為單純的男孩，是一位優秀數學家的少年時代，剛好被我遇上了。

四

另一位給我留下比較深刻印象的，是一位來自內地的女生，大概是在三、四年前吧，忘了她是什麼地方人。她學的是金融數學，選修了我的思考方法學課程。

這位女生對學習一絲不苟，每次下課後她都不會馬上離開，而是繼續留在課室問我問題，務必要將當天學過的各種概念徹底弄清才罷休。往往是當其他問問題的學生都走光了，她還繼續留在課室與我討論。各位不要以為她頭腦蠢鈍，上課時聽不懂，才需要在下課後繼續提問。恰恰相反，她思維非常敏銳，課堂上所講的概念她都明白，只是她比別的學生更善於發現問題，她所問的問題往往都很深入，只有思維敏銳的學生才會發現這樣的問題。再一個就是她學習態度認真，其他學生可能在對某些概念似懂非懂時也就算了，她卻不放過任何一個疑團。

我教思考方法學，會用大量的課時教學生如何運用邏輯分析與概念分析，分析批判一些似是而非的觀點。我會舉一些哲學、政治、宗教、甚至科學上的例子，指出這些觀點所含的邏輯謬誤。例如，宇宙學上有一種觀念叫「人擇原理」，但這個觀念似是而非，我會展示如何運用「語境分析法」分析批判這個觀念。又如，物理學家往往將熱力學第二定律中的熵增加原理與時間掛鈎，認為熵增加的方向就是時間的方向。我會展示如何運用哲學分析和概念分析，揭示這種觀念所犯的範疇錯誤。

再如，有些科普作家在談論時間旅行時，往往會這樣說：根據廣義相對論，時空是彎曲的，過去的時空有可能繞到現在時空的近旁，那麼通過穿越蟲洞就有可能回到過去。我會運用邏輯分析的手段，指出「時空彎曲」這種說法富誤導性，必須正確地理解這種說法；但在有關時間旅行的書籍中，對「時空彎曲」往往做了不正確的解釋，那些說法混淆了前景概念與背景概念，以及混淆了數學語言與物理語言。通過嚴謹的邏輯分析，我向學生展示時間旅行在邏輯上是不可能的，也就是說絕對不可能做到。

　　這位女生對這些問題特別感興趣，她下課後留在課室與我討論的主要是這些有關物理哲學的問題。她說她最感興趣的學科就是物理學，對量子力學、時間旅行中的種種怪異的說法也深感疑惑，說沒想到我會用這樣的思路和方法分析這些問題，解決了她長期盤踞在心中的疑惑，並感謝我給她這樣大的啟迪，使她學到了嶄新的思考方法。

　　我問她，既然對物理學那麼感興趣，為什麼不學物理？她的回答竟然是：智商不夠，怕學不好。我暗自嘀咕：學金融數學對智商的要求，不見得就比學物理低。最後考試的結果是，她以超過九十分的全班最高分獲得了 A。還說自己的智商不夠！

五

　　在中大教書超過十年了，這十年來遇到不少優秀的學生，也遇到不少學習態度十分差劣的學生。這些差劣的學生我一般不會放在心上，但碰到優異的學生我會由衷地感到欣喜。畢竟，社會的進步、文明的發展，靠的是這些人中之靈。

　　新學期就要開始，我期待能回到學校上課，能在課室裏對著一班學生講課。那些年輕的面龐，那些對知識充滿渴望的眼睛，是校園裏最美的文化風景。

張海澎簡介

香港中文大學哲學系文學士及哲學碩士，香港大學哲學博士，目前在香港中文大學任兼職講師，教授邏輯學、思考方法等。

獅子山

李藏璧

搖一搖扇子　臨窗眺望
問那座高山的名稱為何
遙對彼岸的太平峰頂
億年的花崗　誰操刀
雕塑了一隻凜凜俯伏的雄獅
壓鎮住八仙嶺以及爪下的睡龍
尾巴背著東邊的飛鵝嶺鯉魚門
眈眈陽光的眼神睥睨
中西環大都會的洋場十里
碧波舫影　滾滾不回頭的維多利亞海峽湧浪吞吐
搖一搖扇子　記得過去中國的傷痛
某年明王朝曾聚兵屯門與葡國海戰
宋皇帝昺投水赴難
某年鴉片戰役　英人殖民統治
近代日寇侵略　太陽旗飄遍
三年八個月的悲哀
美麗卻滄桑的漁村與島嶼
大嶼長洲　南丫坪洲西貢
長空澄澈　日出日落
攔不住北方過冬越境的候鳥
亮閃閃的白羽與野雲一起飛舞
算是有點嶙峋的萬壑危崖絕壁
春天的藤蔓爬纏腰脊
夏天的微風籠罩頭頂

望夫石飄浮的霧霞徘徊在峻峭的襟懷
搖一搖扇子　頓然黯然嘆讚
多少個黎明的惺忪又黃昏的絢爛
腳底下黃大仙大圍九龍塘的千家百戶
無盡的摧心艱苦　無數的流淚奮鬥
像黑夜裏爍耀的繁星朗月
這裏有你的歷史我的故事
歲月轉瞬　人事升沉
搖一搖扇子　香港啊
香港不是一條漂泊　無依動盪的船
我們已經揚帆　不屈不折不撓
觀看勇猛的獅子及她的巍峨威壯
自然有一種雄邁不凡的氣概

李藏璧簡介

香港作家聯會會員，出版有詩集《水澹雲濃》、《今晚 且乾杯》、《鎖禁的美麗》、《霜白鴉啼》。

鄉愁裏的愛及美食

禾素

陽光照耀萬物，腐敗或絢爛，蒼涼或稚嫩，無一例外，在塵世間在野地裏自由滋長。春天剛過，母親走了，整個世界忽然一片空，母親的走，彷彿把家的概念也連根拔走了。

幾乎有一整年，不曾好好做過一頓飯，更不要說起念炒一鍋工序複雜的雜醬了。昨日耐不住女兒死纏硬磨，說要吃外婆做的那種雜醬米線，終於買回了所需材料，準備開工。切蕃茄時，耳畔響起母親當年一邊做雜醬一邊跟我叨叨的每一個細節；切洋蔥時，讓女兒拿墨鏡來給我戴上，還是照樣止不住的眼淚往外流；所有的料切好備好，逐樣逐樣放到鍋裏炒，最終所有食材混合在一起時，母親的聲音又響起來：「關小火，慢慢讓它騰（芒市方言，念一聲），一直到冒出油泡泡來，這樣才香。」

雜醬當然是用來配早餐的米線的，在香港，吃不到讓人一想起就流口水的芒市早點，就只能就地取材做出自己心心念念的味道。說到芒市的早點，這是一個遠在異鄉的人繞不過的坎。真的讓人驚嘆！早點攤的內容豐富到你難以想像！有寬麵、細麵、湯麵、油麵，有餛飩、餃子、包子、油條，稀豆粉配粑粑也是一絕！還有我們著名的米線、餌絲，米線是米做的，餌絲還是米做的，為什麼吃起來一個順滑一個爽口，口感就那麼不一樣？直叫本地人一世鍾情，外地人一吃難忘。單是這樣在腦子裏過了一遍，口水都忍不住流了一地。

米線分有粗的細的超細的；餌絲就有好幾種，騰沖餌絲、新鮮餌絲、泡餌絲、寬餌絲、滑餌絲、軟米餌絲；還有哨子，不對，德宏人管它叫帽子！有沒搞錯，吃碗米線、餌絲還得戴上帽子？對頭，你沒搞錯！紅燒牛肉帽、清湯牛肉帽、麻辣牛肉帽、酸牛肉帽、紅燒加酸帽、炸醬豬肉帽、醃菜豬肉帽、白肉帽、紅燒排骨帽、紅燒肥腸帽……進店的常客隨口一句：「老闆清湯牛肉餌絲大碗加帽！」老闆就笑呵呵地跟著吼一句：「收到，清湯牛肉餌絲大碗加帽！」天吶，德宏人的早點帽，帽帽精彩！只有你想不到的，沒有德宏人做不到的。人們吃的不是普通的一碗早點，吃的是煙火氣，吃

的是人情味。外加幾十種調料等著你選，愛啥就選啥，任吃不怪。滿滿一桌子佐料，都是你的。傳說佐料放得好，媳婦跟著跑！

德宏人出手就是這麼大方、任性，早點的配料，單單是辣椒就有七八種：新鮮的指天椒、小米辣、新鮮的涮涮辣、曬乾舂好的乾辣椒、泡辣椒、糟辣椒、辣椒醬、辣椒油；新鮮配菜有蔥、蒜、芫荽（就是我們常說的香菜）野生的家養的都有、韭菜、芹菜、蒜苗、薄荷、金不換、香柳、檸檬……你看，單是辣椒、配菜就數出將近二十種，還有花椒，花椒分有花椒油、乾花椒，還有野山胡椒杆，用小刀直接在樹幹上「呱呱呱」大力刮，山胡椒獨特的沖味香味便撲面而來。還有磨好的黑胡椒、白胡椒粉、草果麵，還有舂花生、花生油、芝麻油、甜醬油、鹹醬油；必不可少的還有水醃菜、辣醃菜，運氣好的時候，還有新鮮的醃黃筍。不到現場，你難以想像幾十種佐料任放任吃的豪邁與狂野。

當年大約二十歲左右吧，我嘻嘻哈哈總在一旁搗亂，並沒有認真聽母親所說的做雜醬的各種細節。可是當我遠去異鄉時，所有的記憶便殺回來了，不單是雜醬，更有油炸肉、排骨、五香牛肉、酸扒菜、泡菜、各種涼拌菜……彷彿一夜之間，我竟成了十八般武藝在身的神人。數年前一次教師聚餐，我做了幾乎四五十人吃的雜醬涼米線，穿著黑色風衣，左右手分別提著兩大盆十幾斤重的米線在香港街頭快速行走，確有金庸小說裏俠士行走江湖的意味。看著被大家一掃而空的涼米線，我第一次感受到母親穿山越海而來的威力。那時候，你才驚覺，母親的一言一行、處世觀念、諄諄教誨、歷歷往事，早已滲透到細微如這般柴米油鹽的生活裏，暗藏於你呼吸的每一口空氣中，不定什麼時候又殺出來。正如某日吃飯時你忽然哼起一句歌，母親的聲音又隔空敲打過來：吃飯不唱歌，對食物及對同食者不尊敬。你的嘴巴便立刻閉上，然後伸伸舌頭微笑著看看空無一人的四圍。

總有一段時期，父母需要你，孩子需要你，上有老下有小的日子，我們很多時候必須學會遺忘自己。總以為對自己的父母，心中無愧無悔，而當父母真的離去了之後，你才驚覺，真正的成長，是因為經歷了親人的死亡。你才明白，無論你做多少，付出多少，父母恩情永難報。

生命就像是一場告別，從起點開始說再見。母親的離去，讓我更加懂得珍惜眼前人。她的慈愛，她的堅韌，她的善良，她的執著，會一直影響我未來的人生。我深信，與親愛母親此刻的告別，只是為了下一次的相見。微笑送她走，我們，一定會在未來某一個美好的地方再見。

禾素簡介

本名方思入。中國作家協會會員、中國散文學會理事、中國少數民族作家學會會員、香港作家聯會會員。畢業於雲南藝術學院、魯迅文學院第三十一期高級文學培訓班、第十九期少數民族文學培訓班（改稿班）學員。二OO六年開始文學創作，作品散見於《明報月刊》、《香港作家》、《人民日報》、《民族文學》、《青年文學》、《讀者》等報刊，發表作品五十餘萬字。著有散文集《風中的蔓勒梗》，為中國作家協會少數民族重點扶持作品；長篇紀實文學《春天裏的人們》（作家出版社出版）；詩歌合輯《香港十詩侶》。作品被選入多個年度選本，曾獲中國當代散文獎、《民族文學》年度獎、冰心散文獎等。

挑擔叫賣的柴魚花生粥

高要凌雁

早上看見海濱的潮水特別高漲，知道在晚上可以有機會看見特別圓和光輝的月亮；這是海水受太陽和月亮引力所做成的自然現象。昨晚的中秋月正常地照亮了香江，因為天空還算晴朗；只是市面上過節的氣氛並不見得特別熱鬧。時代在轉變，潮流在轉變，年幼時那種興緻勃勃的中秋夜，在街頭、公園、山頭和海濱的活躍氛圍已經是陳舊的事了。晚上的一頓夜飯總是要一起吃的，是難得找個讓家人聚首的機會；雖然現今時代很多家庭都喜歡前往酒家、餐館等食肆地方過節，但我還是比較喜歡勞動自己的雙手，也不是為了甚麼疫情等等原因，只是感覺上在家內過節比較來得自然。餸菜的選擇可以隨自己心意，不太肥膩的清淡菜式，更合年輕人的口味；就如同不可缺少的應節月餅，市面上琳瑯滿目以健康食品為題材的新款月餅，總會滿足不同口味的顧客，像兒女們帶回家中的也是這些款式。年幼時，爸爸喜愛的五仁月餅現在已經不多見了，傳統的就只有雙黃蓮蓉月餅較為普遍。最近幾個年頭，仍然會收到和自己年齡相若的親戚朋友們送來雙黃蓮蓉月餅，這絕對不是兒女們的喜愛食品；然而又卻之不恭，惟有自己因應以較長時間，分批少量進食，甚至捨棄了其中的蛋黃，以避免形成膽固醇過高，還是要自我警惕，不可以毫不節制地進食過量的肥膩蓮蓉餅餡。

中秋節翌日法定成為公眾假期是開始於一九六八年，這是好的，讓月圓的晚上大家可以盡情歡度中秋。今早的太陽還未露面，熱的感覺已經令人不再眷戀枕上的夢。沖了一壺柑橘普洱茶好減輕過節食品帶來的肥滯，看見餐桌上的月餅，靈光一閃何不去煮一些白粥，加入一片舊陳皮可以幫助清理腸胃；清淡的白粥與四分一個去除了蛋黃的蓮蓉月餅一起進食，也可以起和中作用吧。把一瞬間的念頭轉化為行動，平時實在很少在早上為自己煮白粥，往時在食肆或快餐店偶然會吃碗皮蛋瘦肉粥，近來已經較小光顧了。想起食粥，耳邊彷彿從老遠間歇地傳來那一句久違了的聲音：「柴魚花生粥」的叫賣聲。

光陰流逝大概已經有六十年了，時間要倒流返回上世紀的六十年代初期。那時期的我是個約莫不足十歲的無知小子，我家住在九龍牛頭角沿著振華路盤桓而上的山崗上，那山崗地帶共設有十個平房區（地段），從山腳開始往山上一排排地建築起單層或雙層石屋（平房），佈滿了幾處小小的山崗，名為復華村。當時這處算是遠離九龍市區的地段，十個陸續建成的平房區的居民可算是來自五湖四海。我們一家是來自石硤尾大火的災民，其他的居民都各有不同的經歷，從五十年代初期開始，從各省各縣南來香港的逃難家庭或各色人等，很多都棲身在這個貧困的地區。有民居自然就有簡單的服務提供，在這樣子的山崗平房區生活固然艱辛，要在這裏為區民提供服務同樣是絕不容易的事；因為要沿著大路和在各小巷間穿梭叫賣，還要應付一些家庭飼養的狗隻或流浪狗隻，但畢竟為生活和商機總有平凡的人會做出不平凡的事業。記憶中有上門為人理髮的，有上門替人照相的，有叫賣木蝨水木蝨藥的，有手中拿著錘子和鑿子拷得叮叮響叫賣叮叮糖的，但當中最早在清晨時間在區內叫賣的就是「柴魚花生粥」。

　　現在很多喜愛日本料理的人或許會對「柴魚」有些印象，可是卻很容易令人產生誤會。出現在日本料理的柴魚是採用鰹魚下腹的肌肉作為原料，還要經過蒸熟、烤乾及發酵等多項程序，製成木質化的魚乾製品；用作泡製湯汁或把魚乾刨碎後灑到菜肴上作為點綴裝飾。叫賣柴魚花生粥的「柴魚」當然不會是這種東西，那是廣東人用的柴魚；廣東柴魚是在乾貨舖有售的舶來品（可能已經不多見），是產自冰冷海域的鱈魚，經過乾燥程序使魚片乾燥得好像柴片一樣的魚乾製品。中國醫學認為鱈魚乾有強健脾胃及滋陰功效，廣東人就把它用作煲湯材料，由於柴魚乾經烹煮後會散發出鮮香的味道，於是廣東人把它連同花生一起加上米粒煲出一味簡單粥品；成就既經濟又香軟綿滑的「柴魚花生粥」。

　　叫賣柴魚花生粥的漢子是挑著擔子沿區叫賣的，他是利用一根扁擔把兩端的謀生工具和器材都扛起來，那些工具和器材也不輕省。相信他是經過構思後設計出來的，包括適合他的身材高度和方便行走的兩個箱子，當中在底部放置一個那年代以紅泥燒製出來的火炭爐，用炭火將放在上方的一大煲經已煮成的柴魚花生粥加熱保溫，這樣在空曠的山頭儘管冬季的寒

冷天氣下仍然可以供應熱食。那時代並沒有甚麼現代化即用即棄塑膠食具所做成的環境污染問題，家家戶戶進食都是使用碗筷匙羹，食後清洗乾淨再用。一些家庭會採用自家的器皿前來買粥，盛載回家給小孩子在上學前進食，一些趕著上班的人士會就地買粥就地進食，所以那漢子的器材箱還須要盛載一些碗筷匙羹，以借給客人使用，及盛水的桶子以清洗碗匙。他在大清早上街就是為適應顧客的上學或上班時間；在時間推算上，他的事前預備功夫，非要在破曉前的早上四或五點開始工作不可，整個「柴魚花生粥」的製作過程才有可能適時完成再挑擔上街販賣。他到底住在何方呢？

在一個假日的早上，當我離家走在小巷時聽到「柴魚花生粥」的叫賣聲，就在附近出現了那漢子的身形和挑擔的箱子，他停放在巷的一旁做他的生意。在箱子旁邊還有一位女孩子正在幫忙著，當我和那女孩子四目交投的一刻，彼此頓時有點錯愕。她不是別人，正是我的鄰座同學，那大概是小學五年級的時候。當時香港並沒有義務教育這回事，讀書是要交學費的，沒記錯的話大約是每月三元多左右；因為那是一間由教會興建辦學，建築在這山崗頂的一所政府津貼學校——庇護十二小學。同學們多數來自山崗上的各個區域，也有數量很少從區外遠道而來的同學，因為當時的學校數目不多，像我們這些貧窮家庭的孩子並不是人人可以有機會讀書的。家居情況和學習環境惡劣也形成吸收學問方面的困難，我的英文成績是積弱的；而她卻是班中成績最好的一位，所以班主任安排我們在鄰位就座，好讓她可以給我一點幫助。她性格善良更樂於助人，是一位不可多得的好同學。當下她留給我一個有點靦腆的笑容，於是我知道那漢子就是她的父親。知道她們是住在第六區的，我的家卻在第七區；實際上兩區並非相鄰的，分別處於兩處頗為遙遠的山崗上，從她那裏要繞道一條龍山道，還經過一度斜坡，距離起碼有兩千米路程。若不是當日尚未賣完柴魚花生粥的話，相信是不會有人樂意挑著重擔走到我家這邊來。

大約十年後，我已經完成了中學並在社會上工作，晚間仍然修讀由政府開辦的專業課程時，有一次偶然在街上遇上她，原來她也正在趕往附近另一家英專學校去進修夜間課程。幾年後，在工作地點附近再有一次偶然相遇，這也是最後一次相逢；此後山崗上的平房區和學校都清拆了，區內

居民遷徙到各處不同地方,「柴魚花生粥」的叫賣聲自然成為絕響。其實,「柴魚花生粥」對我來說是一份特別具有意義的回憶,當時他所挑賣的粥品味道我實在沒有留下甚麼印象;留在記憶中的是一個漢子的身影,「柴魚花生粥」的叫賣聲既沒有任何磁性可言,聲調也沒有高低抑揚變化,只是間歇地重複著那句沒有變化的「柴魚花生粥」。讓我難忘的是他的平實,是蘊含著滄桑感覺的平淡聲線,是一個處於艱難歲月中用雙腳踏步前行的影子,他挑著的豈止是「柴魚花生粥」,也是一個父親為生活奮鬥,把照顧家庭生活的責任坦然地肩負起來的承擔!

高要凌雁簡介

原名馮轉成。高中時代曾發表過多篇文藝創作,於當時香港電台的「爐峰夜話」節目中播出,近期作品見於《香港作家》;年青時期曾在業餘時間進行採訪及編輯地區性報紙。在香港成長及接受教育,從事生產工程管理工作達十年,其後於中學任教達三十多年,兼任教務主任一職。退休後修讀並取得翻譯深造文憑,現從事兼職翻譯工作。

半杯紅酒、紅荔流芳

沙浪

半杯紅酒

就在晚宴最喧鬧的時候
你倏爾轉身　悄然離走
留在宴席上的那半杯紅酒
迄今　仍在我的心中晃蕩不休

你平素那般內向與溫柔
那一刻　陡然慍色外露
無疑　你品嘗到了酒中異味
品嘗到了始料未及的塵世酸臭

我隨即離席　欲問緣由
無奈流星飛逝　絲毫蹤跡不留
觥籌交錯　隱現風詭雲譎
半杯紅酒　閃爍殷殷蓓蕾愁

紅荔流芳

嶺南六月　荔林流芳
現代化的新山道　竟然凝固著
古人急如星火的馬蹄聲響

千多年前的唐代貴妃
而今猶在幽幽天宮　翹足引領
其明眸　仍閃爍殷殷渴望

宋朝大文豪東坡居士
雖不幸流放　卻有幸大食美荔
一口氣三百啖　欣喜若狂

紅荔佳話　源遠流長
羅浮山下來賓如雲　笑聲沖天
天上貴妃文豪正擊節歡賞

沙浪簡介

本名李景斌。詩人，作家。國際當代華文詩歌研究會主席、《五洲華人詩刊》社長、《國際漢詩研究》總編輯、《國際漢詩評論學會》會長、香港青年文學促進會顧問。著有詩集、小說集。作品主要發表於香港及海內外報刊、網路。有詩作被選入香港中學生教材及海內外華人經典詩選。曾應邀出席《國際華文詩人筆會》、《兩岸四地詩歌高峰會議》等重大詩歌活動，在港台等地的有關評比活動中，曾獲詩歌創作金獎、評論獎及國際文藝界特殊貢獻獎等榮譽。

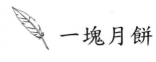

一塊月餅

盛祥蘭

中秋節的早晨，臨上學前，我再一次將目光投向廚房，投向碗櫃旁邊那個圓圓的黑瓦罐。

我看了一會兒，猶豫了一下，還是忍不住躡手躡腳溜進廚房。

我直奔瓦罐而去。

我打開蓋子的時候，發現那五塊月餅還在裏面，完好無損。金燦燦、油亮亮，散發出梔子花一樣的清香。

這個清晨，梔子花淡雅的清香蔓延在廚房裏，一陣一陣，讓我不能自持。

已經多少次了，我記不清了。自從兩天前，母親從供銷社買回這五塊月餅，我便不可抑制地一次次想像著，那金燦燦的月餅在口腔裏慢慢化開，梔子花的香氣彌漫在舌尖、唇齒之間，那種感覺，讓我發狂。

母親再三叮囑，這五塊月餅誰都不能動，留著中秋節晚上吃，每人一塊。

我克制著自己。我只是拿起一塊月餅，放在鼻下，用力嗅了嗅，讓香氣進入我的鼻腔，再緩緩進入食管。我咽了一下口水，然後，我放下月餅，蓋上瓦蓋，走出廚房。

我走到院子的時候，看見海棠樹枝上掛了一層薄薄的霜，在晨曦中閃著冷冷的光。看見母親站在豬欄旁餵豬，她的身影沐浴在晨曦中，有光點在閃爍。

我對母親說了聲，我上學了。

母親沒有回應。

我背著母親親手做的帆布書包，穿過落滿海棠樹葉的庭院，走到街上。

我沿著小巷朝學校跑去。

整個上午，我坐在教室裏，眼睛盯著黑板，心裏卻想著那五塊月餅。我看見老師的嘴一張一合，卻不知在講些什麼。

窗外，高高的白楊樹枝上殘留著幾片枯萎的葉子，一隻秋天的麻雀站在枝枒上，啾啾嘶鳴。

我望著白楊樹，望著嘶鳴的麻雀，發了一會兒呆。

終於下課了。

我背起書包，沿著塵土飛揚的小巷跑回家。

那天的午飯，我吃得很少。弟弟說下午上學一起走，我也拒絕了。

我心裏惦念的是瓦罐裏的那五塊月餅。我只是想看一眼，僅此而已。

可母親一直在廚房裏，忙這忙那，就是不出來。

終於等到母親離開了廚房。

我迫不及待地奔進廚房，打開瓦蓋，五塊月餅還在裏面。依然完好無損，依然金燦燦、油亮亮，依然散發出誘人的梔子花的清香。

我將臉靠近瓦罐，深深吸了一口氣，那股清香便彌漫在鼻腔裏，久久停留在那裏。

我蓋上瓦蓋，準備離開廚房。當我走到廚房門口時，停下了腳步，遲疑了一下。然後，連我自己都無法相信，我竟然轉過身，以極快的速度奔向瓦罐，打開瓦蓋，拿起一塊月餅，迅速放進上衣口袋裏。

我捂著口袋跑出廚房。

當我跑過院子時，看見七歲的妹妹獨自一人在海棠樹下跳皮筋。

我跑著，跑著，穿過院子，穿過小巷，跑在塵土飛揚的大街上。直到看不見家了，我才停下來。

我將手伸進口袋，掰下一小塊月餅放進嘴裏。立刻，玫瑰絲的馨香在舌尖、口腔彌漫開來，濃烈、甜蜜。一種愉悅順著口腔流遍全身。

我又掰下一塊放進嘴裏。

接著，又掰下一塊。

我沒有辦法停下來。

我像著了魔一樣，貪婪地吞食著這塊月餅。最初，我只是想掰一小塊嚐嚐，餘下的留著晚上吃。可到了最後，整塊月餅都被我吃光了。

直到最後一小塊月餅在我口腔裏化盡，直到我舔著還留有梔子花香氣的手指，直到這個時候，我才感覺到，我闖了禍。

一絲恐懼朝我襲來。

晚上回家，我該如何向父母交代？

下午的課，我上的依然是心不在焉。我腦子裏想的不是那五塊月餅了，而是回家後如何面對這一切。

我偷吃了一塊月餅。

後果會怎麼樣呢？整個下午，我想的就是這一件事。

這個時候，我真希望放學的時間晚些，再晚些。或者，乾脆就不要放學了。這樣，該多好。

然而，放學的鈴聲如期而至。它並沒有因為我的恐懼而延遲一分鐘。

我背著書包，慢悠悠地往家裏走。

該怎麼辦？我該怎麼辦？我邊走邊想。

平日裏，那段回家的路，我只需五六分鐘就到家了。而那天，我竟然走了十多分鐘。

當我拐進小巷，望見自家的屋頂升起炊煙時，一個主意在我心裏形成。我要主動坦白，我能想到的懲罰，無非就是挨一頓罵。想到被父母罵，心裏還是有些害怕，長這麼大，我一直是家裏的乖乖女，挨罵的總是弟弟妹妹。

我推門進屋時，感覺屋裏的氣氛有些凝重。父親的臉陰沉著，母親也默不作聲。小妹悄悄告訴我，家裏丟了一塊月餅。

母親把我們三個孩子叫了過去，問我們誰拿了那塊月餅。弟弟說他剛放學回來，沒拿。妹妹也說沒拿。

輪到我的時候，我竟脫口而出：「我沒拿。」

話一出口，我吃了一驚。我不敢相信，我竟說了我沒拿。我明明是想好了的，要把真相說出來，我怎麼能說出我沒拿呢？

我心裏暗暗禱告，只要母親再問一遍，只要再問一遍，我就會說出來，是我拿的，那塊月餅是我拿的。我一定會這麼說。

然而，母親再也沒問。

母親最後得出的結論是，這塊月餅是妹妹拿了。根據是，妹妹整個下午都在家裏，還有，妹妹平時也有偷吃東西的習慣。對妹妹的懲罰是，這個中秋節，妹妹沒有月餅吃。

妹妹眼裏含著淚水。我永遠也忘不了她那委屈的眼神，它深深刺痛了我十歲孩子的心。一種負罪感侵噬著我，這種感覺遠比說出真相，挨一頓罵更加讓我難受。

那天晚上的月亮又大又圓。

我一個人站在院子裏，站在那棵海棠樹下。

月光銀子一樣，碎了一地。

聽奶奶說，中秋節晚上拜月，女孩子會像嫦娥一樣美麗，面如皓月。

此時此刻，我想對著月亮，許下一個願望。

我許了什麼願望，我一點也不想說。但它一定不是像嫦娥一樣美麗。

只有月亮知道我的願望，只有月亮看清楚了我心底的渴望。

因為，我看見，它朝我眨了眨眼睛。

盛祥蘭簡介

女，現居珠海，一級作家，中國作家協會會員。著有詩集《偶然》、《我們都是宇宙的一撇》，長篇小說《愛的風景》，散文集《童年春秋》等七部。有作品被翻譯成世界語、日語。

發麵餅・肉餅

譚芯芯

上世紀六十年代，我家住在新太倉胡同。初中一年級，認識了同班的素琴。她住在我斜對門，那是她哥哥嫂子家。她九歲沒了娘，哥哥把她從山東老家接到北京來上學。哥哥一個人掙錢，養活全家七口人。

每天早上，我去敲門，叫醒她，我倆搭伴去上學。放學後，素琴和就近的同學們在我家上學習小組，做作業。下了小組，她得趕快回家幫著嫂子做補花、編網兜，補貼家用。她每天都要幹到很晚，燈下看不見了，把椅子放在桌上湊近燈亮做那些細緻的活。難怪她早上起不來。

沒過兩年，我也成了沒媽的孩兒。爸上班早出晚歸，每天家裏只剩我自己。放學回家，爐子滅了，得重新生火才能做飯。沒等我做飯，素琴就一手拿著她家剛烙好的發麵餅，一手端著菜，給我送來了。從此，再也忘不了那發麵餅的香！

窮人的孩子早當家。素琴比我大兩歲，手巧能幹。她會用縫紉機，幫我把褪了色的上衣翻新，幫我補褲子。我學會了做鞋底，不會做鞋幫，她幫我。當時我哪能想到，為這她又得少睡多少覺。

去京郊勞動，我病得很重，素琴送我回北京。好容易上了回城的汽車，沒座。平時不愛說話的素琴愣是讓一個坐著的人把座位讓給了我。忍著巨痛到了新太倉，我知道自己家裏沒人，一頭紮在她家鋪板上。

有一天素琴問我摘棉絲能掙錢，每斤七分，幹不幹？能掙錢還不幹？幹。她推來一小竹車工廠擦機器用過的油棉絲，裏面裹著鐵屑。我倆放學後就開幹，把棉絲裏的鐵屑摘出來，滿手指劃的是小口子。我倆推著小車到東直門去交活。素琴把得來的錢分給我一半。

我去東北插隊，素琴留在北京建築單位。回北京探親時，素琴送給我一支紅色的鋼筆，我在東北一直用著。

八十年代中期，我按知青政策回到北京，素琴家早已搬走了。我常常向斜對門張望，幻想著能看見素琴。

一晃五十多年過去了，愈發想念素琴。求老師、託朋友，都沒她的音訊，只有夢中的她。

我想電視上尋人，再不行就去派出所查檔案。一定要找到她！只為謝謝當年的發麵餅。

好友從上海來北京看當警察的兒子，這下幫我完成了心願。我耐心地等著。終於，警察給我發來信息：街道那片兒有十六個同名同姓的素琴。根據我提供的情況，他篩選出一張檔案照片發給我。像，但我不敢確認。信息時代，我用微信發給幾個同學，她們幫我認定了。我急於想跟素琴聯繫，但警察回覆說，得按公安局的規定，對方同意後才能聯繫。

沒等我和素琴聯繫，她先來電話了！重續前緣。我哽咽著說哪天還得吃她的發麵餅。

約好了我去看她，車站一見，我們都變了。相擁瞬間，我們都沒變。

秋末冬初，我們原來住在新太倉胡同、九道灣胡同、羅車坑胡同、王大人胡同的幾個同學相約聚聚，素琴邀我們去她家。

我們聊著學生當年，聊著胡同記憶，聊著當下幸福。時近中午，素琴起身做飯，不大功夫就烙好了肉餅，配上涼菜，還有熱乎乎的豆粥。真香！家的味道，很溫馨。

當年建築公司的「三八紅旗手」、退休後街道的黨委書記、如今的奶奶——素琴該去接孫女了，我們告辭。素琴硬是把準備好的肉餅塞進我包裹：「她們會烙，你不會。」

心裏滾熱！時光會老，真情如初。

譚芯芯簡介

女，北京。曾為知青，石油人、公務員。在報刊雜誌發表作品：散文、詩歌、論文等。

想像痛飲歌寄汪涌豪並序（外一首）

顏崑陽

想像痛飲歌寄汪涌豪並序

復旦大學汪涌豪教授，妙士也。多才博學，擅治中國詩學、文論範疇、文學批評史、遊俠史以及遊仙文化。去歲初試吟詠，新舊詩兼作，出手非凡。其人活性情、任豪氣、識酒趣。為作〈想像痛飲歌〉以寄之，良朋通感，豈覺邈若山河之隔歟！

有酒有酒呼涌豪，隔海我欲凌洪濤。滬江想像君何在？高樓擎杯持蟹螯。座上誰賓客？孔北海，彭澤陶。來嵇阮，坐岑高。東坡起舞弄清影，稼軒妙理識濁醪。太白何遲遲？蜀道橫絕路迢遙。少陵病止酒，竹葉無分空心焦。我輩皆應過王績，醉鄉從來勝帝朝。屈子沉湘詎解飲！名士何為讀離騷？噫嘻！汪君博學跨今古，高論範疇理昭昭。說詩妙得無弦趣，勝義可薄腐儒曹。遊俠為君魄，遊仙作神交。仙俠都入史遷筆，臧否似切律呂調。學優閒暇事吟詠，古調新聲兩翹翹。文章本自性情出，詩酒不離並遊翱。嗟乎！汪君之意不在酒，痛飲只向妙才招。想見飛盞交觥後，黃浦煙波自清寥。

陳君癸亨鳳林人善養蜂馳譽東瀛為作〈蜜蜂頌〉

有蟲有蟲，其名曰蜂；群居守序，孜孜為工；因花傳粉，襄贊化功；其乳養生，色充氣盈；其膠可藥，百疾得寧；其蜜用廣，食則神清。以之釀酒，飲而含馨；嗟哉此物，宜作良朋。

顏崑陽簡介

一九四八年生，曾任台灣東華大學中文系教授兼人文社會學院院長，現任輔仁大學中文系講座教授。兼擅學術研究與古典詩、現代散文、小說創作，著作近三十種。

牛舌餅三首（外五首）

吳東晟

牛舌餅三首

小鎮麥香何處尋，舊時風味尚宜今。

爺娘貽我老牛舌，舐犢寵兒甜入心。

幾許蜂漿和麥芽，麵香烤暖小農家。

兒童捧出新烘餅，學舌鬧他牛老爺。

入口當知滋味嘉，香甜爽脆不沾牙。

王侯若解餅師意，只此牛餕宜室家。

吳園封茶茶席贈建伶茶師二首

菊香淡淡不沾身，茗椀搖光玉色勻。

珍重手中餘韻永，心柔應謝放茶人。

火焙湯泡出味甘，似聽故事話台南。

老茶重沏人情舊，壓檻輕沉妙手諳。

拜讀談瀛集贈王博詞友

愛讀書生本色詩，相逢悵已近歸期。

談瀛自有江瑤柱，不藉輿圖味始滋。

戲題東寧逸士味其無味圖

柿似事似是，舌在捲與不捲間。題柿者多於諧音寄意。二柿者，事事如意也。單柿者，多一事不如少一事也。東寧逸士繪二柿，一虛一實，一有色一無色。虛者無色有輪廓，而實者有色無輪廓也。虛實之間，逸趣橫生，東坡詩云：「作詩必此詩，定知非詩人。」其此之謂歟？因取諧音，協為一絕云。

似柿斯思識柿詩，是詩是柿試時思。

思時似識詩斯事，柿柿時時是適時。

頂新集團一年三爆食安問題

提練加工味近醇，十年油料乃欺人。

秋來敢問康師傅，道歉聲聲幾句真？

註：乙未年新曆十月，台灣頂新集團正義香豬油傳出使用飼料油等非人食用之油料。日前大統案時，市面咸稱正義豬油價昂而質佳，與大統迥不相侔，未料亦一丘之貉也。

吳東晟簡介

《乾坤詩刊》主編、《全臺詩》編校委員。著有詩集二種。

再嚐棉花糖有憶舊事（外四首）

普義南

再嚐棉花糖有憶舊事

曾幾秋雲曾幾煙，留誰筆下說纏綿。多年回首痕猶似，一寸相思縷萬千。
種種不甘終有盡，重重自縛豈徒然。箇中好共癡兒女，總是人間未可憐。

庚子清明有憶去年京都筵會敬步長臺師原玉

不有清歌能放飲，但愁朱紫更塵寰。一川花末魚吹細，幾度春陰燕蹴閒。
去日杯筵已如許，浮光詩興欲何般。從來勝概多風雨，洗眼繁華未必刪。

子罕贈青島碧雪春茶感詠之

碧於春草細如針，秋水分明一碗深。坐久氤氳窗不掩，清香逐月入幽岑。

學生陳歡贈余橘子一袋乃自家所種感詠為誌

顆顆渥然容色丹，秋光勝我白頭看。山中不畏冰霜久，滋味原來是耐寒。

學生麗雪贈烏魚子感有詠

溯洄潮水上，彎似月牙梳。鹽漬腥臊脫，酒燔滋味餘。
江湖本烏有，宰割或憑虛。披褐懷珠者，緣何不至於。

普義南簡介

彝族人，現為台灣淡江大學中國文學學系助理教授、淡江大學驚聲古典詩社指導老師。

飲品・熱朱古力（外三首）

董就雄

飲品・熱朱古力

滑香縷縷暖心頭，可可宜人栗色浮。入口能安三子嚷，畫心欲啟細君眸。
清談最合尋吾侶，永日堪消倩一甌。妙飲添糖非所好，淡甘真味已無求。

和陶公〈飲酒〉其一

衰榮豈無定，循環須察之。漢武輝煌日，史遷觀衰時。冬來春不遠，揮觴
當賀茲。心愉景能換，幽徑入莫疑。樽壺斟隨意，盈虛可自持。

和陶公〈飲酒〉其三

陶公能知道，熱腸揭世情。俗醒實為醉，俗醉只為名。公醉元自醒，冷眼
鑑浮生。橫流今如昔，諷句觸目驚。如何人性固，縱悟改難成。

和陶公〈飲酒〉其十三

窮究與守待，頗合喻酒境。亟探消息微，醉亦易成醒。淺釀即開罈，醇味
安得領。且留一線閒，莫混愚與穎。幽芳自然來，快意高杯秉。

董就雄簡介

現任香港珠海學院中國文學系教授、副系主任。為中華詩詞學會理事、中國王維
研究會理事、香港詩詞學會副會長、「璞社」社務主持。著有詩集及學術專書等
十六種，並發表學術論文多篇。

味道

紫砂

味道是一種很玄的東西。

五感之中，唯獨它不是由一個單一感官所產生出來的感覺。看這俗世的絢爛醜陋，我們用的是眼睛；聽這塵世的天籟靡音，我們用的是耳朵；感受這世態的炎涼冷暖，我們用的是肌膚；訴說這人生的悲歡離合，我們用的是舌頭；唯獨味道，結合了鼻腔裏的馥郁腥腐及舌尖上的酸甜苦辣，創造出接近無限的可能性，如果再將之配以全世界不同的人，那即便是愛因斯坦也不得不同意「上帝在擲骰子」了。

不幸的是，正因為上帝把每個人的鼻子和舌頭都造得不太一樣，故此每個人感受到的味道也不盡相同。縱使是相同環境下吃相同的東西，你的甘大概不等於我的甜；你的苦卻又不等於我的澀；你的「三小辣米線」對我來說可能已經是一碗「地獄拉麵」。甲之蜜糖，乙之砒霜。在味道跟前，再華麗的詞藻也顯得空泛、再仔細的形容亦無非是徒勞。我們不需建造一座巴別塔便已經陷入了不能溝通的恐慌之中，因為我們難以表達自身，也因為我們無法理解他人。

但換一個角度來看，這也未嘗不是一件好事。因為我們可以從接近無限的組合中尋找到專屬自己的味道，烙下無法取代的回憶。誠如那一年的二月十四，那個羞怯的男生垂下頭掰了半個漢堡包給你，你吃了一口海風的鹹，然後搶過他的可樂淺呷了一下——往後的每個二月十四，即使你喝盡天下最昂貴珍稀的氣泡酒，卻再也沒嘗到過那夜那地那種浮著氣泡的曖昧甜味；又如某一年的八月十五，你第一次形單隻影的吃著兒時最愛的雙黃白蓮蓉月餅，或許是空氣中缺了那燃燒蠟燭的味道吧？你發現蓮蓉的甜怎麼也蓋不掉眼淚的鹹，還有心中的苦——自此以後，每年中秋，你都把買來的雙黃白蓮蓉月餅放到父母的墳前供奉，自己卻再也沒有吃過一口；又如你最後一次過的那個生日，醫生破例恩准把你從醫院中那些清寡淡薄的飯菜中解放出來，年輕的護士小姐給你買了一塊小小的草莓蛋糕，你好不容易輕輕咬了一口，艱難地和著消毒藥水的氣味把那味如嚼蠟的小東西

囫圇吞進你那無法承受的胃部之中，朦朧中過往百般的滋味漸漸湧上你的心頭，你赫然發現，驀然回首，昔日的貪嗔癡愛恨惡欲通通化為同一種味道──溫暖的回甘，伴隨著你沉沉入睡。

　　人生的味道往往都不由得我們去選擇，但每一道的味道都是一個時空的記憶，是構成「我」之所以為「我」的要素。最美麗的風景我看過了，但風景不是屬於我的；最動聽的天籟我聽過了，但那不是我演奏出來的；世間的炎涼冷暖我全都感受過了，但那不過是上帝操控的空調 ...... 唯獨味道，是專屬於我的記憶，是我獨有的一道秘方，是我曾經在這世界來過又去過的證明──我品嘗過人生中的辣甜鹹苦酸澀腥沖，故我存在。

紫砂簡介

畢業於香港大學文學院，主修中國語文及文學，作品曾刊於《香港文學》雜誌，常於網上發表小說及散文，熱愛閱讀，熱愛寫作。

糯飯坨（外一首）

劉書琰

糯飯坨

浸泡的糯米是您的底色
蒸熟成晶瑩剔透是您的修行
氤氳的氣息繚繞滿屋
芝麻撒播在糯米盤裏
猶如娘胎裏帶來的黑痣
成了母愛的贈品
溜圓的糯飯坨晾曬成形
那點點紅印
是母親團圓紅火的心願
點紅了回家路的牽引
油炸成香噴酥脆的記憶
來自母親從纖巧到粗皺的手指
恩寵了我們童年的味覺
一直漫延至今

致我相戀的獼猴桃

淌過一條欲進還退的河流
不經意間
踱進了幽妙的獼猴桃果林
在這半明半暗的月色裏
演繹著半透明的感情

酸酸的生澀味
是否就是您那半生半熟的清純
甜甜的甘醇味
是否就是您那由愛釀成的熟透

劉書琰簡介

湖南邵陽人，定居深圳。北京大學心理學學士、EMBA，致力於家企幸福文化建設。在《人民文學》、《寶安日報》及原《打工文學》有散作發表，多有文創獲獎，崇尚先生活，後文藝。

吳祖光和新鳳霞是文壇一對苦命鴛鴦
——讀潘耀明兄大作《這情感仍會在你心中流動》有感

李遠榮

最近拜讀了潘耀明兄的長篇巨著《這情感仍會在你心中流動》。 不單是「流動」，而是「非常感動」。這是一部厚重的著作，四十多年來耀明兄以他的為人和才氣，得到文壇大師們的信任和倚重，建立了深厚的感情，他以白描的手法，真實地記錄了他們的一言一行，趣味盎然，又是珍貴的歷史資料。

至今，大師們很多都去世了，但他們熱愛祖國、高風亮節、嚴謹的治學精神，是我們學習的典範。

文章裏面所提的文壇大師，我也認識好幾位，所以閱後，倍感親切。

其中關於戲劇大師吳祖光和他的夫人、著名評劇演員新鳳霞的四篇文章〈翩然的白面書生——吳祖光的文采風流〉、〈令人心痛的晚年吳祖光〉、〈吳祖光新鳳霞主演的現代版《牛郎織女》〉、〈玉為風骨雪為衣——新鳳霞的福氣與倔氣〉。讀後不禁潸然淚下，並作了幾點補充。

吳祖光本來在香港，因為愛國才回內地，他早期寫的劇本《風雪夜歸人》，很轟動，場場滿座，演了幾十年，歷久不衰，至今還在演。

新鳳霞是著名評劇演員，她演古裝戲《花為媒》一炮而紅，後來又演現代劇《劉巧兒》，更上一層樓。也許她演主角劉巧兒，受到婦女要解放當家作主的思想影響，大膽表白，愛上了才華橫溢的吳祖光，並由周恩來總理當主婚人，才子佳人，天成佳侶，婚姻美滿。

一九八七年春，吳祖光先生從北京寄來兩本書送給我，分別是：《吳祖光散文集》、《風情小集》，彌足珍貴。雖然神交已久，卻從未謀面，直至一九九八年初夏，吳公子吳歡來香港舉辦畫展，吳祖光先生陪同來港。我應邀出席盛會，才有機會一睹吳祖光先生風采，並親切交談，他還題字送我，寫道：「遊戲人間」四個大字，大概這也是他的人生寫照，在其坎坷的下半生，他以樂觀的態度克服困難，終於勇敢地生存下來。

凍三尺非一日之寒。俗語說：「病從口入，禍從口出」，吳先生一向以直言敢說見稱，因此也惹了不少禍。

第一次是一九五七年，因多次向領導層提意見，被戲劇界重點批判，並戴上右派份子帽子。一九五八年到北大荒「監督勞動」，直至一九六一年才摘掉帽子。

第二次是一九六六年文革開始，再一次打成「大右派」和「黑幫」，被隔離了六年。

第三次是一九八八年八月一日，中共中央政治局委員胡喬木親臨吳家，勸吳祖光退黨，這一事件轟動中外，成各報爭先報導的爆炸性新聞。

由於政治上的種種挫折，他改變了這種愛開玩笑的態度，並寫詩為戒，詩云：

中年煩惱少年狂，南北東西當故鄉；

血雨腥風渾細事，荊天棘地作嬉場；

年查歲審都成罪，戲語閒言盡上綱；

寄語兒孫戒玩笑，一生誤我「二流堂」。

吳祖光說：「我儘管愛說愛笑，開開玩笑，但從來不傷害人。此外，我對於寫作，哪怕是一篇小文章，也是極端嚴肅的。」

至於新鳳霞，她只不過是一位沒有文化的演員，被吳祖光拖累，也戴上右派分子帽子。一九七五年十二月，她得了大病，左側偏癱，成了坐輪椅的殘疾人，但她並沒有洩氣，咬緊牙根，堅持寫作，有時一天寫一萬多字，新鳳霞的努力感動了葉聖陶老人，他填了一首〈菩薩蠻〉詞相送：「家常言語真心意，讀來字字印心裏。本色是才華，我欽新鳳霞。人生欣與戚，自幼多經歷。賞煩闖江湖，文源斯在乎？」

後來經葉聖陶介紹，新鳳霞被吸收為中國作家協會會員，成為第一個參加中國作協的演員。

至一九九八年，新鳳霞共寫了四百多萬字文章，出二十多本書，有的還被譯為英文、烏爾都文。

一九九七年，我獲新鳳霞題字簽名的贈書《我當小演員的時候》，非常高興，拜讀至再，深感她文章情真意切，都是出自肺腑之言，非常感人。

新鳳霞又是著名的畫家，拜齊白石為師學中國畫，這在潘耀明兄的大作中已有詳細介紹，這裏就不贅述。我只說一說前些年，新鳳霞送我一幅「梅花」畫，寫道：「玉為風骨雪為衣——遠榮先生　戊辰祖光題　鳳霞畫」新鳳霞送我的這幅「梅花」畫，簡直就是一首美麗的抒情詩；那彎曲的枝幹，奇崛而不枯瘠，清新而不柔媚，凜凜正氣，錚錚傲骨，凌駕著駘蕩的風雪；冰肌玉潔，晶瑩剔透，搖曳多姿。特別是那盛開的梅花，像一團團燃燒著的烈火，燦爛絢麗，溢彩流光。

一九九七年，吳祖光、新鳳霞雙雙被林肯藝術中心，紐約文化局及美華藝術協會評為「亞洲最傑出藝人獎」，領取了「終身藝術成就金質大獎」。

一九九八年四月十二日，新鳳霞在江蘇省常州市逝世，享齡七十一歲。四月十九日上午，北京各界群眾近千人在八寶山革命公墓禮堂向新鳳霞的遺體作最後的訣別。李瑞環、李嵐清、丁關根、李鐵映、賈慶林、萬里、何魯麗、習仲勛等政要以不同方式對新鳳霞的逝世表示哀悼，對家屬表示慰問，極盡哀榮。

李遠榮簡介

祖籍福建南安，一九四一年出生於馬來西亞怡保市。一九五一年回到祖國，一九五九年考入暨南大學中文系，一九六四年畢業分配回家鄉當中學語文教師，一九七三年到香港定居。出版專著《名人往事漫憶》、《李光前傳》、《郁達夫研究》等二十多部。為中國作家協會會員。歷任香港文聯常務副主席、香港文學促進協會常務副會長、香港作家聯會秘書長等職，被聘為暨南大學台港暨海外華文文學研究中心特約研究員、北京師範大學國際華文文學發展研究所特約研究員等。

冬日七夜

萍兒

第一夜

無言之中
成就杯滿之約
置身於萬盞燈火
再也不會被風吹散
仍有一朵落花
不想提起
是某個時光裏的停頓
那麼多笑聲
一片夢景呈在眼前
也許不知道一棵樹　一條河流
將經歷什麼
飲盡今夜
與一些往事坐在一起
星月低眉
一個遼闊的世界

　　　　　　十一月九日

第二夜

秋色已冷
我們忘了悲傷
也許因為太單純
也許只是一種氣味
所以離開，
猶如深雪

第三夜

一些事物失去定義
總想暗喻一條溪流
臉上有深不可測的靜寂
一陣風
又一陣風
我被我們分開
太陽是在凌晨五點鐘升起的
眾生有時失憶
今日起不分彼此

　　　　　　十一月二十五日

第四夜

在越來越寒的秋風中
放下。放下。
無法醒來的，烈馬冬野
就待在夢裏。
詩的湖泊
也曾大雪紛飛
你的人生
長成今夜的樣子

　　　　　　十一月三十日

第五夜

那麼多鮮艷的命運前赴後繼

風中留下蛛絲馬跡

一再刺痛風霜的脊骨

總是鄙視陳詞濫調

甚至恨不得搗碎那片虛構的花園

大街小巷開滿笑臉

雄鷹的佩劍

斬謝一切腐朽

越陷越深的眼

痛飲一千罈寂寥的酒

十二月四日

第六夜

再深

就是第七夜了。

收藏好自己的每一片雪花

必須無聲

莫測的江山

淌過一位水質女子的

長髮及腰

天會亮的

十二月八日

第七夜

想起第三夜出類拔萃的冷

我曾站在疼痛的對面與你辯論

忘了自己就是疼痛的一部分

他們一定沒有見過你凜冽的笑

要不然

怎麼敢說出這個冬天

十二月九日

萍兒簡介

原名羅光萍,中國作家協會會員,詩人。現為香港中通社副總編輯、香港藝術發展局文學組主席、香港作家聯會執行會長、《香港作家》網絡版總編輯。

冬至、霜降

林琳

冬至

晝短
夜漫長
一場大雪飄過
雪凝固，寒冷也凝固

幾隻麻雀站在院牆上
不語，眷戀村莊的煙火
固守家園的靜
不去遠方，遠方太遠

麥子收攏枝葉
盤根。不再想什麼
靜靜地貼在土地上
做一個春天的夢

一枝臘梅從鄰家旁逸
掛雪的枝頭花朵正艷
沁香溢滿庭院
讓我記住這備受感動的日子

霜降

天氣漸冷。漸冷
寒月照徹，光在晃動
疏影掠過寒窗
蟲鳴遠遁

枯草葉落
霜連著霜，閃爍
霜針或者霜花如沫
坦蕩地受苦受難

耕牛躬身，犁開一壟壟土地
泥土還泛著溫熱
等待一粒粒麥子下種
翻身，扎根，萌芽

烹一壺香茗，裊裊
玲瓏透澈，香氣纏綿
無關風月和愛情
只想將一屋風霜溫燙

林琳簡介

英國工商管理碩士。《香港文藝報》社長兼主編、香港當代文學藝術協會會長、香港文化藝術界聯會副理事長、西北大學國際詩歌研究中心特約研究員。創辦香港新文藝傳媒出版公司、職業出版人。榮獲多種詩歌獎項，詞作歌曲曾獲 CCTV 中央電視台展播金獎，亦在香港衛視多次播出。著有自譯中英對照《林琳短詩選》，中英日三語詩集待出版。

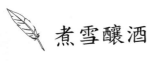

煮雪釀酒

安靜

採雪花四朵
擷霧凇三瓣
取晨露兩滴
折冰凌若干
投入時光之爐

以字句為柴
以眼淚為鹽
將水墨丹青書畫
唐詩宋詞元曲
細細掰碎
用文火　慢慢煮

撕數片朝霞作酵母
釀幾罈玉液瓊漿
便可　酣醉一生

安靜簡介

本名顏向紅，居奧地利，詩歌和散文詩入選《二○二○世界華人詩歌精選》、《世界華文散文詩年選》等。

冬日的陽光（外三首）

張繼征

穿透霧靄的霞光，
打開了緊閉的門窗。
呵！寒冷的小屋頓時升溫，
陰沉的庭院也變得亮堂；
凋謝的花草沐浴著艷陽，
孕育著新蕾正含苞待放。
冬日的陽光喲——
送來新春的訊息，
忙著為新年祝福洗禮梳妝！

驅散陰霾的霞光，
映照著開啟的門窗。
呵！局促的小屋蓬壁生輝，
鬱悶的心房也變得舒暢；
靜止的血脈加速地流淌，
休眠的生命又煥發容光。
冬日的陽光喲——
送來新春的歡樂，
趕來為新年恭賀如意吉祥！

多情的秋

當秋風把夏日的暑氣吹走，
我領悟了秋的關懷與溫柔：
楓葉火紅　蘆葦飛白，
心曠神怡我感恩多情的秋！

當艷陽把串串的穀穗照熟，
我感受到秋的賜予多豐厚；
五穀金黃　碩果飄香，
春華秋實我感恩多情的秋！

當露珠把朵朵的菊花潤透，
我看到了秋的艷麗與錦繡；
千姿百態　流光溢彩，
賞心悅目我感恩多情的秋！

當晨曦灑滿了丹桂的枝頭，
我寵幸樂在的犒賞的等候；
熏香淺酌　品味生活，
無憂無慮我感恩多情的秋！

秋隨著歲月的腳步走，
耕耘的人份外鍾情秋：
收穫華麗　享受明媚，
我感恩慷慨的秋　多情的秋！

雪花飛舞

北風神奇地把窗簾掀開，
晶瑩的雪花輕盈地飄來，
銀裝素裹田野一片潔白，
陶冶人們的情操純潔胸懷。

樂開了全村的大人小孩，
堆個雪人守在窗口門外，
點燃火爐品嘗秋的甜蜜，
歡聲笑語洋溢滿席好酒熱菜。

夢幻浪漫世界，
踏上雪撬穿越茫茫林海，
套上鹿車與青春共舞，
追逐臘梅暗香的冰雪世界。

白雪朵朵飄在廣闊天地，
雪花飛舞享受自由自在，
冬日安詳靜謐又浪漫，
四季才能如地此多姿多彩。

北風俏俏地把瑞雪吹來，
晶瑩的雪花把禾苗遮蓋，
小種子大地當床雪作被，
來年的豐收喜報如雪花漫天鋪排！

霜降，秋天最後的告別

霜降　秋冬交接，
秋天在作最後的告別。
忙了一季的日日夜夜，
也要休養生息　歇歇，
來年立秋再和我們相約。

秋陽艷麗　熏香了田野，
秋風微涼　吹紅了綠葉，
秋雨甘霖　滋潤了碩果。
秋霜晶瑩楓葉　片片剔透，
全飄進我們日記的扉頁。

秋霜　灑在遼闊的田野，
山水清悠　沉靜醉美。
小草也在揮手搖曳，
告別歸倉的金穀銀棉，
大地依然那樣溫馨親切。

秋霜　落在茂密的山林，
為枝頭的碩果潤色。
紅了柿子　甜了大棗甘桔，
完美了汗水耕耘的歲月，
燦爛了晚秋最後的日夜。

秋霜　艷麗了凌寒的菊花，
接力夏荷美麗的凋謝。
丹楓染紅了千山萬壑，
金桂銀桂百里香溢，
醉了即將入冬的時節。

霜降　秋不蕭瑟美不殘缺，
披霜的草木冰清玉潔。
天地澄和　從容向晚，
閒美絢麗　優雅和諧，
在不遠的來年我們再相約。

張繼征簡介

香港詩人作家、亦工書畫。香港作家聯會理事、中國音樂文學學會常務理事、香港當代文學藝術協會主席、香港文聯秘書長。《世界詩人》雜誌社長兼執行總編、《香港文藝報》執行總編、《香港音樂文學報》主編。已出版詩文集七本，主編多本，已在海內外三百多家報刊發表三千餘件，獲獎三百餘項。業績被編入《中國詩人大辭典》、《中華精英志》等多種典籍。

文　林

念傅聰

周蜜蜜

「我哪兒也不去，就在這裏練琴，像往常一樣，一天連彈七個小時。」傅聰坐在鋼琴旁邊，用堅定的眼神望著我說。

嘩！七個小時！

我不由得瞪大了眼睛，差一點還要張開嘴伸出舌頭來：一天練彈鋼琴七個小時！太不可思議了！那需要怎麼樣的意志力才可以堅持做得到？我隨即向眼前這位被譽為中國蕭邦式鋼琴詩人的傅聰先生，投以無比敬仰的目光。他接著告訴我，其實他正常的練琴時間，是每天十個小時，最長的一次，連續彈了十四個小時之多。彈鋼琴，就是他的藝術生活——生命！

那是一九九四年，傅聰剛滿六十歲，他到香港來，要舉行一場特有紀念意義的鋼琴演奏會。我作為一個報紙的文化版主編，專門去訪問他。

眼前的他，一如既往，風度翩翩，帶著他那一種獨有的藝術家＋音樂家＋詩人的氣質，顯得神采飛揚，充滿活力，無論怎樣看，也不像是一個年屆六旬的人。

其實那時候，傅聰先生於我來說，並不陌生。當然了，我最早聽到他的名字，也和許多人一樣，都是從那本《傅雷家書》中認識的。幸運的是，我的家翁羅孚，與傅聰是相識相知的好朋友。因此，傅聰每次到香港來，羅孚都會請他吃飯，聊天，於是，我也有機會叨陪末坐了。

記得首次見到傅聰，我就被他特別的鋼琴詩人氣質深深地吸引住。他說他的父親傅雷教導他，首先要做好人，然後是藝術家、音樂家，最後才是鋼琴家。我覺得從傅聰的身上，正是可以看得出這一切的最優秀的集合體。

「我真不敢相信，您已經六十歲了，根本就看不出來啊！」我對傅聰說。

他微微一笑，說：「天天練彈琴，時間過得很快，沉浸在音樂的世界裏，我可以忘記很多煩惱和痛苦的事情，不知不覺的，轉眼就滿六十歲了。惟有父親對我的教導，是深深地埋在心底裏的。」他說著，濃眉下的雙眼變得更加深邃。

中國有句老話，說是「棍棒之下出孝子。」許多家庭的教育，方式方法都特別嚴屬。一些音樂家、演奏家的家教尤甚。所以那句老話，或許還可以改成：「棍棒之下出名家。」因為所有的演奏技巧，都必須從小培養，而且更需要堅持長期苦練而來。我曾認識不少已成大名的小提琴演奏家、

鋼琴演奏家、二胡演奏家，他們都多多少少向我提過，童年的時候，曾被父母親舉起拳頭或揮動鞭子，天天強迫他／她長時間苦練拉琴／彈琴的往事。而傅雷對傅聰的教育嚴苛，已經有公開的家書為證了。傅聰還告訴我，他的父親傅雷「特別厲害，耳朵很靈，我那時候在家裏練彈鋼琴，有一個音彈的不對，他就會大為惱火，把手中看著的書一下子扔過來，大聲斥責。」

就是由於有了當天的傅雷，才有了今天的傅聰。

那一次傅聰在香港的紀念演奏會相當成功，廣受好評。

除了彈鋼琴之外，傅聰很喜歡看書。每一次在飯桌上，他和羅孚交談的重點，都集中在近期所閱讀的書籍內容上。記得有一晚羅孚請傅聰和朋友在尖沙咀的一間川菜館吃飯，席間傅聰說他剛剛讀過一位大陸作家寫的有關歷史和文化的書籍，內容引起了一些爭議，感到很值得關注和研究。他又向羅孚很認真、很詳細地詢問有關那本書的作家的種種情況和問題，一直談到夜深，意猶未盡，久久地還不願意離去。

後來也是因為傅聰的緣故，我認識了他的弟弟傅敏。傅敏也是一個愛書、編書、寫書之人，每當我們見面之時，常常會相互贈書、談書，而那些書也絕大多數是和傅雷與傅聰有關的。二〇〇八年，我去北京觀看奧運會的時候，應是和傅敏夫婦來往最多的日子，在感覺上，傅家的人和我們就像成為家庭朋友那麼親切。

萬萬沒想到，在二〇二〇年最後的幾天，新冠病魔侵襲了遠在英倫的傅聰，消息傳來，令人痛心、不安，我那天晚上焦灼不堪，徹夜失眠，只是不斷地默默祈求他能擺脫病毒，早日康復。但翌晨起來，收到的卻是最最不欲收到的壞消息……

一連幾天，我一遍又一遍地地聽著傅聰彈奏蕭邦《C小調夜曲》的錄音，在如詩如歌的琴音中彷彿又見其人，心內悲喜交加，難以形容。傅聰雖然離開了人世，但是他的音樂依然還活著！但願在天國之上的他，能與苦心教導他的父母親長久相聚，一同沉醉在他們畢生至愛的音樂世界中，釋出最深厚、最純真的情感。

周蜜蜜簡介

又名周密密，香港著名兒童文學作家。歷任中國作家協會會員、香港作家聯會副會長、香港作家出版社副總編輯、兒童文學藝術聯會會長、香港藝術發展局文學委員會評審員、護苗基金教育委員、世界華文文學聯會理事、香港電台節目顧問。著作及獲獎眾多。

匱乏的時代

劉子說

　　青霞姐姐在二〇二〇年十一月回歸新浪微博，對於她的粉絲來說真是一件不可思議的大好事，姐姐的影迷會愛林泉，也重新活躍了起來，粉絲群裏每天交流各種話題，姐姐也驚奇的發現，她的粉絲裏竟然還有那麼多二十歲左右的年輕人。

　　年輕的粉絲們經常在群裏說自己是如何喜歡上青霞姐姐，什麼時候開始的，是通過怎樣的方式等等。姐姐有一次空降，留下一句高深莫測的話「子說你是只看不說」，就離線了。呵呵，其實我還是說的，只是在群裏說的不多罷了。我後來在群裏說：「我對於群裏群外深愛青霞姐姐的粉絲們，特別是年輕的粉甚至年紀很小的粉，非常佩服，你們的眼光和品位，真是很棒！

　　青霞姐姐息影多年，熱度不減當年，還能吸粉無數，點解？

　　這個問題，我思考得有點深沉。

　　作為七零年代後期出生的我，我自己喜歡姐姐的時候，姐姐已經息影多年。我算是群裏年齡大的，更別說那麼多八零、九零、零零後。今天發生的一切，都是有歷史原因的。

　　建國以後，中國大陸百廢待興，歷經坎坷。我的父輩，經歷的是一個物質最匱乏的時代。一九七八年改革開放開始，大陸才慢慢有了生機，我和很多八零後粉絲成長的時代，是中國大陸物質匱乏逐漸好轉的一個時代，而台灣的經濟文化建設，是比大陸早至少二十年的。其實台灣也經歷過匱乏的階段，當台灣終於等到一個寬鬆環境的到來，便開始風靡「二秦二林」的愛情文藝片，這是永遠載入電影史的時代記憶。

　　「林青霞」是一個時代符號，自然成了無數人的「夢中情人」，只能說青霞姐出道的點踩的太準，一腳踩進了生理和心理都匱乏了很多年的人們的心理，此時的紅透半邊天，還不包括大陸。台灣人民的這種觀影幸福大陸人民差不多到了九零年代才比較全面的可以體驗。這裏是有一個差不多二十年的時間差的。

因為林青霞是舉世公認的大美人，彷彿也是天生的「明星命」，沒有經歷過「不紅」，沒有體驗過「龍套」，是被時代的浪潮推升出來的，也是自身的敬業的結果。拍電影真的太辛苦了，看後來青霞姐寫的書，真心的欽佩和心疼她。

所以到了九零年代後期，儘管青霞姐已經進入相夫教子的人生階段，卻在大陸才剛剛開始「漲粉」。我們這些老粉就是那個時候，運氣好，在青春期前後看到了《刀馬旦》，或者《東方不敗》，就暈頭轉向了。

這種「美的植入」對一個年輕人的成長是至關重要的！如果年齡大了，長得定型了才接觸到，也就沒什麼特別驚艷的感覺了，年輕的時候接觸到，就生長在血液裏了。所以姑且就當大陸的七零後是青霞姐的「一代粉」吧！

關於審美的學習其實真的很重要！我們沒有專門的審美課，所以美麗的標準，都是自己憑著運氣去遇見的，遇見林青霞，算你眼光好運氣好，所以我今天忍不住誇讚群裏的年輕粉絲。

青霞姐姐的星運也是極好，台灣文藝片熱度消退了，香港新武俠又興起了，又給姐姐趕上，有時候確實漂亮也是負累，片約太多，連軸轉的工作讓姐姐受累，只要出場擺個造型，一瞪眼睛，觀眾就已經不行了，照單全收，什麼電影都能賣錢。也許青霞姐自己都嫌煩了但是觀眾還是喜歡怎麼辦呢？

其實姐姐當年的工作量真的太滿了，並沒有很多機會去演繹一些描寫內心變化的戲，或遇到一些能反應人性的，有各種性格轉變的角色。還好有一部《滾滾紅塵》，讓姐姐可以發揮演技，也讓世人看到，林青霞不僅僅是漂亮，人家是有演技的，所以拿到金馬獎也是實至名歸。只是從匱乏年代走來的這代人，台灣、香港、大陸，都是一樣，只要有美女看就行了，無所謂什麼演技，對電影的認知和觀賞體驗，有林青霞就很滿足了。那個時代幾乎所有的知名導演，都不會錯過和林青霞的合作。

大陸的物質匱乏時代差不多到九零年代後期結束，開始渴望更多更好的精神生活。九五後、零零後，就是這一批物質不再匱乏，開始精神追求的一代。二〇〇五年開始，進入「全民娛樂」時代，開始各種選秀節目，開始各種「造星」活動。無數人開始做明星夢，競爭激烈異常。

　　青霞姐那樣的「明星之路」成為不可複製的神話。因為時代不同了。再也不可能有一個漂亮女孩，第一部電影就是女主角一直到息影，即使息影了還能繼續紅，一直紅。出門逛個街，買個菜都會被狗仔跟拍。

　　無數 N 線小藝人，永遠在糾結，不知道自己想要什麼，想演什麼，粉絲少怎麼辦？是不是都要先跑幾年龍套？吃幾年苦？觀眾想看什麼？非常迷茫。多數是星途坎坷，娛樂圈烏煙瘴氣。與此同時，人們對於電影的要求也越來越高，因為全世界範圍的電影都在進步，因為物質不再匱乏了，觀眾觀影的要求也越來越高。

　　觀眾不再滿足於看美女，還要看大製作，看特效，看故事情節，看更多元化，更豐富，更國際化的大電影。電影行業進入商業大片時代，美女也很多，數量上去了，質量很一般，都靠化妝整形和後期修飾，只是標配，不再稀奇。

　　二〇〇〇年以後，也是互聯網興起的時代，人們可以在網絡上找到更多的資源，從錄像帶時代到 DVD 時代，再到網絡時代，人們都很難繞過香港八九十年代的那個黃金時期不去看那個時候的電影，互聯網帶來各種大數據的統計和推送，這些信息資源，也繼續影響著正在成長的下一代。到了二〇二〇年，二〇〇〇年年出生的孩子，也二十歲了，這代人接收信息的途徑和數量，又是一番新天地了，他們可以通過網絡或者從父母哪裏得知曾經有一個大美人，美的雌雄莫變，顛倒眾生，拍過一百部電影，叫林青霞。我稱他們是「二代粉，三代粉」。

　　互聯網時代也衝擊著電視時代，而看電視長大的我們，有幸在電視上看到了青霞姐姐參加的真人秀節目，這檔節目當時的收視率，真的很高，讓日漸沒落的電視時代，再次閃光，也讓更多年輕的孩子看到了什麼是偶像中的偶像，明星中的明星。這個節目，恰好也讓處於青春期的年輕人，見識到了姐姐的魅力。二〇一五年的節目，電視上早已不會重播，網絡上的瀏覽，隨時隨刻都可以。

　　就這麼玩了一次，青霞姐姐就這樣自然的從電視時代過渡到了互聯網時代。

　　有一天，姐姐說，想當藝術家，想寫書了。這一腳，又妥妥的踩進了

追求精神生活的粉絲心理。精神食糧不嫌多的年代，也是學習的年代，轉型當作家的姐姐又趕上了。

二〇二〇年十一月十六日的二十三點五十五分，一條新浪微博的消息提示讓無數粉絲不敢相信自己的眼睛：「開通了！MY GOD！大家好！」青霞姐回歸微博了！

感恩青霞姐和粉絲親切友好的網絡互動，姐姐帶給我們太多驚喜和美好，從來不敢想象，有一天，幸福會如此讓人猝不及防。

為什麼那麼多年輕人會喜歡林青霞？因為他們生在當下的時代。而青霞姐姐轉型成功，林作家進入精神生活領域，再次被大眾看到。發達的互聯網，又翻出了過往的歷史，這位電影史上繞不開的大明星，儘管希望大家多關注她的書，可是，有幾個年輕人能面對互聯網的大數據推送，看到了她的盛世美顏能心如止水呢？

青霞姐姐微博的三百多萬粉絲，並不是一個很高位的數字，影迷會愛林泉的群裏八百多人，也並沒有達到三千的上線，但是這已經足矣。青霞姐姐也不需要任何營銷方式讓自己漲粉，她只是很奇怪怎麼「還這麼紅」？就像當年美而不自知一樣。

克里希那穆提說過，不要對你看到的周圍發生的事太過在意。

是啊！還有什麼比歲月靜好，健康平靜的生活更好呢？順便還有幾百個影迷會的粉絲，隨時可以互動，真實、純潔，沒有任何商業目的，只是因為真心歡喜。

物以類聚，我相信粉絲和偶像也是同類型的人，所以才會有相互的欣賞和彼此的認同，而且青霞姐姐已經不是單純意義的偶像，更加是我們的長輩，良師益友。她督促我們好好讀書，將來做個對社會有用的人；她一直希望我們在喜歡她的同時可以成就更好的自己；她會不辭辛勞的翻看上千條網友的留言，收到她回覆的網友，無不為她的真實所感動。她總是在鼓勵我們，鞭策我們，關心我們的成長，給我們傳遞源源不斷的優質能量，讓我們覺得：天吶，怎麼會有這麼好的偶像！

這一切都是真的，不是夢。青霞姐的真誠、善良、美好，折服了所有人。能喜歡這樣的偶像，是我們的福氣、榮幸和機緣。青霞姐集萬千寵愛於一

身，卻依然抱有一顆平常心，總是很謙虛的說從我們身上她也學到很多。她的語言，樸素而真摯，她的文章，文風清麗，真摯動人，充滿情感。

我雖然沒有見過青霞姐本人，然而從《窗裏窗外》、《雲去雲來》、《鏡前鏡後》三部曲中，看到她努力成為作家的孜孜不倦，見字如面，有志者，事竟成！

匱乏帶來更多的思考，我越是讀書寫作，越感到自己知識的匱乏，只想抓緊一切可以利用的時間盡可能的多讀書，讀好書，不能讓青霞姐姐失望，不然豈不是辜負了那麼好的偶像。

生命中會遇到很多不可思議的事，這個時代用 TA 特有的豐富多彩，讓我體驗了和偶像的隔空擊掌，這份神奇的經歷，讓我覺得不枉此生。

劉子說簡介

差點兒八零後，古都金陵人，雙魚座，文學專業畢業，熱愛讀書寫作。健身達人，旅遊業專家，目前新媒體從業人，文案策劃。性格內斂，身居故都，胸懷天下，心繫青霞。著有長篇武俠小說《教主往事》。

東京追櫻花

　　認識櫻花這個名詞，已有五十多年了。那是我剛念中學的時候，讀了一篇魯迅先生的文章，文中評述了清國留學生，拿了公費到日本去留學，不好好學習科學技術回國服務，而是把長辮子盤到頭頂，再蓋上一頂大帽子到東京上野公園去觀賞櫻花，享受人生。去年十月，廈門大學舉辦一個文學國際研討會，我在會上認識了一位叫金宋玉的日本東京早稻田大學的博士研究生。說來真巧，我在大會論文的目錄上看到她論文的題目為：〈中國現代女作家筆下的婦女形象淺析〉。這與我的論文題目相同，於是，我根據大會公佈的「通訊錄及入住地方表」去找她，她也找我，我們都不必作什麼探詢，一見面就叫出對方的名字。在大會閉幕時，她特地來找我，說有機會到東京，一定要打電話給她，最好三四月去，她要帶我去追櫻花！櫻花是長在樹上，不會跑，怎麼還要「追」呢？可能是日本的說法與中國不同吧。

　　今年三月底，剛好妻子看到一則旅遊廣告，東京櫻花團適合老人，價格也合宜，於是我們就加盟前往。

　　到了東京，晚上入住新宿的京王酒店後，我即打電話告知金宋玉博士，她問我明天旅遊團的安排後，即要我們早上六時在大門口等候。不到一分鐘就有一輛紅色的豐田轎車在我面前停下，走出一位身著和服的女子，她明麗動人，亭亭玉立。叫了一聲，胡先生胡太太後，即行了一個九十度的大禮，我抬頭才看到面前的美人是金宋玉，她接著說：「感謝您對我的幫助，但是很對不起，因為我今天有一件很重要的事，不能跟你們一齊去追櫻花，現在就由我爸爸代替……」她的話還未說完，又有一輛灰色的豐田嘎的一聲就在她的車後停下，走出一位七十上下的日本老人，她即刻作了介紹：「這是我爸爸青野帆治，他今天專門陪你們去玩！」這時我才看花樣年華的金博士，她比我去年在廈門見到的更漂亮了，剛好此時一束陽光投射過來，為她鍍上一層金箔，真是美上加美。我情不自禁地脫口而出，像朗誦詩歌一樣：「啊，金博士，您這朵櫻花開了，開得太美太美了！」我說完之後又好像墮入三里雲霧之中：一我沒有對她有什麼幫助；二她是韓國人怎麼會有一日本的爸爸呢？我疑惑的神態可能她倆父女都已察覺了。金博士邀我們坐上她爸爸的車，又對我們說，你們最後一天上午是自由活動，我會來陪你們，

240

並且還有許多東西要向您求教呢。說完就駕車而去了。

　　我坐在青野先生身旁，他那流利的普通話令我大吃一驚。他為我解釋的第一件事，也是他經歷的一段故事：他原北京大學中文系畢業生，早稻田大學文學院院長，現在是榮休教授；夫人因難產身亡，後來他到韓國首爾大學講學，遇見宋玉的媽媽。因宋玉的爸爸去日本公幹，民航機誤闖北韓領空，被砲擊墮海身亡。他倆一見鍾情，結婚後即帶著大小美人回東京。聽完這個故事後，我正要發問時，他即刻接著說：「你們掌握的資料很豐富，又吃得很透徹，你的論文對宋玉有很大的幫助，她從中獲得啟迪，回來後對自己的論文進行了修改補充，使之更加典型更加完備。院方十分滿意，經確認後，決定讓她開課，今天下午她就要登上講堂講述第一課了，踏上人生的又一個高度，當上了講師。所以不能帶領你們去追櫻花。我就做她的替身了，太謝謝您了。」此時我才明白她拜晤我特地著和服行大禮，可能是特地向我宣告她已是日本人了，要以日本人的禮遇來答謝我。

　　不到十分鐘，只覺得汽車轉幾轉就到了新宿御苑。一踏進公園，展現在我面前的是一幅艷麗的奇景：一片波浪起伏的白雪鋪到遠方，大和民族的春天魅力向我襲來，靜謐、柔和的氛圍令我傾倒。因為太早了，沒有幾個遊客，所以更讓人產生寧怡的感覺，又因為寧怡而浮想聯翩，幻覺不斷，這裏是天堂，是西天，是仙境……還是人間？

　　我們走在櫻花樹下，花瓣飄落在頭上、肩上、背上、身上，真是寫意之極。此時，老教授詼諧地說：「現在我們都成了皇侯將相了。」我們都笑了，從臉上笑到心裏。接著他解釋說，這本是天皇的御花園，能踏進這個貴族園庭賞花的都是政界要人，二戰後才開放給平民百姓。

　　面對這一千五百棵盛開的櫻花，滿天飛舞的花海，我真想寫一首詩，可惜搜索枯腸始終寫不出來。但突然間心裏奔出兩句：「眼前有景道莫得，『天然』題詩在上頭。」天然是一首最美的詩，任何詩人寫出來的，都不會超過它。樹下的小溪流水潺潺，水面上也漂浮著片片花瓣，這樣清朗空靜的氛圍怎麼不攝人心魄；又怎麼不令人著迷，迷到醉迷到痴呢。

　　走出御苑後即驅車趕去上野公園，這是日本最古老的公園，面積有六十二萬平方米，一踏進園就令人大吃一驚。清國留學生，當然是看不到的，但是，眼看到的是導遊手舉的三角小旗及頭頂上五顏六色的鴨舌帽；耳聽到的是普通話加方言。此時遊客不斷湧進園來，有衣著光鮮的闊佬，有珠光寶氣的富婆，

有衣裝時髦的青年男女，有退休幹部和教師……這些卻比櫻花更顯眼。時下大陸經濟發展，生活提高，更兼人民幣升值是日元的十五倍左右，中國人闊氣了。

在櫻花樹下，我看到一家老少或三五成群再或一對情侶，鋪著塑料布坐著飲食談笑，開心得很。老教授告訴我，這叫櫻花祭，春賞櫻花是日本人的大事，已有數百年的歷史了，他們此刻正在觀賞交流，洗滌心靈，享受人生呢。走出上野，他就給導遊打電話，通完話他即對我說，現在送你們歸團。一上路，他又對我說，今天我們真正追到了櫻花，日本櫻花的品種雖然是全世界最多的，但因日本的氣候各地不同，變化無常，就是在一個公園裏東西、南北、首尾的櫻花，開花凋謝都不同步，所以要賞花就要到各處去追。到了箱根平和公園，他把我倆交給導遊李小姐，告別時他手指著富士山那邊灰色的天空對我說，胡先生，你們真好彩，下午一定會下雨，現在你們再與團友慢慢地觀賞櫻花吧。最後他握著我的手寓意深長地對我說：「其實櫻花就像人，人就像櫻花呢！」

歸團了，我的心舒緩下來了，我現在可以對櫻花慢慢地揣摩了。櫻花與桃花相似，只不過樹身比桃花高大一些。櫻花有單瓣和複瓣兩種，顏色亦有白色和淡紅色兩種，白色的櫻花長出的芽葉是綠色的，而淡紅色的櫻花長出的芽葉是古銅色的。觀賞櫻花一定要遠觀不可近看，因為近看會看到芽葉，就減弱了那種在觀賞時所獲得的清一色的美感。

午飯後，在開往橫濱的路上，突然狂風大作，雷雨交加，我車窗望外只見一個又一個行人的雨傘被風掀翻，只剩下鐵骨。此時我心如刀割，萬千惋惜，在心裏道：「東京的櫻花被摧殘了。」一幅「無邊『落英』蕭蕭下」的慘景即刻在我眼前出現了，我好像整個人就要崩潰似的。

此刻，青野教授說的「櫻花就像人，人就像櫻花」這句話又在我耳旁響起，我苦苦思索，不斷咀嚼，啊，終於破解了它潛存的真諦：人生不過三萬天，花開時節似雲煙。說實在的，人最美麗，最有活力，不是也只有幾天嗎。人若不珍惜青春，其生命又有什麼意義呢。

胡少璋簡介

一九四一年生，福建省福州市人，六十年代畢業於福建師範大學中文系，一九八九年定居香港，曾任《香港文學》雜誌編輯、《大公報》編輯、《統一報》總編輯及港英政府、香港特區政府藝術發展局審批員。歷任香港書評家協會創會會長。後移居澳洲。著有《胡也頻的生活與創作》、《胡也頻的少年時代》、《胡少璋雜文選》、《香港的風》、《香港的腦和手》等。

真和假

舒非

　　前些天逛銅鑼灣「宜家」看到一束粉紅色襯綠葉的絹花，是中國的百花之王牡丹花，做得像真的似的，漂亮極了，忍不住買下來。這是我第一次買假花，事後自己都吃了一驚，年輕時我是多麼憎恨假花！是年紀大了包容了，還是今天的假花已經可以以假亂真，令人不再那麼抗拒？

　　說來應該是三十多年前的往事了。八十年代中期吧，我在三聯書店當編輯，有一次去機場接美國來的華人女作家於梨華，那是我第一次見到她。印象最深的是她跟著我一路走出機場，沿途所見，不管是樹還是花，她都要走過去親手摸一摸，然後告訴我那是真花還是假花，是真的樹還是人工樹。她說真的摸上去會有清清涼涼的感覺，有生命的，假如是假樹假花，那就是不帶涼意，是塑膠的感覺。

　　第一次接觸就予我好感，因為志同道合，我也是見不了假的東西。我年輕時真的說過一句話：如果我死了，誰到墳前來看望一定得帶真花，如果帶假的，我會從墳墓裏爬出來扔掉它！

　　寫到這裏，想到於梨華因感染新冠肺炎，二〇二〇年四月在美國養老院去世，令人惋惜。雖然她已八十九高齡，但身體很健康，人又特別樂觀，那麼執著於真假的人，人也會比較真，不虛偽。假如不是這個病，恐怕可以多活幾年，九十幾應該不會有問題。

　　再回來討論真或假。從抗拒假花，受不了假花，到買了第一束假花，這中間發生了什麼事？

　　首先這假花是絹花，很像真的，摸上去軟軟的，不是硬邦邦的塑膠花。此外，假花的好處當然是不會凋謝，不必換，如今想來，是比較環保，不浪費。

　　我們家的綠色植物好比波士頓芒、黃金葛等都是真的，來一束假的牡丹問題不太大。憶起有一次拜訪一名富豪，豪宅之家從客廳到臥房以及陽台到處都擺放著，雖然花團錦簇，但我和老公都注意到了，一走出他家門，兩個人異口同聲：「通通是假花！」假花真為那棟豪宅減了分。

舒非簡介

本名蔡嘉蘋。香港詩人、作家、資深編輯。出生於福建廈門鼓浪嶼，及後移居香港。自小熱愛閱讀和書法，成長後喜愛文學藝術和電影，也酷愛旅遊，迷戀一切美好的事物。任職出版社編輯長達三十載，策劃編輯過眾多古典或現代中國文學經典和佳構，深受影響。曾在《明報》、《明報月刊》、《東方日報》、《大公報》、《星島日報》、《香港文學》、《亞洲周刊》、《BBC 中文網》等媒體撰寫專欄或稿件，擔任過多個文學獎的評審。著有詩集《蠶痴》和散文集《記憶中的風景》、《生命樂章》、《二水集》等。

〈楓橋夜泊〉與寒山寺鐘聲

孫重貴

今天，凡是到蘇州旅遊，寒山寺是人們極為嚮往的地方。這其中重要的一個緣由，便是唐代詩人張繼〈楓橋夜泊〉的詩歌，發揮了難以估量的作用。

張繼在〈楓橋夜泊〉詩中寫道：「月落烏啼霜滿天，江楓漁火對愁眠。姑蘇城外寒山寺，夜半鐘聲到客船。」自從張繼的此詩問世後，這些傳世佳句膾炙人口，寒山寺及其鐘聲傳播中外，起到了文因景傳，景因文名，鐘聲詩韻，名揚百世的效果。寒山寺就此名揚天下，成為舉世聞名的佛教聖地。

〈楓橋夜泊〉詩不但在我國內地流傳極廣，而且很早就傳到了一衣帶水的日本，清代著名學者俞樾在〈重修寒山寺記〉一文中談到：「其國三尺之童無不能誦是詩者。」直至今天它仍被編入日本學校教科書中。在港澳台地區，在朝鮮、韓國、東南亞，乃至在歐洲、美洲，此詩也有頗大的影響。

香港人對寒山寺有著極大的興趣和鍾情，常常組團成群結隊前來拜訪。這表達了港人對博大精深的祖國文化的認同和熱愛。寒山寺和它的鐘聲，以悠久的文化歷史內涵，在呼喚著我們，吸引著我們。香港和內地血濃於水，讓我們從中感到中華文明和祖國名勝的溫度，從而增加我們的文化自信、文化自覺和文化自強。

聽聞寒山寺的鐘聲還有奇妙的功能，這功能概括為：「聞鐘聲，煩惱清，智慧長，菩提生。」菩提，在梵文中意為「覺悟」。據說當年張繼進京趕考名落孫山，歸途之中夜泊楓橋，正是聽了夜半寒山寺鐘聲受到啟迪，靈感頓生，寫下了〈楓橋夜泊〉這首千古絕唱。同時，也正是寒山寺鐘聲使他消除煩惱，繼續寒窗苦讀，長了智慧，生了覺悟，後來再次赴京城應試，結果高中進士。寒山寺鐘聲能安撫心靈，啟迪思維，寄托美好期望，已成為一段佳話，所以許多旅遊人士都希望能夠親自聆聽寒山寺的鐘聲。

二〇〇七年夏，我應蘇州孫武子研究會邀請，以兵聖孫武七十九代後

裔的身份，自香港前往蘇州參加兵聖孫武文化節活動，而這一年剛好是香港回歸祖國十周年慶典。蘇州是二千五百年前我的先祖孫武功成名就之地，也是他歸隱終老之地，所以我對蘇州有一種濃得化不開的感情，這其中也包含了對蘇州的一張靚麗名片——寒山寺的感情。孫武文化節活動結束後，我特意安排去參訪了寒山寺，親自去聆聽寒山寺的鐘聲。

寒山寺位於蘇州城西楓橋鎮，始建於梁武帝天監年間（五〇二—五一九），當時名叫「妙利普明塔院」，唐代貞觀年間改名為寒山寺，成為吳中名剎，歷史上寒山寺曾是中國十大名寺之一。

我懷著虔誠的心情進入寒山寺，在藏經樓南側，矗立一座六角重簷亭閣，這就是以「夜半鐘聲」名聞遐邇的鐘樓。我跨門而入登臨樓上，只見樓內懸掛一口古鐘，此鐘已不再是當年張繼詩中所提及的那口唐鐘，而是清光緒三十二年（一九〇六）江蘇巡撫陳夔龍督造。巨鐘有一人多高，外徑為一百二十公分，重達兩噸。但是在我的心中，不論是唐鐘或是清鐘，它都是寒山寺之鐘，它都有一種超脫之氣。聞此鐘聲，都能煩惱清，智慧長，菩提生。於是我心懷虔誠，手握木杵撞鐘三次，鐘聲宏亮悠揚，餘音繞樑不絕於耳。此際我彷彿得到加持，一股強大的氣流從頭頂百會穴進入貫通全身，頓時精氣神為之一振，心胸豁然開朗，心曠神怡。

令人驚喜的是，在我聞此鐘聲之後，便出現了種種喜事不斷的遭遇：二〇〇八年，蘇州孫武子研究會舉辦全球孫子兵法徵文比賽，我參加了，寫作時思如泉湧，妙筆生花，在大量中外競賽者中脫穎而出，居然奪得了一等獎；接著二〇〇九年，我被評為蘇州吳中十大遊客；隨後二〇一〇年，我又被聘請為蘇州孫武子研究會顧問。短短幾年之間，我在蘇州獲得了眾多榮譽。這讓我情不自禁聯想到二〇〇七年聆聽寒山寺鐘聲的往事。往事並不如煙，想來或許正是那次機緣巧合的聆聽鐘聲，讓我「智慧長，菩提生」，寒山寺的鐘聲啟迪了我的思維，激發出我的靈感，讓我事業突飛猛進。如此鐘聲的如此奇妙功能，真令人讚嘆不已。

有句話這樣說：物理的盡頭是數學，數學的盡頭是哲學，哲學的盡頭是神學。佛教屬於神學，它的博大精深讓人震撼。佛教是一種力量，它慈悲為懷，普渡眾生，可以給人們帶來精神的寄託和愛心的動力。寒山寺在

地處江南水鄉的生態環境下，它弘揚的和合精神為眾生起到了難能可貴的和諧作用。

　　歲月匆匆，十五年過去了，一花一世界，一葉一菩提，新春之際，我想起了寒山寺，想起了寒山寺的鐘聲。十五年來，這鐘聲彷彿一直迴響在我的心中，給我以和合，給我以智慧，給我以覺悟。今後我或許有幸將再次去到寒山寺參訪，再度聆聽寒山寺的鐘聲。這鐘聲將繼續安撫我的心靈，啟迪我的思維，為我的人生寄託美好的期望。

孫重貴簡介

客座教授、香港作家聯會理事、香港文化和旅遊協會會長、國際華文詩人協會會長，出版各類著作三十餘部，其作品入選眾多中外選集及教材，四次榮獲「冰心兒童文學獎」等若干獎項。

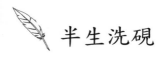

半生洗硯

巴桐

「洗硯」二字，出自宋朝詩人魏野的詩：

> 達人輕祿位，居處傍林泉。
> 洗硯魚吞墨，烹茶鶴避煙。
> 嫺惟歌聖代，老不恨流年。
> 靜想閒來者，還應我最偏。

「洗硯魚吞墨，烹茶鶴避煙。」這副對聯，常見掛在畫院茶館雅室的牆上。洗硯句，是用了王羲之「臨池學書，池水盡墨」的典故。因為勤奮揮毫學書，天天洗滌硯台，以致池水都染成了墨汁，水裏的魚也只能「吞墨」了。

我這裏引用的「洗硯」，則是反其意而為之，乃洗乾淨硯台，收藏起筆墨之謂也。好比「道上」的人，要退出江湖，叫作金盆洗手。我舞文弄墨，無「金盆」可洗，只能洗硯。洗硯，即洗盡鉛華歸於平淡，卸下粉墨退出舞台。其實我也沒有什麼「鉛華」，從未風光過；也沒有過「舞台」，未曾扮演過主角。我這輩子正如席慕容所說，只不過是「在別人的故事裏，流著自己的淚」。

除了爬格子，我別無所長。記得三十多年前在香港，一個算命大師兼文藝評論家罵我是「鼻子上畫了個豆腐塊的文丑」，我在報上發文反擊道：「吾做工擰不緊一顆螺絲釘，種地不如一介農夫，經商虧得只剩下一條褲衩，全部本事就只會爬爬格子，你卻偏偏在這上頭也要欺侮我，恐怕你的招牌要砸了！」於是更加拼命地爬格子，從不懈怠。

驀然回首，才驚覺自己在文學這條荊棘滿佈的路上，蹣跚地走了半個多世紀。回想起在家鄉小報上發表第一篇文章時才十四歲，不料如今已年逾古稀，慚感格子恍如一座山，爬起格子越來越力不從心了。

我敬畏文學，孜孜於「煮字」。時常為改好一句話、一個詞，甚至一

個字，夜不成寐。長期爬格子，我還養成了一個「不良」的寫作習慣，晚上躺在床上，腦細胞過於活躍，常常把白天寫的文章在腦海裏「過電影」。一行行一字字清晰顯現，一旦發現錯漏，或想到好詞妙句，立即一骨碌爬起來修改，改好躺下，剛躺下又想到要改的，立即又爬起來。如是爬起躺下，躺下爬起，反反覆覆達十數次之多，窸窸窣窣，通宵達旦。

文友們常誇我「才思敏捷」，古華也曾在一篇文章中稱我為「鬼才」，殊不知我只是「夜鬼」，在別人熟睡的時候，我擠出夢鄉裏的時間，伏案搦管，煮字熬心。

當今之世，「純文學」正走向衰落，網絡文學崛起，快餐文化大行其道。許多「純文學」作品，擺在書店的書架上，蒙灰生塵，乏人問津。文學十八般武藝，我略懂一、二，至於新派網絡的招數，則是一竅不通，因此我只好擁抱孤獨與寂寞。

借用「洗硯」的反義，意味著一種轉變，表示一件事物的緣起性空，肇始戢止的過程。這本集子應是我從文近半個世紀的一個句點，封筆收山之作。日後倘有筆耕，也只是積習難改，一時技癢，偶爾為之了。

除一篇報告文學之外，集子中其他文章，均是我旅居美國後的作品。二〇〇六年我從香港移居美國，居住在加州矽谷的桑尼維爾市。異國他鄉的日子頗為孤獨寂寥，但也獲得清靜悠閒的環境，正好讓我靜下來，咀嚼人生、反芻生活，思索和沉澱這大半生經歷的風風雨雨，遣於筆端。來美後我寫了三本書：短篇小說集《無塵》、散文集《巴桐煮字 2》及這本《巴桐文集》。讀書寫作之餘，則是醉心於寫字畫畫，自得其樂。

收在「港裏港外」欄目中的小說，長有六千餘言的《嚤羅街孖寶》，短則只有百來字的《風骨》，故事地域跨度從香港到美國，筆涉港島內外，墨染異域風采。在大時代的風雲變幻中，我這枝禿筆只能截取生活中的一個片段、一個鏡頭、一個剪影，猶如「螺螄殼裏做道場，舍利團中悟平生。」希冀用超然的心態，客觀的視覺窺探生活，抒寫大時代的小人物故事。

集子中還收入了一些詩作。我早年熱衷於寫詩，繼而沉緬於散文，再而迷戀於小說。後來較少寫詩，早年的詩稿也多已散失。但詩歌是我寫作生涯中重要的組成部分，在我的收筆的集子中不可缺席，所以收入一些朝

花夕拾的詩作，並增寫了一些冠以《散落的詩草》編入集中。

汪曾祺在談到他的寫作體驗時說：我的小說《受戒》，寫的是四十三年前的一個夢⋯⋯隔了四十三年我反覆思索，才比較清楚地認識我所接觸的生活的意義。聞一多先生曾勸告文藝青年，當你們寫作慾望衝動很強的時候，最好不要寫，讓它冷卻一下。所謂冷卻一下，就是放一放，認真思考一下才動筆。

兩位大師所言極是。年輕時寫作靠的是創作衝動，靈感一來，就提筆上陣，奮筆疾書。雖然也能寫出一些充滿激情，文采斐然的文章。但也常因動筆匆忙，未免流於粗疏，失諸凝練厚重。現在，我的生活環境變了，與過往所接觸的生活，產生了時空的距離。在異國他鄉，隔著千山萬水的凝望，穿越歲月風塵的回首，終於讓我能「放一放、冷卻一下」才動筆。因而近年的文章少了些過往的浮躁與張揚，多了幾分沉著與沖淡。

我始終以為語言即風格，語言是作家的身份證。這本書繼續秉持我為文的「煮字」精神，雕詞琢句，認真對待每一個字。我的文章是改出來的，即使是一篇千把字的短文，也要改上數十遍。加上急性子，經常稿件剛發出去，旋踵又發修定稿叫編輯「以此為準」。如此「以此為準」，一篇稿有時發了十幾二十次，幾乎轟爆編輯郵箱，老編都被轟懵了。更有甚之的是文章已見刊，「生米煮成熟飯」了，我仍在上面改。改、改、改，真箇是「吟安一個字，捻斷數莖鬚」。鬚是捻斷了不止「數莖」，白髮也搔更短了，但「吟安」了沒有？則期待讀者諸君的批評了。

巴桐簡介

本名鄭梓敬，福建福州市人，一九七七年畢業於福建三明學院中文系。一九七九年秋移居香港。曾任記者、編輯，後來經商。主要作品有散文集《香島散記》、《情緣醉語》，長篇小說《蜜香樹》、《日落香江》，短篇小說集《佳人有約》、《女人的一半是⋯⋯》，隨筆集《征戰商場》、傳記《香港富豪奇人奇事》及電影劇本《東瀛遊俠》等。作品被選入海內外多種選本，小說、散文均有獲獎作品，報告文學《中國大團圓前奏曲》曾獲「中國潮」徵文二等獎。現為香港文學促進會常務副會長，香港《文學報》副總編輯，歷任香港作家聯會理事。

港鐵四季

蘇一墨

　　我從不諱言自己是一個「地鐵主義者」，不論別人如何鼓動我搭乘可以從起點站一路睡到終點站的雙層巴士，或是繪聲繪色地講起和輪渡一道在蒼茫的大海上搖弋是多麼的詩情畫意，我都不為所動。我固執地認為，地下鐵帶給我的，遠遠超出了交通工具的概念，它似一位老朋友，日日牽引著我的身體和靈魂，遊走於這個城市，領略人生的四季，不論酷暑還是嚴冬。

　　二十年前的夏天，我第一次走過羅湖橋，港鐵幾乎是唯一的交通選項。那一扇扇車門，猶如一道道神奇的簾子，在嘟嘟嘟的聲響中，把趕路的焦急和燥熱，輕輕地擋在門外。坐在靠窗的位置，我用目光一吋一吋地打量車廂，光亮、整潔，沒有一絲異味，細長的電子屏幕上一條接一條滾動著一句話新聞，「密密開，密密載」成為了我學會的第一句白話表達。窗外，與車廂平行的電線高高低低地在視野裏行進；遠處的山與田，把深深淺淺的綠遞過來，充盈著眼窩。車輪與軌道之間的撞擊，發出哐當哐當的聲響，似加深了我內心的忐忑，不知這列車要將我帶到一個怎樣未知的都市景象。

　　上水、粉嶺、太和⋯⋯這些名字被瘦瘦的宋體寫在站台上，復古又懷舊。見到它們，我的心一下子歡喜起來：車廂裏的「現代感」，站台上的「傳統味」，有機地交織在一起，帶給我難以言表的心緒──彼時香港回歸四載，這個小小的瞬間和景致，讓我強烈地感受到這片土地上，中華的氣息已然千年，厚重深沉。

　　從九廣東鐵到港鐵的東鐵線，它帶著我一路向南，終點站幾經變化，在紅磡站和尖東站之間挪移。於是，尖東海旁的海濱花園成了我與香港朋友雷打不動的約會地點，直到現在我還能毫不費力地說出尖東站每一個出口的「故事」：

　　與浸會大學中文系的陸教授第一次見面，是在 J 出口的崇光百貨，然後他教我知曉這附近有很多「大酒店」，以至於有很長一段時間，我不敢在深夜十一點之後接近 J 和 K 兩個入口，怕遇見那流傳江湖已久的「辮子姑娘」⋯⋯

與自己開畫室的曉彤在 H 出口的一家小店見了不下三次，那家小店專賣些布袋和手鏈，還有檀香的小工藝品，她不經意的挑挑揀揀，展現的卻是一個香港女孩自小受中西藝術交融浸染的獨到眼光；

　　做社工的後生仔阿俊曾在 N 出口的轉角處，悄悄地牽過我的手，他腼腆得像個小學生，只因我送他一張自己灌唱的 CD，裏面有一首《尖東海旁》，是我翻唱上世紀八十年代港片《花街時代》的主題曲，一句「此刻你關心愛護，以後又如何」讓他找到了「溫暖、期許又有些憂傷不安的童年」……

　　港鐵就像是一張城市的地圖，它的每一站、每一個出口，都延展成一個又一個具象的故事，當我一次又一次地走進它、擁抱它，然後又遠離它，我與這座城市，就一次一次地關聯著，我與這座城市裏的人們，就被一次又一次地串聯起來。

　　我的香港故事，就這樣在生命裏發生著。以至於十年前，當終於移居香港時，我發現自己已然習慣了用港鐵去鋪展、定位並且創造生活：

　　買生果——在油麻地站的 B 出口，前行，左轉，到達果欄之前，中間要經過一個紅磚外牆、巴洛克式的戲院。

　　拜菩薩——在鑽石山站的 C 出口，荷里活廣場樓下熙攘的人群裏左衝右突，過街，然後時光會在南蓮園池的幽靜和深深禪意裏靜止。

　　坐纜車——在東涌站尋找海風吹來的那個出口，那裏有家星巴克開了很多年，有個叫做 Jason 的服務生總會用港味十足的普通話和我打招呼，他的手指修長且白皙，我曾認真地確認過他曾是英皇書院學生樂團年紀最小的鋼琴師。

　　每次搭乘觀塘線經過彩虹站時，我的腦海裏滿是五月天阿信寫給梁靜茹的歌：「你的愛就像彩虹，雨後的天空，絢爛卻叫人迷惑，藍綠黃紅……」我清楚地知道地面之上，那個叫做彩虹的邨屋，正正代表了港人的生活日常，他們把塵世裏的包容美好，不動聲色地融入在彩虹站淡雅又略有些侷促的牆壁上，牆壁上的每一片小方格瓷磚，像是一戶一戶社區的家庭；那些美好的色彩，像極了日日忙碌的香港人，辛苦質樸，知足常樂。

　　這些，是香港人對這個城市的愛，也是我對香港人的愛。

一列列車輛在鋼軌上奔馳，不知疲憊；一段段旅程拼湊起我們的人生，莫問前程。來港的這些年，港島線變長了，西營盤、香港大學、堅尼地城，一路向西，像是終於補齊了百年滄桑的某些缺憾；觀塘線則向這何文田的街區腹地悄悄地挺近著，同時把黃埔花園海邊的鹹味帶到高山劇場……

曾在一個月朗星稀的夜晚，我聽見末班列車悶熱的汽笛從地下隱隱傳來，彷彿與那天的晚場電影《踏血尋梅》在某個世人無法看見的維度與空間裏問候、揮手，然後告別，我還沉浸在影片中郭富城飾演的那個香港警察的精神世界裏，而那港鐵的汽笛聲，在黑暗中放亮了城市的人文底色，提醒我這是香港，獨一無二的香港，現實或許沉重，但即便有缺憾，其中也註定有美好與善良，於是整個街區於那一刻在我心中矗立成一首靜默的詩。

屯馬線開通了，西鐵線終結了，這個城市，總是有生發、有消失，然後再出發，一如有人來了又去、去了又來，不變的是那份萌動。或許也正是如此，時光於這座城市才積澱了它的瀟灑與豁達。

而我，一天天老去，除了港鐵，似乎沒有人在意我額頭細密的皺紋、鬢角早生的華髮。每當我站在月台上那碩大的玻璃幕門前，等待列車呼嘯進站，我總會在那幕門之中注視和尋找自己有些模糊的影像。我知道，當我踏進列車，向下一站進發，不論走向成熟或是衰老，生命一定仍然蓬勃生長，沒有什麼能夠阻擋。

不論是城市，還是人生，前行的路上，總有陰雨，有暗影，就像這地下鐵，在光與影中穿行，明明暗暗，暗暗明明。願我們的心中，始終有一份真誠的熱度，在或喧囂擁擠或稀疏冷清的車廂裏，在駛向那些銘記著生活找尋和感動的車站時，向聚集著記憶的雲層鳴響問候的笛聲，向著陌生的面孔和窗外的風景投注一份親近和愛，於是，我們的城市和人生，就永遠有詩和遠方，也就必然還有希望。

蘇一墨簡介

八十後，本名趙陽，有筆名童丐智、蘇一墨，先後畢業於四川大學、香港浸會大學。迄今發表各類文學作品五百餘萬字。著有散文集《陽光物語》、《香江記趣》。做過大學教師、記者、翻譯。現為香港、台灣報刊專欄作家。

合肥大鮓肉逸話

曹柱國

鮓肉就是粉蒸肉，鮓肉是我們老合肥的俗稱。

鮓肉不是什麼上得宴席的珍肴名饌，充其量只能算是漢民族一道家常土菜。

有生以來我品嚐過成都的粉蒸排骨、黃鶴樓邊的粉蒸雞、揚州菜根香的粉蒸仔鵝，然而最令我魂牽夢縈思之饞涎欲滴的是故鄉的合肥大鮓肉。

合肥大鮓肉其獨具特色當然是「大」，合肥地區城鄉土著人家做鮓肉，習慣選用肋條五花肉，每塊切四指長，三指寬，厚約三分，每塊足足有二兩多，這樣的大塊文章，細肚皮的束髮小生吃上三塊，就已半飽，遑論其他了。

合肥大鮓肉，大固然是其特色，香嫩柔滑更是其體態和實質，經過「煮」婦們精心的醃製，裹上特製的傳統米粉，烈日曬乾收水進味，然後再上農村柴草大鍋密封一蒸，火候一到端上桌來，你夾起一塊猛咬一口，頓覺它肥而不膩，齒頰留香，滋味悠長，久久難忘。

也許有人說粉蒸肉做得再大、再好，畢竟不能登大雅之堂，只是土得掉渣的土菜，有什麼值得稱道的大義。然而不然，筆者認為一個地方的飲食文化，蘊蓄著該地區的民風、民俗、人民的性格及氣度。

君不見陝隴高原一座座窯洞門前，裹着羊肚子毛巾的西北漢子，手捧盈尺大大碗公，吸溜著辣子香油調和的，婆姨們將情和愛伴隨著細細的蔥末，綿綿的花椒，撒到那「拉條子」「刀削麵」和濃郁的「羊肉泡饃」上，此時，一陣北風掠過，送來山巔「信天遊」的歌聲：「哥哥你走西口，小妹妹我實難留……」

這是一幅多麼養眼的豪邁而溫馨的民俗畫，此情此景，你立馬認識了虎視天下氣吞六合秦王之師和他的子孫。

如果烈日炎炎之時，你來到巢湖之濱，萬畝圩田堤上，觀看那繫着靛青土布褲襠的江淮漢子，裸露著崢嶸的胸脯和粗壯的雙臂，揮鐮如飛，揮汗如雨，那黃澄澄的谷穗化成香噴噴的新米白飯，豐乳肥臀的合肥大媳婦，

將那青花大大碗公冒尖的飯堆上，疊著晶瑩震顫的大鮓肉，捧給自己的男人，用憐愛混和著羞澀的目光，瞥一眼男人濡濕而凸起的褲襠，禁不住雙眼紅紅地為他撫摸脊背抹乾汗珠。

此時，一陣熏風吹來不知誰扯開喉嚨唱起盧劇《鍘包勉》：「前輩的忠良臣人人敬仰，哪有個徇私情賣法貪贓……」在這渾厚而剛烈的男高音中，你彷彿聽到了天津八里橋隆隆的炮聲，你彷彿看到肚破腸流滿臉血污，猶仍指揮戰鬥的聶軍門，和他統率的江淮子弟兵；你彷彿看到淞滬戰場上的蔡炳炎；同古會戰中的戴安瀾；率領着遠征軍猛虎撲狼般追殲日寇的孫立人。是矣，蜀山巍巍，淝水泱泱，敦厚的民風，博大的胸襟，皖江淝水孕育的歷代英傑，或許就是咬著大鮓肉走上歷史舞台，為後人評說至今。

筆者有些上海親戚，有幸曾多次擾過他們的家宴，那輪番端上的精緻的七個碟子八個盤，一件件色味俱佳，彷彿是精心製作的工藝品，呈顯著南宋臨安遺風，浸潤著精明的海派文化。但是，畢竟量太少，幾片帶魚，幾莖韭黃，數粒蝦仁，一碟沙拉，只能供寶哥哥、林妹妹此等雅人品嚐，我輩粗夯之人，真是不敢下箸。咱們合肥人請人吃飯、五簋八碟，十二大碗；大籽圓子、紅燒肉、老母雞湯、大鮓肉，不僅重油重色，而且是堆疊如山，大杯敬酒，大塊吃肉，媳婦布菜，姑娘央飯，讓你無法推辭，欲罷不能，定教你酒足飯飽，盡興而歸。

這就是皖江的熱烈，皖江的敦厚，皖江的性格，皖江的氣概，這待客之道，就如同肩寬體健、蘊涵豐腴的合肥姐妹，和吳儂軟語嬌小玲瓏的小家碧玉、大異其趣不可同日而語也。

合肥大鮓肉可供佐飯，供人解饞，供人品味，誰承想合肥大鮓肉竟然可以寄託愛情，為你敷演一齣溫馨的故事。想不到這故事的主角竟然是當過民初國務總理的段合肥。

段幼年就侯姓塾師學，並循例在其塾館搭夥，三更燈火五更雞，村塾生活清苦可想而知。然侯家塾館每月例有三個犒期，俗稱「打牙祭」，逢到「打牙祭」這天，學生除青菜豆腐外，每人碗頭有兩塊大鮓肉，每塊約重一兩。塾師之女，見段祺瑞為人誠實，平時不多說話，家道又窮，對他有些同情，每逢犒期，她於段碗頭給兩塊肉外，另外又將兩塊肉墊在飯底，

段初亦不覺得，後來每逢犒期必如此，心想必是有人特為施惠，但又不便查問，乃默默食之。

某天，塾師女問他：「你碗底每回都有兩塊肉，你知道是誰給你的？」

段答：「是師母給我的嗎？」

侯姑娘紅著臉說：「是我加給你的。」言訖嫣然一笑、一甩長辮，扭身隱入廚房。

筆者不敢斷言這位塾師的千金有慧眼，預見到窮學生段祺瑞能成為民初叱咤風雲的大人物。

當然這豆蔻年華的村女的愛，沒有發展成整本大戲，但她的善良真誠與愛心，如同墊在碗底的大鮓肉一般淳樸而真摯，一直溫暖着這位北洋領袖的一生，就是在他晚年息隱上海為學生蔣介石供養時，竟然還從有限的政府特別津貼中，給這位侯姓姑娘 —— 當然已是雞皮鶴髮的侯婆婆，寄著養老銀子。

這雖然不是奇詭跌宕的愛情連續劇，但卻是溫馨的人生段子。

合肥地區農村姑娘樸實內斂，她們既不懂得中國古典仕女的待月西廂下，又不解現代女性的執著與追求，她們口笨舌拙，只會將自己的感情寄託在大鮓肉裏，埋在碗底等待情哥哥的發掘。

如果讀者看了本文，認為合肥的姑娘都是這樣粗陋不文，那就錯了，君不見「合肥四姐妹」中張氏四妹，名揚海內外，蔚為大家，但她們會不會做合肥大鮓肉？那真就無可奉告了。

曹柱國簡介
黃梅短劇《藿香正氣丸》編劇、香港作家聯會會員。

憶母

熊達

　　母親石新芝，是農村婦女典型。賢淑儉樸，心靈手巧，勞瘁終身。上奉公婆，下撫子女，將一個貧窮的九口之家，治理得井井有條，讓父親專務農事。父親耕作辛勞，所得菲薄，將近一半收穫要交田租。

　　我家主食是紅薯，一日三餐，薯佔其二，花樣頗多。鮮薯、乾薯、薯絲、薯片、薯米、薯粉、薯角，都由母親操辦。稻麥登場，也能吃些米麵。逢年過節，還會磨豆腐、打糍巴、蒸年糕。平時則是糧菜混雜，粗細搭配。紅薯飯、南瓜粥、豌豆麵、青蒿粑等，節省糧食又可口。祖父犯胃病時，便開小灶，蒸一碗米飯或煎一個麵餅。每年還會餵一、二口豬和十來隻雞。雞蛋用來換油鹽或給病者調養。賣豬得錢添衣物。

　　母親會紡紗織布，出嫁時帶來的織布機，用了二十年。她還會縫衣服、做鞋帽；一家人的穿著，多出自她的巧手。她做閨女時學過刺繡。出嫁時繡了一方披肩，後來用作搖籃被蓋，上面繡一首詩。我在襁褓中讀了這首詩。詩曰：「走盡天下遊盡山，百般道路百般難。南京有個靈谷寺，湖廣生成武當山。四川峨嵋有一景，天心地膽在河南。借問君子何處好，手中無錢到處難。」

　　母親沒有讀過書，卻能講許多故事：董永賣身配仙女、梁山伯與祝英台、許仙和白蛇、包公鍘陳世美等，母親都能娓娓道來，這要歸功外祖父石志遠。外公是個戲迷，鄉村唱社戲，無論遠近，他都會前去擠台口。聽戲歸來就將劇情講給他的獨生女。若干年後，母親再口傳給我們。

　　母親積勞成疾，五十六歲便離開我們。

六十年前，我在夢中見到母親。立即寫詩記夢：

恬靜仲夏夜，天風吹戶開。

貪涼正好睡，忽覺影徘徊。

親切喚兒聲，驚喜慈母在。

敬牽慈母手，問從何處來？

母言住鄉間，養雞兼種菜。

聞兒遭不幸，車禍失同偕。

死既不復生，兒應有新愛。

可憐兩稚子，他們乖不乖？

兒請母寬心，新愛在上海。

德厚學識廣，端莊好人才。

懇談情正濃，忽聞呼奶奶。

兩孫如小犢，爭撲祖母懷。

母喜兒亦寤，東方尚未白。

青蛙鳴戶外，明月照窗台。

註：今年歲在辛丑，為先母石新芝一百二十周年冥壽，謹撰此文紀念，時年九十三。

熊達簡介

一九二九年，出生於湖北黃石市大冶大箕鋪一個地道的農民家庭。香港作家聯會永久會員，香港政治、經濟、文化學會顧問，是資深的新聞工作者、詩人、時事評論員。著作散見中國大陸、香港、新、馬、泰、菲、美、加、法等地中文報刊，約兩百萬字。

臨摹白石老人

惟得

畫廊一度是我的梨花園，進去後只想到流連，隨著時光流轉，是畫廊虛張聲勢？還是我意興闌珊？只覺得當今的畫廊，每層樓懸掛數百幅畫，正廳之外，還有偏廳和側廳，單是走一遭已經腰酸腿痛，那裏還有精力駐足細詳每一幅畫。北京齊白石舊居紀念館的畫多懸掛在南室和西室，六堵牆，偶而兩幅，最多六幅，加起來也只是二十多幅，是可以應付的份量。正廳除大幅畫外，還有一副對聯相襯，觀畫之餘，又可以欣賞他的書法。畫框與畫框之間有一塊熒幕，不斷播放白石老人的傑作，我倒又覺得眼花繚亂了。

文人多大話，畫家也不例外，齊白石說：「余自四十以後不喜畫人物。」這句話有點口不對心。晚年時他還經常畫人物，紀念館就收藏兩幅，代表他收放自如的兩種風格。其一是有如老僧入定的無量壽佛坐像，手腳都包藏在兜帽僧袍裏，只露出頭臉和小撮內衣，較年輕時他也畫過無量壽佛，六十和六十三歲的兩幅，馬臉無鬚，側面的眼望出畫框，似乎還在搜索。八十八歲畫的這一幅，唇間圍繞鬍髭，眼神下垂，似在冥想，僧袍的皺褶也按著包纏的方向往裏積聚，構成內斂的趨勢。勾線後上凝重的紅色，自成不假外求的化石。此外就是一幅標題《老當益壯》的自畫像，題款是：「寄萍堂上老人齊璜三復依樣，一揮而成。」是否一揮而成不得而知，倒似一筆勾出衣袍輪廓，再用兩筆濃墨點綴衣袖，白眉白鬚的紅臉與執拐杖的紅手是畫中的實體，衣袍的線條倒穿梭在虛與實的空間，胸懷開闊，落筆瀟灑，活脫脫是南極仙翁的空靈境界。

畫家不是全能，有人詬病齊白石畫的鴨笨拙，腳杆子有如一根螺紋鋼，紀念館也有一幅齊白石的鴨像，嘴喙過大，身體過長，頸項又過窄，有點不成比例，雙腿倒肯定不是螺紋鋼，輕柔如船槳，齊白石的一個竅門，是畫中沒有一絲水紋，依然給人鴨子暢泳的感覺，就像唐朝二十四詩品之一《含蓄》開首兩句：「不著一字，盡得風流。」齊白石畫魚也有相同的效應，就看紀念館的一幅，四尾魚向畫的下方游，無波無浪，然而從魚擺尾的姿

勢，我們已經領略到水紋盪漾。有點像京劇，常在舞台進行的虛擬抽象表演，單憑做手就可以巧妙地傳達假象和意象，台上本來空無一物，演員舉手投足，觀眾已經對一些實物比如馬、車、轎、船心領神會，不知齊白石可是受到京劇的啟迪？這幅畫還有一個特色，是畫的右下角無端出現一隻雛雞，論理雞不會游泳，怎能與魚同場戲水？細看雛雞站立的地方呈深棕色，而魚暢泳的空間是米色，兩個環境並不一樣，姑且猜測，魚的範圍是一幅畫，雛雞不過站在畫外垂注，齊白石要營造畫中有畫的錯覺，又是虛實互補的招數。

齊白石的山水畫也可以分為虛實兩類，他曾經繪畫多幅《萬竹山居》，相信是有根據的實景山水，觀賞的一個方法，是把視線由下移上，先看見一條河，這次上面有水紋，讓我們感覺到風，淺灘上的竹林，也被風吹得東倒西歪，儘管竹林排列兩旁，似要維護兩間民居，倒有點自身難保。民居互疊成「丁」字形，似要增加立體的感覺。竹林對上就是崇山，在這裏齊白石引用「破墨」法，先用綠色渲染，色彩還未乾，已經接上一重墨色，製造山外有山的感覺，留白的右上角，有用篆書寫的「萬竹山居」四字，另加行書寫的「借山吟館主者齊璜」字樣。館內另一幅山水喚作《桃花源》，題詩寫著：「平生未到桃源地，意想清溪流水長。竊恐居人破心膽，揮毫不畫打魚郎。」既未涉足桃花源，應是想像山水。視線可從上移下，兩邊的山石互疊，似乎開出一個洞天，左邊點點桃花，又與右下角的紅樹呼應，民居疏落，遵守諾言，齊白石也不在桃花源畫上漁舟，保持畫面的寧靜。

南室和西室提供齊白石的畫意，正室倒陳列他平生的簡介，前言之後展覽把他的一生劃分為七個階段，「困頓童年」的齊白石懂得變通，裁出習字簿的紙張練畫。少年齊白石體弱，無力氣在田野幹粗活，甚至木工也不能勝任，「木匠生涯」再一次看到他的圓通，他追隨周之美學雕花，不止承受平刀法，經過一番琢磨，還改良了圓刀法。「拜學詩畫」強調一幅題為「甑屋」的橫額，見證他的成就，三十歲之後，他可以賣畫維持家計，不用甑塵釜魚。他依然好學不倦，「五出五歸」計算他在三十八歲之後，將近十年出門五次，固然飽覽山川景致，趁機參照前輩傑作。鳥倦「家鄉幽居」，齊白石本是地方民間畫師，自我砥礪為文人畫家。正式定居北京

已經五十五歲，得到莫逆陳師曾的鼓勵，決定「衰年變法」，成就了「紅花墨葉」風格。「聲名日重」卻遇上抗日戰爭，恥與日偽分子周旋，索性在家門貼出「停止賣畫」的告示。紀念館倒沒有提到：「⋯⋯廿七年華始有師⋯⋯自燒松火讀唐詩。」我不會寫畫，也不熟悉國畫理論，只會張開眼睛離遠欣賞，畫家從小名阿芝成長為白石老人，始終如一不斷求進，苦學精神才值得我臨摹。

惟得簡介

散文及小說作者，兼寫影評書評，文稿散見《明報》、《香港文學》、《香港作家雙月刊》、《信報》、香港電影資料館叢書、《字花／別字》、《城市文藝》、《大頭菜文藝月刊》、《虛詞・無形網誌》。著有短篇小說集《請坐》（二〇一四年，素葉出版社）及《亦蜿蜒》（二〇一七年，初文出版社）、散文集《字的華爾滋》（二〇一六年，練習文化實驗室有限公司）、電影散文集《戲謔麥加芬》（二〇一七年，文化工房）、遊記《路從書上起》（二〇二〇年，初文出版社）。

歲月如歌　情思黃昏

陳茂相

　　歲月如歌，跌宕起伏，歷盡艱辛，走過崎嶇坎坷，充滿風霜，雷電之途，嘗過多味人生，渾渾噩噩渡過數十年。在理性與感性慾望與克制之間掙扎過後，自覺找到自己心裏和感情的平衡點，喚起我對人生的感悟，為我帶來了精神上的昇華和心靈上的洗滌。來到香港，生活充滿挑戰，靠苦幹「巧幹」，獲得安逸的生活，當我又憑愛好走進文學門欄，沿著我的心靈軌跡在文壇馳騁，著書，與文友聚會共勉。

　　退休後，凡人如我，好歹來到塵世，現在景入桑榆，不虞不惠，遁世離俗，情思黃昏，充分認識這一點，盡情而不考慮其他，一切隨緣，晚年寧靜而致遠，即使是燈火闌珊處，只是留下永恆的烙印。寄居香江一隅，悠然自得。為心靈解構，順從自己的心願，萬緣放下，靜坐家中讀書，追求心靈的舒放；練筆，記錄人生的感悟；傾聽一曲高歌，享受生活的甜美；塗鴉一首壯詩，感到揮筆的瀟灑；上網遊弋現代文明！我還常隨心所欲，到公園觀景漫步，作健體機械操練，也有出席僑友會的活動或與兒孫同樂。

　　有幸在九龍將軍澳區的美麗景緻下，沐浴夕陽，落日餘暉，晚霞醉人，閒適自然地漫步人生。欣喜春節我們能與兒子、媳婦、孫子、孫女乘郵輪往日本沖繩島樂逍遙。喜心懷感恩，回眸此生，無怨無悔，耄耋高齡還健步走。

　　古言，夕陽無限好，何懼近黃昏？！

陳茂相簡介

原籍廣東省台山縣，一九三二年出生於印尼，曾當過小學教師，一九五五年回國，入讀廈門集美中學，畢業後進廈門水泥廠工作，後來獲對調到廣州建材二廠。一九七三年移居香港，在南洋紗廠工作，過後到英基國際學校工作，退休後移民美國，兒子回香港科大當教授，就跟回香港。參加多個僑團，擔任過幾家僑團會刊編輯，並加入香港作家聯會成為永久會員和香港散文詩學會當副會長。著有兩本書：《走向晚晴》和《心底的琴弦》。

她仰望上帝
——記英國女學者 Audrey Donnithorne

黃為忻

二〇一九年四月份，春光明媚的日子，在五光十色的香港鬧市區中環，香港的外國記者協會 FCC 的建築裏，有一個靜悄悄的 party，是慶祝年屆九十七歲的 Audrey Donnithorne 的新書：*China in Life's Foreground* 出版。我應邀趕來參加，又見到了這位和藹可親的老人。

我和 Audrey Donnithorne 的初次相見是在香港大學教授餐廳。應該是九十年代的某天中午，在香港還可以穿著西服上街的早春時節。那時，我在荷蘭的一家銀行工作，借因公來港的機會，早早約見了這位譽滿中外的學者。

在見她之前，我只是拜讀過她的書，就是那本一九六七年在倫敦大學出版的《中國經濟制度》（*China Economic System*），卻從未謀面。

在我的無數想像之中，她一定是一位溫文爾雅，彬彬有禮的學者。當我匆匆趕到香港大學大樓裏明亮的餐廳，她已經先我在那裏坐定。當我諾諾向她走去，與她握手，她親切地招呼我坐下，使我沒有一點拘謹。我看到，面前是一位一頭銀髮、慈祥和藹的長者。

這次見面於我當初與她相識也有七八年之久。斯時她在澳洲，我在歐洲，潛心攻讀我的博士學位。當時指導我的教授推薦書單中，就有那一本她寫的《中國經濟制度》。這是西方研究一九四九年以後中國經濟最早的一本書之一，時至今日，也廣為學界所知。事隔五十多年後，牛津出版社前年再版了這本書。可見這篇著作的意義。

就在那本書裏面，她提出了中國經濟的「蜂窩性」本質，也就是說，中國作為一個統一國家，每一個省份的經濟有非常大的「獨立性」和「可重複性」，所以，中國的經濟是有許多獨特的小個體組成。這個提法吸引了我的極大興趣。我試著通過出版社，發給她一封信，希望能得到她的指點。

我知道這是一個奢望，一個名聞中外的教授，誰會注意一個小小的年輕無名小輩的研究興趣呢？更何況還是在天涯海角。

沒有多久，我的信箱裏果然來了一封澳大利亞國立大學的信，那正是她的回信。這使我非常的意外，也是我完全沒有想到的。從此之後我每年

都會見到她的熟悉的親筆簽名的聖誕卡。

她的覆信，給了我極大的鼓勵。於是，這個課題後來成為我的博士論文題目。從那時起，我就萌生了見見她的念頭。可是，從歐洲到澳洲畢竟路途遙遠。

後來，她到了香港大學，我因為常回大陸的原因，與她見面的希望變得不是那麼遙遠，於是就有了我們香港大學的見面。

趁著那次見面，我請教了很多有關她的《中國經濟制度》一書的問題。我驚訝她作為一個西方學者，怎麼會對中國經濟理解如此惾熟，並有這麼深刻的理解。她開玩笑地說，她是中國人，是中國的少數民族。

她確實有個非常「中文」的名字，叫董育德。她出生在四川的三台縣。根據當時中華民國國籍法，她也具備中國國籍，她的父母則是英國聖公會的傳教士，父親董宜篤牧師是著名的三星堆遺址的發現者，在今天的三星堆博物館跟中央電視台相關的紀錄片中，都有提到。

她出生以後，一家生活在四川的安縣，一直到她四歲被父母送回英國讀書。到大約十六七歲，她再回到中國，後來進入由基督新教五個教派合辦的私立華西協和大學，即後來的華西醫科大學，及今天的四川大學華西醫學院。就讀不久，因為抗戰，學業也不得不中斷。但儘管這樣，她還在華西幫忙教授英文。

中國內戰期間，她的一家也開始遷移。最終，他們不得不離開中國大陸，父母來到香港繼續傳教，而她則回到英國，在牛津大學繼續學業。在她新出版的自傳中，她坦承不喜歡牛津大學的那段生活。因為嚴格的訓練，使她的健康大受影響。相反，她對四川卻是一往情深。

因為對中國的愛的執著，她之後便投身中國經濟的研究工作。在倫敦大學擔任教授二十年的時間，大多數時間是單純的從事學術研究工作，其後她再受聘於澳大利亞國家大學，任教十七年。

香港大學這次見面之後，我和她常常有書信往來，尤其是每年耶誕節的賀卡，三十多年來從沒有間斷，而且，她的賀卡常常是最早到的，連我兒子都知道，是香港「老奶奶」寄來的。

前幾年我有機會在香港長住，就常常去看看她。對她有了更多的了解。

她就住在港大附近，一座靠教堂的公寓裏，長年在上帝的福蔭之下。這座靠教堂的公寓，是她搬來香港後不久就買了，住在那裏至今。

每每到她家探望她，沒有等我坐定，她常常就會問，中國怎麼樣？這種熱切，這種執著，是深深的植入她的心中的。

Audrey 是一個挑戰不可能的人。六十年代在英國的時候，正值中國運動頻仍，國門緊閉的時期，鮮少有外國人能進入中國。Audrey 愛中國，她又從事相關研究，希望能重新回她出生的故鄉去看一看。因此，她就懷著試一試的心情寫信給了當時的中國大陸駐英國的代辦，在信中，她說自己是一個四川的少數民族的華僑，希望能回國看一看，大概在對方回覆質疑她華僑的身份時，她為自己辯護道，「中國是個多民族的國家，四川有很多少數民族，為什麼華僑就必須是漢族？」

九十多歲的她，一生沒有結婚，依舊是一個非常單純無私的基督愛徒，無論誰要求說明，她都會伸出她的援手。這個老人，她以滿頭白髮，換來了桃李天下，以一個人的心火，點燃了萬千世界！

她的自傳開篇說，她是「一個海外的英國人，一個四川的農村姑娘。」

在這個人間四月天，我望著坐在輪椅上為讀者簽名的 Audrey，心中默默地祝福她健康長壽！

後記

去年六月，我得到她因病去世的通知。因為疫情所限，我無法飛往香港，最後，在網上看完她的葬禮，送她最後一程。今年，我將無法寄賀年卡給她，也收不到她的了。煙花易冷，人事易分。

我只有默默為她祈禱！

她終於回到她仰望的上帝身旁。

這篇文字完成後，她生前看到過。於我這是一個安慰！

黃為忻簡介

上海財大 MA，日本國際大學 MA，荷蘭 Erasmus 大學 Phd。一九六九年赴雲南，後轉安徽插隊，一九七五年進廠，一九七七年高考後入大學。一九八六年負笈荷蘭，攻讀博士。一九九○年代初起在荷蘭任職於荷蘭銀行。有金融專著數本在海外及內地出版，多篇文學散文 / 譯文發表在各種文學雜誌。現為歐華筆會會員，知青作家學會副主席。

又見含笑花

印象

一如許多閩南婦女，婆母喜歡含笑花，總愛把它們裹在手絹裏，隨身攜帶；再不就串成花環，綴飾於髮髻，或者隨意夾兩朵於鬢邊耳際。那是閩南婦女除卻大襟衫、寬腳褲外，又一個別具風格的玩意兒了。

婆母雖年近八旬，仍樂此不疲。每年這個時候，我們總會在屋外的叢林裏，採擷芳華，滿足她小小的奢望。她總是按捺不住愉悅，尾隨著我們，甚至自告奮勇地要幫我們扶穩摘花用的短梯。看我們兜滿懷溫香軟玉，婆母例必笑得合不攏嘴，露一口雪白整齊而又略爆的假牙，凹陷的眼眶眯成一條縫，鏤出眉骨下深深的雙眼皮。為了彌補爆牙的缺陷，婆母拍照時通常只是抿嘴而已，殊不知一家大小都愛觀其爆牙，有一種無法抵擋的魅力，自唇齒眉眼間蜿蜒析出。祥和氛圍中，三代人的心靈俱融而化之。

婆母一如含笑花，一樣的慈眉善眼，安命樂天，適時地開了又謝了。從不強求什麼，對一切人事皆笑意拳拳，彷彿世間全無悲苦。

別看她身材矮小，嗓門可嘹亮得很，一聲呼喚便輕易穿堂過弄。來到香港，大嗓門總也改不了；有一次父親從印尼經港返鄉，還未進門呢，婆母就來個高八度的招呼：「親家呵，您來啦！」裂帛之音，至今仍有餘韻。

但我們都希望聽到她的大嗓門，外子說：「嗓子嘹亮，證明中氣十足，身體無恙。」每逢聽到她聲調低啞，外子與我總是憂心忡忡。

出生於廈門一個杏林之家，懷胎七月便生下來的婆母，其下尚有四弟一妹。據婆母自述，她的嬰兒時期乃是收藏在保溫抽屜裏的，幸而安然走出，只是先天不足，生得又矮又瘦。由於家道甚豐，婆母就讀過女子學校，可說是粗通文墨；在她那個年代，也是挺不容易的呢。但她從不炫耀，倒像是目不識丁的樣子，家信總是請人代筆，連信也請人代讀。但事後，她總會小心翼翼地把信藏在糖果盒裏，閒暇時便取出，架起老花眼鏡，自個兒有板有眼地朗聲誦之，樂也融融。

婆母本有一個挺適合她性情的名字：「善珠」。但嫁入夫家後，為避上輩之嫌，不得不另起芳名；而情人眼中出西施的公公，大筆一揮，便為凸額細瘦的新婚妻子，取了一個天下女子無不心儀的名字：「越麗」。

　　婆母具有「難得糊塗」的天性，因此她笑口常開，一點愁煩都不上眉頭。其實她的境遇也夠淒涼的了。新婚甫四十天，丈夫便飄洋過海謀生，一去二十年；回來小聚個把月，跟著又是長長的二十年，到了晚年才拖著老病貧弱的身子回鄉。四十個年頭的寂寞，獨守空幃，也從未聽她抱怨

　　她領養了二男一女，南洋每月均有家費匯來。家道寬裕的時候，由孀居的長嫂持家，她只領一份不鬆不緊的零用，也樂得清心。每天這裏兜那裏轉的，什麼「孤兒教養院」的院董啦、「僑聯委員」啦、「居委會小組長」啦，一屋子頭銜。

　　後來人丁漸多，長嫂不再攬權，她就變賣私己，苦苦支撐著家計。但仍是樂哈哈一臉笑，今日不憂明日柴米。四十開外才領養剛彌月的外子。當時人們都說她傻氣，何時才能拉扯成人呢？而恰恰又是這孩子對她孝順，連帶著兒媳、孫兒孫女一干人等，皆對她呵護有加。

　　老人家的生性極容易對付，一點小小的心意她都會不厭其煩地逢人誇說，好像她就是世界上最幸福的老太太。卻從來不提兒子，為她屢次攀高取物而大發雷霆，也不說兒媳如何挑剔她不肯天天洗澡，她總是隱惡揚善。甚至對在鄉下與她相處不甚和睦的大兒媳，她也是一味地包容。在來港與我們同住三年的日子裏，從未聽她稍加抨擊。有一年大兒媳患病入院動手術時，她還頻頻叮囑外子要寄錢回去接濟呢！我想她這輩子大概沒有算計過誰吧？

　　正因為她的寬容坦蕩，無論是妯娌間，抑或與弟妹們，親戚鄰里都相處甚篤。

　　最令我羨慕的，是她與弟妹間的手足深情。一大把年紀了，與南街的妹妹仍是每日必見，去時總要捎帶些吃的；兩日不見，姨母必定上門前來探詢，該不是病了還是怎麼的。

　　抗戰時南洋一度斷了音訊，便由南門行醫的三舅接去贍養。三舅的大小老婆彼此勢如水火，但都願意聽命於這位大姑奶奶，並拱手讓她執掌家政。其實，據我所知，婆母並無才幹，純粹是以德服人而已。在她重病回鄉調理時，弟妹們經常前往探視，尤其以居住在西門的二舅最為有趣，彼此都是年過古稀的老人了，不言不語，一坐就是幾個小時，守住她吃藥進

膳，睡覺歇息，從不絮叨什麼，純粹是手足親情。

居住在鄉下的大舅和四舅，早年日子過得緊巴巴的，但進城總要捎帶些土產，而婆母不是檢點些舊衣物，就是克扣自己的零用錢來接濟他們。六十年代國家經濟困難時期，四舅患了肝病，婆母毫不吝嗇地，將公公從南洋寄來的、當時被視為珍品的豬肝精，拿來給他注射。

最感人至深的，莫過於大舅，當接獲婆母病逝的噩耗時，七十多歲的白髮老翁，竟一路嚎啕從城外趕來奔喪。

弟妹們私下皆呼她為「傻大姐」，這個傻呼呼的人平白添了如許福氣，卻是精明能幹的巧婦們，所難以抵達的境界啊！

每次憶起婆母，我總不免會想，人生在世，又何須轟轟烈烈？活得快樂，於心無愧也就是了。婆母晚年返依基督，雖不求甚解，卻是虔心誠意地禱告，作禮拜。一個好人，最終有個永恆的歸屬，婆母亦可謂不枉此生了。

四年了，慈顏常在，那皺巴巴的臉容，盈盈堆滿笑意，恰似風乾的無花果，貌不出眾，卻清潤宜人。

四年了，死並沒有摘去那一朵含笑花。含笑花常在一家人心中搖曳生姿。婆母，每年這個時分，總令我們倍加思念您，我們也如往年般，為您掬一掌清芬。

五月薰風中，有陣陣暗香湧動；我們都知道您去了天國定居，那裏必是好吃好住好歡喜。

印象簡介

原名楊夢茹，另有筆名夢如。現居香港。一九八六年開始寫作。著有詩集《季節的錯誤》、《穿越》，散文集《她穿行於清醒的迷茫》。詩畫合集「心象‧意境」。印象夢如在八十年代入選《中國當代文學家辭典》，二〇〇九年入選《二十世紀中國新詩史》，台灣、上海、湖南廣播電台均介紹過其作品，作品收入各種選本、辭典，以及小、中、大學教材。二〇一七年，停筆十八年後，以新筆名「印象」，跨入其寫作人生的第二篇章。

憶父親

孫玉娥

　　二〇二〇無疑是個多事之年，早晨起來，忽然接到好友的微信，訴說她的苦惱：她遠在新疆的父親因病去世了，可是因為新冠疫情，烏魯木齊尚處在封城、封小區、封戶門的防疫措施中，除了工作人員、志願者，常人是不能出入的，身在廣東的她無法回去送別父親。對此，她既悲傷又無奈。我無法用語言勸慰好友，這種別離之痛、這種無助，只有經歷過的人才會懂。放下手機，我不由想起了我的父親。

　　我的父親離開我們八年多了，父親走的時候是個乍暖還寒的初春。八十九歲高齡的父親走得非常突然，沒有任何徵兆，家人一點也沒有防備。那天中午吃飯時父親還好好的，飯後自己去上廁所，就再沒能走回來。母親在北屋發現父親去了半天不出來，就喊孫媳婦去找，孫媳婦隔著門一看就哭了，父親坐在大哥為他做的木凳馬桶上，身體斜靠著身後的木推車，已經沒有了呼吸。他就這樣安安靜靜地走了，沒有給家人增添一點麻煩，也沒有留下一句話……當我和遠在幾千里之外的大姐、姐夫從新疆、福建坐飛機、轉汽車趕回家的時候，也僅僅看了一眼父親冰涼的遺體，父親就被拉走了。

　　我是少小離家老大也未歸，所以對父親的記憶是少之又少。

　　父親很早就離開家鄉當了兵，參加過解放戰爭、抗美援朝戰爭，以他的資歷，如果是在城裏，他完全算得上是個老革命，可以享受離休待遇了。年輕時的父親很威嚴，家裏人都怵他，所以基本上沒人敢惹他生氣。家裏六個孩子，只有一個男丁，聽姐姐們說，父親並沒有因為我們是女兒家而歧視我們，這在幾十年前的膠東農村是非常難能可貴的。

　　父親年輕時長得高大、英俊，用現在的話說就是一個字：帥。父親寬額、方臉，一米八的個頭，可惜我家六個子女沒有一個接受到這個遺傳基因。我見過父親一張年輕時的照片，梳著背頭，微側著臉，穿著軍裝，胸前各種軍功章、紀念章掛了一排，很是英姿勃發。年邁的父母一直跟著哥嫂一家生活，父親去世的時候，我向哥哥要了其中一枚渡江作戰紀念章作為對父親永久的懷念。

記得初中畢業那年，我帶著五歲的外甥女回家探望父母，看到父親的襯衫破了，肩背部破了好幾個洞，已經無法縫補了，我找了一大塊布，將破的和沒破的地方一攬子補了一大塊補丁。父親扛著鋤頭回家，看著補好的褂子，高興地直笑，舉著褂子一疊聲地誇讚：「和新的一樣，和新的一樣。」

　　現在想來，那是我為父親做的唯一一件事。

　　還記得小時候父親用自行車馱著我去河裏打魚，那時候家鄉不像現在這麼乾燥，還有大片的水澤，父親帶著寬大的尖斗笠，披一件蓑衣，騎著自行車，馱著我以及魚網魚簍，在家鄉崎嶇不平的土路上逶邐而行。不記得打上來的是什麼魚，也不記得去的什麼地方，卻記得父親用力撒網的樣子：父親解下綠色的魚網，一手抓著魚網的尾部，一手托著魚網的中部，抬手猛力一甩，魚網便像傘一樣飄曳的散落在闊大的水面上。這一天，家裏便會有魚吃。

　　小時候的我很愛哭，一哭就收不住，任誰勸也沒用，仗著是家裏最小的孩子，行事就有些無理，哭，成了我的武器，屢試不爽。當然也一定為此挨了不少的打，但是小時候是否真的捱過父親的打以及捱過多少次打已經不記得了，只記得父親拿著呱噠板（一種槌打麥穗的木製農具）追打我的場景，其時，父親在生產隊的倉庫負責給牲口分配飼料，回來的時候，口袋裏裝了幾粒炒熟的黃豆，被我翻到了，我吃完了還想吃。那個年代隊裏配給牲畜的黃豆也是有限的，父親到哪裏再給我找黃豆啊？我卻不依，坐在院子裏大哭，把準備睡晌午覺的父親吵煩了，父親從西屋裏衝出來，手裏舉著比他的腳底板還長的呱噠板朝著我就衝過來了……當然由於母親和姐姐們的奮力阻擋，奶奶扭著小腳，慌不迭地拉起我，把我背在背上奪門而逃，我才免於一場皮開肉綻。

　　現在，我再也看不到那個生龍活虎的、抑或是老態龍鍾的父親了，我寧願看見那個舉著呱噠板的父親站在我的面前，寧願那個巨大的呱噠板再次輕輕打在我的身上，也不願去觸碰那個冰涼的像章。父親啊，您能原諒女兒當年的年幼無知嗎？

　　父親當兵轉業時，響應組織號召，隨著支援邊疆建設的大潮來到新疆，被分配在新疆紅旗冶煉廠工作，父親帶著全家在烏魯木齊落了戶，我的四

姐就是在那裏出生，她是我們家唯一一個「新疆娃」。幾年後，不知什麼原因，冶煉廠項目下馬，本來，以父親的資歷，是可以留下來由組織重新安排工作的，但是由於當時奶奶年事已高，葉落歸根的觀念根深蒂固，另一方面也是為了不給組織添麻煩，父親帶著一家老小又回到了山東老家，唯獨留下了已經參加工作的大姐一個人在新疆。從此，遙遠的新疆成了母親一輩子的牽掛，直到我七歲那年，母親帶著我從家鄉來到新疆，投奔遠在庫爾勒工模具廠工作的大姐一家，我就再也沒有回去。從此，母親的牽掛由一個變成了兩個。

從革命軍人，到工人，又回到農民，記憶當中父親好像從未對這段經歷有過悔意，從未聽他對此抱怨過什麼，幾十年過去，父親已經成為了一個地道的老農，歲月壓彎了他曾經高大挺拔的身軀，時光的痕跡爬滿了他曾經寬闊英俊的臉龐。父親對生活沒有過多的苛求，兒孫滿堂，家人平安是他最大的滿足。

父親也似乎從未奢望我為他們做點什麼，那一年的春節，我僅有的一次帶著丈夫、女兒回家過年，我看到家裏的屋頂年久失修，已經踢了一塊，臨走時就要給父親留下五百塊錢，讓他修繕屋頂，父親卻說什麼也不要，我硬是把錢塞到他手裏，父親背過身去，留給我一個已經不寬闊了的脊背，我看到蒼老的父親在偷偷地擦著眼淚。

老年的父親，腿腳不好，懶於活動，對於家人要他多活動活動的勸導，他自有一套說辭：腿腳不利索，出去活動萬一磕倒了，磕了骨頭碰了筋的，不合算，會給你們添麻煩，還不如坐著呢。由於活動少，他的雙腳雙腿常常是浮腫的。還是那次回家，我突然想為父親洗回腳，誰知我燒好了熱水，盆子都端到了他的腳前，他卻怎麼都不肯讓我洗，任我百般誘騙，都不讓我碰他的腳，只得作罷。這已然成為我終生無法彌補的遺憾。

操勞一生的父親就這樣走了，父親走得匆忙，走得安祥，沒有驚動任何人，也沒有一絲痛苦，應該說沒有什麼遺憾讓他放不下，所以他走得坦坦蕩蕩，走得了無牽掛，保持了他生前的威嚴，願父親在另一個世界裏依然這樣滿足。

孫玉娥簡介

自由寫作者，作品散見於報紙、雜誌。已退休，現居廈門。

茶農父親

段玉梅

　　我深知，身為茶農的父親，只是我的另一個父親，其實和我並沒有血緣關係，而是有一種特殊親情。他是我先生的父親，我和年邁花甲的父親在一起生活，也有十多年，他是一位很了不起的父親，生活在河南新縣最偏僻的小山村，年年僅靠種植一些茶葉，維持一家人的生活，在他年近六十多歲時，依然還供兒子上大學。在我先生之上，還有兩個姐姐，尚未出嫁，當時村子裏的很多人，都勸他放棄供兒子繼續讀書，但他始終認為「世人惟有讀書高」的理念，堅持供兒子幾年大學生活，很是令我感到敬佩。

　　記得，我們結婚那年，農曆四月初四那天，我第一次和先生一起回去看他時，父親一看就是那種誠實憨厚樸實的人，我們是趕回鄉下給他過七十歲生日。早在先生大學畢業那一年，我的婆婆，就去世了，因為那時我們單位住房難，故唯有留下他一個人在鄉下生活，我們一直放心不下，等到我們住房條件好了，就把他接過來安度晚年。每次回到鄉下時，父親都要給我們親自炒幾個小菜，他胃口不好，就喜歡吃軟化點食物，肉製品是他自己平時捨不得吃，用特殊的方法，把肉腌在水罐子裏製作而成，主要是為了家裏，突然間來客人而備用。

　　有一次，我和先生帶著周歲的女兒回到鄉下時，正好趕上了農曆清明節，穀雨前夕農忙季節，父親白天裏上山採茶葉，黑夜裏就在家裏爐火炒茶葉。那時候，有城裏專門從事經營茶葉商人，還會利用茶葉剛上市季節，到鄉下裏採購早市茶葉。由於是多年合作夥伴，茶葉上市時，第一次收購都是賒賬的，當然有人家欠父親的，也有父親欠人家的。到了茶葉上市賣完了，一次性地把錢付清，因為都是一些業務上往來，加上大家合作愉快，城裏賣茶葉商人來收購，也為父親省了很多事情和時間，這裏的人很樸實，而且各自信譽第一，大家都互利互惠倒也不錯。

　　後來，我們住進了二室一廳的房子，把一直孤獨生活在鄉下的父親，接過一起生活。女兒大了開始上小學，我們讓父親把鄉下的茶葉樹包給別人，因為他是一位閒不住的老人，我們在城裏的工作，讓他接送女兒上學，他才滿意地答應在城裏住下來。

就這樣，父親一直和我們生活在一起，直到他去世。

記得有一年，父親在城裏生活得時間久了，特意把我們叫到他面前囑咐，希望我和先生，在以後的日子裏，更不要忘了鄉下的親戚朋友，特別是那些曾幫助過他們的，希望我們有時間，還要經常抽空回去走動走動。

前年，父親突然間在送女兒上學途中，得了腦溢血而去世，因為他離開我們太突然，我們都沒有心理準備。他生前一些什麼事情，都還沒有和我們交代清楚就走了，因為先生平時也是個很粗心大意的人，鄉下的親戚朋友和他們家裏債務糾紛，我和老公都不知道。直到我們按照父親生前遺願，趕回去安葬他時，才知道一些事情，當時好多鄉親們趕過來，幫助我們料理完了父親後事，我和老公都感到愣住了。最讓我頗為感動的，父親生前好友們，遞給我們一些賬單都是欠父親的，我和老公正感到納悶不解。

他們立即解釋說：「你們父親在世時，確實是一個好人啊，我們大家都受到了他許多恩惠，我們把該還給你們的債務，都還給你們！雖然你們父親，沒和你交代這些事情，但我們也要憑自己良心啊！」

我和先生當時很感動，立即接受了他們欠父親的賬單，我們滿含眼淚地就當場把它們撕毀了。

今年清明節前，我帶著女兒一起到父親墳前為他掃墓，四周是青青草地，我們又在父親墳前，種植了四棵柏樹。

起身時，我對女兒說：「這裏長眠的既是你的爺爺，也是我的另一個父親，是他讓你的父親，與我們一家人健康成長到現在，我們什麼時候都不能忘記！」

段玉梅簡介

女，漢族。自由撰稿人，從一九九六年開始發表作品，迄今為止，作品散見數百家知名報刊雜誌。二〇〇七年加入為河南省作家協會會員；二〇〇九年南下打工，僅為家人而謀生，有幸成為打工一族；二〇一二年至現今宜居東莞職業技術學院；二〇一七年被聘任為廣東省東莞市作家協會松山湖分會理事。

我和我的八十歲的學員們

焦秀梅

我從小熱愛運動，一九五六年我十三歲，參加了全國少年運動會跳高比賽，拿了第三名，從此我與體育結下了不解之緣。我十八歲考入北京體育學院，二十二歲，當上了中學體育老師，四十五歲移居維也納，本以為從此離開了體育，但沒想到，五十歲那年我又當上了幾個八十歲老太太的健身教練。

那是我一生中記憶深刻的一天，一大早接到一位奧國老太太的電話，問道：你是中國女教練 xxx 嗎？我從朋友那兒得知，你在業餘學校教授中國傳統健身課，很適合中老年人體質，可否到家來私人授課，見面談談好嗎？

第二天的下午，我按照約定時間前去拜訪。在維也納十三區富人區我敲開了布亞斯太太家的大門，四層高的別墅，超大的花園坐落中央，一隻大黃狗立在門口，眼睛凶巴巴地緊盯著我，開門的男花匠貼心地把狗拉到一旁，叮囑我道：別怕！它不咬人，見到生人叫喚幾聲，沒事的！

老太太布亞斯，毛絨紅外套精緻又亮麗，凸顯其高貴的氣質，金黃的短髮，挺拔的身段，讓人很難看出她的年齡。塞爾維亞女廚師把我引向大廳，端來咖啡和點心，落座以後我四面環視，一個老式的三屜桌映入眼簾，桌面上勾畫著中國的山水、才子佳人，因時代久遠，漆面都有些褪色了，看來主人很喜歡中國藝術，有些浮光掠影的了解，我們的交談由此而展開。一個愉快的午後時光，布亞斯思太太便成了我的第一個八十歲學員。

經布亞斯太太介紹，我又收了五個健身學生，她們都來自奧地利上層社會，平均年齡八十歲，我們既是師生又是朋友，相處十五年來，自始至終相互關心愛護，建立了深厚的友誼。

每週四上午，我都會雷打不動，準時地趕到她們家中的健身房，教授她們中國健身操和自我保健常識，當然是經過改良的適合於老年人運動量和歐洲人品味的方法。另外五個老太太每週四也雷打不動地開著私家車趕到目的地健身房，各自帶來主人喜歡的小禮品，鮮花或時髦工藝品等。這一天是她們的健身日，同時也是她們的聚會日。一週見一次，每一次都如同久別的朋友，大家滔滔不絕地講述一週來的喜聞樂見，經常忘記了本來的正事。為此我會提醒，偶爾也會嚴厲批評。教學的內容有呼吸體操、醫

療保健操、散步體操、擊掌操、太極操、廣播體操、氣功等。老人們盡自己所能跟著我認真練習，但有時會交頭接耳，一旦被我發現了，我會馬上制止，要求她們訓練中不可聊天開小差兒！她們都很理解，自覺地按照要求完成教學計劃的運動量。訓練結束時，我總要表揚一下她們的刻苦精神，每當這時，八十歲的老太太們便孩子般綻開天真的笑顏。

八十九歲的布亞斯太太，跟我健身已經十五年了，她是歐洲最大製鎖公司的董事長，她的公司生產的鎖具遍佈全世界。每次訓練，她都是準時到達，穿著一身特製的運動服。她身材苗條，動作嫻熟，仰臥起坐一口氣可以完成二十個，很難看得出她已經是一位八十九歲高齡的老人了。

施蒂希太太是個滑雪愛好者，從年輕的時候起就未曾間斷地年年去阿爾卑斯山滑雪。她的老伴十年前因滑雪時突發心臟病去世，但這絲毫沒有削弱她對滑雪的酷愛。雖然她已是八十四歲高齡的老人了，身上還裝有心臟起博器，但對體育運動的熱愛絲毫不輸於年輕人。她也是我們這個組織的積極倡導者。

萊特夫人是維也納市秘書長的太太、時裝設計師，自己有個製衣坊，維也納每年盛大舞會上的女士晚禮服大多出自她之手。健身房就在她家豪華別墅的最底層，室內游泳池、按摩室、桑拿房，應有盡有。一邊播放著中國民族樂曲《小城故事》，一邊在陽光融融的健身房裏健身，甚是享受和美好。

采塞爾太太老伴是有名的外科主刀醫生，她的別墅遠離維也納市區五十公里，有個特別大的花園，花園中央有一別緻的涼亭。初秋時節，采塞爾和其他幾位老太太跟著我一起做散步體操。我靈機一動，鼓勵她們說：誰最早到達涼亭，誰就被獎勵巧克力！六個老太太於是就以鮮花為接力棒，爭先恐後，你追我趕地完成了迎面接力走跑交替的比賽。那一張張認真和努力的面孔讓我倍感可愛和敬佩！

如今，我也已是八十歲的老人了。我的八十歲的老學員們已一個個離我而去，唯餘體育伴我左右，唯有運動陪我終生。偶爾，當我仰臥起坐時，會不由自主地想起布亞斯太太，想起我的六位八十歲的老學員們。

二〇二一年九月二十二日 於維也納

焦秀梅簡介

歐洲華文筆會會員，畢業於北京體育大學、中央社會主義學院。一九八八年定居維也納，曾連續多年擔任維也納成人職業學校健身教練、維也納養老院教練。在《中國體育報》、《中國青年報》和《民盟》發表多篇藝術隨筆。著有散文集《情繫維也納》。《又見月圓》曾獲青年作家網舉辦的「我的父親和母親」成年組優秀獎。

 詩 路

在灰濛濛中、小時候

王渝

在灰濛濛中

我伸出一隻無形的手
去揭開天空灰濛濛的雲層

它會展示出期望的光彩嗎

灰濛濛的雲層早繼續遊走
灰頭灰腦灰心灰色的我
在風雨欲來的街道
急速趕著回家
與這行灰濛濛的詩在一起

小時候

　　我們在鼎公（王鼎鈞老先生）家聊天。我提到小時候，經過水果攤，就恨不得嘴巴長到掌心，這樣一路摸過去，人不知鬼不覺就一路吃過去了。蔡維忠聽了覺得很詩，要我寫出來。於是我寫了下面這首詩。

　　　生活裏裏緊層層幻想
　　　走過水果攤
　　　紅黃綠紫雜陳的
　　　櫻桃橘子蘋果葡萄
　　　熱烈地誘惑我
　　　於是張開的手掌上
　　　長出了嘴巴
　　　只要我輕輕撫摸它們
　　　就喜滋滋地一一品嘗
　　　雖然不過想想
　　　卻已滿口甜香

　　　就像昨天夜裏
　　　向麻雀借了一對翅膀
　　　飛進了夢的天堂

王渝簡介

著名詩人、作家。

灰色不是你的顏色、詩人和醫生

舒非

灰色不是你的顏色

住在紐約的詩人
傳來一首灰濛濛的詩
答曰：灰色不是你的顏色
知我者舒非也
隔空聽聞銀鈴般笑聲

圓臉上永遠的微笑
雙眼瞇起盈盈笑意
嘴角如新月翹起

交談大都是詩與遠方
對詩執迷　對文學執迷
從來不灰

也許只因疫情所困
飛不了她想去的地方
初秋已至
心頭忽閃過一絲寒意

二〇二一年八月十八日

詩人和醫生

他倆曾是極要好的朋友
在年輕力壯之時
文學藝術是他們的媒介
飲酒聊天談文說藝
醫生年紀大一些　有十來年
但無礙他們的友情
香港這麼小　相聚多容易
當他們暢飲之日
我才剛剛出世

到了我能跟他們一起飲酒
詩人近八十
醫生九十幾
詩人從北半球回港探望朋友
明白這是人生的最後告別旅程
卻沒有悲傷　只有歡樂
像極了詩人瀟灑個性
醫生很想見老朋友　託我邀約
詩人夜夜笙歌　也撥一晚見面
我將詩人帶到醫生的面前
兩人緊緊握手　好久都不願鬆開

都這麼大歲數
加起來一百七十四
天涯海角　行動不便
大家心裏透亮
這是今生今世最後相聚

美酒喝下去

氣氛好熱烈

講年輕時好玩的人和事

詩人唱起了

One day when we were young

醫生低聲附和

沒有感嘆

更沒有哀傷

只有開懷

漫漫人生路

有摯友爲伴

值得回味　知道感恩

離開的時候

兩雙手又緊緊相握

像交纏的兩棵老樹

五年過去了

醫生九十九逝世

詩人八十四

相距不到三個月

我知道　此時此刻

他們正在天上痛飲

醫生一身白色西裝

詩人一頭曲卷頭髮

彷彿

聽到兩人歡愉的笑聲

此起彼落

……

二〇二一年五月二十九日

註：關朝翔醫生一九二一年十月十八日出生，二〇二一年二月十九日逝世。詩人戴天，生於一九三七年，二〇二一年五月八日於多倫多離世。

舒非簡介

本名蔡嘉蘋。香港詩人、作家、資深編輯。任職出版社編輯長達三十載，策劃編輯過眾多古典或現代中國文學經典和佳構，深受影響。曾在《明報》、《明報月刊》、《星島日報》、《BBC中文網》等媒體撰寫專欄或稿件，擔任過多個文學獎的評審。著有詩集《蠶痴》和散文集《記憶中的風景》、《生命樂章》、《二水集》等。

古渡秋韻、承天禪院紅梅

秦嶺雪

古渡秋韻

涼風梳過老榕樹的枝葉
夜薄薄
擱在
高峻崖岸
聆聽溪流喧響
以花崗石之坐姿

亙古
那一聲悠悠嘆息
鬱怒的歌者
飛出一串風雷
冷冷江心
一丸圓月
自弘一眉間
升起

承天禪院紅梅

白石庭院
爆一樹紅芳

閩南的雪
飄落兩百年
此刻　只
梵唄驚夢
晚鐘悠揚

月臺寒波
漫過淡淡笙簫
十里軟塵
灌一劑冰涼
無端酒暈
目眩西天霞彩
蒲團上
痴守熒熒燈光

秦嶺雪簡介

原名李大洲。香港著名詩人、書法家、藝評家。中國書法家協會會員、中國作家協會會員。中國書協香港分會副主席、香港福建書畫研究會常務副會長、泉州書法家協會名譽主席。出版有《流星群》、《明月無聲》、長篇歌行《蓓蕾引》等。

尋訪杯渡大師有感
——寫於香港屯門海邊（外一首）

夏智定

尋訪杯渡大師有感 —— 寫於香港屯門海邊

一千五百年前的波影濤聲中，
見你以一杯自渡，浮海而去；
悠悠忽忽、飄飄蕩蕩、影影綽綽……
從此，渡入青史典故，渡成神話傳說。

潮聲如夢，化南天一片詩意，
人們都說你醫術神奇、活人無數，
哦，如今逢人間疫期中，我在此遠眺大海，
想起大師，坐那一木杯中如何滄海笑渡……

無法尋訪千年前的高僧了，
我站在香港海邊上縱馳心波。
想起今日國人正合力殲疫，定傳捷報，
想那大師，也會杯渡破浪回來由衷讚嘆！

等著並深信──疫期中，今夜，
我在家靜聽馬勒的〈第十交響曲〉有感

深沉、深厚的音流緩緩流向心頭，
重重旋律，如串起重重憂愁：
大提琴們，令歲月在往事深處沉思和詠嘆　，
聽，巴松管拉著圓號，似在哲學般的悲涼中哭求。

某種音色也能顯示猙獰？真如今日之冠狀病毒？
它們在跳舞、在肆虐、　飛揚跋扈……
夜，一定會連著光明，而我在東方，
名曲，會穿越國界，在告慰宇宙……

金色的弦樂和聲喚出心中滿天紅霞，
到了最美的華彩樂段：快樂、瑰美、甜透甜透……
全曲終：此時滿室都浸著詩意和人生之美，
我微笑深信，蕩滅病毒後的神州大地，更勝錦繡！

夏智定簡介

香港作家、詩人。原《大公報》高級編輯，主編《文學》、《讀書》諸版。香港詩評家協會會長。出版有詩集、散文集多種。

抗疫三章

原甸

冠狀疫情肆虐近兩年，偶得三詩，但因年歲日增，年少時敝帚自珍一改為敝帚自猥的陋習，久藏電腦不敢示人，現趁本地疫情稍斂，才敢示眾貼笑大方。

其一：敵在何方？

沒有聽到槍聲
沒有聽到炮聲
戰　是打開了
只聽到人的咳嗽聲
只聽到人因體溫的飆升
而發出的尖叫聲
戰　是打開了
人像稻草一樣的倒下去
恐怖像口罩一樣的蓋著人的臉
戰　是打開了

文明
在考驗著人類
電視機　報紙　媒體
不要一直教導我們
如何烹飪美食
請教導我們
吃得文明
而不是吃得怪異
而不是吃得野蠻

人的智慧
可以在千里以外
用衛星定點瞄準一隻蒼蠅
現在　這一場戰
敵人呢？
可以在武漢
也可以在聖淘沙
每一個敵人
都在空氣中
日光下　沒有影子
黑夜裏　與夜同黑

親愛的
請不要在我身邊
咳嗽……

其二：口罩・靈符・十字架

從千軍萬馬中
我搶回一片口罩
順服的馬匹被拖進馬廄裏
被蓋上一對遮眼的眼罩
我也順服地
蓋上一張遮口的口罩

天地頓然靜下來了
因為周圍的人
口腔裏的分貝
撞擊得非常笨拙
我看到咖啡店裏有一個老伯
孤獨地把玩著兩支空啤酒瓶
狠狠地扯下口罩嘟噥著：
幾隻小病蟲有什麼可怕
看我把它們送酒吞下

周圍炸起一團一團的笑聲……

世界的關口都停擺了
海陸空條條都是通道
紳士們見面不敢握手
情侶們不敢擁抱
世界開始擁擠了
因為人與人的距離
必須拖開一點五米
不管你是市井小民
不管你是達官貴人
都看到你格外的安靜
都看到你少了飛揚跋扈
就連那口沫橫飛的大霸道者
今天在報紙的國際版上
也看到他有一張愁容的玉照……

戴上口罩吧！
敵人是在你我的中間
我們需要呼吸同樣的空氣
請少一點猜疑
口罩不是捉鬼的靈符
口罩不是驅邪的十字架
我們戴上口罩
我們溫馨的彼此提醒：
有一個敵人
此時正在我的前面
此時正在你的旁邊
你我不需要相吵
更不需要相打……

其三：口罩隨想曲

口罩出來的時候
滿街都是美女
因為人最美的部分
是佔面部的三分之一
在兩扇心靈的窗戶旁

口罩把人的喜怒哀樂都遮掩了
友情與仇敵
都埋在口罩下

口罩讓眾人都平等了
最親密的朋友
結交淡泊的朋友
眾人都把斤兩
包在口罩裏

百貨公司的櫥窗
遲早推出模特兒的新服飾
纖纖的玉指間
必輕輕的扣住
一枚性感的口罩

世界小姐的選美
一個個婀娜作貓行的佳麗
佩上了四點裝
而不是落伍的三點式
有一點是隨著呼吸
起伏在她們的鼻子尖

當眾人都接受口罩的時候
我看到大戰口罩的瘋漢特朗普
徐徐的走進歷史

原甸簡介

新加坡文化工作者，一生與文字結緣。

285

詩詞選輯十首

譚福基

敬題耀南座師

從來世路難輕進，控地榆枋任一吹。
繡虎敢忘聲切切，雕龍羞奈步遲遲。
平生俯仰終無愧，風義承傳幸有師。
莫笑先生誇老弟，白頭傾蓋已殘棋。

隨小思老師訪中大

天后祠前迎女史，瓊輈座上盡耆英。
仙巖響屧參差落，露港漁燈嫵媚傾。
劫後芳城山水在，館中圖冊古今行。
先賢篳路開天地，還仰諸生衛好聲。

賀國賢師兄七十初度

鳩杖先生學問長，幸隨鯉躍賦瑤章。
金貂銀闕幾時願，蕙圃芝田細意忙。
度鳥奔雲歸院落，騰驤斂步靜年芳。
花箋別譜玲瓏曲，夫子丌官上戲場。

書國驊學兄尋找摩登伽後

今生又結後生緣，未了因緣莫問天。
兩袖皆空門外漢，五塵不染鉢中蓮。
燈張提葉明新覺，雪似梅花寫舊禪。
如是我聞傳漢土，拈花無語別山川。

進退格五十自述

苜蓿堆盤自有餘，風塵尚不曳長裾。
春霖潤物規賢傅，好木添泥老腐儒。
負郭漫成無俗志，枕山閒讀五車書。
力微莫笑充佳馹，猶奮龍飛備策驅。

書白石詞後

瓊枝玉樹肯相依，約住飛花燕子知。
風裏鴛鴦成陌路，世間兒女入琴絲。
翠眉水面琵琶遠，白髮丘邊歲月移。
客倦江南歌席散，湖山有幸寫清詩。

蜉蝣

蜉蝣朝暮此身更，莫笑書生步疫城。
雜卉疏林翩蝶舞，水光嵐翠落鷗輕。
風搖碎月春難挽，雨掠殘星夏未成。
苦茗芸編消永日，小樓燈下古今情。

空姐小食店

昔日翱翔萬里身，今時煎炸奉坊鄰。
生涯儲備薪和水，小店經營苦又辛。
路險未容多俊選，心寬自力少憂貧。
人間盡是滄桑客，我亦滄桑寓一塵。

抗疫周年悼醫護人員

責在如何問死生，朝朝入陣此身輕。
妻兒挽袖時無語，父母窺門夕數驚。
紅杏欲燃春兩放，小芽漸蔓綠初橫。
人間幾日完千劫，肯把東風伴雨傾。

夏荷

翠雲隊裏絳霞生，湖上光收漲綠萍。
宿雨葉心珠不散，扁舟花底夢初驚。
一襟香颸涼枝動，萬柄風搖露腳輕。
三十六陂人未見，紅衣玉鈿兩關情。

譚福基簡介

一九四九－二〇二一，廣東番禺人，畢業於英華書院及香港大學中文系。筆名葉鳳
溪、漢基及李戈，與詩友出錢出力，先後擔任《詩風》、《詩網絡》、《散文小說》
的推手。著有《水仙操》、《蝴蝶一生花裏——八百年前姜夔情詞探隱》。

怎麼跟她說呢？（外一首）

怎麼跟她說呢？

一朵紅花
想跟一朵黃花
交朋友，
可怎麼跟她說呢？

於是，
她託蜜蜂帶上口信，
再帶上花粉，
飛去找黃花。

那朵黃花
也正想跟紅花
交朋友，
可怎麼跟她說呢？

於是，
她託蝴蝶帶上口信，
再帶上花粉，
飛去找紅花。

嗡嗡嗡嗡，
蜜蜂給黃花唱了一支歌，
黃花一聽，
高興地接受了。

沙沙沙沙，
蝴蝶給紅花跳了一段舞，
紅花一看，
高興地接受了。

秋天到了，
兩朵花結出了同樣的花籽，
第二年春天，
開出了滿園的橙色花！

兩棵綠藤

你栽了一棵綠藤，
我栽了一棵綠藤，
兩棵綠藤比賽似的
向上攀爬。

迎著春雨，
莖兒挺拔向上；
迎著春風，
葉兒婆娑起舞。

快開花了，
兩棵綠藤竟纏繞在了一起，
你纏著我，
我繞著你。

花兒開了，
兩朵花兒緊緊相擁，
就像你的笑臉，
挨著我的笑臉。

金本簡介

中國作家協會會員，中國音樂家協會會員，高級編輯、記者。歷任中國少年報主編、中國和平出版社副總編輯、中國小作家協會原副會長及秘書長、中國兒童文學研究會常務理事、《少年詩刊》主編。創作以兒童詩、兒童散文為主，出版個人專集二十餘種。

新疆（外一首）

丁振川

南航波音 CZ6306 航班旋入碧空時
烏魯木齊市　漸漸地
濃縮成和田玉籽料的形狀
以及哈蜜瓜和吐魯番葡萄乾的形狀
戈壁灘上的鷹銜著一縷雲彩
為我送行了一段路程
眨眼間消失得無影無踪
天山雪峰向機艙裏的女性乘客
依戀地揮舞絲綢的紗巾
我的目光在窮盡搜尋
在穿越天山時遺失在賽里木湖一塊碧玉

萬米高空　機翼下的沙漠
彷彿在為我烙烤金黃色的饢餅
剎那間　吐魯番農家小院
維吾爾族姑娘似乎伴著我的心律
扭動著脖子跳起熱辣的舞蹈
五月的新疆　在天山以南和以北
旅程中雪裏雲杉
為我乾涸的心湖下著青翠的雨滴
雲朵一樣的杏花
讓我記住每年的四月都會在枝頭等我歸來

三峽瀑布

沒有抵達注視之前
它在山中隱匿地潛行
穿越光滑的或有棱角的星辰
三峽烏黑的峭壁
試圖攔阻它行進的路徑
它吐著光芒
一條巨蟒
從崖壁落入深潭
卻又懸在空中
彷彿已掙脫地心的引力

丁振川簡介

曾在《散文》、《作家》、《清明》、《詩林》、《星星》詩刊、《中國青年報》、《光明日報》等報刊發表文學作品數百篇，獲各類獎項二十餘次。安徽省作家協會會員。著有散文集《遺忘與呈現》。

〈塞住晒〉青少年自家創作音樂劇觀賞紀錄

鍾世傑

　　初以為〈塞住晒〉是訴說交通擠塞的故事，但所謂「塞」與「通」卻連繫到思想和情感之上。在人們理解與不理解之間，每每有驚喜，各章節起初雖然籠罩著淡淡憂愁，如「親人逝世」、「校園欺凌」及「工作壓力」，但最後都因同行者互勉而帶來快慰，現賦詩三首，以作紀錄：

第一幕：為時未晚
噩耗忽心驚，相逢恨晚成。
憶親皆語塞，淚別豈無情。

第二幕：踏出黑暗的勇氣
懷夢歌真我，何愁冷眼光。
拋開身束縛，昂首踏前方。

第三幕：渴望自由的小豬
深宵復趕工，倦眼對星空。
誰解辛酸事，窮途轉念通。

鍾世傑簡介
璞社社員，雅好詩文，編有《璞社青年社員評點集》。

你來時帶風、一夜間就長大了

房小鈴

你來時帶風

你來時帶風
風裏彌漫夏日草溢的青芳
你來時帶風
風中飄落遠山盛放的蒲公英
你來時，帶著風，風是你的名字
你揚揚灑灑亂說一通
顯得份外的輕鬆
你來時，起了風
風起雲湧動，湧動的浪潮
撲打著向西追逐泛著藍光的海豚
落日餘暉的普照
像加冕的王冠戴上我無名的心中
你來時，帶著風
忽而平緩，忽而又像瘋子一般狂野的風
你襲擊了去年敗落的枯萎
橫掃起寂寥沉靜的山峰
你作弄看樹葉嘩嘩的嘈鬧
鳥兒撲打著翅膀驚恐
你說你是風，你的名字就是風
你搖落起我心中的塵埃
也搖曳著花骨朵的盛開
起來了，飛舞著，又落了下來
我現在相信了
你就是那一陣風
瘋子的，風

一夜間就長大了

那時，時光很慢
上學的路總覺得很長
每天都盼望著快點天黑
盼望著一夜間就可以摸到樹枝上的白玉蘭
然後，真的，一夜間就長大了

少年的紅風箏，你到底吹向了哪
我也曾去尋過你，卻再也不見蹤跡
少年的老黑狗，你到底跟了誰走
從那以後，我就再沒能與你依靠
少年的時光啊，你如今在何方
多少次呼喚你的停留
到底是，一去再也不回頭

房小鈴簡介

廣州市青年作家協會會員。作品散見於《中國民族博覽》、《廣東教育（綜合）》、《青年文學家》、《北方文學》、《香港作家》等雜誌刊物及網路平台。

一隻麻雀的周末生活（組詩選）

張培亮

陽光記

幾乎看不到星辰的天空下
暗自慶幸，陽光刺破厚重的窗簾
在我尚未睜開眼睛時
已從地板，天花板的折射中
進入我的身體
我把透明的魚缸端到陽
水與陽光的組合，讓我感到無端快樂
一定不能閉眼
我不能讓到達身體的陽光
在十二月，感到孤獨

作業記

兒子的快樂總隨著壓力來臨
比如周末來了，作業也就跟隨而來

眼痛，丟橡皮，作業找不到
兒子總能找到理由，延遲寫作業的進程

我的脾氣尚好
只有面對寫作業的兒子，才會無法控制

冬遊記

從這裏向西，就是陶沖湖公園
裏面的荷花很美，落葉正在歸根

從這裏向南，是很具特色的鐵路公
火車頭與鐵軌是多少孩童的夢幻

從這裏向東，少荃湖風景正美
剛平整的湖畔小草忍著寒氣生長

從這裏向北，是地鐵的出入口
能把我們帶到這個城市繁華的地方

冬天的周末，去哪裏遊玩？
東西南北，兒子卻選擇了樓下的超

張培亮簡介

安徽省合肥市作家協會、中國詩歌學會會員，獲第四屆駱賓王青年文藝獎，出版詩
集《青春的圓點》、《逍遙五虎》，現主編《青年詩人》。

題項維仁《貂蟬拜月圖》

梁建安

疏梧掩映晚氛清，微月出雲秋意生。
靜謐流光灑花閣，柔風彷彿動繁英。
依依嫩蕊紅黃偎，萬朵千株月下明。
有女良宵捧香禱，游絲裊裊麝芳盈。
仰天一拜烏雲墮，窣地羅襦著體輕。
挽袖撫鬟心未已，凝眸望月更專誠。
復垂蠶首經三拜，珠汗冰肌點點傾。
繡帶沾塵禮方畢，伊人戀戀未能行。
遲徊玉步觀花月，惋嘆難如花月榮。
花月成雙倍明艷，佳人顧影獨吞聲。
當年生得羞花貌，二八新裝朝上京。
誰料春遊無片刻，賊臣作亂踞皇城。
王師急討奸雄日，輾轉流離狼虎營。
不覺八年南北徙，未知何處問前程。
忽聞曹氏梟夫婿，含淚梳妝再奉迎。
幸值關公憐薄命，伊時月下遣歸耕。
如今又見從前月，回首風塵恨莫名。
倩影登臺愁處處，此間煙月最牽情。

梁建安簡介

香港珠海學院中國文學系「國學文學碩士」生。

奧運健兒、蘇幕遮・親情

奧運健兒

奧運精神倡大同，健兒場上顯威風。
超凡技藝迎艱戰，奪獎台階靠苦功。
擅展專長頭角露，發揮潛質體心融。
榮名背後辛酸淚，不懈堅持氣勢虹。

蘇幕遮・親情

水花開，雲月見。
姿色平分，晚至微風轉。
馥郁芬芳飄滿院。
玉鏡玲瓏，照出離愁面。

日昇沉，時幻變。
客在天涯，鄉土長留戀。
苦對寒燈提筆顫。
每字情深，銘感親心眷。

李蘭好簡介

筆名蘭（Linda）。自二〇一八年開始研習格律詩，至二〇二〇年又嘗試填詞！至二〇二一年在香港作家聯會會員黃多年詩兄的支持下和多位作者參與香港東坡詩社《雪泥鴻爪匯編三》的出版，當中收錄了個人的詩詞合共三十多首。

296

世
說

世說

兩個女人的午餐

吳燕青

暮晚時分，太陽早已落到山邊，剩一點微弱的餘暉，又薄又輕地浮在南國的黃昏中。

結束一天工作的她，坐上了預約好的的士回家。司機是個五十左右的女子，她莫名地覺得有一種親切感。

手機響起，是母親的電話，問大概幾點到家，她好準備晚餐。

這一問，她才發現肚子咕嚕咕嚕的響聲實在有點尷尬，用飢腸轆轆來形容此刻的她再恰當不過。

她歉意地對司機笑了笑，女司機很理解地回她一笑。

她的手摸著早上出門前，母親給她的保溫盒，裏面有母親為她準備好的熱飯菜。午飯時間，工作太趕，她又抽了點時間擠奶，一整天裏，她居然連打開飯盒，胡亂扒拉幾口的時間都擠不出來。

就這樣，產後第四十九天的第一天工作，她沒有顧得上吃午飯，帶著的飯盒現在正原封不動地提在手裏。

腹中嘰哩咕嚕的聲音不停歇地響起。她覺得有旋轉的暈眩，打開保溫瓶喝了一口水，她緩緩地深呼吸。

「怎麼啦？不舒服？」女司機問。

「沒吃午飯，有點低血糖」。她答。

「嗱，吃顆糖緩緩吧！」女司機遞來一顆糖。

她接過，可是，她真的不想吃糖，她覺得全身軟弱無力，一顆糖的能量，實在不能拯救她。她摸著飯盒，那怕扒拉兩口也好啊！興許還熱著呢！

「嗯，我可以吃我的飯盒嗎？或許會讓您聞到飯菜的味道，這一點我先說抱歉。」

車廂裏的兩個女人都靜默了一會。

「當然，我不介意的，你吃吧！」

道謝後，她打開飯盒，吃起了今天的第一口米飯。

「我也吃點東西吧,今天都沒顧得上吃午飯呢。」女司機似乎整個人都鬆懈下來說。

「好啊,沒問題的,快點吃吧!」她真切地說。

女司機打開白色塑膠袋,拿出一個熟雞蛋,一手握著方向盤,一手剝雞蛋。

的士行駛在繁鬧的都市中央,車窗外,太陽最後的餘暉,早已完全墜下去了。

車廂裏,兩個沉默的女人,在暮色深溢裏,克制地,小聲地吃著她們的「午餐」。

吳燕青簡介

一九八四年出生於廣東,香港永久居民,做過醫生,現從事教育工作。作品散發於《大公報》、《香港文學》、《草堂》、《詩刊》、《星星‧散文詩》、《台港文學選刊》、《作品》等,著有詩集《吳燕青短詩選》。

高顏值阿靚

江燕基

阿靚的確靚。皮白肉嫩不在話下，且聰明伶俐顏值高，更擁有驕人的資歷。

阿靚啣著金鑰匙，出生在金笸籮裏；生下來就是公主相，皇后命。會喝第一口奶開始，就有錦衣玉食。

阿靚從懂事起，就食爺飯，著爺衣，睡爺床，蓋爺被。從小學到中學，衣服、鞋襪不用自己穿，書包文具有菲傭揹，吃飯飲水有奶奶、外婆、媽媽爭著餵。只要她飯來張口，衣來伸手。

為誘她開心，還有小姑子弟在旁邊搖鈴鐺。

升上大學，還有兩位菲律賓姐姐專門陪讀，教她補習英文。

俗話說得好：「成人不自在，自在不成人」。

從小到大，「有人管住」，比戴著緊箍咒的孫悟空還難受。

可幸，她讀完大學，有了高貴的「資歷」；輕而易舉找了份掙錢多，又輕鬆的優差。

第一次領到薪水，她就意識到「錢」才是萬物之靈，只要身上有了「錢」，才能掙脫「緊箍咒」的綑縛，才能自由自在。

由於家資優渥，儘管她已有錢入袋，但她衣、食、住、行，仍然靠啃老，自己的錢乃自己袋，不用花。

所以，她很快就積攢起了一大筆錢。

有了錢，她第一心願就是解除「緊箍咒」：做有殼蝸牛，買樓自住，離家遠遠的。

果真，她在她任職公司的附近，不但買了樓，還買了百多條裙子，五十多對鞋子，幾十頂帽子，每天幾次掉換著穿來著去。

可憐天下父母心。乖女還是無殼蝸牛時，已鎖不住她；如今有了竇，找著也沒用，但又擔心她在外面凍著、餓著，只好每月定時給她的銀行戶口入錢，希望用錢感動她，召回寶貝女。

阿靚以為人身自由了，就百事安康；沒想到時間久了，又寂寞難奈，

特別是夜深人靜時，找個人都⋯⋯

　　她深切認識到：「人是不能離群索居的。自己一人住恁大間房屋，死氣沉沉，還有一間房子空著；而許多人一家數口，只能擠住在『棺材房』裏，人上疊人；更有些人還赤身露體，睡在馬路邊、廁所旁、天橋底⋯⋯」

　　她好像心靈發現，一天亮就貼出一張招租告示。只一日就有人來看樓。

　　一撻就著。這是一位青靚崽，斯文骨骨，白白淨淨，也高頭大馬。其實，不要說招租客，就是做上門女婿，都無可挑剔矣。

　　直到住下來幾天，靚崽哥才知道，業主是個單身女士，起居飲食都非常拘謹，生怕一不小心，行差踏錯，「男女同行事非多，跳進黃河洗不清」。時時、事事、處處，小心翼翼。

　　在阿靚看來，青靚崽木獨，方木一塊！

　　相處下去，實在無聊。又不能趕他走，趕走了他，誰還敢再來租她的房子住！

　　叻女靚心生一計：賣房子，連租約一起賣。讓新業主一收樓就有租金可收，何樂而不為。

　　十天半月無人問津。反而租客青靚崽起了善心，以為阿靚手頭緊，或是急於出手濟困，或是覓得佳男趕嫁，或另有情由。

　　總之，助人為樂，勝造七級浮屠。遂與相商。

　　阿靚喜出望外，想不到身邊人，竟是救美英雄。

　　一拍即合。

　　租客驟成業主。蝸牛脫殼，得到實惠，得到解脫。

　　阿靚拎著鼓脹荷包，身輕腳快，遊了幾天山水，順便想租個竇口棲身。結果發現，租個板間房的月租，竟貴過長租酒店房租，乾脆住酒店，又乾淨，又高尚！

　　可是，久住令人賤。別人的龍床，不如自家狗竇。

　　她終於懷念起自己的家，自己的房子來。

　　她打電話給青靚崽：「我上來坐坐，好嗎？」

　　怎麼能不好！房子本來是她的，是她讓我住，她是主我是客，現在主客翻變，人情不能變。

促膝而坐，暢敘離情別緒。阿靚情緒激動：「我今天才明白，什麼叫做無家可歸，我現在就是無家可歸之人。阿哥哥，你現在能不能把間房租給我，讓我暫且棲身？求求你，阿哥哥。」

青靚崽還能說什麼：「房子本來就是你的，當年你收留我，我感激不盡，無以回報。今日你要住便住。說什麼暫且棲身。」

昔日房主，變成租客。

阿靚可不是青靚崽。她是做慣主人的人。不管是入廚房，上廁所，還是洗衣、晾衫，也不管青靚崽正忙、正急，她要入就入，要出就出，要用就用，絕不像青靚崽拘謹、小心。

香港居所夾仄，寸土尺金，同一屋簷下的人，挨肩擦背，磨屁股的事，是經常發生的；大家都要小心忍讓，一時不慎，容易火星撞地球。

孤男寡女，你忙我急，屁股碰屁股的事，習以為常，碰上了，相視一笑，家常便飯。

某日，青頭崽正手忙腳亂，埋頭煎雞蛋，阿靚卻要挑鹽煮菜，剛開步，沒想到青頭崽一轉身……撞個正著，對上了。

也許天意弄人，也許天生一對。天曉得！

磨得多了，佳偶天成矣。

一對璧人，終成眷屬。

房子本來是靚女的，賣得錢財袋袋平安：青頭崽出錢，買了房子變成業主，又娶了老婆，雙喜臨門。

阿靚以樓賣了錢，又得了老公，還住回自己樓房，一箭三鵰。

還是青頭崽有本心，抱著嬌妻不忘初心：「房本來是你的，現在我們做成夫妻，房子兩人有份，明天就再把你的名字加回去。」

阿靚也說：「錢存在銀行，戶口雖然是我的，但是我們既然結成夫妻，我人都歸了你，錢自然也是我們倆人的。不是嗎，親愛的。」

江燕基簡介

香港作家聯會會員、香港書評家協會副會長、文學促進協會常務副秘書長。已出版散文集五集，長篇小說兩部。著作全部免費贈送國內各省市縣、香港各地方及各大圖書館，獲廣泛好評。兩獲「中山文學獎」和全國「首屆人才模範獎」，建國六十周年又獲「全國最有影響力作家獎」。

柳岸傳情

楊興安

一

今夜和客人消遣，泡至二時才回家。原想倒頭便睡，但就寢前總習慣先聽電話錄音的來言。竟然有一個罕有訊息：

「曉風，我是方菲，從歐洲回來兩星期，決定離港前見你一面，在西貢老地方等你，直到太陽出來我才走。」

這個留言把我嚇了一跳，把我從半睡中驚醒過來。方菲在十年前不辭而別，我總想和她說個清楚，但她就突然在人海裏消失。方菲是令人鍾愛的女孩子，神秘而浪漫，是一縷繞夢的輕煙。她說太陽出來才走，凌晨六時前她一定等我。我毫不考慮跳上新購的寶馬，向西沙公路疾馳。

二

認識方菲是一個傳奇。十年前我初入社會做事，參加公司的培訓班。下課的時候，另一群人正好等待入課室，人頭湧湧。但突然間人人靜下來，眾人的目光都轉向電梯吐出來的一個美少女。那女孩子一身短褲白運動衣，拿著網球拍，青春健美，散發著懾人的光采。她的艷光令我著實癡醉。

也許我太失儀了，她步入教室前一剎那見到我，四目交投，我的心裏一跳，她卻眼前一亮，向我說：「唏！你在這裏！」她顯然認錯人，我勉強一笑，點點頭，忙擠進電梯。我看到她失望的眼神，不知為什麼心中泛起一陣歉疚。她有青春，也有叛逆的瀟灑。過了一星期再見到她，竟然叫我逃課陪她試新車，我怎會拒絕？原來她早和車行約好，叫職員坐在後座，我們便向新界飛馳試車。

橙黃色路燈在車廂外望變成美麗的點點繁星，不斷向耳後飛去。她告訴我名叫方菲，好像是機構中某位董事的女兒，回港渡假。方菲的駕駛技術了得，試車有點像表演。但我更沉醉於車廂內的濃濃春意。後座車行職員默不作聲，靜聽我和方菲愚蠢的對話，要分手的時候我才猛然醒悟車上還有另一人。下車時聽到方菲對那職員說：「我買這輛車，你替我辦手續好了。」

三

和方菲約會了幾次，一天她和我到西貢一間酒店的露天餐廳吃晚餐。這晚，方菲的表現很奇怪，入座後默默無言，只望著眼前的食物。忽然，她的眼眶含著淚光，眼淚忽然像斷串的珍珠，驀然一顆顆掉到碟子上。她渾然不覺，竟混著沙律一口一口吞進肚子裏。我大吃一驚，握著她的手一搖，忙說：「方菲，你怎麼了？」

她嗚咽著說：「我很辛苦——我喜歡的人，他竟然不知道，無動於衷，竟然忘記我們的盟約——。」我說：「可以告訴我是什麼一回事嗎？」

方菲說：「我認得他，他卻不認得我——上一世，我們在投胎的路上相遇，大家相愛起來，答應來到世間，我們結成夫婦的。幾個星期前給我遇上，他竟然不認我，不再愛我。」

我心中一動，充滿疑惑，有點手足無措說：「你也相信這些嗎？」

她板起臉孔來，說：「我像說笑嗎？」

我見她滿臉淚痕，豈是說笑？但事情來得太突然了，方菲那我見猶憐的樣子，使我不禁站起來，繞過桌子，輕俯前身，倚著她的肩膀，要擁抱她的雙臂。

誰知她把身子一傾，滿臉凜然說：「不要碰我，只有我的丈夫才可以碰我。」我一呆，勉強一笑。

卻聽到她說：「曉風，請你原諒我的態度，——來，繼續我們的晚餐吧。」我遞上餐巾，她揩去淚痕，又溫柔如故了，把我弄得惘然。

茶座對開是靜悄悄的海水，月色散投到水中，反映到她的臉上，柔美無比。晚餐吃完了，她主動伸出手來，要和我攜手在月下水濱漫步。海風吹來，水濱的柳樹婆娑輕擺，暢美得使我恍如置身璇宮仙境，飄飄在雲霧中。

忽然她對我說：「如果你娶我，我不回英國。」

我說：「什麼事啊？和你結婚？」

她一呆，終於吐出一句話：「也許是我錯了！」

那夜，我們在一起，是默默無言的，但我知道兩人的心中是貼近的、是依戀的，但我是疑驚疑喜的。

四

　　隔了十年，又是午夜，她為什麼千辛萬苦再找我呢？現在她又變得怎麼樣了？

　　方菲約我在老地方會面，這種浪漫情調使我這個投身社會十年的現實青年重沾夢幻般的溫馨。我急於會見闊別多年的心中倩影，也極欲探知她心底下神秘的心思。但更希望的是能向她剖白。

　　午夜可以飛車，不消二十分鐘我便駛入西沙公路，暗淡的月色下，要和渴望已久的人相見，心速愈跳愈快。方菲現在怎樣了？清麗如舊、還是臃腫肥胖了？

　　到了當日初敘的海濱，十年樹木，似乎沒有多大變動，柳樹扶疏，也許高了。那裏多了的僭建的建築物，令周遭不及當日的高雅，失去寧靜閒致的清幽可愛；連鱗影波光也黯然了，景不如舊，而自己也濁世了！放眼望去，只見海濱的另一旁泊了五六輛汽車，那有方菲的影子？

　　我隨意把車泊在一旁，走下海濱的欄杆，倚望著天邊，實是心緒不寧。

　　原來是一彎娥眉月。娥眉月有另一番詩意，是我以前從未發覺的。寒星閃爍，冷月窺人，更添我落寞心境。偶爾寒風吹來，更見淒清。無論怎樣，我決定在這裏等到天亮，我知道方菲既然說過來，她一定來的。我即使等到中午，也不言悔。

　　良夜寂寂，花香暗飄，往事更易湧上心頭。當我沉醉在往事之際，突然見到泊在一旁的一輛白色的車亮起小燈，隨著大燈也閃了兩下。原來車內有人，車門徐徐打開，一個穿著白西裝裙，戴著帽的女子從車廂走出來。她站到車外，凝著不動，無聲無息地望著我。她的帽下罩著輕紗，我無法看到她的面貌，但我知道她是方菲。

　　「方菲！」我亮聲叫道。

　　「是我，曉風。」方菲說「很多謝你應約而來，我以為你不會來了！」

　　「怎會呢？這許多年來，我很渴望見你，就是沒有你的消息──。」我說。

　　「不見得吧──。」方菲說著，已走近我的身旁。

　　從輕紗後，我見到她的輪廓，是一個美貌婦人，意態高雅，不失麗人本色。

方菲還是戴著面紗,似乎不想我看到她的容貌,緩緩地說:「這十年你怎樣了?——我結婚了。」

　　「我尚未結婚,在社會混得普普通通,養自己還過得去。」我說。「你怎樣了?看來十分幸福。」

　　「是嗎?每個人看別人總是幸福的——」方菲說「這次回去前想問你一個問題,希望你認真回答我:我當年漂亮嗎?你知道我愛你嗎?為什麼你不愛我?不提出要和我結婚?」

　　「我——」我把心神定下來說:「我當時很喜歡你,你很漂亮,對我又好,但我…… 當時太年輕,壓根兒沒想過結婚這兩個字——。」

　　「哦——原來這樣,我還以為自己有什麼缺陷你不歡喜——。」方菲一口氣說,若有所失。隨即說:「我結了婚,又離婚了。生下一個女兒,叫『曉風』,名字和你一樣。此生我不會再結婚了,希望你他日遇上和自己同名的女孩子,好好照顧她。」

　　方菲的話使我愣住了,良久。才說:「她姓什麼?」

　　「她姓方。」方菲鑽回車廂,開車前一刻說。

　　我默然,汽車絕塵而去,我像視若無睹。只見瞥草地上一堆小黃菊在晨光中被寒風吹得顫動,何以沒有一根樹木讓它依附喘息呢?

楊興安簡介

以筆名柳岸發表小說。多年來從事文教工作。著有《金庸小說與文學》,散文《浪蕩散文》、舞台劇《最佳禮物》,及由香港作家協會出版之小說《柳岸傳情》等著述。現為香港小說學會名譽會長。

306

雙人床

東瑞

我們要兩張床的。

酒店櫃檯服務員望了眼前四十幾歲的夫婦，搖搖頭，沒有了，都只剩下雙人床的。夫婦倆搖頭，取了房卡餐單，拉著皮箱，上樓。

輪到二十來歲的劉強美嬌，服務員查他們的旅遊證件、安全出行記錄、檢測證明、接種疫苗證明等一大堆證件。

在疫情稍緩下出遊，劉強美嬌希望一切順利，他們雖利用大假，但如在酒店隔離太久，形同囚徒，也太浪費時間。

我們要一間房。

不行。

為什麼？

你們要分開隔離七天。

剛才那對夫婦怎麼可以？

他們是夫婦，再說是本地的；你們從境外來，比較嚴格。

劉強將女友拉到一邊，悄聲罵，一晚三百元，兩房六百元，七天就是四千二百元，我們哪來的錢？美嬌說，與她吵！

兩間房，太貴了！

不行，你們只是朋友，誰知道有沒和確診者接觸過？

別家酒店都給。

大原則一樣，但具體細節各家酒店自己掌握。你們有沒有帶結婚證呢？

劉強哈哈大笑，反唇相譏道，現代人旅遊還帶結婚證啊那麼老土？又不是半個世紀前。

我們這裏發生過幾次事件，請你們配合一下吧。

劉強又說，其實男女要做那事還不容易？半小時就 OK！我到她房間小坐，或半夜，我一個電話，讓她過來……

劉強滔滔雄辯，說得櫃檯負責人滿臉羞紅。

疫情期間，我們是為顧客好！那你們最好戴口罩，病毒最快傳染的途徑就是這部分。服務員一本正經地。

小倆口被逗得開懷大笑。劉強事後對美嬌說，這服務員一定是老姑婆。

經理最後同意安排一間房，只需要付一間房的租金。

辦好手續，上樓，進房，將門鎖好，劉強美嬌一起扯下口罩，齊齊拋向半空，緊緊摟吻。

兩個口罩在半空中自由落體，跌在兩人頭上。

愛情荷爾蒙滿溢的年輕人雖然關係早已不止於親嘴，但疫境中，也有一段時間沒見面了。

篤篤篤，敲門聲。

劉強剛解了半推半就的美嬌一顆紐扣，只好中止；門外的聲音說，剛才你們忘了量體溫，還有，我們服務台需要拍張照存檔，請下到大堂一下。

啊喲，真麻煩！

* * * * *

次晨在小餐廳正喝咖啡時，一位服務員走到他們跟前，說，劉先生，用過早餐，請到服務台一下，有事。

美嬌有點緊張，悄聲問，是不是昨晚我們聲音太大了點？

我也不知道。

事情是這樣的，酒店女經理在大堂對他們說，這次假期長，我們小城酒店不多，家家房間都爆滿了，這兩天我們酒店來了許多長者和殘疾人。昨晚我們工作人員連夜加班，在各層走廊，通道兩端的空地上加了臨時床，有大有小，有單人雙人的，用了薄薄的隔開物，因陋就簡，進行隔離，你們是否願意當志願者？讓出房間給那些更需要的人呢？

這樣啊？劉強和美嬌對看，一時拿不定主意。

可以帶我們去看看嗎？

女經理交代站在一側的服務員，說，你帶他們去看，如果他們同意，順便選床位。

女助手帶他們到了六樓，出電梯，走到通道頂端，看到那通往上下層的樓梯旁，原先空出的一大片空地，此刻用薄薄的三夾板隔成六間，只是沒隔到頂。他們一間一間地看，又在角落商量了一番，最後決定了。

好，我們讓出房間，就搬到這裏，劉強說。

你們選一間。

我們要這間。

這間的雙人床，非常窄，只是比單人床稍大一點。為什麼不選大一點的？女服務員問。

不了。劉強不懷好意地看了美嬌一眼，美嬌知道他的鬼心思，用食指篤了他的太陽穴一下。劉強嘻嘻笑，一本正經地對服務員說，這兒正對著窗外的山水花木，風景好！大的留給更需要的人吧！

好，這一間，每晚只收七十元，服務員說，謝謝你們，配合了酒店的抗疫安排。一會我會協助你們搬過來，有貴重物品可以寄存。

服務員走後，劉強對美嬌說，我們從四千二百元，減半到二千一百元，現在七天只需要四百九十元！

七天後退房時，酒店為表彰對抗疫有貢獻的住客，頒發了一張設計精美的表揚函給他們，還嘉獎一封內裝五百大元的紅包，將他倆的大名和十幾位抗疫志願者的名字並列，寫在光榮榜紅紙上，貼在大堂牆壁。

太令他們意外了。

逝去的傳奇

咚咚先生的故事挺傳奇的。雖然一把年紀了,還打扮得有型有款,頭髮抹得賊亮,身上總是飄著濃烈的古龍水的味道 。不管走到哪裏,都會流露出一股非凡的氣派,一看就是個大老闆。

咚咚先生原本不姓董,名字也與「董」扯不上絲毫關係,只是他最愛說的口頭禪是:

「懂,懂,你懂得什麼?」久而久之,人們就稱他為「咚咚先生」了。

說起來,咚咚先生也是經過一段頗長的落魄期的,那時他還未將「懂懂」兩個字掛在嘴邊。在工廠裏做工時,一不小心將左手的食指削去一小截,成了傷殘人士。做不了工,他就用微薄的賠償金訂做了一架小推車,當起小販來,賣些魚蛋腸粉甚麼的。起初生意不太好,慢慢地也被他賺到一點錢 。可惜好景不常,有一次恰巧碰到小販管理隊掃蕩,「走鬼」不及,被拉個正著,不僅要上法庭見官兼賠償,連搵食工具 —— 小推車也在慌忙奔跑中摔爛了,真可謂賠了夫人又折兵。

沉寂了一段日子,咚咚先生痛定思痛,央求母親將多年儲蓄的棺材本拿出來,橫下一條心,開始搞「貿易」。當時正值上世紀八十年代大陸開放初期,咚咚先生見縫插針,撈起偏門來。他見人說人話,見鬼說鬼話,利用小恩小惠,打通上下關係,左右逢源。也許是天時地利人和的配合吧,經過頭幾年的浮浮沉沉的幾番折騰後,時來運轉,居然給他熬出頭來,還開了一間小小的公司。

時光流淌到九十年代後期,咚咚先生已經擁有兩層豪宅,千萬身家。本來英雄莫問出處,並沒有人暗裏竊笑他是暴發戶,咚咚先生硬是心虛。他將全身上下用名牌武裝起來,腕上戴的是「金勞」,身上穿的是阿曼尼西裝,腳下踩的是 Bally 皮鞋,手上拎的是 Lancel 的頂級公事包,胸前還插了一枝名貴的卡地亞金筆。

為了追上潮流,顯出本身的時尚品味,他原本不會吸煙,卻也特地將黑色羊皮製成的雪茄盒放在身邊,遇有應酬場合,必掏出一隻來附庸風雅。他還不惜重本,花費百萬元買了高爾夫球會的會籍,請專業教練教他打高

爾夫球。每次出外旅遊，非頭等艙不坐。遇到空中小姐和他說中文，他就裝作是日本人，待對方改用英文，他才傻了眼，唯有「Yes」、「No」地胡亂應付一下，弄得空姐哭笑不得。屈指算起來，這大概是他一生中唯一一次不能用「懂，懂，你懂得什麼呀？」來斥責別人的時候了。

對於周圍那些職位比自己低的人，咚咚先生又是另一副面孔。隨著財富的增長，懂懂兩個字開始愈來愈頻繁地出現在他的嘴邊。生意拍檔提出不同意見，他根本不放在眼裏：

「你懂得什麼呀，想當初我開始做生意時，你還在流鼻涕！」

那些窮親朋戚友，更幾乎同他斷了來往。有一個當年與他在工廠裏共過患難的工友，聽說他發了達，打電話來同他聊天，這位工友聽不出他冷淡口脗裏的含意，笑著打趣道：

「哎，記不記得，多年前我們有個協議，不論誰發了達就請另一人全家遊歐洲……」

沒等他說完，咚咚先生從鼻子裏哼出一聲：

「你懂得甚麼呀，協議，是要白紙黑字簽名才有效的嘛！」

朋友心想，不過是一句玩笑話罷了，雖然當時兩人確實談過這個問題，此刻我也不是真的要你請我去旅遊呀！從此他再也不給咚咚先生打電話了。

這邊廂，咚咚先生還在憤憤不平地嘟囔道：

「我那時不過是敷衍而已，世上哪有這樣的傻子？連如此簡單的人情世故都不懂，這麼大年紀算是白活了！」

後來，咚咚先生有了艷遇。在深圳的卡拉OK酒廊裏，他結識了小花。小花年方豆蔻年華，比他兒子還小，但風情萬種，身材玲瓏婀娜，嫵媚迷人，很得咚咚先生歡心。她一句嬌滴滴的「衰鬼」，叫得咚咚先生心裏癢癢的。

公司同事光仔看他如此沉迷這段忘年戀，趁一次午餐時間，大家都出去吃飯時，過來和咚咚說：

「今天報上登了一篇報道，一對老夫少妻因少妻有新歡，丈夫斬死妻子，發生慘案……」

咚咚先生豪放地笑了起來，然後用不屑的口氣說：

「小花不是這種人，人家是名牌大學生，講心不講金，可不是一般的庸脂俗粉，極有品味。你懂不懂，我看人的眼光百分之百準確！」

看光仔一臉茫然的樣子，咚咚招招手，叫小王靠近一點，神秘地說：

「看你關心我，別說我不關照你。告訴你一個秘密吧，男人到了一定年紀，和年輕少艾在一起，從她身上汲取精華，就會永葆青春，你還年輕，不懂這麼深奧的道理吧？」說着，他翻翻眼皮，拍拍胸脯：

「你看，我是不是很年輕，最多四十歲的樣子？」

光仔看著他鬆弛的臉容，彷彿就要掉下來的大大的眼袋，好不容易忍住沒撲嗤一聲笑出來。

日子一天天過去，咚咚如醉如痴，和小花愈發難捨難離。他在深圳南山區買了一層豪宅，金屋藏嬌，雙宿雙棲。他和老婆說，深圳分公司工作繁忙，常常要通宵工作。老婆很詫異：

「又不是工廠，為何需要輪班工作？」

他鼓起金魚眼睛：

「你懂什麼？我有歐美客户，人家白天是我們夜晚，難道我就知道睡覺，不做生意了？」

老婆還想分辯：

「在香港就不能談了？」

「那邊有整個團隊幫手……算了，和你說你也不懂。」他揮揮手，結束了談話。

越和小花親近，越看糟糠之妻不順眼，偶爾回到家，老婆端上煲好的湯，他就連敲帶打比自己小兩歲的老婆：

「你老糊塗了嗎？怎麼連湯也不懂得煲了，這蟲草湯黑糊糊的……」，說這話的時候，他想起了小花煲的木瓜鯽魚湯，是那麼鮮甜爽滑。

有一次，侄子結婚，他們準備去喝喜酒。老婆不知是為了隆重其事還是為了討好他，刻意打扮了一下，穿上新買的衫裙。

咚咚先生用眼角的餘光上下打量了一下老婆：

「你懂不懂，女人老了，就像一朵花枯萎了，任你如何打扮也無濟於事。還化妝呢，搽多厚的白粉不但遮不住皺紋呀，那皺紋還看得更清楚了，色斑又一塊塊的……！」一邊說一邊回憶著小花那秋波流轉的眼神、肌膚似雪的晶瑩通透……

他不顧老婆一臉委屈的神色，又連珠炮似地發射子彈：

「這衣服是你穿的嗎！看看你，水桶腰，大肚腩，該豐滿的地方又像飛機場，你就老老實實地穿師奶裝吧。」說得老婆淚眼汪汪的。

在路上，他堅持不和老婆走在一起，一前一後，像陌生人般保持十米距離。他說免得別人以為他在「淘古井」。

紙包不住火，咚咚先生在深圳包二奶的醜聞終於東窗事發，老婆向他攤牌，並勸他浪子回頭。咚咚當然不肯就範，老婆也有一些法律知識，說：

「你在香港已婚，在深圳又過的是事實婚姻生活，你其實犯了重婚罪。」

咚咚毫無懼色，拍拍胸口：

「你儘管去告。你懂不懂，公安局長都是我的好朋友，多大的官司都能擺平，這不過是小菜一碟。雞蛋想碰石頭，不自量力！」至此，老婆對他已完全絕望，不再存任何幻想了。

咚咚先生終於如願以償和白痴老婆離了婚，和小花更加如魚得水，春風得意。他彷彿得到重生，又一次擁有青春情懷，重新經歷黃金歲月。他精力過人，思維敏捷，一切都驗證了他男人與年輕女人在一起可以令時光倒流的神話多麼英明。

這時正值股市樓市的高峰期，咚咚先生眼光獨到，買那隻股票那隻大升，他更加雄心萬丈了。為了搵快錢，他將手頭所有資金全部投入市場，炒得不亦樂乎 。短短半年，身家翻了三番，每天回家看到小花如花的笑靨，更加感到自己受到命運之神的眷顧，如入戰無不勝之地 。

此時，炒股票已不能滿足他，從炒股票轉向炒牛熊證、期指，更加借了孖展，以小博大。

跟隨咚咚先生多年的德叔看他日炒夜炒，炒得眼都紅了，十分擔心：

「咚咚，見好就收吧，高處不勝寒，常言道：物極必反……」他還想舉出一些例子來，咚咚已經大聲喝止：

「大吉利是，你懂什麼，現在是千載難逢的時機。此時不炒更待何時？」德叔苦口婆心地勸說，反被搶白一頓，唯有收拾收拾，離開了咚咚。

金融風暴剛開始時，咚咚先生仍胸有成竹，眼見利潤減少猶有不甘，更信心爆棚地認為本身有實力可以守得雲開霧散，並未聽從財經專家的意見做好風險管理，反而不斷補倉，甚至將房子抵押給銀行，期望東山再起。

咚咚先生的下場可想而知，那些期權證、牛熊證，一過了期，等同廢紙；

而借孖展又要被迫斬倉……使他輸的最慘的還是他聽了小道消息買的一隻甚有背景的內地軍工股，因為所謂軍事秘密，資料披露不全面，被港交所勒令停牌。這一招真令咚咚徹底崩潰，因為他早已重倉買了這隻股票。

於是，他開始了頻繁的狀告港交所的行動，不斷地委託律師寫投訴信，還闖入港交所找職員理論。碰到朋友，不管熟不熟，他就像魯迅筆下的祥林嫂，重覆又重覆地說道：

「港交所懂不懂規矩，打開門做生意，有錢給你賺，什麼資料這麼要緊，居然下令停牌？」

如果對方沒有附合他的話，他臉上露出幾分神秘色彩：

「你懂不懂？這隻軍工股的股東很多都是紅二代，你停了牌，不讓人家賺錢，你停得起嗎？」

話雖這麼說，這隻股票復牌依然遙遙無期，咚咚先生的脖子都等長了。當然，最後咚咚先生抵押給銀行的房子經過拍賣，還是資不抵債，只剩下宣佈破產這條路。

這段時間咚咚留在香港處理財務事宜，小花說悶，回四川老家去了。咚咚心想，好在當時以小花名字買下深圳的房子，不用充公。星期天他回深圳的家，想找些文件。當他用鑰匙在鎖孔裏轉了半天都打不開門時，才猛地省悟到原來大門已換了鎖。如晴天霹靂，他呆住了。愣了半天，才想起趕緊打給小花，電話裏傳來的是空號音……

咚咚先生感到自己的心房裏被掏空了，他清晰地聽見那裏傳來的一下下的咚咚聲，那麼沉重，那麼痛楚。一時間，他陷入了徬徨中。突然，老婆那張黃面皮的臉孔跳到眼前，也許，那裏才是最後的歸宿？

然而，又有一種聲音在耳邊飄蕩，那也是老婆在說：

「你懂不懂這條連小孩子都懂的道理？潑出去的水，如何可以收回來？」

這是幾年前的故事了，傳奇畢竟已逝去了，最終如何落幕無人知曉……

蘭心簡介

香港作家聯會會員、香港作家協會會員。原名陳端，祖籍江蘇鎮江，自幼在北京接受教育，八十年代中期定居香港。現為普通話教師、自由撰稿人。發表了數量繁多的文學作品，並曾在內地和本港得過文學獎項。作品以散文，小說為主。已出版《坐看雲起時》、《都市麗人》、《眾裏尋她》等等。

遇見

宣希

　　足浴店開張了一段時間，陳珊第一次來視察環境，店長熱情地招待她，一邊為她倒茶一邊匯報營業情況，對於利潤和推廣的工作，一直是阿珊弟弟負責，她很少過問，所以對於店長的匯報，只是禮貌地點點頭，沒有表達任何意見，她最關心的是員工。店長很細心地觀察著阿珊的反應，馬上轉一個話題：「對了，我們這家店的員工全部都是單親媽媽，有些是社工介紹，有些是舊員工的朋友，她們雖然學歷不高，但是很認真學習，現在每個人都能獨當一面，有些已經有熟客啦。」聽到這些話，阿珊才滿意地笑了笑，對店長說：「做得很好，辛苦你啦。」「您既然來了，要不要試試我們店的新套餐？足部磨砂及香薰按摩，做完腳部不但更光滑還顯白，夏天穿裙子不用穿絲襪　」店長本只想讓阿珊坐下來休息一會兒，可一開口便停不下來，阿珊被她的說話打動了，最重要是有時間，便答應試一試，店長把阿珊帶到一間獨立的貴賓房，讓她在那裏等按摩師。

　　阿珊剛坐下，聽到隔離房間傳來低泣聲，兩個女人的對話一前一後穿牆過壁溜進她的耳朵：

　　「你們已經離婚了，還糾纏什麼？」

　　「本來我不開門的，他說見見孩子就走，我心軟便開門了，結果他一進門就問我要錢，我說沒有，他就一巴掌打過來。」

　　「真可憐，一邊臉都腫起來了，有沒有報警？這個壞人一定要捉起來坐牢才行！」

　　「報了，警察來到他早就走了，孩子嚇得整晚都在哆嗦。」

　　「孩子也真可憐，從認識你開始，你們家就沒安寧過，哎，我們去跟張社工說說，看能不能搬家，不要讓那個壞人再纏著你。」

　　「謝謝霞姐，這些年幸虧有你，要不我早就不活了。」

　　「傻瓜，大家同鄉，應該互相幫助的，其實我以前並不喜歡你，因為你是第三者，不過看到他那樣對你，我又看不過去，哎，都過去了，希望他不要再騷擾你，你和女兒可以平安生活就好了。」

「是呀，霞姐，其實我很內疚，一直覺得自己活該，如果當初不做他的情婦，不破壞他的家庭，不跟他結婚，我今天就不用受這些罪了。」

「小如，以前的事不要再追悔了，現在努力工作，養活自己和孩子，明天會更好的。」

「嗯，嗯……」聲音低了下去。

聽著這些話，阿珊想起了十年前的自己，想起他的前夫，那個她曾經深愛過的叫阿飛的男人，他們中學便談戀愛，因為學習成績不好，兩人在中學畢業後便開始工作，然後結婚。婚後雖然算不上富裕，但倆人相親相愛，日子過得美滋滋的，直到後來阿飛跟朋友一起開中港車，兩人才偶有拌嘴。

阿珊忘不了那天，她和父母旅行提前回港，一心想著要給阿飛一個意外驚喜，所以沒有告訴他便直接回家，想不到阿飛給她一個更大的意外，只不過不是驚喜而驚嚇。她看見阿飛抱住一個妙齡女子在床上看電視，她整個人呆了，不知如何是好，反而阿飛很鎮定，他沒有任何解釋，大方承認他們的關係，並提出要和阿珊離婚，事情太突然了，阿珊沒反應過來，她瞪著那個女人，兩人四目相對，女人尷尬地低下頭，在靜止的氣氛中悄悄離開

他們大吵了一架，在摔瓶摔罐時，阿飛一腳把阿珊踹開，阿珊沒防備，一個跟蹌跌在地上，阿飛奪門而去。之後他沒再回家，他在律師樓簽了離婚紙，催促阿珊去簽名的事情全委託律師代辦，阿珊找了他很多次，希望能挽回婚姻，但阿飛把電話號碼也更改了。

突如其來的變化，瞬間到了無法挽回的地步，阿珊的世界幾乎崩潰了。她每晚在酒吧裏買醉，放縱在一夜情中，到最後沾上毒癮，她覺得自己已跟愛情一起死去了。

幸好她的父母和弟弟對她不離不棄，幫助她成功戒毒，並鼓勵她在家裏開的足浴店幫忙，在那裏，她認識了很多單親媽媽，雖然她們單親的原因各不相同，但她們積極樂觀，無怨無悔地工作，通過自力更生，不但改善了生活，也找到人生的價值。阿珊受到她們的感染，人也變得開朗了，不再鑽牛角尖，幾個月後她堅定地把自己的名字簽在離婚紙上。

　　她全身心投入足浴店，分店逐漸增加，她也和慈善機構合作，希望幫助更多的失婚婦女走出困境，重新振作，遇見更優秀的自己。

　　「咚咚咚」敲門聲響起，店長帶著一位按摩師走了進來，「陳小姐，這是小如，她會為您服務。」「您好，陳小姐」小如恭敬地向阿珊打招呼，「麻煩你啦。」阿珊微笑著回應，兩人四目交投，突然，小如尷尬地低下頭，阿珊的心急促地跳了起來，氣氛突然停止了，一如十年前……

宣希簡介

原名周華梅，教師，喜歡旅遊，更喜歡文學及創作。

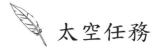

太空任務

林馥

在熒幕中出現很多障礙物，有殞石、宇宙風暴、電磁波及被棄置的機械人屍骸。

「小心，數碼！」

「放心我會避過這些障礙物的。」一個頭上有天線及臉上有鐵絲傷疤的男子說。

「數碼，還有多少時間到達卡路里星球？」臉色鐵青而且樣子看來很嚴肅的男子問。他是銀河拯救隊艦長高政道。

「還有三十分鐘，艦長」

「又收到緊急訊息！」一個女郎說，她的頭髮用負離子弄成的火紅色，樣子像六百年前的宇宙超級新星科科加西。

「甚麼訊息？桑娜！」艦長高政道問。

「是死亡死亡死亡，又是喪 B……」桑娜說。喪 B 是銀河系中一名患有思覺失調的長期病患者，他睡醒沒事做就會撥銀河九又二份一頻道來廢話連篇，弄得銀河頻道的線路繁忙，令銀河拯救隊疲於奔命。

「將他的線路飛到一個空置的星球中。」艦長說。

「數碼，將飛船加速！」

「是，艦長。」

「進入卡路里星球大氣層了！」一個矮小的男子說，他叫波子，是小機器人，樣子像撒亞人第二代。

飛船以光速飛行，熒幕前的障礙物沒有出現了，反之而來是一條長長的黑道。

飛船降落在卡路里星球上，這個星球被人喻為三不管的空間。所以很多宇宙綁匪或宇宙叛軍都躲藏在這裏逃避執法人員的追捕的。

艦長高政道與他的隊員，機械人數碼、價真貨實女複製人桑娜及後備小機器人波子，他們屬於非牟利機構的銀河鐵道拯救隊，在銀河系中任何生物如遇上危急事情可以向銀河九又二份一頻道求助。這類服務費用全免

的，就因如此很多星球的生物都濫用這項服務，例如接過卡樂B星球人要求他們協助核對獎券或查詢哈雷彗星回歸時間表，這類是不屬於他們職責範圍的工作。雖然有十個求助者有九個不是他們服務範圍，但他們都不能掉以輕心，不能對求助者拒於千里之外，因危急事件不是頻道上可以判定出的，他們都要親自到事故現場調查，方可結案陳詞的。

他們各自取起巨型武器，巨型武器在他們手中又很快縮小成為微狀武器。

他們走出了飛船外，迎接他們是一群有兩個頭的星球人，他們看見有火紅色毛髮的單頭生物而且是高矮不一似乎十分害怕，有些膽小的雙頭小孩更驚嚇得躲在他們的母親身體後。這是不足為奇的，非我族類的總容易被視作為怪物的，正如在地球上看見罕有的兩個頭動物，也會被地球人視為怪胎動物。桑娜更聽到雙頭小孩說她只得一個頭看來十分怪異及恐怖。

「是誰打求助頻道？」高政道問他們。他猜想又是虛報案件了。

「是我，我的兒子被惡狼擄走……」有一名雙頭人從雙頭人群中擠出他的雙頭來說。

「有目擊者嗎？」高政道問及向眾多的雙頭人審視。其他雙頭人立刻驚恐退開了，看熱鬧每個人都喜歡，但說到要當目擊證人就免問了，搞不好惹禍上身會招來殺身之禍的。

「他們都見到我的兒子被擄的，但他們全都害怕惡狼會報復所以不敢說話吧。」

「說出你兒子的DNA解碼圖及防冒密碼。」桑娜問。這是追查失蹤人口的手續。

兩頭人說出了他兒子的DNA解碼圖及防冒密碼後，高政道艦長與他的隊員開始發射電波去追蹤了。

「找到了他的位置了。在東南偏南百公里一個小山谷上。」小機器人波子讀出。

「開始行動！」艦長發出命令說。

拯救隊隊員全肩負輕型飛行器向山谷飛去。為了把握時間，在飛行途中數碼開始在宇宙資料庫中搜尋惡狼的個人資料。

「惡狼十五歲，是三三五彎星球的頑童，出身單親家庭，過往屢次傷

人及逃學，有過一次持械行劫，曾被判入勞改營，在三個月前移居來到卡路里星球。」數碼讀出。

「他為什麼要捉走雙頭人的兒子呢？」高政道問。

「可能他妒忌他有兩個頭吧。」桑娜猜想說。

他們飛到山谷上，四周黑漆漆一遍，機械人數碼啟動紅內線及生物熱能探測儀，他發現了⋯⋯

「雙頭人被綁在一棵大樹上，四處纏有炸彈。」數碼說。

「炸彈是甚麼型號？」艦長問。今次真是棘手了，還以為可以早一點放工。

「是一觸即爆型。」數碼說。

正當他們束手無策的時候，眼前出現一隻狼頭人身的惡狼，他更哈哈大笑出來。

「你們全是廢物，宇宙超級銀河拯救隊只是虛有其表，哈哈。」惡狼出口就是傷人。

「狼口長不出象牙。」桑娜反駁他說。

「他腎上腺素開始上升，腦部充滿殺氣！」小機器人波子向惡狼全身掃描出說。

「死到臨頭還神氣，我手指一按他就炸成碎片了。」惡狼兇巴巴地說出。

「小心說話！」高政道用唇語向隊員提示。

「狼大哥，你為什麼要捉雙頭人的兒子？他有甚麼開罪了你？」桑娜用柔和的聲線問他。火爆的言詞只會加速問題惡化吧。

「他嘲笑我只有一個頭，他說我是怪胎，他歧視我是三三五彎的低等民族！」惡狼憤憤不平地說出。

惡狼說的話，桑娜也遇過，來時她曾聽到有雙頭小孩說她是單頭怪物。令她很不開心，但有時候從另一角度來看，雙頭人來到地球，雙頭人就反被人類歧視為怪物了。因物以罕為怪，這是千篇一律的定義。

「用暴力解決不到問題的，一個雙頭人死了，還有另一個雙頭人來歧視你的，你殺得一個殺不到全宇宙的。」艦長說，他在分散他的注意力，其實他已用唇語指示數碼去拆除一觸即爆炸彈了。

「我要他們知道我是不好惹的！」惡狼憤慨地說。

「這只會令他們更歧視你，你殺不到歧視，宇宙中歧視是毀滅不到的，有生物的地方就會有歧視的。」

「所以我要殺光歧視我的生物！」

「你也要殺你自己了！」艦長說。

「為什麼？」

「你過往沒有歧視過其他生物嗎？」

「……」惡狼沒有回答，事實上他曾歧視過他的同鄉狼狗的血統不夠純正，也歧視過他在勞改營的同犯只有三隻手指。

「在這裏雙頭人會歧視我們單頭人，但你試想他們來到一處全是單頭的星球時，他們一樣會被人視為怪物被人歧視的。」

「哈！我真很想看到雙頭人被人歧視的情況。」惡狼心情似乎好了。

「歧視別人是很膚淺的，而且會阻礙宇宙進步的……」艦長長篇大論去說服他，令惡狼感到煩厭！

「很煩呀！在我未改變主意時，快叫你那隻醜八怪將他帶走，別要我再見到他……」惡狼口中的醜八怪是指站在雙頭兒的機械人數碼先生。其實惡狼這樣說已經不知不覺地歧視其他人，只是他自己不知道！任何星球人都會犯同一個錯，就是只看到別人的缺點，卻忽略自己的錯！

高政道艦長沒有花費一粒子彈或火箭炮就救出雙頭人的兒子，或者惡狼真不是他外表一樣兇惡吧，一個肯悔改的罪犯，他內心一定不會太醜惡的吧。

他們救了雙頭小孩，銀河鐵道拯救隊成績表上又增多一粒星。

他們火速飛離卡路里星球又繞過卡拉奧奇星球向遼闊的銀河系飛去，準備迎接另一個未知的任務。

林馥簡介

香港女作家，香港作家聯會會員、鑪峰文藝社會員、華文微型小說學會會員及香港小說學會會長。作品有長篇小說《偷心野丫頭》、《宇宙傳說》、《網路巡邏隊長》等。

零碎

張肇麟

——我雖是聰明的貓，但也是一隻跟人類混得太久，充滿貪念的貓。

又一個痛苦的清晨，那個大奴才不斷擼我的臉，破壞了我美好的夢，真討厭！我住在狹小、凌亂的家，家裏住了兩個奴才、一個女主人，還有一隻可愛又帥氣的貓。大奴才在銀行工作，十幾餘年還是一個小團隊的隊長，不論天氣如何，依舊會穿著死氣沉沉的黑西裝上班；小奴才是大學生，讀中文教育，從小就很喜歡拿著《詩經詳析》，但十幾年也沒看得完一頁。至於女主人，她是家中唯一一個我不敢得罪的，因為她實在太兇太無禮了！所以我從來不會把她當成奴才看待。她是一家藥房的老闆，但幾乎從不賣藥，因為利潤實在太低。

一頓早餐過後，大奴才又準備出門上班了。奇怪吧，明明應是在家工作的日子，怎麼會出門？這是因為大奴才最近搬「家」了，移居山上，他隔日便會跟一眾同事到山上「工作」，吸收天地萬物之靈氣。據說上一次被公司發現了，被臭罵了一頓，真爽。但他臉不紅氣不喘，解說這一切切都是為了未來有更好的工作表現，增加團隊的默契，說得真是動聽。倘若你問我為何他能如此坦然自欺欺人？我會說，心遠地自偏。只要你在社會打滾十幾年，這丁點臉皮根本算不了什麼。反正他不要被辭退，害我沒有零食，對我來說他不在家更好，至少免去了一雙擾貓清夢的壞手。

「各位同學早晨，我們先點個名吧。」看來小奴才又到了上課的時間了，作為聰明的貓，這是我每天最好的娛樂時間。「今天我們繼續講唐詩⋯⋯」別誤會，我所指的娛樂絕不是聽那個悶蛋講課，何況那些杜甫、李白我根本通通不放在眼內，只不過是一群不懂享受生活，可憐的男人。要是他們早一點學會釋懷，才不致於跳河自盡，理應可以終日花天酒地，看破人生的困窘。看看我的小奴才，這才是真正的學者、真正的賢臣！看吧，他不僅僅又忘記了關上語音輸入，還開了視像直播，最重要就是他在鏡頭前一邊打呼嚕一邊流口水，何其瀟灑！我深信竹林七賢也會拜倒他垂墜的燕窩之下。如果杜甫能學他一半，至少會得到玄宗的寵幸吧。

「陳夢寐！陳夢寐！你又在我課堂上睡覺？」愚蠢的人類，你該不會以為睡覺只有我家的小奴才吧，像小奴才這種一邊開視像一邊睡覺的學生，才稱得上是資優生，至少他比其他同學來得更誠實多了。只看到眼前的事物，就當成事實真相的全部，若這不是愚蠢，難道是天才？「才沒有！我只是擔心老師長期看著電腦講課太悶，為你多添一點樂趣，你剛剛是在教〈九歌・山鬼〉吧！我真的有專心聽課。」不愧是看了《詩經》十幾年的男人，竟然短時間以內穿越時空，把楚辭當成唐詩，再加上完美繼承了大奴才的臉皮，他日一定會成為一個絕頂中文老師，造福萬千後代。

該是女主人出門的時候，幸好今天小奴才有課留在家裏，不然我又要跟女主人去看店。還記得幾天前幫忙看店時，我一個不小心踩壞了一盒口罩的包裝盒，結果可怕的女主人大發雷霆，瘋狂咒罵了我九輩子，幾乎只要嘴巴就奪去了我九條貓命。對如此可愛的我，竟然能狠下毒口，實在不敢想像，那些為了養家餬口的員工們，這些年來到底是怎樣生存過來的。若然沒有赤裸裸在亞馬遜河叢林生活一年的求生意志和勇氣，我相信絕對不可能在她底下工作超過一天！儘管過了幾天，女主人的話還是在我腦海中揮之不去——「你這隻死貓，你到底幹了什麼好事，我帶你來看店，好歹養了你幾年，你就算不好好替我吸引客人都算了，竟然還敢踩壞我們的鎮店之寶？到底有何居心……（下刪數百字）」這種沒營養的說話，還是不要回憶太多，畢竟我可是高貴的貓，怎能跟俗人一般見識呢。

說到這件事來，不得不說人類真是可悲。一家藥房居然視口罩為鎮店之寶，竟不是珍貴的藥材，又不是金光閃耀的純黃金。據說以目前市道，這幾箱不知來歷的口罩，在市面上可以換來數萬罐美味可口的罐罐。正所謂民以食為天，如今口罩竟然比起食物更來得重要、昂貴，實在是太不可理喻了！據說早前還有人為了買到口罩而拼個你死我活、大打出手，又有商人無盡止把價格提高，甚至把十幾年前或是用過的口罩拿出來賣。相比之下，疫情似乎還不比人性來得可怕。至少這事才不會發生在貓的世界，生離死別這種無聊的事，實在都是命運的捉弄，如果太在意花心力想去改變命運，太過不智了，還是瀟灑一點，該走的時候就走吧，幾年過後又是一隻可愛迷人的貓寶寶。正因為人類盲目追求改變命運，才招來反噬，疫

情也正因如此而降臨，但事到如今仍執迷不悟，真不愧是活了幾千年也毫無改變、自大的生物。

「『少年心事當拿雲，誰念幽寒坐嗚呃。』有同學知道這是誰寫的詩嗎？」鴉雀無聲。過了一陣子，多問一遍，又無車馬喧。果不其然，又是一個學不乖的俗人，還在幻想有學生在認真聽課。自從網上授課以來，看著小奴才、他的同學和老師在精神上的交戰，便是我貓生中最大的樂趣，這好比人類們常看的馬戲團，最精彩的並非完美的表演，而是無限頻頻的出錯，實在太惹貓發笑了。老師辛苦在舞台中間架好了幾個火圈，準備上演一齣絕妙的戲碼；學生卻在地上倒滿潤滑油，讓老師表演花式滑倒。最初滿滿的教學熱誠，都會給流光而滅絕。

叮噹，叮噹！小奴才的外賣到了，幾乎每天都是如此的生活。說起來，我都忘了奴才們到底有多久沒做料理給我了，打從疫情開始以來，我就一直被強行減肥。不但是為了減少開支而要我節衣縮食，更常常被奴才強制運動，以解他們在家的鬱悶，明明我又不是狗，真是惡夢。唉，別說了，吃完飯就是累，趁著小奴才玩遊戲機的時間，我多休養一點比較好，以免我強健的脂肪都被消耗掉，就先爬去大奴才的床鋪睡個大覺吧。

美好的下午，幸得昨日的新遊戲上市，小奴才完全沒有心力去製造噪音，讓我能睡一個好覺。這是一個創造病毒、細菌、寄生蟲等異物，然後去感染全世界人類的遊戲，玩家可以隨意控制異物的傳染性、致命性和特殊性。真是諷刺，人類總是希望可以操控世間上的一切，如果現實辦不到，就在遊戲世界上還原，好像那些斬魔、屠龍遊戲，都是為了滿足人類的虛榮心而生。然而在現實中，他們只能夠躲在自己的家裏，玩著遊戲、期望疫情會馬上轉好，什麼也做不到。

天色轉暗，貓頭鷹們都起床了。家附近有不少酒吧，最近每逢深夜總會有人在玩捉迷藏，你追我躲。尤其零時零分以後，街道上會站著許多戴著耳機聽音樂的人，我習慣稱他們為「鬼」。只要附近的街道發現警察的出現，鬼們便會騷動起來，電話按個不停。原本清靜的街道上，即將滿佈一群又一群的貓頭鷹。這群貓頭鷹全部都是在不同酒吧跑出來的，有些早已經醉到不省人事，有些還不忘繼續剛才的親吻，當然還不缺少一邊逃跑

一邊嘔吐的人。一旦警察遠去，大部份的貓頭鷹們又會回到酒吧裏暢飲。每逢我看到如斯場面，都不禁替人類覺得可憐，他們只想每分每刻盡情放肆玩樂，卻又從來不想負上任何代價。不僅是客人，那些酒吧東主亦是如此，既想開店賺錢，但又不想想怎去做好防疫工作，眼中只聚焦了眼前幾毫米的利潤，結果強制長時間關店時，又在無限的抱怨。

不得不說，人類的貪念實在太大，連地球還未能了解，就想去完全看透十萬光年以外的星球。人類的滅亡，定會隨這一點一點貪念累積而成。終有一天，他們會親手了結自己。若是貓族，才不會讓自己陷入如斯尷尬的場面。

小奴才因為發燒，很早就吃藥睡了，為了不要妨礙他休息，今天的我還是早點捲入小奴才的被窩睡吧。一覺醒來，發現我竟然被困在籠裏。據眼前的白衣惡魔所說，因為小奴才染上了肺炎，所以要把我捉去檢疫，他們懷疑是由我傳染到小奴才的。實在是太可惡了，人類總是喜歡怪罪於他人，從不會先想錯的是自己，如果貓族有傳染肺炎的能力，我會忍痛與世間上所有的人類來個法式濕吻，好讓他們都染疫。正當我在咒罵人類的時候，那個白衣惡魔想伸手碰我的臉，我恨不得用牙齒在她手上留下永恆的烙痕，於是閉上眼睛決心向前一咬。我再張開眼時，映入我眼中卻是大奴才的床和臉，我咬到他的大鼻子。好吧，看來這次大奴才總算做了點好事，把我從惡夢拉回來。

張肇麟簡介

香港珠海學院中國文學系四年級生。

談文說藝

呼朋載酒　彩夢流連
—— 專訪黃坤堯教授（節錄）

張閔（訪問及整理）

前言：二〇二一年，黃坤堯教授出版散文集《詩意空間》，文中有詩，也有詞，新舊融合，讀來如雋永之詩話。《詩意空間》提及兩岸四地多位學術大師，如饒宗頤、汪中、陳新雄、常宗豪等教授，訪談中，黃教授會娓娓細訴與這些師友的交往。此外，黃坤堯是香港古典詩壇的名家，訪談裏，黃教授亦會分享數十年讀詩、寫詩之心得。

一、師友

張閔（以下簡稱：張）：《詩意空間》裏，憶記兩岸四地學人的文章佔了大半部，台灣方面，汪中、陳新雄、曾永義、沈秋雄教授都是書裏常常提及的人物，能請您談談與這些先生的交往嗎？並請談談在台灣求學的經歷。

▲黃坤堯教授。（張閔提供）

黃坤堯教授（以下簡稱：黃）：六、七十年代的台灣，大學的師生關係可以很密切，甚至情同父子，那種感情是一生一世的。我屬於港澳僑生，當年報讀台灣師範大學，全是拿公費的，不但學費全免，另有生活費津貼。當時規定，師大畢業生須在中學服務一年，由大學分派任教的學校。如我，雖也獲派至一家中學，只是我無意留台發展罷了。師大還有一個好處，僑生可以回原居地實習，那我就不用留在台灣。除了師大，那時候的國防醫學院也提供公費學額，但因為規定畢業生要服務十年，時間太長，所以我沒有報讀。其實，中學時，我的文科成績平平，反而數學、物理、化學較優異，我喜歡挑戰黃金分割等複雜的數學難題，所以報考醫科一度是我的志願。

台灣師範大學的國文系以經學研究著名，所以師大予我經學的得益最

大。除了經學，聲韻、文字、訓詁也是師大的強項，像汪中、陳新雄老師都是章黃學派的嫡傳。師大規定，國文系學生必修聲韻、文字、訓詁、語言、修辭五科，讀一整個學年，我就是在那裏打下紮實的基本功。我讀《廣韻》，要做切語上字繫聯的功課，寫成一本厚厚的習作，至今仍保留著。像這種水磨似的工夫，我是抱著玩積木的心態去做，全然不以為苦。讀《說文解字》，我是自己去斷句的，這種訓練對我日後研讀古籍幫助極大。師大時期，我的研究興趣在詩詞，整理及發表了不少清代詞人的年譜，如項鴻祚、蔣春霖、況周頤等。師大圖書館藏書豐富，國文系更擁有大量東北大學的藏書，可以在圖書館中得沾古籍。寫詩填詞，也是我在師大時期開始培養的興趣。師大的創作課，除了白話文外，也要學習古文、駢文、應用文等；另外，詩詞曲課程亦須交習作，這幾門都是必修課。

陳新雄老師教我訓詁學，汪中老師教我「杜甫詩」、「樂府詩」，私下我常跟這兩位老師交流，聊天、吃飯、飲酒，課堂所授的內容倒忘記得一乾二淨了。汪中老師給我的書信有百多封，後來老師出版書信集，我提供了一批材料。在汪門的聚會裏，我還認識了沈秋雄教授，大家投緣談得來，一直交往至今。至於曾永義，他不屬於師大，而是台灣大學教授。他組織了一個「酒黨」，擔任黨魁，瘂弦也是黨員。酒黨非文社，不問是非，只管聚會飲酒，而且還有黨歌，由瘂弦等創作，先後有五個不同的版本。酒黨成立至今有四十多年了，黨員多已老邁，能飲者聊聊無幾。學院以外，我還認識到落魄江湖的高永嘉先生，他在西門町南美咖啡店教我讀詩寫詞，並推介熊十力的著作給我。熊十力先生的著作我都讀遍了，還做了筆記，《原儒》、《十力語要》、《新唯識論》等一讀再讀，從而對佛學產生興趣。讀熊先生的書，令我增進對天人之間的了解，悟識內聖外王的工夫，潛移默化，影響一生。《詩意空間》記述的人物，多是跟我交往頻密的師友，其實還寫了很多其他的人物，將來有機會再輯錄出版。

張：饒宗頤、常宗豪、蘇文擢教授是書裏提及的港澳文壇前輩，也請談談您與這三位學問家的交往。

黃：三位都是我讀中大時的老師。我報考香港中文大學研究院，乃饒

宗頤老師取錄的。本來，饒老師指導我寫碩士論文，研究敦煌曲子詞的格律。然而，我入讀研究院翌年，饒老師便退休了。後來改由常老師指導我研究溫庭筠詞。研究院一年級只修讀兩門課程，一門是古典文學，由饒老師任教，講授《昭明文選》。另一門是現代文學，由余光中老師講授新詩。我除了寫古典詩詞，也寫新詩，刊於《清懷集》。當時跟常老師、蘇老師經常吃飯飲酒。常老師與蘇老師皆擅飲酒。

說回碩士論文，傳統批評家形容溫庭筠為浪子，為人不羈，還鬧過考場代筆風波。常宗豪老師指導我通過溫庭筠詩重塑詞人的品格面貌，從而看出他士君子的本質，例如五古〈詠蘭〉之作，可作證明。再看《花間集》，溫庭筠的〈菩薩蠻〉專寫美人好修，若有所待，所求之美，既有外在美，更有內在美，講求美貌與智慧並重。溫庭筠乃以美人比喻謙謙君子，著重修養。學習溫庭筠詞，不單學其詞風的華麗，還應學習這份士君子的品格，追求完美。

二、詩詞

張：《詩意空間》輯二「江天寥廓」，寫當代古典詩壇諸家，論及粵、港、澳、台四地，能否談談香港跟嶺南詩壇的傳承關係，彼此有沒有相互影響？

黃：環顧四九年後的香港古典詩壇，本地出生的大詩人並不多見，著名的有潘新安和李鴻烈，但在當年，二、三十年代出生的他們尚算是後輩。五十年代，香港詩壇較為活躍的組織是「碩果社」，社中的前輩大家，如黃偉伯、伍憲子、馮漸逵、潘小磐、陳荊鴻、梁簡能、溫中行、蘇文擢、陳秉昌、何叔惠等，皆順德人，共二十五人。由此可見，嶺南詩壇對香港的影響。順德盛產文人，一方面因為當地是漁米之鄉，經濟富庶，有條件供養一批人從事文學；另一方面，是當地的世家大族，累積了濃厚的學習風氣，鼓勵子弟專心讀書。「碩果社」沒有統一的詩風，也不必要求統一的詩風，只是社員的態度一致，認真學習，各具面目，心中自有一股雄直之氣，希望藉文學表現自我，關懷社會。

嶺南歷來皆是出走之地，而香港則是過路的跳板。文人南來，現代史上，主要有四個時期。第一段是太平天國時代，敗兵逃港，作為跳板，再

轉往古巴、舊金山、南洋等地，所以古巴革命，不少起事者皆太平天國的後裔，他們還懂得說台山話。第二段是清末民初，先是孫中山等革命黨人逃亡而至，後來是滿清的遺老遺少隱居海隅。第三段是抗日時期，廣大百姓來港逃避戰禍，後來日本戰敗，汪精衛政權的官員逃到香港，他們都是帶著大量的資金過來的。第四段是內戰時期，國民黨人撤到香港，更湧進了大量上海的資金和人才。而「碩果社」的社員多是很早期便來到香港的了。說到對香港現代文壇的影響，無疑是賴際熙那一代南來文人的影響力最大。賴際熙參與創立香港大學中文學院及學海書樓，堅持文言教學，所以香港的中文教育，直至七十年代，仍以文言為基礎，老一輩人讀寫文言基本不成問題。與賴際熙同期的南來文人，還有陳步墀，出版《繡詩樓集叢書》三十六種，保存國粹，名揚海內外。陳步墀等每年溥儀生辰，都會齊聚於歲寒堂中，穿著清朝官服，向遜帝的照片跪拜祝壽，直至三十年代才漸漸結束。

香港古典詩壇一直沒有往本土方面發展，談不上甚麼本土特色。以香港的景物作為題材，古典詩詞中，當然不乏此類的作品，但寫詩的人都不是本土出生，名家像陳湛銓是新會人，饒宗頤是潮州人，蘇文擢是順德人，上海出生。

張：現當代的古典詩人裏，有哪些作家的風格是您特別欣賞的？

黃：汪中、李猷都是當代古典詩壇的大家。汪中老師的詩，一如其書法，似米芾的瀟灑自然，行雲流水。李猷祖籍江蘇常熟，吳中名士，書畫名家，三度來港居住及會親，亦與蘇文擢、卜少夫等本港文人有交往。《詩意空間》裏，我引錄了李猷寫英女皇加冕詩，及他詠尼加拉瀑布的詩作。先看〈六月二日，英女皇加冕。香島闐城溢郭，遊觀甚盛；余與大綱兄望衡相對，開戶而已〉：

火樹銀花照夜明。羈人心底總淒清。

冕旒此日登皇極，玉帛何時復舊盟。

積雨得晴鶯仗艷，和風微動樂聲輕。

不堪回首台城路，又薦櫻桃未復京。

李猷以逃難者的眼光觀看異鄉盛典，不能投入，自然是百般滋味在心

330

頭了。再看〈觀美加兩國尼加拉大瀑布放歌〉：

　　一湖萬頃波平天。淳滀洋溢寬無邊。風水相擊生飛泉。臨崖直落垂深淵。匯聚峽谷成長川。中有遊人驅危船。突穿水後一葉扁。刺面但覺寒雨濺。激而上散萬珠圓。兒童拍手呼生煙。美加接壤相啣連。一水四布能周全。或者白如匹練懸。或者彎彎如月纖。凹凸之形隨所占。美哉到處成珠簾。

　　此詩共四十三句，句句用韻。上文為首段，驚險壯觀，一氣流轉。下文寫遊客，寫夜色，冥攝奇景，紛紅駭綠。

　　張：若要為唐代詩人排名次，請問您的選擇如何？

　　黃：李白、杜甫、王維、白居易、韓愈……一般人認為杜甫可學，李白不可學，所以李白排名第一。如果我沒有李白的才華，我想學他也學不了；但如果我有李白的才華，又何必要學他呢？那我就乾脆去超越他。我曾寫過一篇論文〈超越李白〉，分析宋代詩人如何以李白為競爭對手，歐陽修、王安石、蘇軾在創作上都抱持這樣的心態。江西詩派主張學杜，只能是刻苦經營。除非你天份特別高，否則模仿前人，又能學到多少功力呢？　不過是蕭規曹隨。韓愈博學，詩風奇崛險怪，對宋代詩學影響極大，所以我排名頗高。寫險怪的詩並非那麼簡單，需要想像力豐富才可以做到，李杜在前，光輝萬丈，韓愈就是走出了一條新的路子來。

　　張：《詩意空間》有數篇文章評論青年作者的古典詩作，對於有志創作古典詩詞的文青，您有甚麼建議？有哪些入門書推薦呢？

　　黃：古典詩壇現今的一大爭論點，就是語言問題，究竟是以純古雅的語言、典故寫作，抑或採用現代的語言呢？我個人主張以雅正合律為底子，並盡量加入現代的語言，讓作品更具時代感，有現代人的情懷，最好是做到新舊融和。我主張「城市詩觀」，因為香港是一座城市，田園時代離我們很遠。

　　不需要推薦甚麼入門書了，多讀作品就是。書不論好壞都可以讀，讀了差劣之作，知道對方缺點在哪裏，然後自己下筆時加以避免，那同樣是一種得著。多讀書自然能培養出識力。至於學格律，那就好比學騎單車，初學時，難免會跌跌碰碰，不要緊的，勇於嘗試，日子久了，自然能掌握竅門。作品寫好了，不妨再翻翻韻書檢查一遍平仄韻腳，那就能避免犯錯。

上大學以前，我完全不懂格律，但很快便上手了。除了讀舊詩、新詩，粵語流行歌詞也值得我們學習，那可是最地道的香港特產。

三、文賦

張：書中提到饒宗頤教授八十歲生辰時，您曾賦文祝賀，以文言寫成〈饒宗頤教授八十壽序〉，駢散並用。另外，您還為澳門路環黑沙、香港九龍城寨題寫過碑文，寫這些文言的文章，您自己有甚麼準則嗎？

黃：寫古文，跟寫白話文章的規則是一樣的，不過是用語的分別，都是翻譯，將口語變為規範的語言。新文化運動提倡「我手寫我口」，如果真是寫「我口」，那麼廣東作家該以粵語寫作，福建作家則以閩南話寫作。然而，事實並非如此，因為純以方言寫作，不利於交流，其他語區的人會讀不明白。我們的白話文寫作是以普通話為媒介。普通話不等同於北京話，詞語的差異很大。普通話像吸星大法不斷吸納各地的方言，當中也有很多粵語的詞彙，如「唱衰」、「行行企企」等。白語文會選擇詞彙，文言亦如是。今日的言語，多用了成為規範，可能也就成為未來的文言。例如新一代的網上語言日日在變，已經淘汰白話文了。至於駢偶的運用，那是為了增強文章的氣勢，好比現代作家用排比句、對偶句，修辭的道理是一樣的，奇偶俱用，只要用得其所，躲也躲不了。

（訪稿經受訪者修訂）

黃坤堯簡介

香港能仁專上學院中文系教授、香港中文大學聯合書院資深書院導師。主要研究聲韻訓詁、古典文學、現代文學及從事詩詞、散文的寫作。著有詩集《清懷詩詞稿》、《沙田集》等五種。散文集《清懷集》、《詩意空間》等六種。學術著作有《詩歌之審美與結構》、《香港詩詞論稿》、《經典釋文論稿》等。編纂《古文觀止精讀》、《繡詩樓集》、《香港舊體文學論集》多種。

張閱簡介

香港作家聯會理事，本刊特約記者。

知己，還是孔乙己？！

孫繼成

魯迅先生的短篇小說〈孔乙己〉，最早發表在一九一九年四月《新青年》第六卷第四號，後編入《吶喊》，是其五四運動前夕，繼〈狂人日記〉之後的第二篇白話小說。

我初識孔乙己，那還是來自高中課本上的選文。讀過後，竟然過目不忘，孔乙己的形象，徘徊腦中，不覺已有三十多年。

這篇二千五百七十三字的短篇小說，給眾人描繪了中國讀書人的前世今生。原先讀到〈孔乙己〉的時候，我也是跟著大家嘲笑一下，笑上幾聲，可憐這位讀書人成了魯鎮眾人的笑柄，附和著笑幾聲，自感也不為過。

作為咸亨酒店裏的常客，孔乙己的不尋常之處，莫過於他成了站著喝酒，卻身著長衫的唯一酒客，成了橫亙在裏間有酒有菜的長衫客與靠在櫃外溫碗散酒的短衣幫之間的橋段，凸顯了他那「進得又退不得」的尷尬，而這不倫不類的生活竟然就成了孔乙己的難得日常與修行，也成了店裏歡笑的源頭和活水。

孔乙己雖無功名利祿，但卻不失一手好字。自己無書可讀時，孔乙己卻敢鋌而走險，偷書來讀，其書癡形象莫過如是。能夠讀書的，沒有書讀；家有藏書的，又不讀書，這又是一個什麼樣的境況？這真是君子固窮，不可一日無書！雖然臉上新傷，但心中有書，總還能溫暖如初。新帳可以賒，舊賬不會賴；人窮志也短，錢少酒未了。沒有了秀才舉人的帽子，他就沒有了在眾人言說的資本。大志在胸難伸，終久無用武之地。憑空被人污了清白，也只能自慰清白在心，百口難辯。

腹中詩書滿滿，終無學生及第可跟。雖熱情施教，預展「茴」字四大寫法；然，後生不學，眾人不誇。徒寄厚望，天真無邪。下酒的茴香豆兒不多，卻也能均沾於童娃。不能更多，徒生尷尬。讀書遭人打，抄書被人欺。唯有杜康酒，溫存紹興人。讀書不取功與名，獨享魯鎮鹹亨的酒和豆。排出九文酒兩碗，摸來四文換一杯。這真乃是：

讀書賣文，本份事。

短衣長衫，中間人。

自反而縮，吾來矣。

和而不同，交流殤。

傳統延續，自信新。

謙和平等，讀書郎。

自恥自憐，不自大。

酒香夢中，誰不誇？

追求功名的孔乙己，儘管在村裏人的眼中，也是一位飽學詩書的讀書人，但在科舉考試的路上一而再，再而三的碰壁曲折，雖然看透了這其中的把戲，但終也無法挺起他那曾經筆直的脊樑。

還好，有村裏的酒，就著村裏的肴，依然讓這個讀書人支撐著他自身的尊嚴，滿嘴的知乎者也，也滿腦子裏的黃酒花生，幾杯下肚，開懷的依然是詩情畫意。也許，讀書的樂趣也莫過於此，能夠活在自己的世界裏，孔乙己的一切境遇，也都在他個人的把控之中。

世間的各種制度規約，在他這裏都已無拘無束，無障無礙，來去自由，這才是讀書人追求的自由天地。在一群人的嘲笑中，依然長衫加身，依然禮節到位，依然滿嘴的仁義道德。在村裏人看來，這樣的讀書人，手無縛雞之力，五穀不辯，六親不捨，卻還能怡然自得，這要需要多大的勇氣？或是多厚的臉皮？一個讀書人，在眾人皆罵，唯我獨樂的環境下，就這樣一杯一杯地澆下自己的鄉愁與國難。

茴香豆的「茴」字，究竟有幾種寫法？對於孔乙己而言，卻是一個不得不談論的話題。有的人，少了筆劃，錯字連篇，卻依然記得那是噴香的下酒菜香。有的人，吃了一輩子的菜油，也不一定能夠叫出它們的名堂。只有孔乙己，邊吃邊探究，對吃在嘴裏的每口食物，都要弄個明白，這是對自己肚子的責任，也對自己靈魂的呵護。

當然，這一深刻的學究文理，不是一般人所能接觸到的。一般人只知道下一頓的飯要做些什麼，明天的油會是什麼滋味，至於合不合胃口，那有什麼要緊？

　　孔乙己在自己的世界中活得瀟灑，活得自在，從來不苛求別人的理解，這是多大的勇氣。儘管衣不暖體，食不果腹，但孔乙己依然高傲地環視著周圍，駕馭著雙手草團之舟而披荊斬浪，奮勇前行。

　　世人眼中的孔乙己，是一個活脫脫的失敗者，也是生活中的一個屌絲，但百年之後的回望，卻顯得他活得如此生動，如此頑強，如此放肆，每時每刻莫不透視著讀書人的靈魂與淒涼。恰如某人言：人生，無非是我們笑笑別人，也被人笑笑，這又有什麼大礙呢？但，並不是所有的讀書人都擁有這樣的生活，這樣的境界，這樣的平淡。偶爾出現在身邊的孔乙己們，那才是流傳百世的詩書煙火。

　　總有，那麼奇特的想法，那麼睿智的解脫，從來都是跳出文字的祝福，跳出文字束縛的讀書人，莫不是別人眼中的聖賢在林，智達再世？

　　難道，他們就是眾人眼中的人神共冶的創造者？只不過他披上了一件匪夷所思的外衣，那總比赤裸裸的皇帝新裝要顯得更加高貴些吧。

　　讀書人向來是：誰解其中味，我自孤獨之。

　　試想，站在一個沒有麵包但可吃肉的視角下，去談論隔壁那缺吃少穿的餐桌，那才是一種罪惡，那才是不可饒恕的人間炫富。

　　孔乙己，終於迎來了屬於自己的春天，那就是莊子所云：逍遙悠哉，悠哉逍遙！

孫繼成簡介

山東理工大學翻譯系副教授、英國劍橋李約瑟研究所訪問學者。

一項功德無量的文化工程
——讀潘耀明《這情感仍會在你心中流動》
蔡曜陽

近日，工餘時間放下手頭別的事情，專心拜讀了潘耀明先生的新著《這情感仍會在你心中流動》，深感這是一部值得逐頁細細品味的好書。這本書生動地記錄了作者與許多中國現代文學名家不尋常的交往及其經歷，作者視野開闊，情感豐沛，人物刻畫栩栩如生，語言凝練、雋永、暢達，兼具思想的深度和藝術的廣度。全書有四百五十四頁，收入逾千幀中國現代文學名家信件、書畫、照片，一開卷我就享受到了一種美妙的藝術享受，愛不釋卷。本書與潘耀明早年出版的《中國當代作家風貌》正續編相映成趣，堪稱有機而默契的姐妹篇。

彌足珍貴的文史資料

潘耀明這本著作中所寫的都是中國現代文學史中如雷貫耳的名家。著名學者嚴家炎教授在本書的〈序〉中寫道：「書中收錄了他與這些人士的部分書信和受贈書畫。這些通信和書畫登陸內地還是首次，而本書中的眾多採訪筆記，更是首次公諸於世。我相信，對上述文藝家進行的如此大量、多次、有實錄的採訪，迄今為止，海內外只有潘耀明先生一人做到了。」

作者在評析這些名家手跡時，不限於從美學角度去談這些作品的藝術特色與水準，而是每每將其與著者的人品、風格結合起來，這就使讀者欣賞這些珍貴手跡時獲得了一種特殊的審美享受。這裏僅舉一例。在〈很現代的葉聖陶〉一文中作者寫道，他於一九七九年初秋在北京第一次拜訪葉聖陶。從此，兩人成為無話不談的知交。一九八〇年夏，葉聖陶託友人捎給潘耀明一幀條幅。文中這樣描寫這幀條幅：「難能可貴的是，九十多歲的老人，仍然寫得一手工整方正的小楷，一點也不馬虎，好比一堂謙恭溫良的謙謙君子。和顏悅色，自有一股親和力。」

讀著書中一篇篇極具史料價值的珍貴採訪筆錄，欣賞著一幀幀風格各異、極具個性與風采、富於那個遠去時代氣息的名家書信、字畫和照片，

這些重量級的中國現代文學名家在讀者心目中更為豐滿而鮮明了。

　　潘耀明意識到：這些文學名家都是國寶（也許是在那個年代人們沒有意識到這一點），他們的一言一行，他們的心聲，他們的每一封書信、每一幀書畫和每張照片，都與文學歷史息息相關，是中國文學史可貴的一部分。在我眼裏，這本書就是一項文化工程，我對這項文化工程的設計師和建造者潘耀明先生充滿了深深的敬意。書中的每一幀手跡，每一張照片，就是這項文化工程的磚瓦和構件。我一邊讀一邊在想：如果沒有潘耀明先生四十年來以一己之力殫精竭慮、埋頭苦幹，搶救下這麼多的珍貴文字和名家手跡、照片，中國現代文學史冊就缺少了一道美麗的風景。稱潘耀明完成的這項文化工程功德無量，並不為過。作家出版社領導主動向潘耀明約稿，並精心制作了這樣一部文學經典，可謂富於遠見卓識。

助力文學事業發展

　　潘耀明在書中寫道：「我做現代中國作家研究，與內地作家直接對話始於一九七八年內地的開放期。」（見〈令人惋惜的茅盾〉）一九七八年，這是潘耀明開始著手進行這項文化工程的時候。那是一個被載入中國歷史的年份，是一個從黑暗到光明、從嚴冬到春天轉折的大時代。這一年，潘耀明有機會以香港出版界代表團成員的身份訪問內地。潘耀明自幼酷愛文學，如今能夠與自己從小就十分景仰、愛戴的文學大家見面，進行採訪，這使他十分激動。在內地，他目睹了十年動亂對老作家的迫害。潘耀明向他們致以誠摯的問候，向他們表達由衷的敬意，盼望著他們枯木逢春，重新煥發出藝術青春。一九七八年夏天，潘耀明在北京第一次私訪艾青時，扣在艾青頭上的各種帽子還未被摘去。我從書中看到，在彼時彼刻，潘耀明作為一名香港青年才俊送上的真誠問候，推心置腹的交談，令艾青心中暖如三春。

　　雜誌社、出版社的編輯交一些作家朋友，可說是他們的日常工作。通常，向作家約稿，稿件發表、出版，走完這個流程，任務就算完成了。潘耀明則不然，他在做這份工作時滿懷崇敬，融入了一種真情。每位老作家他都不止拜訪過一兩次，交往時間通常長達數年，十多年，甚至幾十年。

比如他和蕭乾通信就長達二十年。潘耀明在〈艾青：我愛這土地〉中寫道：「打從一九七八年認識艾青伉儷開始，一直與他們保持聯繫，從未間斷過通函。雙方來往的信函，始初是由艾青親自執筆的，後來均由高瑛代筆。」

真情換來了真情，潘耀明的誠懇和才情，贏得了名家們的認可，彼此結為忘年之交，進而有了一封封吐露心跡的書信往來，使潘耀明得以走進這些文壇名家的心靈世界。

在這之後，潘耀明以香港的特殊環境條件，竭盡地主之宜，迎來送往，接待了許多五四新文學前輩、建國以來活躍於文壇的名作家和改革開放年代脫穎而出的文學新秀。他與他們暢敘、交流，利用自己經營的雜誌和出版園地向他們約稿，為他們刊發作品。在那段漫長而不尋常的歲月裏，香港成為海內外文學家嚮往之地，成為中外文化交流中心。香港這一地位的確立，潘耀明功不可沒。

我是出生於香港的八十後年輕人，拜讀了潘耀明的這本著作，使我對文學前輩作家遭受的磨難，及其他們熬過了那段難以忘懷的歲月之後的頑強堅守，有了更為形象的認知。在潘耀明筆下我看到，當時雖然隱約感覺春的氣息已經微微吹拂，然而長期以來極左路線的禁錮依然在束縛著人們的思想，堅冰尚未被完全打破，航路尚未開通。就在此時，潘耀明對那些劫後餘生的老作家進行了採訪，向他們熱誠的約稿，這對他們是何等巨大的慰藉呀！或許是「春江水暖鴨先知」，身在香港的潘耀明更早領略到八面來風，他敏銳地預感到一個嶄新的偉大時代即將開啟，他似乎已聽到遠處春潮澎湃的聲響，他意識到：利用香港作為自由港的獨特優勢，可以為中國文學事業的振興發揮巨大作用。他通過拜訪、寫信、打電話，滿腔熱忱地鼓勵眾多文壇名家重新握起筆來，迎接新時代的到來。我在讀這本書時一再感覺到：潘耀明在那個歷史的轉折時期體現了初心與使命感、有擔當的文化人可貴的精神和價值。

從潘耀明與那些老一輩文壇名家的往來書信中，我還看到，文壇名家所表現出來的高尚的愛國熱情，義無反顧的拼搏精神。這種精神反過來也深深打動了潘耀明。這些德高望重的文學名家在政治運動中被扣上莫須有的罪名，當春回大地之時，他們沒有沉湎於個人遭受的冤情、身上的傷痛，

而首先考慮的是為飽受摧殘的祖國療傷，痛定思痛，批判極左路線，鼓勵廣大人民振奮精神，團結一致，爭分奪秒把被耽誤的時間奪回來。潘耀明作為年輕的採訪者與飽經風霜的被採訪者心心相印，彼此相互鼓勵，形成了令人動容的互動。

東方之珠香港，我生於斯，長於斯。作為香港的一個文學愛好者，一個喜歡舞文弄墨的青年作者，我了解香港文壇。過去，有些人常常把香港稱作「文化沙漠」，曾說香港沒有文學。這是出於對香港的誤解。香港只有幾百萬人，卻有這麼多發達的文化傳媒，有這麼多高校和文化機構、社團，怎麼會沒有文化、文學？但我也深知，香港的文學主要是消遣的流行文學。香港是一個生活快節奏快的商業社會，在這裏文學主要是供人飯後茶餘消遣娛樂的。流行文學並非毫無價值，但它畢竟屬於曇花一現的文化快餐速食。真正彰顯了一個國家、一個民族文學高度的高雅文學在香港受眾稀少，沒有什麼市場。在香港，堅守承載社會良知、謳歌真善美、抨擊假惡醜、嚴肅文學陣地、埋頭苦幹，默默奉獻，矢志不渝的文化人如鳳毛麟角般稀缺，但也為數不寡。他們胸懷崇高的使命，不隨波逐流、隨風搖擺，潘耀明老師就是其中的一個出色代表。

文化人客串寫幾篇文學評論，研究幾個作家，這也許並不難，難的是幾十年如一日，胸懷推動中國文學繁榮發展的宏願，一步一個腳印地艱難跋涉，全身心投入做這件事。我想，一定有人笑潘耀明傻：花那麼多心血為兩袖清風的文人寫評做傳，又賺不到錢，這是何苦來呀！但時間做出了最公正的評判。我深感：像潘耀明這樣的「傻子」才是真正具有大智慧的聰明人。通過自己長期的付出，為文學史留存了一大批珍貴的史料，推動國家文學事業向前發展，這樣的人生是多麼有價值！

「咬定青山不放鬆」

潘耀明在本書的〈前言〉中寫道：「我請金庸為我題鄭燮的〈竹石〉詩：『咬定青山不放鬆，立根原在破岩中。千磨萬擊還堅韌，任爾東西南北風』。」這首詩傳遞給我們關於如何做人的啟示，詩中的境與象結合得極好，境在詩中表現為思想的結構美，像在作品中表現為情感的藝術美，二者有機

地統一，耐人回味。潘耀明在文中寫道，他請金庸為他題首詩是為了自勉。由此我想到中國傳統文人墨客有很多與竹子結緣的動人傳說，如竹中高士張薦、竹林七賢、姜子牙垂釣、費長房竹杖化龍等。我不禁想到：為何有人能頂住各種歪風淫雨的侵蝕，保持「咬定青山不放鬆」的定力？為何有些人善於觀風向、左右搖擺而失去人生目標？這就關係到一個人的品格。

讀潘耀明這本著作，我從這些多才多藝的名家的手跡墨寶中獲得了高雅藝術的美學享受，更大的收穫是，他們在精神上給予我的激勵和在情感上給予我的陶冶。從書中我看到茅盾、巴金、老舍、冰心、曹禺、丁玲、艾青、端木蕻良、蕭乾、錢鍾書、沈從文、俞平伯、汪曾祺、吳祖光、張天翼、柯靈等一批在新文學史上的拓荒者，他們把文學視為生命，用筆蘸著自己鮮血，衝破黑暗，追求光明。我也看到茹志鵑、秦牧、蔡其矯、郭風、何為、馬甯等建國後活躍在文壇的一批文學名家，他們繼承前輩的光榮傳統，勇敢地探索，堅守著良知與尊嚴。這些老年和中年作家在極左路線猖獗的歲月受到了打擊迫害，有的失去了自由、甚至付出了生命的代價。我還看到改革開放初期張賢亮、新鳳霞等一批文壇闖將，衝破長期以來極左思潮的禁錮，用手中的筆發出振聾發聵的吶喊，成為時代的號角。書中〈憤憤不平的巴金〉一文中寫道：「巴金五卷本的《隨想錄》寫於一九七八年的中國開放年代，完成於一九八六年，耗去巴金整整八年交瘁的心血。巴金自稱，五卷本的《隨想錄》中不少篇章是在病榻中用顫抖的手艱難運筆，每頁滿是血跡，但更多的卻是十年創傷的膿血。」我想，巴金如果沒有「咬定青山不放鬆」的毅力。哪裏會有《隨想錄》？

我在讀潘耀明這本著作時深有感觸的一點是：要為繁榮香港文學事業出一分力，這不是一句空話。作為一名香港青年作者，我要以潘耀明和書中寫到的那些中國文壇名家為楷模，學習他們為了弘揚中華文化，「咬定青山不放鬆」，不計名利，默默奉獻，埋頭苦幹，不畏艱辛，持之以恆的精神，為繁榮香港文學事業盡自己一份綿薄之力。

最後，我深有感悟地填了一闋〈曼麗雙輝·讀潘耀明《這情感仍會在你的心中流動》〉之詞：

一書文苑傲，

沉凝厚重玉雕成。

名家軼事，

生輝添彩，

深層揭秘心靈。

既似清流圍艷野，

猶如麗蕾映繁英。

精妍湧動處，

最能吸引眾人睛。

高潮漫捲，

峻嶺攀登。

世上千般景致，

各入毫端展摯情。

譽出名家手，

字字勝瓊瑛。

讀罷填詞衷讚頌，

膏澤厚，

滋潤文朋沐馥續征程！

　　謹以這闋詞，作為一個香港文學愛好青年對潘耀明先生的崇拜之情，策勵自己以潘耀明先生為楷模，不斷地求索、不懈地攀登。

蔡曜陽簡介

一九八六年出生於香港，二〇〇九年畢業於美國波士頓大學，香港執業會計師，詩人、作家、評論家，歷任內蒙古自治區政協委員兼港區召集人、香港青年聯會副主席、《香港文藝報》督印人、香港作家聯會理事等，著有詩集《朝陽》、《蔡曜陽短詩選》、《海闊帆揚》，詩文集《飛躍千山》、《展翅奮飛》。

祝賀潘耀明巨著《這情感仍會在你心中流動》成功出版

春華

　　香港作家聯會會長潘耀明先生（筆名彥火）新著《這情感仍會在你心中流動——名家手跡背後的故事》，已經由北京作家出版社出版，可喜可賀！

　　《這情感仍會在你心中流動》書中介紹作者四十多年來與大陸及海外文學家交往事實。資料豐富，友誼珍貴，不是憑空臆測，而是用題贈、事跡、照片、書畫、書信來佐證這些史實，字字珠璣，感情真摯，風流倜儻，是一部別具一格的傳記文學，難能可貴。

　　書中介紹的數十位文學家，全部是當代新文學史上熠熠生輝閃光的文學大師，當代的風流才俊。這些文學家包括巴金、老舍、冰心、曹禺、丁玲、艾青、端木蕻良、蕭乾、錢鍾書、沈從文、俞平伯、汪曾祺、吳祖光、新鳳霞、柯靈……等。裏面有才子佳人的愛戀際遇，有文人雅士的風流韻事，有時代的悲歡離合，有革命鬥爭的艱難困苦……。

　　北京大學資深教授嚴家炎來過香港，我們曾經見過面，博學多才，和藹可親，這次他欣然作序：〈用生命寫作的人〉隆重推介潘耀明這部巨著，並稱「這部豐富而厚重的著作，在現當代文學史上應該是獨一無二的。」不是誇張，而是十分恰當。

　　為祝賀出版盛事，春華賀詩如下：

《這情感仍會在你心中流動》讀後感
（一）

文人倜儻重恩酬，珍惜朋情無所求。
似箭光陰如梭快，友情湧動心中流。

（二）

風流雅士易憂愁，落筆添花綠九疇。
闊論高談多故事，篇章璀璨耀神州。

春華簡介

文學博士，歷任香港《文藝報》執行總編輯、《時代風華》雜誌總編輯、風采出版社董事總經理、國際中華文化藝術協會會長、香港作家聯會理事、孔教學院常務董事等等。

中華民族復興史的重要補充
——讀董仁威長篇小說《白貓黑貓》

韓松

　　董仁威先生的《白貓黑貓》，可以說是作者的自傳體小說，裏面的人物黃家寶幾乎就是董仁威自己，但他又把一些經歷分解到了其他三個家族的人物身上。

　　很多優秀的作品都是自傳體，或在親身經歷的基礎上，結合其他的現實而寫的，如毛澤東前秘書李六如的《六十年的變遷》。國外就更多了，比如奧斯特洛夫斯基的《鋼鐵是怎樣煉成的》，還有索爾尼仁琴《古拉格群島》。像巴拉德的《太陽帝國》和馮內古特的《五號屠場》。因為有切身經歷，寫出來最有真情，最有實感。

　　當然，《白貓黑貓》這個自傳，是跟別人的自傳不一樣的。作者有獨特的經歷，如何把這些獨特寫出來，寫出傳奇性，尤為重要。這個在《白貓黑貓》中有很好的展示。

　　這是一個寫人的小說，有很多有血有肉的人。黃家寶在人生進入晚年時，回憶自己的傳奇一生，以及家族的歷史，有代表性地選取了最具典型意義的故事。

　　這部書的一個特點是真實感極強，記錄了時代風雲，是民族的秘史。它其實是一個歷史小說。跨度在一個世紀以上，大開大合，記錄了作者八十年人生經歷的許多大事，從晚清開始一直寫到新中國，寫到改革開放，寫到新時期和新時代，那些大事一件件擺起來，辛亥革命、抗日戰爭、解放戰爭、朝鮮戰爭、反右、文革武鬥、六四、九十年代下海經商，創辦企業，吃喝玩樂，一個鎮上有上千小姐、上萬嫖客，夜總會紙醉金迷，縣長也被縣委書記設局整了。

　　這部書寫了許多有血有肉的人。這些人不是平面的，時勢造人，在環境中釋放了善惡。人非聖賢。這些既善又惡的人，創造了歷史。這樣的對歷史的不回避的真實記錄，很少看到了，或者最近就根本看不到。其實小說才是最需要真實的，作家面對的是這個最大的歷史，不能虛情假意，不

能純玩文字遊戲。

董仁威寫這些，寫得酣暢淋漓，放蕩不羈，沒有包袱。他筆下的，是年輕作家沒有經歷過的，這也是這部書最寶貴的。或許等到有一天我們想來寫它們，卻不會寫了，都忘記了，寫出來也是隔靴搔癢。那是多麼的可惜可悲。

通過寫個人，來寫時代，又把個人置於時代中，來寫個人。個人只是歷史風雲中的棋子。比如他們三個家庭的先輩，夏澤西、黃開泰、左斯年，在黃埔軍校，以同學身份相識，後結拜為兄弟，又走上三條道路，一個共產黨，一個國民黨，一個不黨不派在民間經商。這反映了這個時代的主要脈絡，又看到了時代對個人命運的影響，而且是具體的影響，影響到一言一行，乃至吃什麼喝什麼，找什麼配偶，這部小說寫得活靈活現，寫出了跌宕起伏，讀來感慨不已。

時代的灰塵的確很清楚地落在了每個人的頭上，成了山。這山可能是金山銀山，也可能是五行山，可能是泥石流。比如二代夏古杰，南開中學高材生，解放後參加志願軍，經歷抗美援朝，立了功，但回來後，遇到反右，被打成右派，成了勞改犯，又去做獸醫，遭遇六十年代的飢荒，他掙扎活下來，改革開放後，在一個很特殊的場合裏，獲得青睞，得到機會，靠養豬解決了民生大問題，自己也成了千萬富翁，但後來又在澳門賭掉全部家當，自殺身亡。不能不感嘆時代給人們的改變是如此之大。

這是一個風格化個性化很強的作品，寫了人的命運變遷，寫怎樣「板命」。就地域特徵而言，它是關於四川的小說尤其是川東部分，如沈從文的，是關於湘西的小說。作者寫了大量的四川風情以及人物，穿插了大量四川方言，非常具有個性化和風格化。他寫的袍哥，精彩之處讓人拍案叫絕。

作者在小說中，有一大段講「板命」，令人印象深刻。「板命」這個川語，有掙扎活著的意思，又有徒勞之意，也有不屈，也有堅韌，既渺小無助，又充滿力量，甚至有幽默自嘲。我覺得這個詞，道出了這部書的主旨。在過去一百年，中國人面對的就是怎麼「板命」的問題。個人在「板命」，國家民族在「板命」，乃至宇宙也在「板命」。讀來不僅是親切，而是鋒利、刻骨，把一方人的命運與國家命運，聯繫起來，寫的是中華民族由災難走

向復興的歷史。

讀了此書有一個很強的感受，那便是鄧小平作為四川人，起了多麼大的決定性作用。當然他是歷史大潮中的一分子，但是他的獨特個性改變了他的命運，然後又改變了國家民族的命運。我們有今天的改革開放，是不是要多虧鄧小平是個四川人呢，或者四川出了一個鄧小平呢。他帶來的變化是多麼的驚人。

《白貓黑貓》是董仁威用二十四年時間嘔心瀝血寫成的，凝聚了他一生對於家國、人生和宇宙的看法和記錄，他用藝術手段把它活靈活現、不諱不避地表現了出來。

它的意義是非常了不起的，如董仁威所說，「筆者力圖用一個人一段故事一段歷史的寫作方法，以真實發生的事情為材料，不帶任何政治偏見，通過普通人的生活來還原歷史，保存下後人無法想像、不敢相信的信史，成為中華民族復興史的重要補充。」

這堪稱當代中國文學綻放的一朵奇葩。

韓松簡介

中國著名作家、世界華人科幻協會主席、中國作家協會會員。曾獲中國科幻銀河獎、全球華語科幻星雲獎、京東文學獎等，作品被譯作英、法、意、日等語言。出版著作有《火星照耀美國》、《紅色海洋》、《醫院》、《地鐵》、《宇宙墓碑》、《再生磚》、《獨唱者》等。

鹿野山莊的筆耕歲月

陳浩泉

轉瞬間，在加拿大也二十九年了，時間過得真快。

剛抵埗時，卜居於本那比市的首都山（Capitol Hill），那時候，兩個小孩上小、中、大學，車程都在十分鐘之內。十年後，小孩大學畢業，我們就遷居高貴林市的西木高原 (Westwood Plateau)，先在鷹山那邊住了兩年，然後再搬到鹿野山莊這邊來。時光如流，十七年也恍如彈指之間。

Westwood Plateau 的上山主幹道是 Johnson St.，山上有一個高爾夫球場，十八個洞的廣闊球場由 Parkway Blvd. 的餐廳和練習場那邊開始，一直沿山嶺向東延伸，直到 Plateau Blvd. 旁的鄉村俱樂部。如果從早上開始打一場十八個洞的高爾夫球，大約中午才能到達終點。鄉村俱樂部裏有餐廳和宴會廳，是大溫哥華地區舉行戶外婚禮和婚宴的熱門地點之一。

九十年代初，香港移民蜂擁而至，地產發展商覷準時機，伐木開山，開闢地盤，大興土木，建成了一大片的新房子。那時候，分兩期的「夢幻街」(Dream Street) 豪宅就在 Plateau Blvd. 推出應市了。山上這些漂亮的房子大受先後湧至的香港和台灣移民歡迎，也有香港的名歌星在此置業，以至吸引了不少香港旅行團把此地作為必遊的景點之一。

香港來的移民把 Westwood Plateau 稱為盤龍山莊，台灣來的移民則稱之為陽明山莊。不能說這兩個名稱不好，新移民寄懷故鄉的心情也可理解，然而，故鄉難忘懷，新家更可愛，況且，事物是不可複製的，因而我還是實實在在地把它叫做西木高原，這才是真實的加國宜居之地。

我和山似乎特別有緣，數十年來居所都在山上，分別的只是山的大小與高低。在香港，我們住在炮台山，然後就是加拿大的首都山與西木高原的鷹山和鹿野山莊。炮台山和首都山都是小山，西木高原卻是高山、大山了。當年，在炮台山廿二樓的窗口可遠眺鯉魚門上航機的升降，夜間，眼前是維多利亞海港上一盆閃亮的珍珠。來到太平洋另一邊的北美大地，首都山的露台上，送走了滿天七彩斑爛的晚霞後，出現在眼前的也是一盆燦爛的珍珠。到了西木高原的鷹山，居所露台前的珍珠仍在。直到現在的鹿

野山莊，窗前的珍珠非但沒跑掉，而且，十幾年來，晶瑩奪目的這盆珍珠更不斷地增多加密，色彩更豐富繽紛，亮度更澄澈光耀，比起東方之珠的那頂皇冠，看來也不遑多讓呢！

　　人生中先後擁有珍珠兩盆，實在是應該感恩的。何況，幾處居所，窗前露台都可遠眺雲起霞落、霧騰煙飛；在西木高原，視野中更有楓紅櫻俏、繁花似錦。從鷹山的露台向西眺望，可見遠處山上那一列列受檢閱兵團般的筆直茂密的森林；在鹿野山莊，窗口可遠眺素里市的金耳橋 (Golden Ears Bridge)、稅局大樓上的巨大楓葉旗和美國華盛頓州的終年雪山 Mt. Baker。

　　喜歡住在山上，對我來說，主要的原因是：視野開闊，環境幽靜；日夜風景秀麗，心曠神怡；空氣清新，有益健康；多花草林木，滿目蒼翠。況且，仁者樂山，也正合我心。當然，冬天下雪時，上山下坡，非有雪胎應付不可了。在西木高原的日子，還有一項意想不到的收穫，就是多了與野生動物接觸的機會。這些年來，在山上經常看到的動物有黑熊、鹿、浣熊、松鼠、野兔，在山腳也曾見過郊狼，還有鄰居遇見過美洲豹。⋯⋯

　　每年到了野生動物出沒的季節，社區中心、住宅區會所和社區報紙都有提醒大家小心黑熊的警告標語，圖文並茂。西木高原上的住宅區，更有多處長年豎立的提防黑熊的警示牌子。行山遠足、晨昏散步的人在山上遇到黑熊或鹿兒是平常事，這些動物有時甚至會成為你家後園、車房、地庫或廚房的不速之客。偶有動物傷人的事故發生，但更多的時候是人與動物互相規避，和平共處。看來，在這山上，與熊與鹿共舞的現實是無可避免的了，大家都得適應面對。在鹿野山莊，常與鹿兒邂逅是理所當然的，也是最令人開心的事。鹿兒善良可愛，只吃花草，不會傷人，牠的出現給大家帶來的就是驚喜。

　　鷹山和鹿野山莊的歲月裏，居高遠眺，極目寬懷，舉筆尋思也往往可靈感泉湧，得心應手。稍歇茶點之際，或忽見鹿兒造訪，在草坪花木間躑躅徘徊，這時我往往會立即舉機拍下鹿兒倩影，或開門出去追拍一段短片，然後回來翻看回味，或傳與親友分享。筆耕之餘，此誠賞心樂事也！

　　前年仲夏，我為加華作協安排了在西木高原鹿野山莊私人會所舉行了

「第二屆新世紀華人文學論壇」，四十多位中西與會者來自加、美、中國和馬來西亞，大家圍繞著「探討在地化的創作現象」這個主題討論，氣氛熱烈。當天，作協也安排了自助晚餐招待大家。這會所雖不大，但景觀極佳，裏面有宴會廳、泳池、健身室、桌球室，也可謂麻雀雖小，五臟俱全了。出席論壇的朋友都對這裏的環境讚不絕口。會後，作協會員柳上惠寫了一詩一詞誌盛，為大家留下了美好的回憶：

題西木高原鹿野山莊（七絕）

消暑無何夏日眠，碧池綠樹共藍天。
山莊麋鹿遊於野，花木扶疏得自然。

西江月・文學論壇

西木高原秋色，山莊鹿野風光。白雲飄處有仙鄉，海景樓群遠望。
細雨庭園消暑，綠窗玉露初涼。作家詞客聚華堂，教授吟詩低唱。

本書所收錄的文字，都是這十幾年間在鷹山和鹿野山莊筆耕收穫的部分成果。全書文章分五輯，「人物回憶」是對前輩師長、友儕良朋的緬懷記敘，寄託了作者的敬意情思，或許也能為文壇留下一點雪泥鴻爪；「散文隨筆」中的篇什長短不一，大多為這些年來出席海內外藝文活動的述評感想；「詩散文」的篇數不多，多為行旅的情懷抒發，這類文字一般稱為散文詩，但如詩意小說一樣，我認為把它叫做詩意散文較為合適，也就是詩散文；「序跋」中的篇章，大多用於我經手出版的書籍，為文友的「孩子」接生，是一件開心的事；「論文」這一輯，是應邀出席各地學術機構與文學團體的研討會所呈交的「功課」，這些研討會分別在香港中文大學、澳門大學、中國暨南大學、南昌大學、廈門大學、華僑大學、韓國外國語大學、濟州大學、加拿大西門菲沙大學、滑鐵盧大學、美國夏威夷州立大學和哈佛大學等學府舉行。作家的職責是創作，花時間去寫學術性論文實在是不務正業了。但出席研討會，一篇論文等於入場券，雖非正業，也只好硬著頭皮勉力為之了。個人向來主張寬鬆地為散文下定義，那麼，隨筆、雜文、

小品文、書信、社論、論文等，均可視作廣義的散文。因而，本書收入此輯論文，亦無不可了。最後的「附錄」，收入南京大學趙慶慶教授的一篇訪談和加華作協副會長任京生的一篇素描式文字，也許可幫助讀者對本書作者作多一點的了解。

西木高原的筆耕歲月，累積下來的稿件還有一些遊記、隨筆、雜文和短篇小說，希望未來的日子能陸續把它們整理付梓。

十分感謝劉再復教授和李瑞騰教授兩位學者抽出寶貴時間為拙著撰寫序文；也感謝居於巴黎的畫家、作家綠騎士女士拔筆相助，特為本書創作了精美傳神的封面畫，令拙著生色不少。還要多謝武紹聰老師為我題寫書名。

新冠疫症肆虐全球的一年多來，大家的閱讀時間多了，讀書風氣比過去濃烈了，但願拙著也能得到讀者的青睞。

二〇二一年一月十一日，於西木高原鹿野山莊

陳浩泉簡介

香港家資深作家，後移居加拿大溫哥華。東亞大學新聞傳播系畢業，曾任華漢文化事業公司與維邦文化企業公司董事經理、總編輯，香港作家聯會前理事、秘書長。現任加拿大華裔作家協會會長、世界華文文學聯會副會長。出版詩、散文、小說近三十種。

隨吳冠中學畫記

張文斌

一九五五年，我由內蒙古大草原考入北京師範大學圖畫製圖系。那時候北師大已全部搬入新街口外的鐵獅子墳，只留下音樂系和美術系在和平門的老校址。校園裏高樓林立，我們住的樓叫「五三」樓，大概是一九五三年建立的吧。

北京的秋天很美很甜，美術系的辦公室設在一個小院裏，附近還有幾個套院。院裏有幾棵棗樹，秋日的斜陽下紅紅的棗兒在微風中輕輕搖動，甚是誘人，看到這麼多的樹這麼多的古老建築，我們這些十七、八歲的孩子一切都覺得很新鮮。課餘時，有的同學到附近的琉璃廠榮寶齋看畫，有的去和平門老城牆下畫速寫。北京的小院子很有味道，走進去看著樹杈交錯、黑中透紅的棗樹在四四方方的院子裏，垂下黑色的、彼此擁抱的、相互襯托的枝葉，很有意境。那紅紅的棗兒也給人帶來了食慾。院中寂靜無人，一種好奇的心理促使我有了爬上去的願望，從小我就很淘氣，爬樹上房都是常事，有時敢在房上騎豬玩。摘下一個嚐嚐真甜，接著又摘了幾個裝在兜裏，正在高興之際欲聽見下面有人在喊「下來」，我也沒有理會，繼續摘另一個大枝，又聽見講：小心有洋刺子！喔，什麼是洋刺子？我慢慢爬下樹，見一中年人穿一身灰色便裝，繫一深色領帶，神采奕奕、風度翩翩，猜的出是我們系裏的老師。他看著我下來後，便直奔系小院走去。他是誰？　不認識！兜裏裝了幾顆小棗還可以再摘幾個，搖了搖樹，用腳使勁往樹上一踹葉子落下不少，同時看到胳膊上爬著一支綠色帶刺的蟲子突然疼痛難忍，直甩胳膊才把那個東西甩下去，胳膊已經紅腫起來了，疼得我直掉眼淚，再想起那位老師的話，好厲害的洋刺子！

剛開始上課，班裏同學很多，是寫生課，由老師帶我們去北海畫風景，要畫一個星期，畫室和系食堂在一個長院子裏，吃完早點後大家相繼走向畫室時，發現門開著，一位先生正在往玻璃框子裏裝水彩畫，是他早上在附近「大柵欄」畫的寫生，畫面水汽淋漓，很有生氣。再一看那位先生，噢！他不是剛才讓我從棗樹下來的那位嗎？聽說他就是剛從清華大學調來的吳

冠中老師。以後的五天，早飯後，大家便跑回畫室，爭著欣賞吳先生的新作品。記得第二天看到的是一幅《團城白皮松》的水彩畫。北海團城到和平門是有段距離的　，吳先生每天清晨都是騎車返回畫室，裝畫入框。他語言不多只談他寫生的過程。這種示範作用給我們留下深深的印象。寫生時，同學們散在公園內各處，先生要在園內四處尋找，並一一輔導。這一天我選中了高出白塔下透過一白牆園門望向遠處的一景，從高出望向遠外看的鼓樓、什剎海、後海，在輕柔透明的晨光下，淡藍色把它們融成了渾然一體的畫面。我決定選在這裏起稿時，吳先生走了過來，我忽想起那一天……有點不好意思，他笑了問：那天被洋刺子刺了吧？我點點頭，說當時疼得厲害。吳先生倚在石頭上隨著我的視線在觀察輔導。他說：這個地方的遠處，鼓樓、什剎海、遊船能相互補景，也有層次，畫出來容易顯得豐富多樣。但是近景，如門、牆等一定要用心組織。你看那白牆斑駁的殘疾，色彩很豐富。加上那些曲線的瓦，直線的牆，圓線的門，構成已很有變化。中國畫理論講究「遠山取其勢、進山取其質」。在構圖上講究「起、承、轉、合」。「起」就是近景，這是中國畫家長期實踐的結果。你要畫的近景實一些，遠景虛一些。所謂「實」是指近景畫的具體，形、線要明確。近景是一幅畫成敗的關鍵。吳先生的指導語重心長，使我豁然開朗。往事歷歷，現在回憶起來已經是四十年前的事了。參加工作後不久，我搬進了中國美協分給我的房子，就在後海南岸，吳先生住在什剎海北岸，也就是第一次接受吳先生輔導所畫的那個景區內。我們也就成了鄰居。人與人相識和了解，有時是很奇特的，所謂「一見如故」只是一個誇張的形容詞而已，生活中是很少的。我和吳先生的接觸就是一個例子。我也經歷過和吳先生意見相左而後又相互理解的事。

　　吳先生是一位成功的藝術家，也是一位成績突出的教育家。他的畫熔東西文化於一爐，創作出很多優秀的作品，在藝術教育上也是成績斐然，他教過的學生可以用四位數來統計。這幾年我在巴黎、羅馬、漢堡、布拉格等地，也見到過不少他不同時期的學生。吳先生對他的學生也是念念不忘。記得一九八八年二月吳先生和夫人朱碧琴師母參加新加坡國家博物館主辦的畫展開幕式，回來後先生講在新加坡的情況那次活動，安排很滿，

很難擠出自由活動的時間。有一天接到一個學生的電話一對老師大的畢業生夫婦，那二位來拜訪過多次都被擋駕，先生知道是老學生後非常高興，向帶隊提出無論怎樣忙，也一定要見見。先生和師母提起那次回見心情仍然很激動。談話中充滿了對學生的感情。他向我們形容兩個學生當年的模樣。有聲有色，心情很激動。前些時候，在維也納中國駐聯合國工業發展組織汪代表離任回國舉行的告別宴會上，主持人是新上任的駐聯合國大使和夫人。我和汪代表是老朋友兼畫友，他曾贈我一幅《墨竹圖》，臨別之際我也送他一幅油畫《維也納雪景》。畫被大使和夫人看到，大使問我在哪兒畢業？跟誰學的畫？我說我跟吳冠中學畫五年，既非高才生又不是得意門生，而是一個起步比較晚的學生。這是事實。但我有個特點，學老師的勤奮勁、學他畫速寫的那股韌勁。幾十年來，我養成一個習慣：隨時畫速寫。贈給汪代表的那幅油畫，就是根據速寫加工完成的。去年十月到法國夏納，行前，老伴要帶攝像機，我說拿東西甚好，但不如畫速寫能撲捉第一感覺，短短幾天畫滿一本。 十一月隨旅行團到丹麥，巧的很，同團有三位奧地利畫家一路上他們拍照攝像忙個不亦樂呼。我呢，一支筆、一個本畫得輕鬆自在，一部分一部分完成，把看到的東西重新組合，構成一幅幅畫面，是相機抓拍不到的。這是受吳先生影響的結果。大使夫人也講她是五十年代清華土建系畢業生，也是吳先生早期手把手教出來的學生。吳先生教他們水彩畫，大使夫人憶起學畫的過程很動感情。大使說他很喜歡吳先生的江南水鄉畫。談話中圍的人越來越多，大家都為我們師承同一老師而高興。所談的話題幾乎變成吳先生作品研討會。我加了一句：今年是吳先生七十七歲高齡，大使緊跟著話荏說：請大家舉起杯，祝賀你們的老師，吳冠中先生長壽，生日快樂。幾十位中外來賓共舉酒杯其情奇景，使人振奮。

我不禁想起往事：五十年代末政治運動多，學校裏的正常教育已無法進行，畫室門被鎖。領導讓大家「敢想、敢幹放衛星」系裏一位老師畫了一幅油畫《畝產萬斤糧》。畫面上一群孩子竟然在稻子上任意翻滾，而壓不倒稻穗，像這樣假而空的作品，居然被選送參加國際性的大展。也在這時吳先生開始新的探索。我看到《人民文學》發表的為詩歌配的一批批插

圖小品。都是一些創新的白描畫，構思新穎、線條優美、生動活潑，一看就知道來自平時畫速寫的積累，以至於現在看到他的《青衣江》、《江岸》、《燕子尋故人》等作品時，馬上想起那批插圖。而當時我們學校卻正在刮起一股不要「基礎課」的風。一天學校就餐時，我們系一同學突然站在凳子上發表起演講來，中心話題是號召大家抵制「基礎教育課」，砸爛基本練習。他的話當即遭到全系同學反對，大家氣憤地把他轟出飯廳。

其實他的煽動是有來頭的，我們哪個班是先進集體，就要有點先進的革命行動。不知道上面從哪裏搞來幾套連環畫腳本，全班打破專業界線，重新組合，以腳本為中心編成幾個組。我被編入「小鴨子找媽媽」組，這是一套二十餘幅的低幼兒連環畫，要集體構思，不用老師輔導，要搞群眾運動。當群眾們創作快進行不下去的時候，系裏終於派來一位指導老師沒有想到竟然是吳冠中老師，因為那時候吳先生因為宣傳波提切利、尤脫利羅、夏凡納等西方畫家，已經被當做宣傳資產階級學術思想的典型，遇到了很多麻煩，這時讓他來收拾這個局面，真讓人捏把汗。

張文斌簡介

一九三八年生，一九六〇年畢業於北京藝術學院油畫專業，現為中國美術家協會會員，奧地利中國文化藝術交流協會主席。曾任中國美術家協會《美術》雜誌、人民美術出版社、民族出版社編輯、編審。張文斌是一位旅居海外的著名畫家，他以風景畫享譽歐洲畫壇。並以富有濃郁的東方情調的彩墨畫贏得榮譽、地位和西方國家的尊重。這位吳冠中先生的弟子受前輩影響極深，他也兼善國畫和油畫，並在色彩方面獨有造詣。

人生難得不糊塗

何與懷

鄭板橋「難得糊塗」一語，多少年來，眾口相傳，家喻戶曉，深入民心，每每作為處世的警言，幾乎成了中國人的座右銘。

按民間傳說，這四個字有幾種不同的典故。

一說某年，鄭板橋到萊洲雲峰山觀摩鄭公碑，夜晚借宿在山下一老儒家中，交談十分融洽。老人請鄭板橋留下墨寶，以便請人刻於家中一塊特大的硯台的背面。這老人自稱糊塗老人，於是鄭板橋依「糊塗」為引，題寫了「難得糊塗」四字。又因為感覺遇到了一位情操高潔雅士，敬仰之心猶然而生，又提筆補寫了一小段文字：「聰明難，糊塗尤難，由聰明而轉入糊塗更難。放一著，退一步，當下安心，非圖後來報也。」

另一說法是，鄭板橋調任山東濰縣七品知縣時，正遇百年未見的旱災，百姓家破人亡，因而憂心似焚，不免心力不支。其妻相勸：既然皇上不問，欽差不理，你就裝作糊塗好了。鄭板橋聞之怒道：裝糊塗，我裝不來。你可知道，聰明難，由聰明變糊塗更難。他所說的這句話，後來就成了「難得糊塗」的自註。這是鄭板橋對於現實的抗議之聲。他的為官品格也可見於其《衙齋聽竹》圖中的詩句：「衙齋臥聽蕭蕭竹，疑是民間疾苦聲。些小吾曹州縣吏，一枝一葉總關情。」

不過，也有說成是鄭板橋自我解嘲。也是他在濰縣任知縣時，一日正值衙齋無事，四壁空空，周圍寂寂，彷彿方外，心中不覺悵然。他想，一生碌碌，半世蕭蕭，人生難道就是如此？爭名奪利，爭勝好強，到頭來又如何呢？看來還是糊塗一些好，萬事都作糊塗觀，無所謂失，無所謂得，心靈也就安寧了。於是，他揮毫寫下「難得糊塗」。

還有這樣一個故事。據說，鄭板橋堂弟為了祖傳房屋的一段牆基與鄰居訴訟，要他動用濰縣知縣的地位，函告興化縣縣令求情，以便贏得官司。鄭板橋看完信後，立即回書一詩：「千里捎書為一牆，讓他幾尺又何妨？萬里長城今猶在，不見當年秦始皇。」他又寫下「難得糊塗」、「吃虧是福」兩幅字，並在「難得糊塗」下加註前述的那幾句話，在「吃虧是福」

下則加註：「滿者損之機，虧者盈之漸，損於己則盈於彼，各得心情之半，而得心安既平，且安福即在是矣。」這是心安理平說。此處「難得糊塗」指難得裝一次糊塗，心安理得，也可取得心態平衡。這種「心理調節」乃是試圖把自己的心理反差平衡一下，以求得方寸的短暫安寧。

各個典故不同。哪個真實？哪個正確？不管是明顯的假托或似乎有事實根據，在我看來，其實都是出於後人對「難得糊塗」的不同解讀，並藉此闡明作人道理，都是很有意義的。

糊塗的反面是聰明。然而，耍小聰明卻適得其反在生活中屢見不鮮，在各種書籍中也有許多事例。聰明太過，又心術不正，對人對己招來禍難，造成人生的大糊塗，大失敗，《紅樓夢》中的王熙鳳可謂給我們一個非常形象的反面教訓。

《紅樓夢》第五回，題為「遊幻境指迷十二釵　飲仙醪曲演紅樓夢」，有紅樓夢十二曲分詠金陵十二釵，暗寓各人的身世結局和對她們的評論。其中《聰明累》一曲云：

機關算盡太聰明，反算了卿卿性命。生前心已碎，死後性空靈。家富人寧，終有個，家亡人散各奔騰。枉費了，意懸懸半世心；好一似，蕩悠悠三更夢。忽喇喇如大廈傾，昏慘慘似燈將盡。呀！一場歡喜忽悲辛。嘆人世，終難定！

這首《聰明累》曲吟詠的是王熙鳳。此人在書中第一次出場是在第三回，一出場就不得了。通過林黛玉所見所聞，一個雍容華貴又氣度非凡的女當家立現讀者眼前。隨後，曹雪芹又用賈母之口說明她的性格：「你不認得她，她是我們這裏有名的一個潑皮破落戶兒，南省俗謂作『辣子』，你只叫他『鳳辣子』就是。」然而，這個鳳辣子雖以聰明漂亮精明能幹聞名，亦以陰險狠毒手辣而著稱。她在榮國府幾年掌權打理中，製造了許多罪惡。死在她手裏的就有好幾條人命：她弄權鐵檻寺，貪利拆散張金哥和守備公子姻緣，致使二人先後自盡；她使人告狀並加害尤二姐，又召庸醫將尤二姐已經成型的男嬰打下來，最終致使尤二姐吞生金自盡。王熙鳳的判詞稱她「一從二令三人木」，指的是其夫賈璉一開始對她敬從，後來對她指使命令，最後把她休掉的結局。「機關算盡太聰明，反算了卿卿性命！」《紅

樓夢》後續第一百一十四回描寫了王熙鳳因病而亡，也另有版本說她被休後又遭舊案追訴入獄，最後死於獄中。

至於貌似糊塗，其實是大智慧，在現實生活或書籍中，也有許多例子。例如《三國演義》中諸葛亮擺「空城計」那個著名的情節。

書中描寫，當時司馬懿親自率領十幾萬大軍，來追擊諸葛亮僅剩的一點殘軍，準備一舉殲滅。但是司馬懿到了西城時，看到的不是嚴陣以待的守兵，而是城門大開，只有幾個老兵在掃地。在城樓上，諸葛亮優雅彈琴，琴聲高低起伏，錯落有致，沒有絲毫慌亂之音。於是司馬懿懷疑有詐，傳令退兵，此回合便以諸葛亮的勝利而結束。

「空城計」是諸葛亮成功的代表作。那麼，真的是司馬懿太過謹慎而中了諸葛亮的計謀嗎？有論者並不同意這個說法。我亦深以為然。是啊，仔細一想，所謂「中計」一說完全站不住腳。西城不過彈丸之地，就算有埋伏，但雙方實力懸殊太大，也很難改變戰局。並且，司馬懿完全可以先派人前去探個虛實，然後再決定是否派大部人馬進攻。因此，可有一問：為什麼司馬懿不動一兵一卒，扭頭就走？身經百戰具有豐富作戰經驗的大將軍難道會如此糊塗嗎？如此往深一想，就不禁拍案叫絕：他司馬懿太了不起了，其謀略太深遠周密。熟讀《三國》者都知道，曹氏宗族對司馬懿相當提防，基本都是半利用半防範。一開始曹操對司馬懿就是又愛又怕，愛因為才華，怕是因為他才華太高，威脅自己地位，因此平時一直沒有讓司馬懿掌管兵權。曹氏宗族多年來對自己的態度，司馬懿哪能不一清二楚呢？所以他心中確信，諸葛亮是他存在的價值，兩人相輔相成，互相牽制，如果諸葛亮被抓了或者死了，自己也離死期不遠了。「空城計」一役，司馬懿考慮的早已不是軍事問題了，而是政治大局，也是自己生死攸關的問題。正因為他司馬懿有此深謀遠慮，最終熬死曹氏宗族而成功上位，成了三國最後的大贏家！

諸葛亮當然更是值得稱頌的。馬謖失街亭後，諸葛亮辛辛苦苦建立的北伐防線全部瓦解，甚至都有全軍覆滅的可能。在這樣危如累卵的情況下，諸葛亮還敢使用空城計，擺出了和司馬懿誓死同歸的架勢，並非因為猜到司馬懿足夠的謹慎，而是認定他足夠的聰明，算準他肯定首先會考慮保全

自己。畢竟兩個人鬥了那麼多年，雙方思路行事各都心知肚明。當然，諸葛亮也知道，萬一司馬懿選擇攻城，自己絕對被活捉，絕對成了天下第一糊塗的笑柄。因此也應該說，他的「空城計」不單是基於神機妙算的大智慧，也是出於為了國家不惜冒粉身碎骨風險的崇高精神。在這一點上，他比司馬懿高尚。

以上說了這許多，我的意思是，與其附庸或竟然真心崇尚「難得糊塗」，不如清楚表明並試圖踐行：「人生難得不糊塗」。

難得糊塗？不。人生難得不糊塗！現在，許多人都有此共識：這是充分感悟人生的一種境界——不糊塗者是因為心中有大目標，著眼大方向，具有全局觀念，自然對枝節雜碎不屑一顧。這是一種非凡的智慧——在紛繁變幻的世道中，既能看透事物，分清大是大非；又能看破人性，處事分清輕重緩急，舉重若輕，大智若愚。這是美好的品格和氣度——這種人超凡脫俗，底蘊深厚，胸襟坦蕩，包容萬象。他們不會糊塗到爭名奪利，而是以平常平靜之心對待人生，泰然安詳，寧靜致遠。這也是一種寶貴的經歷——大凡人生一世，必須善於總結經驗教訓，即使經歷風霜坎坷，也不能糊塗沉淪。

人生難得不糊塗！如今人們大多長壽，但別把自己活成閏土才好，更不要像王熙鳳那樣「機關算盡」。而司馬懿、諸葛亮這種大智大勇者，在人生路上足可參考借鑒。

就我個人來說，我信奉「人生難得不糊塗」。

何與懷簡介

一九四一年出生。早年畢業於天津南開大學外文系。新西蘭奧克蘭大學博士。現定居澳大利亞悉尼。除一般寫作外，主要研究興趣是當代中國問題和華文文學。著作多種多樣。現為澳大利亞悉尼華文作家協會榮譽會長、《澳洲新報‧澳華新文苑》主編、澳大利亞華人文化團體聯合會召集人。二○二一年榮獲澳華文化界終身成就獎。

用一艘漁船經過的時間
——讀香港詩人萍兒（羅光萍）的詩

何佳霖

　　與我相識超過二十年的香港女詩人，萍兒算一個。雖不常見卻屬於彼此記掛的友誼。很榮幸見證過彼此的一段青春歲月。萍兒是美女，但不影響她成為優秀的詩人。反而我認為在眾多女詩人中，她有天生的詩人氣質、知性、靦腆，又如鄰家女孩的親切為這剛硬的世界增添了一份如水的柔。然而柔中卻有一份驚人的堅韌。若以花來形容，她一定是茉莉。風動香來，風不動，她靜如幽海。

　　排除友人的身份，我以詩人的敏感去解讀她的世界並領略其筆下那些藏風懷雨的字句。而這些字句似乎又涵蓋巨大的哀愁。深邃入骨，使人不忘。

　　詩人奧登曾提出，要成為大詩人需具備五個條件。其中一條：他的洞察力和風格必須有明晰可辯性的獨創性。（暫且忽略其他四點）萍兒的詩正是具備了這個特質。是最難得的一點。

〈用一艘漁船經過的時間〉

一場烈風之後

秋天已在吹動你的黑髮

而她終將變得更為綿長

你的聲音也漸漸不再細碎

那一夜

感性和理性對坐

儘量避開　可能著火的傾訴

即使　縱橫交錯的腳步

已駛過生命版圖無言的滄桑

一個笑容的驅使

用一艘漁船經過的時間

將記憶中的年華和盤托出
街燈忽明忽暗
你低頭沉默
似乎想向被狂風吹拂過的周遭
借點力量

有一個瞬間
你應該感染了海水的多情
直至你曾親近過的岩石
拒絕你過於真切的表達
八月再度來臨
她將攜一切可能的秋意
等待冬天深情的愛慕
那時，還是一襲藍裙
風中搖曳鄭重道別

　　我喜歡這個題目：〈用一艘漁船經過的時間〉，它完全可以成為電影鏡頭的開篇，「烈風」與「黑髮」，一個頗具故事性的場景引人遐想，「感性和理性對坐」，兩個身影，無形或有形。感性、飄逸為美。理性、俊冷為善。詩人在掙扎中選擇「避開／可能著火的傾訴」。理性始終佔了上風。這時詩性與個性相符。構思到細節，雖跌宕起伏卻脈絡清晰。詩人與詩合二為一，情緒一致。「用一艘漁船經過的時間」「你低頭／沉默」從兩顆心的渴望與交錯變成兩種心力的較量，一種情意的真實存在與世俗的可能性悲劇造就了許多文學作品。這首詩像一個完整的小劇本。畫面保持美感。淡淡的「一襲藍裙」與開頭的「烈風」形成呼應。僅僅是「一艘漁船經過的時間」卻牽引讀者的無限思緒。她，總是欲言又止。

　　「黑暗也是光／當你開始對它依戀」
　　「從今日開始／從雨霧走向晴朗」
　　「這樣互道安慰的春天／我忍不住想寫詩」
　　（節選 〈人們喚這些字為情詩〉）

詩人運用了反向思維，第一句就有震懾性。「黑暗也是光」一種掌握命運的決心，從雨霧走向晴朗，互道安慰已成了兩個人內心的春天。這是不一樣的春天，這是詩的春天，有情人的春天。觸動詩人想寫詩的該是怎樣的一股力量。那是一個看似兩塊卻是連體的內陸風景。詩人她首先誠實，才能走向詩歌。我一直反對寫「假詩」，尤其不明所以的無病呻吟。當你粉飾再粉飾，詩歌早已死了。

萍兒早期的詩和大多女詩人一樣，愛與情是主場。我甚至認為每個詩人都在寫情詩。情是永恆，人人有之。關鍵是你怎麼寫？你的字句出來的時候符合你的心理狀態嗎？是一氣呵成還是偽裝成功的文字遊戲？詩歌和音樂一樣，流淌在人的生命裏，它們是天籟之音，不需要技巧。如果你找到技巧，要去掉技巧的痕跡。這點萍兒找到了屬於她自己的模式，她有意或無意形成了這樣的風格。果敢、簡約、跳躍、出其不意，常常營造一種夢幻式的撲溯迷離。是與不是，懂與不懂，這空間蘊含的意向，容易讓人墜入詩意的深淵。我在別處說過一句：你不「哲學」，你就「朦朧」。沒有褒貶之分，是選擇性創作。是說你若沒有很深的哲學智慧，你可以朦朧到極致。那是一種藝術表現。有句格言：真理走到極端便成謬誤。相反。藝術到極致，真理就顯現。

萍兒創作作品產量不算多，但我佩服她在工作之餘卻讓自己成為一個完全的詩人，拈花攬月，下筆珠璣，一首首別致的小詩橫空出世。像一群小精靈，說來就來。上場驚艷。最近的〈秋日七枝〉，許是隨手可得的秋意。詩人已經不是早期的詩人，才情氣質已非昔比。雖以第一枝、第二枝、第三枝乃至第七枝為名。我曾把這種感覺比喻為簡單粗暴的美。對於這樣的美學態度，我可能把他看作要麼惰性使然，要麼必有玄機。對於她，我選擇了後者。下面我選兩首分享。

〈第一枝〉

以秋日為落幕的皆為風動

我從不正視你眼中的謎

站在你門口的秋神色憂鬱

一片不願意談悲喜的葉子

躍下了鮮明的風骨

〈第二枝〉

在想像中描摹

多雨的季節每一片雲層都有名字

走近時群山挪移

接受海風響徹後的長髮及腰

走過無數人次走過的荒蕪

以及搖晃的全部

瞭解萬物的平庸與邊際

甚至聽到愈發光澤的言語

竭力接近天真

這一切都發生在第二枝

空靈的多情

流淌的血脈。

一個詩人，你的詞根存量不能太少。

「風動」、「眼中的謎」、「門口的秋」、「不願意談悲喜的葉子」、「鮮明的風骨」、「描摹」、「挪移」、「海風響徹後的長髮及腰」、「搖晃的全部」、「萬物的平庸與邊際」「、愈發光澤的言語」、「空靈的多情」……

不是每個詩人都能把握好這點，要麼過於繁雜，要麼過於缺乏。這是一個度的問題。萍兒這方面拿捏比較得當。能夠做到「濃妝淡抹總相宜」。還能讓人耳目一新。一個成熟的詩人，無論長詩或短詩，他可以讓一些詩意來自「不可說」以及「不好好說」的那部分。詩就在那裏。萍兒，她駕輕就熟。

何佳霖簡介

筆名度母洛妃，現居香港。華聲晨報社副總編輯、華星詩壇主編。榮獲第十六屆國際詩人筆會中國當代詩人傑出貢獻金獎、第五屆中國當代詩人貢獻獎、兩岸三地詩歌高峰論壇詩歌大使榮譽稱號、金紫荊愛情詩歌最高榮譽獎等。出版多本詩集。作品被譯成多種文字。

醇洌似酒，脫俗超凡
——讀詩人萍兒的《相信一場雪的天真》

陳慧雯

星期天，沏一壺茶，焚一圈檀香，慢慢細品詩人萍兒的贈書——《相信一場雪的天真》。詩集分為三輯，分別是《等天冷》、《秋的秘密》以及《北方的心事》。詩人萍兒的詩歌字字珠璣，過目入心，讀罷令人情懷激盪。

且讓我們奇詩共賞，首先與您分享以下這首：

綠夏

新枝翩躚

未曾啼雨

數聲蛙鳴就著炊煙

醺醒誰的餘夢

斟滿豪情

沿路未知

狂草幾筆夏荷

留作秋的鎮痛劑

照亮冬野

（題天行荷之「綠夏」）

相信參觀過著名藝術家林天行的畫展，不少觀眾都曾對畫作怦然心動過，林天行先生的荷之《綠夏》，同樣給詩人萍兒以心靈的振顫，她觀畫之後激情澎湃，即興創作了這首同名詩歌。此詩融合了古典格律詩之長，以情運筆，將傳統與現代結合，渾然一體。都說藝術是相通的，詩人萍兒用富有文化底蘊的凝練語言，讓繪畫藝術於不經意間鋪敘成詩意的永恆。此詩在聲韻上隨情易聲，一縷最深處的心香縈繞，言已盡而意無窮，於喧囂而去的時尚中建立了某些恒定的品格。夏是詩鏈中的一環，然後到秋，再到冬。朱光潛的《無言之美》引用了英國詩人濟慈的話：「聽得見的聲調固然幽美，聽不見的聲調尤其幽美。」遑論讀者是在詩歌〈綠夏〉，抑或畫作《綠夏》中，皆能以心聆聽，聽見一種無聲的美妙音律在潺潺流淌。

　　中國文化潤物細無聲，已經融入到詩人萍兒的詩骨。她將濃郁的鄉戀滲透於字裏行間。故園情思，故鄉給予詩人生命的啟示，為廣大讀者展示了一方精神版圖。具體體現在以下這首，我認為是代表作：

故鄉

似在迎接浩瀚的春天
我婉約的故鄉眉眼低垂
和故事有關的街角咖啡廳
那虛構的煙火
路途短暫　卻用半生完成
最重的都沉澱杯底
借一場冬雨的哀怨
以任性的濃烈
譜寫蜿蜒的思念
讓瞬間的頓悟墮入凡塵

　　秦牧說過：「美妙的譬喻就像一朵朵色彩瑰麗的花，照耀著文學。」詩歌開首運用了譬喻「似在迎接浩瀚的春天」，並用「眉眼低垂」一詞將故鄉擬人化，以鮮活意象「浩瀚的春天」，在讀者眼前呈現出一派生機盎然的畫面。胡適認為：「凡是好詩，都能使我們腦子裏發生一種——或許多種——明顯逼人的影像。」此詩正是如此表述的。詩人萍兒將現代人的理念帶入詩體，「街角咖啡廳」是實體乃靜物，「煙火」是虛體敘動態，可謂虛實相接，動靜結合。「路途短暫／卻用半生完成／最重的都沉澱杯底」，植根於對現實社會和人生的深切感悟與思考，詩的精華鑲嵌在詩句潛在的韻律以及思維跳躍的節奏中。「借一場冬雨的哀怨／以任性的濃烈」——詩人萍兒意在創造一種冷艷的環境情調，銷魂蝕骨。此番豐沛的詩情，包含遊子意緒，賁張與溫柔，脫穎成蝶。「譜寫蜿蜒的思念／讓瞬間的頓悟墮入凡塵」，更讓人領會詩人的獨到匠心。

　　德國的狄爾泰表示，想像是一種不可思議的奇跡，一種與人類日常生活中的任何東西截然不同的奇異現象。因為詩歌有別的藝術門類無法達到的想像，一起欣賞以下這首：

隔著一首詩的距離

你喝過五十六度的喧囂後
就開始醉了
那場憂鬱的花火
無意說出一處暗傷

有時
盛放和凋謝一樣燦爛
我已經忘掉它很久

可能有點迷離
一首晚歌輕輕飄送
你唱出了疼痛和一些真相

無怨今夜
雨瀟歇處一池清水

往後
隔著一首詩的距離
我會端一杯溫熱的酒
遙望
你的絕然而去

此詩觸及到現代人的靈魂歸宿問題，詩人萍兒以現代主義式的書寫，啟開了她的情詩小箭，句式長短不拘，轉行靈活。詩人深有所感，沉潛而發，巧妙化用，感同身受。主體「我」與客體「你」在「花火」、「一首晚歌」、「夜」、「雨」和「一池清水」的氛圍中，蘊涵著內在散發的激情，「暗傷」、「迷離」、「疼痛」都揭示出情無所寄，魂無所依。其中不乏令人深思的佳句：「盛放和凋謝一樣燦爛」、「一首歌輕輕飄送 / 你唱出了疼痛和一些真相」。詩人喜歡感性的形象，逆向思維，使詩有了更深的開掘，在詩末筆鋒陡轉，把酒吟詩，借溫熱的酒氣屬入對你絕然而去的遙望，引發讀者的無盡遐思，走向簡約，並且留白。

令我頗有感觸的，還有以下這首：

一個音符灼痛萬里浮雲

盡量讓尾聲動聽

如同發出人生的天問時盡量悅耳

那條猛烈的河

執行過清澈與慈悲

並準備接受一場遠行

凋落體諒凋落盛開忘記盛開

聽說花事即將走向凜冽

我頃刻趕到岸邊

收藏你的微笑並把它繡在匿名的星空

不善於頓挫略過形容詞

一個音符灼痛萬里浮雲

同時把山水說破

苦行者用十指抵抗紅塵

走了很遠的地方

才輕輕露出風霜表情

然後被一夜琴聲深讀

　　本首表達了述說的不急不徐的輕靈之美。它既來自詩人靈感的閃現，更是詩人文化的積累，是厚積薄發。情動於衷，發乎情，而止乎禮，讀來絲毫不晦澀。智性、悟性，相契相融。可見詩人在煉字煉句上都下過苦功。對意象的獨特捕捉，對華美音色的追求，使得每句都經得起咀嚼與回味。

　　詩人萍兒的現代詩時尚超脫，卻又不失中國傳統的優雅，有股清冷由紙面沁出，直達讀者內心。「苦行者用十指抵抗紅塵」，毫無疑問，我們將以最純淨的心靈，去感受、去相信、去接納詩人萍兒「一場雪的天真」，抵達詩人雪的世界，雪的詩心。

陳慧雯簡介

作家、課本教材編輯。香港作家聯會理事、香港文化藝術界聯會副理事長、香港詩人聯盟副主席、香港文化發展研究會會長、中國香港現代文學研究會會長、十四行詩研究會會長等。出版了兩本十四行詩專集。創作小說、詩詞（古詩詞、十四行詩與新詩）、散文及評論等作品發表在《人民日報》網、人民網、香港《紫荊雜誌》網站、香港《大公報》及國際刊物等，並被收入學術論文庫，多次開文學講座。

追尋童年的光亮與溫暖
——談周蜜蜜的《五羊城的小蜜蜂》

徐魯

優秀的兒童文學作家，都會與自己的童年時代保持著親密和永久的聯繫。誰可以時常「回到童年」，誰就有可能成為兒童文學作家。《長襪子皮皮》的作者、瑞典童話家林格倫宣稱：「世界上只有一個孩子能帶給我創作的靈感，那就是童年時代的『我』。」這位「童話老祖母」還說：「為了寫好給孩子的作品，我必須回到童年去，回想童年時代是什麼樣子的。『那個孩子』活在我的心靈裏，一直活到今天。」

周蜜蜜的《五羊城的小蜜蜂》是一本回憶童年的散文集，寫的全是作者小時候親歷的故事，以及親人們和周邊生活環境對她成長的潤澤與影響。她在開篇引用一段「媽媽的話」，作為全書的「獻詞」，也在告訴小讀者，每個人的小時候，都像天空裏第一顆出現的星星、第一次看到的花兒、搖籃裏聽來的歌一樣閃亮、鮮艷和寶貴。

與一般的孩子相比，作者的小時候是幸福和幸運的。她的爸爸、媽媽都是著名的作家，爸爸還是一位「老革命」，長期擔任文藝界的領導；媽媽是一位兒童文學家和兒童教育家，為孩子們寫了幾百本書。在〈夜迷離——我是誰？〉這篇裏我們看到，從上幼兒園的時候起，她就開始接受爸爸、媽媽的「文學培養」了。爸爸、媽媽「希望她生得好，長得好，今後過的日子也甜甜蜜蜜的快樂幸福」，所以，給她取的名字叫「蜜蜜」。媽媽喜愛小蜜蜂，正在給雜誌寫一個「小蜜蜂」的專欄。在媽媽心目中，小寶貝將來也應該像辛勤的小蜜蜂一樣，用自己的勞動釀造出甜甜的蜂蜜獻給人類，當然，「如果做得不好，不乖的話，小蜜蜂就會刺一下你」。後來，蜜蜜果然親身嘗到了被刺一下的滋味。

〈「故事大王」的寶藏〉和〈嚴師愛徒隔代情〉分別寫外公、外婆的故事。外公是一位和藹慈祥、富有家國情懷的老學者，也是一位循循善誘的「故事大王」。「在我幼小的心靈中，公公的故事全是有聲有色、有血有肉，而且還是有跡可循的，比幼兒園老師講的童話故事好聽得多了。」

外公講的故事和對書、對知識的熱愛，就像一顆顆種子播撒在作者幼小的心田裏。外婆更是一位專業的兒童教育家，作者寫外婆用「字為人衣冠」、「一日不彈，手生荊棘」這樣一些樸素的道理，來指導蜜蜜小姐妹臨帖，練習寫毛筆字；用〈愛蓮說〉這樣美麗的古文來引導孩子們保持心靈的高潔，正直純潔地做人⋯⋯這些細節雖小，卻韻味悠長，寫出了外公、外婆潤物無聲的教育智慧和舐犢般的慈愛親情。

〈奇特的藝術細胞與「文藝獎」〉寫小時候記憶中的爸爸，不僅寫出了爸爸高大、挺拔和英俊的形象，也寫出了爸爸從參加北伐革命的軍人，到投筆從戎、與魯迅先生並肩戰鬥的不平凡的一生。特別是寫爸爸小時候作為全村最俊美的男孩子被挑選出來，和另一個漂亮的女孩子一起「被抬去巡遊」的民俗儀式那個情節，今天看來真是特別新穎有趣。還有爸爸親自上台指揮演奏自己創作的歌曲《救亡進行曲》那一段，生動刻畫了爸爸高大英武和令人敬愛的形象。

〈「有聲有色」的寫作〉寫的是身為作家的媽媽，對蜜蜜的深切影響。通過小時候對媽媽的寫作情景的觀察與發現，作者漸漸明白了：「寫作，這是多麼艱難的事業啊，每當我聽到媽媽在屋內踱步，尋找寫作靈感時，腳上穿著的拖鞋發出『啪嗒、啪嗒』的聲音，就曉得媽媽正在苦苦地構思她的文章⋯⋯」媽媽「有聲有色」、嘔心瀝血的寫作狀態，從那時候起，也在悄無聲息地影響著另一顆文學的種子。蜜蜜長大後，果然也成為了作家。

〈淘氣的「合夥人」〉寫小時候和性格比較「野性」的妹妹一起瘋玩的故事，讓我們看到了一種恣意、快樂和生氣勃勃的小童年；〈八嬸〉寫的是小時候家裏的一位女傭的故事。八嬸沒有上過學，卻能講出一套一套的戲曲故事，頗有魯迅筆下的阿長與《山海經》的韻味；〈春暖〉記敘她跟著媽媽去拜見「謝大媽」冰心的故事，細節溫婉動人；〈獻花〉記敘自己童年時有一次作為學生代表，去機場給周恩來總理獻花的故事。像這樣一些珍貴的童年瞬間，還有作者很小的時候就被爸爸媽媽帶去看蘇聯芭蕾舞藝術家烏蘭諾娃的演出，去看芭蕾舞劇《天鵝湖》，去看梅蘭芳大師的《貴妃醉酒》⋯⋯類似的細節，對很多人來說，是只有「別人家的孩子」才會

擁有的，但在作者寫來，呈現的都是童心無忌、一任天真的童年狀態。

　　這本散文集篇幅不大，卻是一部文筆清麗、韻味雋永的童年之書與成長之書，也是一部處處透著生命的純真、豐饒和溫暖的親情之書與美德之書。作者小時候經歷的點點滴滴，就像細雨潤物無聲，滲透和融化在她的生命與記憶裏，也潤澤著她今天的生活與寫作。

徐魯簡介

著名詩人、作家、出版人，現任湖北省作家協會副主席，一九九二年加入中國作家協會。為中國作家評選委員會副主席。已先後出版詩集、散文集六十餘部，另有長篇小說《為了天長地久》以及《沉默的沙漏‧徐魯自選集》、《徐魯青春文學精選》（六卷）、《金薔薇‧徐魯美文系列》（六卷）等選集。

劉思詩歌的真「奇」美

長謠

關於先父劉思的新舊體詩，我認為它有以下三個特點。

一：真。劉思一九一七年生於中國，十八歲被迫南來。從小，他看到的是破碎的山河，聽到的是萬家的哀鳴，他內心充滿極其強烈的憂國憂民意識和情懷，表現於筆下，他青年時代的詩歌題材主要是抗戰和鄉愁，目光所及，他也為在異鄉飽受生活欺壓的同胞發聲。第一類作品可以〈黃河歌〉、〈世紀的呼喚〉〈你笑了，偉大的獅子〉、〈「九一八」九周年紀念放歌〉為例，第二類的作品有〈黃包車夫〉、〈海愁〉和〈香煙女〉等。國恨家愁，悲情澎湃，他的每一首詩歌都如火山噴發，不能自已，但讀者並不覺得淺直，缺少韻味。現以〈代募寒衣〉為例，說明如下：詩中寫的是一九四〇年當地華僑為祖國軍民籌募寒衣禦寒的情景：「試想今夜／那鍍銀的秋海棠葉／應有多少顫抖而又零落的／我們兄弟的影子與足跡」詩句形象地描繪了冬天的祖國大地上，衣衫單薄的軍民在饑寒中掙扎的形象。「借一天雲／裁無數的棉衣／在不易被發覺的地方／繡上最溫柔的相思字／／寄去／在遠方／此時／等著的正是這份暖意呢」詩人並不直著喉嚨嘶喊，卻在詩中注入濃濃的溫馨柔情和殷殷囑咐，這樣真情流露的詩，在當年海內外的抗戰詩中也並不多見。

在描繪下層人民生活的詩篇中，詩人的筆尖也流露出無限關惜之情。如〈香煙女〉：「睫毛下／掛著她的身世／你看那蒼白的／危懼的瞳仁呵／不是她家的窗子？／／青春的自身／就是美／唯一的裝飾／在她的臉上／衹有兩排編貝似的小齒／／招呼的時候／她把這寶貝當作／香煙的贈品送去了／——一切都是商品／何況是貧女的青春呢／／香煙女／是憂鬱的」在商品經濟社會，一個青春被虛擲，讓生活擔子壓得蒼白的貧家女的形象，不是久久站在你面前，讓你不得不為她嘆息麼？細心的讀者當會發現，劉思在這首詩的繪畫美和音樂美也下了一番功夫，詩的思想性和藝術性達到高度的結合。

即使是抒寫個人鄉愁的詩篇，劉思的詩也如清泉汩汩流淌，浸潤讀者

的心靈。請看〈庚子中秋夜聽播蘇六娘〉：「六娘聽罷心茫然／始信炎方別有天／往事成煙不可憶／玉盤總是兒時圓」這首貌似尋常的七絕，卻表達了許多人感歎流光易逝和思鄉的真實情感。劉思巧妙地把已成華人思鄉共同記憶的月亮寫入詩中，讓它在讀者心中攪起難以釋懷的濃濃鄉情。詩歌的意境、情致和音韻，纏綿悱惻，令人無法忘懷。

二：奇。劉思非常清楚，古往今來，詩人那麼多，自己要站得住腳，那就得在立意、構思，具體到意境、意象和音韻諸方面，別出心裁；因此，他的詩或全篇或個別章節或句子，都顯得與眾不同，讓人耳目一新。且看〈關山月〉：「一夢便出塞／身外都是風沙／青春在指頭嗚咽了／顫動地流入琵琶／／關山月／今宵還照漢宮嗎／莫向舊日妝台／當心有人躑躅呀」家父曾對我說，此詩第一節最後兩句當年傳誦一時；這說明好詩不怕沒有讀者，怕的是詩人彈撥的是沒有新意的陳腔濫調。家父不諳外文，但此詩中的意象竟與當年西方流行的超現實主義詩風合拍，形象怪異如法國的布魯東，又如西班牙達利油畫的詩化。再看〈抒情組詩〉：「我偶然發現／宇宙隨裙影飄搖／掉頭急一瞧／你像孔雀飛來了」詩的第二句把抒情主人公初見情人的感受，形容得既傳神又震撼。宇宙隨裙影飄搖，太誇張了吧？不，這是每個初戀者真實的感覺。

再看〈庚子中秋夕五絕（其五）〉：「不是嫦娥難自處／甘將弱質冒高寒／沖霄當日心何壯／為揭朱顏天下看」詩人把家喻戶曉的嫦娥奔月故事賦以新的內涵，最後兩句把抒情主人公的抱負與豪情，表現得淋漓盡致。

劉思詩集中這一類詩句很多，再舉些例：「想見春風勸醉後／黃河破夢落天來」（餞一僑生回華省親），「忽聞京華有消息／滿天星斗看煙花」（十月某夜），「誰許誇天驕／我來覺自豪／早潮浩蕩處／日點乾坤燒」（東海岸觀日出之二），「九月／塞外起秋風／萬里長城一夜崩／蘆溝水／給炮火煮紅」（「九一八」九周年紀念放歌）等等。

三：美。劉思的新舊體詩，思想性都很強，但他也知道，要讓作品長留讀者心頭，還有一個很重要的要素，那就是藝術美。古今中外的文學藝術都體現一個顛撲不破的真理：思想性與藝術性的完美結合。不管是新詩或舊體詩，劉思都要讓深遠的意境或生動的意象在讀者的腦海呈現。且看

〈蕭南英撲蝶〉：「江山猶是何時歸／輸與蕭娘試舞衣／六角亭邊看撲蝶／扇頭誤觸彩雲飛」最後一句形象之美，置於唐人絕句中也毫不遜色。再讀一首新詩〈南方〉：「草原懶懶的／借著東風把柔腰伸長……／／探春的蝴蝶／亮著金色的翅膀／有如榮歸的浪子／望家山出航／／遠處的溪水／花啦啦的響／扯著一個永遠扯不完的故事／美麗到近乎荒唐」開頭的兩句，靈動的筆觸，絕妙的比喻，把北方美麗的草原寫活了。

最後，請再欣賞詞作〈卜算子·賞雨有寄〉：「日外萬千峰／驀地化龍虎／騎海禦風撲閣來／振袖共伊舞／／勝景屬英雄／關甚晴和雨／回首驚虹天角飛／應是及時舉」詞中驚人的比喻，詩人激動的情感和激蕩世界的思潮完美結合，如十級颶風，向讀者迎面撲來，太動人了！讀者當會發現，這首詞和蘇東坡、辛棄疾、毛澤東的風格是一脈相承的。

劉思留下的詩歌，在新馬華文文壇是筆寶貴的財富，它值得有心人去發現、梳理、研究、詮釋……，讓更多人能欣賞它獨特的光輝！

長謠簡介

原名劉可傳，祖籍廣東潮安，生於新加坡。一九六一年高中畢業後任小學教師。父親劉思為新、馬前輩詩人。在其父影響下，十三歲開始寫詩，除寫詩歌和戲劇外，也創作小說、散文、文藝評論、譯文等。著有《三弦集》、《三夜》、《長謠詩歌選》等。

不負韶華舞流年
——讀胡少璋〈東京追櫻花〉

阮惠珍

　　流年似水，歲月如梭；花開花謝，潮起潮落……大自然總是按照自己的規律在運動，人類要想成為大自然的主宰，務必與大自然和諧共處，相生相合。經歷了庚子鼠年大疫，人生有太多的反思與感悟；辛丑牛年春機盎然，給人以太多的激情去追求更新的優質生活！

　　櫻花盛開時節，我讀到一篇好文：胡少璋先生的〈東京追櫻花〉。他從五十多年前認識「櫻花」這個詞開篇，寫到了魯迅的文章、寫到了清國留學生盤著長辮子去日本東京看櫻花、寫到自己在廈門大學文學國際研討會上知遇日本東京早稻田大學的博士研究生金宋玉，他倆為撰寫同題論文而切磋，美麗如櫻的金小姐相約胡先生有機會去日本「追」櫻花……散文故事娓娓道來，平實而自然，就如美麗畫卷向讀者徐徐展開，一個「追」字既玄妙又浪漫！

　　「追」，當然是追求美好，追求時尚，追求熱烈，追求精彩！櫻花正具備這些特質，值得追捧，值得讚頌！君不見，盛開的櫻花如雲如霞，如火如荼，爛漫而熱烈；飄零的櫻花如蝶紛飛，如泣如訴，委婉而動情！多少人為櫻而癡迷，為櫻而傾倒，留下幾多美篇與華章啊！大文豪蘇東坡曾感嘆：「只恐夜深花睡去，故燒高燭照紅妝。」足見櫻花生命的嫵媚與短暫！

　　胡少璋先生的〈東京追櫻花〉，視角獨到，內涵豐厚，立意高遠！他用心用情去追花魂、追人性、追社會、追自然、追和平，追友誼，追得義無反顧，追得酣暢淋漓！他追到了什麼呢？

　　在日本，他見到了「明麗動人、亭亭玉立」的美人金宋玉。只見她著和服深深施禮，感恩作者對她的幫助，楚楚如櫻的身姿與笑靨奪人眼目！文章描寫得很生動形象：「她比我去年在廈門見到的更漂亮了，剛好此時一束陽光投射過來，為她鍍上一層金箔，真是美上加美。我情不自禁地脫口而出，像朗誦詩歌一樣：『啊，金博士，您這朵櫻花開了，開得太美太美了！』」然而，不解的是：這花樣年華的「韓國美人」金宋玉卻穿著「日

本和服」，還帶來一個地道的「日本爸爸」青野帆治，青野卻操一口流利的「中國普通話」……

這情景太驚異了！就像是欣賞變幻莫測、形態各異的神秘櫻花，令人目不暇接！聽覺、視覺、心神、思緒，都為之而動，探幽尋秘的慾望瞬間澎漲……這就是作品的獨特魅力啊！雖沒寫櫻，卻得到賞櫻般的驚艷與愉悅！

原來，金宋玉的日本父親青野帆治原是北京大學中文系畢業生，任早稻田大學文學院院長，現在是榮休教授。她夫人因難產身亡，後來他到韓國首爾大學講學，遇見宋玉的媽媽。因宋玉的爸爸去日本公幹，遭遇空難身亡。於是，他倆一見鍾情，結婚後他即帶著大小美人回到東京。

有人說：櫻花飄落之際，是一場美麗的相遇……也許，他們的相遇就是一場溫柔的「櫻」緣。可以想見：劫難過後又逢春歸，櫻花加美人的意境一定會更加富有詩意，生活與情感一定會更加珍貴與甜蜜！

欣慰的是：金宋玉論文過關成為講師，那天正要走上高校講台，去講人生的第一節課；青野教授則替女兒陪同中國客人去「追櫻」。啊，多麼奇妙的相遇！時代在發展，人類在進步。走近櫻花，和平、友誼、文明、進步的情愫在周身蔓延，日本教授和中國作家漫步在櫻園，笑語話滄桑，個中滋味只可意會不可言傳。

新宿御苑，原是日本天皇的御花園，二戰後才開放給平民百姓。一千五百棵盛開的櫻花，鋪就滿天飛絮的花海。作者說：「展現在我面前的是一幅艷麗的奇景：一片波浪起伏的白雪鋪到遠方，大和民族的春天魅力向我襲來，靜謐、柔和的氛圍令我傾倒…… 我們走在櫻花樹下，花瓣飄落在頭上、肩上、背上、身上、真是寫意之極。此時，老教授詼諧地說：現在我們都成了皇侯將相了。我們都笑了，從臉上笑到心裏。」人性是善良的，人心是相通的，追櫻的感覺也是愉悅的。追得好遠啊！從當今追到遠古，中日友誼源遠流長啊！

上野公園是日本最古老的公園，面積有六十二萬平方米。那是一幅現實的瑰麗畫卷：「眼看到的是導遊手舉的三角小旗及頭頂上五顏六色的鴨舌帽；耳聽到的是普通話加方言。此時遊客不斷湧進園來，有衣著光鮮的

閫佬，有珠光寶氣的富婆，有衣裝時髦的青年男女，有退休幹部和教師……這些卻比櫻花更顯眼。時下大陸經濟發展，生活提高，更兼人民幣升值是日元的十五倍左右，中國人闊氣了。」　看到這裏，民族自豪感油然而生！日本追櫻終於追到中國人站起來、富起來的模樣！人說櫻花有著令人佩服的勤勉、熱忱、剛毅、執著的獨特風格。這不也是中華民族的精神寫照麼？

　　這是中日兩個老者的追櫻，追得理性，追得深沉！他們真的「好彩」，既欣賞了櫻花盛開時無以言狀的自然美，又目睹了櫻花慘遭風吹雨打，「無邊『落英』蕭蕭下」的慘景……

　　文章結尾，一句反問，令人叫絕！「人若不珍惜青春，其生命又有什麼意義呢？」這緣於青野教授一句意味深長的話語：「櫻花就像人，人就像櫻花。」生命是短暫的，青春是絢麗的，精神是永恆的！珍惜青春，也就是要「只爭朝夕度日月，不負韶華舞流年」，讓生命的價值不斷昇華！像櫻花那樣：堅定執著，深情守望，不負花期，燦爛綻放！

阮惠珍簡介

歷任《黃石日報》副刊部主任，主持創辦了海南《洋浦報》，任第一任主編。為湖北省散文家協會會員、澳洲華文作家協會會員、《澳洲日報》華文作家園地專欄作家。善寫報告文學、專訪、特寫、散文、文學評論等。

文美　構巧　意遠
—— 胡少璋散文之我讀

池青橡

　　能聊聊對胡少璋先生散文之管見，得益於此散文選集付梓之前的校勘，讓我有機會先睹胡君散文之風采。

　　打開《胡少璋散文選》，一股清新之風撲面而來，無論旅遊，無論居家，抑或敘事，抑或狀物，他總先施之以情，而後鋪採擒文，升發立意，讓讀者靈魂震盪，乃至服了一劑猛藥，被人醍醐灌頂。尤其是他寫的遊記，文字優美，意蘊深遠，立意不俗，藝術性思想性並臻完美，很值得細細咀嚼、品味。大評論家何與懷博士，在〈我讀胡少璋〉一文中說過：「的確，胡少璋是用腦和手揮灑文字。他的文字真誠自然，樸素平實，篇章構思精巧獨特，講究意境的營造，而且大都立意於人本精神，發人深省。」

　　於此，我深有同感。

　　下面就談談我的讀後感，以饗讀者。由於篇幅所限，只能蜻蜓點水，點到為止。

（一）語言之美

　　縱觀《胡少璋散文選》，他擅長對景物的描寫。不論遠近高低大小，他都能一一描述，層次清楚，物像明晰，對事物觀察之仔細，對風景描繪之生動，勝似一位女性作家。以眾人追捧的〈東京追櫻花〉為例，既能寫出櫻花的個體（即近看）：「櫻花與桃花相似，只不過樹身比桃花高大一些。櫻花有單瓣和複瓣兩種，顏色亦有白色和淡紅色兩種，白色的櫻花長出的芽葉是綠色的，而談紅色的櫻花長出的芽葉是古銅色的」，又能筆觸到櫻花的群體（即遠觀）：「展現在我面前的是一幅艷麗的奇景：一片波浪起伏的白雪鋪到遠方，大和民族的春天魅力向我襲來，靜謐柔和的氛圍令我傾倒……」

　　再以〈她洗滌了人的靈魂——暢遊尼加拉大瀑布〉為例，他寫道：「不知不覺間，轎車的擋風玻璃變成了毛玻璃，汽車已經駛進了霧海……透過

車窗望去,眼前的一切均失去鮮明的輪廓,一切都在模糊中變了形,車漸進,霧漸濃。一下車,一陣又一陣霧靄撲面而來,霧遮掩了天霧遮掩了地,越走向瀑布霧越大,最終變成了雨,又從小雨變成了大雨……全身濕了,我們轉身往外跑,哈哈大笑……」你看,寫的多麼細膩,多麼真實,讓人如臨其境,身同感受!

更叫人驚艷的是,幾乎相似的場景,在他寫來,絕不雷同。如〈黃河壺口寫真〉一文中:「車到壺口還有三四里,就先聽到隆隆的吼聲,似巨龍在雲層中翻滾咆哮,似雷聲在天際破空掠過。」「車到壺口稍近處,在前面目力窮盡的地方,第一眼往去,能看到的是一個最隱蔽處,也是最顯眼處,那是:一團煙,一層霧,一片雲 —— 匯集了千支萬流的狂暴不羈的黃河水在此下跌入壺。」

同樣是瀑布,是水景,似霧如雨,在〈她洗滌了人的靈魂 —— 暢遊尼加拉大瀑布〉中是實寫,寫近距離感受;而在〈黃河壺口寫真〉中他是虛寫,寫遠處的景觀:「那是一團煙,一層霧,一片雲。」胡君如此運字行文,怎不令人拍案叫絕!

(二)結構之巧

散文,特別是好的抒情散文,篇幅雖然短小,但是容量確很大,這就要靠作者謀篇佈局的總體能力。胡君在散文創作中,十分注意文章的架構,開篇和收尾,這是很值得我們學習的。

在一篇名叫〈華多茲徜徉〉的抒情散文中,作者一開篇,就向我們發問:「誰會想到只有一條街道的小鎮,也能成為一個國家的首都?它叫什麼名字?這個國家又是在世界的哪個角落?」

懸念頓生,引人入勝。我們的好奇心一下湧上心頭,但作者卻不緊不慢,娓娓道來:「我看到的是這樣:街頭有個停車場,旁邊有個郵亭,供遊客買郵票、寄信件。郵亭門口是個小火車站……」

一切平淡無奇,看似無甚讀趣之時,作者筆鋒一轉、亦莊亦諧地介紹了該國的人文地理、風俗民情,道出了小國 —— 列支敦士登的富國之謎,讓讀者恍然大悟。行筆至此,作者並不滿足,而是引導讀者去進一步思考

列支敦士登富裕的原因：「首先國家重視教育，教育水準高……其次，一個人接受了嚴格的教育，國民素質高……」層層剝筍，最後得出一個令人滿意的結論：「天然環境、地理條件絕非一個國家或地區『窮』的判定，富裕要靠腦和手呵！」

一語道破，作品的藝術審美價值頓時昇華。

俗語說：「萬事起頭難。」文章的開篇不也如此嗎？胡君散文的開頭，各各不同，很值得玩味。〈木蘭故里尋「木蘭」〉以兒時背誦的〈木蘭辭〉開篇，從而引起讀者的共鳴；〈土樓歸來不看樓〉從老友尤兄杜撰的故事引入，使讀者頓生好奇；〈美哉，哈利路亞山〉一開頭描述了電影《阿凡達》中，潘多拉星球上一群長頭髮、長辮子、尖耳朵的潘多拉族的一場驚心動魄的戰鬥，牽動了讀者的神經；而〈艷麗絕倫的公主傳奇 —— 甘肅張掖丹霞地質公園觀賞〉則直接從寫景入手。

我們喜歡春天，因為那時百花盛開，姹紫嫣紅，形態映麗，異狀紛呈。我以為，胡少璋散文的開篇也已達到了這樣的一種審美效果。你們說呢？

（三）意蘊之遠

寫到此，我的頭腦裏突然蹦出一個詞「言簡意賅」，言語簡練，但旨意深遠，這難道不也是散文寫作所該追求的嗎？

前不久，我看到網上的一篇所謂「散文」，作者講的是她對已逝之母往事的回憶。文章分三大段，但前兩段洋洋灑灑，卻隻字不提作者標題中所提到的那件往事，及至最後一段的後小半部才講起，最後搥胸頓足，喊口號似地講了幾句悼念的話。我真不知此時她悼念之情從何而來，她悼念之詞怎麼立足！如此情感，如此文章，我頓感無語。

而胡君的散文，卻能力達「形散神聚」的地步，他的散文的點睛之筆有怎樣的精彩呢？我們來談談他的〈旅人蕉〉結尾：「我反覆看著她在旅人蕉下照的幾張照片，雖然她如今已是一個人老珠黃的老太婆了，但她在我的心目中仍然是三十多年前那樣的一位楚楚動人的小姐，永葆青春美麗！不知怎的，我找出有她影像的所有底片，叫妻子即刻拿去曬洗，要洗數百張，我要把它分送給我所認識的人。」

當你讀到這裏，你會眼前一亮，海闊天空，你會頓悟什麼，你會反思自己……這就是文字的張力！這就是文學的力量！

相同的藝術效果，在〈鐵線草〉、〈根〉、〈先薯亭沉思〉幾篇裏都有所彰顯。

唐代，素有「小杜」之稱的杜牧，在〈答莊充書〉中說：「文以意為主，氣為輔，以辭采章句為兵衛。」他還說：「是以意全勝者，辭愈樸而文愈高，意不勝者，辭愈華而文愈鄙。是意能遣詞，辭不能成意，大抵為文之旨如此。」

作家胡少璋先生深諳此道，並身體力行，而且是身體力行者中之佼佼者也。

於二〇二一年五月二十九日寫於悉尼

池青橡簡介

男，編輯，作家。本名池慶翔，一九四八年出生，中國福建福州市人。自八十年代開始，以多副筆墨，馳騁於文學作品的不同門類之間。一九八四年加入中國作家協會福建分會，後赴澳，現定居悉尼，為澳大利亞新州華文作家協會會員。

品讀印象〈又見含笑花〉有感

張高賢

五月入夏，白晝漸長，母親節到了，瞬間文壇上頌母文章沸沸揚揚……從中我讀到了印象的散文〈又見含笑花〉。

起因當是被文章的引題所吸引：

「母親節……母儀天下……向親愛的婆母致敬！」

心下不免詫異：懷母題材，多是兒女寫媽媽的，罕見媳婦為婆母而操筆的呀？這份懷母之情可有點兒另類！

酣暢淋漓地讀罷全文，心境久不平靜。這是一篇文筆樸素、情節感人、刻畫人物栩栩如生的極佳散文！

〈又見含笑花〉寫的是作者印象之婆母（即其夫君林祥麟之養母）的故事，輕描淡寫間，多方角之人生碎片隱約閃爍，閩南僑鄉中一位獨居僑眷之寂寞而堅忍的人生畫面漸次清晰地展現人前，非常真實感人。

印象用心筆形象而概括地寫出婆母善良、忍讓、滿溢愛心親情、含笑樂觀的精神狀況：「婆母亦如含笑花，一樣的慈眉善眼，安命樂天，適時地開了又謝了。從不強求什麼，對一切人事皆笑意拳拳，彷彿世間全無悲苦。」

這是一位卑微平凡安然接受命運的閩南華僑之家眷的素描啊！細味之餘，的確惹人生憐而肅然起敬。

在印象筆下，其婆母毫無壯舉，一生只是謙卑地俯順命運，卻在和平忍讓中不經意間綻現出人性的光輝。她傾其一生，與丈夫相聚時間還不足兩年，卻茹苦含辛地撫養了二子一女，終生獨對空幃，長守活寡，造就了她羞怯忍讓、不敢與人爭的天性，這是何等令人不忍卒睹的人性扭曲啊！可她卻把扭曲演譯成一份光點。

我的一些校友之母親也有雷同的故事，有的校友甚至從未見過生父，在母親懷中，生父已去南洋，最後客死異鄉。

印象的婆母天性極度善良，她本是廈門一位醫生之千金。讀過女子學堂，識字但不常用，明理而不敢爭，有淚從不輕彈。她一生傾心盡力只想

築建了一個安靜而無是非的家庭，此外別無他求。婆母太善良了！我為印象有這樣一位可憐可敬的婆母，為祥麟兄有這樣一位慈母而同感欣慰！

印象寫道：「每次憶起婆母，我總不免會想，人生在世，又何須**轟轟烈烈**？活得快樂，於心無愧也就是了。婆母晚年皈依基督，雖不求甚解，卻是虔心誠意地禱告，作禮拜。一個好人，最終有個永恆的歸屬，婆母亦可謂不枉此生了。」

婆母的一生平凡而高尚。

讀罷此文，婆母弱小的身影，卻在我的心中掀起波瀾，回想到我的母親於不惑之年，辦完先嚴的喪事後，就帶著七子女回到鄉下，獨自過著與印象婆母相似的「彷彿世間全無悲苦」的堅毅而艱辛的生活悲景，最後貧病交迫而逝，終年五十七歲。

因此，讀到印象寫婆母，我便自不期然想起了自己的母親，也想起了閩南僑鄉中無數飽嘗艱辛的不幸婦女，她們都是不平凡的母親。

逝者已矣，但生者卻念念不忘！在文章結尾，印象寫道：「五月薰風中，有暗香湧動，我們都知道：您去了天國定居，那裏必是好吃好睡好歡喜！」

閩南僑鄉中華僑和僑眷的故事是部苦難而又內蘊豐富的巨著，是中華史冊上不可缺失的重要一頁。

張高賢簡介

祖籍廣東省大埔縣，一九四一年出生於馬來亞。愛好書法、習畫、攝影和高爾夫球運動。作者於二〇〇四年出版之自傳體傳記文學作品《一代人》，二〇〇六年出版的《流月濤聲》以及於二〇〇八年出版的《揚波軒隨筆》均在國家圖書館及中國華僑歷史博物館收藏。

十年磨一劍
——《李遠榮評論集》序

柯藍

　　這是一本評論李遠榮文學作品的評論集。是對他十年（一九八七－
一九九七）來文學作品的檢閱。真是十年磨一劍，從這裏可以看到李遠榮
從事文學創作的辛勤，收穫豐碩。同時也可以看出李遠榮涉獵極廣，他這
十年所寫的人物傳記，有政界人物，有海外僑領，有文學家、著名學者、
音樂家、畫家、書法家等等。

　　顯然，李遠榮通過他筆下人物的特定領域，反映了社會，反映了時代。
引起了社會的轟動和評論界的注意。

　　李遠榮所著述的華僑領袖《李光前傳》一書，於新加坡銷售後，受到
廣大讀者歡迎，列為十大暢銷書，排名第六位。而該書在馬來西亞銷售後，
同樣引起轟動，被列為十大暢銷書，排名第八位。一本書受到群眾喜愛而
暢銷，這樣是群眾和讀者對該書最好、最高的評價。而這也是歷代作家夢
寐以求的美好目標。

　　又李遠榮創作的單篇作品，如散文《海峽兩岸一家親》榮獲一九九一
年《人民日報》（海外版）舉辦的「共愛中華」徵文比賽優秀獎，如〈承諾〉
（散文詩）榮獲　一九九八年中國散文詩學會主辦的全球跨世紀承諾問題「徵
文大賽」優秀獎。此外又有多篇文章榮獲出版社、電視台、廣播電台、報
刊雜誌主辦的獎。而李遠榮對五四運動文學名將郁達夫進行長期研究，珍
藏有第一手資料，而成為名譽中外的「郁達夫研究專家」。

　　獲獎和被社會接受而公認的榮譽，這也是一種集體的對李遠榮的文學
作品的評價和最高的獎賞。

　　李遠榮的努力耕耘，展現出一片片艷陽天，這是功夫不負有心人和好
心人的結果。

　　而這是廣大讀者和集體單位對李遠榮作品的歡迎、肯定，以及表揚。
以我從事六十多年的文學創作的經驗，大多數作家都喜歡這種群眾的歡迎
和肯定，喜歡這種純真可貴的「口碑」，認為這種「口碑」，沒有人為的

導向，沒有小圈子、門戶之類的哄抬，而且是自發自然而形成的，至為可貴，是真誠的、可貴的評論。本人少年時期的某些創作，就享受過這種口碑的偏愛的幸福。所以，我對群眾的「口碑」，至為看重。

李遠榮的作品，除了上述的受到群眾和集體的推崇和評論外，這本評論集收集了十幾萬字關於他的作品的評論，則是評論專家系統地從理論高度來分析、研究、評論他作品的風格、品位、特色、技巧等方面。寫這種研究文章的有老作家郭風寫的「《文海過帆》序」、有著名文藝評論家陳遼寫的〈繼往開來──評李遠榮的記人散文〉、有專門研究港台文學的理論家古遠清的〈熔散文與書法欣賞於一爐──讀李遠榮《翰墨情緣》〉、有原新華社香港分社副社長張浚生為《李光前傳》寫的序〈芭蕉撫臂無人見，暗替千花展綠蔭〉、有著名教育家李燕傑寫的〈文海過帆禮贊〉等；也還有不少熟悉李遠榮的同學、朋友等。他們都是為李遠榮的作品所感動、感染，因而其論述都是有感而發，言之有物而又中肯。　這些評論對於我們了解、研究李遠榮文學歷程和作品都有很高的價值。

李遠榮的文學作品，以傳記文學為主。大的有《李光前傳》。這是完整的人物傳記，小的有多種散篇，收集在《翰墨情緣》書中。有人稱他這些文字是記人物的散文或叫隨筆，但我認為總的沒有離開寫人物傳記，只是寫的角度不同，取某一細節，再加上和所寫的人物交往，形成獨立篇章。更由於是通過「翰墨」交往，又增加了一層色彩。我想，　這是其《翰墨情緣》一書更受讀者歡迎的原因。

這裏我特別要提到的是李遠榮先生對張恨水先生的研究見解，為張恨水先生平反。我個人早年就持「同調」。記得我一九八一年在北京創辦《中國通俗文藝》月刊。該雜誌因為是由我主編，有一天，我去拜訪茅盾先生，向他請教我們刊物的編輯方針。他那天很高興，還為我們月刊寫了祝賀辭，由於茅盾先生為我的中篇小說《紅旗呼啦啦飄》寫過評論推薦文章在香港發表，我們有過交往，所以那天就多談一些。我說下一期《中國通俗文藝》月刊，打算刊登張恨水的長篇小說《津京滬快車》，我認為張恨水先生的小說，不是鴛鴦蝴蝶派，對舊社會有較強的暴露和反抗。茅盾先生連連點頭贊成，並進一步說了以下的話：「過去我們對張恨水先生的評價，是不

公允的！」由於有茅盾先生支持，我們《中國通俗文藝》月刊後來把張恨水的小說分期連載了。萬萬沒有料到，當時剛剛開始改革開放，又遇到左的錯誤思想干擾，《中國通俗文藝》月刊就因為刊登了張恨水先生的小說，成為離經叛道的典型，犯下彌天大罪，被判停刊。幾經較量，拖了一年，辦不下去，辛辛苦苦辦起來的刊物只好停辦。說來這已是十八年前的事，但我心中仍憤憤不平。張恨水先生的小說，和今日街頭巷尾書攤上成堆的「小說」相比，到底誰黃色？

從對張恨水先生的認同上，我對李遠榮先生又親近了一步。

看文章是要看人的。評論文章也要評論人品，我和李遠榮先生見面，是在去年（一九九八年）深圳主辦京深港三地作家慶祝香港回歸一周年的贈書儀式上。後來又在兩次聯誼會上，重逢相聚，感到他比實際年齡要年輕，充滿活力。並大力向我們中國散文詩學會推薦人才。尤其是我們學會目前正在籌備「北京華僑名園」，擬在名園之中建立全球華僑著名人士的雕像、故居，讓華僑功績在長城腳下，永垂千古。此項極為重大的華僑工程，極需各界人士支援。李遠榮出身華僑名門之後，對此倍加關注，他的熱情使我感動。深感他樂於助人，是一個值得信賴的人，使我們成了忘年之交。我上述的看法，這本評論集的許多作者均有相同的體會和觀點。可見這都是他的朋友們的共識。

我把我所知、所想的關於李遠榮先生的人和事，連同這本集子一併向讀者推薦，我的坦誠，正如李遠榮文章行文的平易、直率無華的風格一樣，因為樸素是一種崇高的美。

是為序，並互勉。

柯藍先生簡介

中國作家協會全國委員會榮譽委員、中國散文詩學會會長、原《紅旗》雜誌社編審。

最純粹的意義
——英培安留給我們的遺產

陳志銳

英培安先生（一九四七－二〇二一）在一月十日因胰臟癌病逝後，新加坡各大中英文報章連續幾天報道，早報副刊出了全版紀念專號，接連不斷有文友在各自專欄或投稿副刊《文藝城》緬懷這位極其重要的新華作家（有時佔近全版的幾篇投稿還以為又是專號），《聯合早報》甚至還罕見地在社論上提出「尋找下一個英培安」的時代命題。除了部長親臨弔唁，國家藝術理事會、新加坡書籍理事會與各文學團體發文悼念，草根書室辦了文友的文學追思會，城市書房籌劃了親友的線上追思會等，社交媒體上更多的是中英文追念文字與視頻。

到底是什麼力量讓一位毫無背景，無黨無派、不隸屬任何團體的獨立寫作人得到如此多團體與個人這麼高度的關注與這麼多的悼念文字？我以為，不是其榮獲的國家最高榮譽文化獎、東南亞文學獎、新加坡文學獎，或是被搬上舞台、進入課本、翻譯成多國語言的千萬文字。而是英培安其實代表著許多人只敢幻想而未能實踐的——純粹的理想主義者的傳奇。

英培安從上世紀六十年代中學開始，以現代主義的詩歌踏入文壇。他在學生時代就顯露出絕不隨波逐流的鮮明性格——中二作文課他偏偏寫首詩，結果還得到老師的鼓勵還投稿初見報 ；中二年底只有中文與美術及格的他被其不甚認同的「有貴族氣息」的公教中學開除；後來在義安學院中文系公開與台灣特聘來新的李辰冬教授辯論馬致遠的《秋思》不是文字美的體現而是毫無生氣活力的暮色景觀；自稱自由派的他白天到義安參與當時火熱的罷課活動，晚上寫作、辦雜誌以開展自己的「文學事業」。一九六八年二十一歲就出版第一部詩集《手術台上》，之後的半個世紀創作不輟，共出版詩歌、散文、戲劇、小說整整二十八部。

七十年代英培安開始經營「前衛」書店，並先後出版獨立雜誌《前衛》和《茶座》，不僅引介重要政治、文學與哲學理論，還以筆名孔大山的犀利雜文直抒胸臆、針砭時弊。一九七七年，政府懷疑他與「馬來亞民族解

放陣線」有聯繫而以內安法令未經審訊逮捕他，拘禁四個月才獲無罪釋放。拘捕的經驗雖然讓他萌發去國離鄉的念頭，卻也更讓他有了書寫荒誕的現實社會與家國的勇氣。其短篇小說《寄錯的郵件》裏精神醫生對囚於精神病院的主人公說：「我們是為了愛你，你那時候不適合外面的社會」，就源自拘留所偵查人員對他說的一句話：「抓你是為了你好」。

　　八十年代的英培安成為全職作家，不僅在經濟起飛的新加坡幾乎絕無僅有，更在物質主義坐大的都市社會裏另闢蹊徑，竟然走出一條特立獨行的小道。一九九四年他發現在新加坡無法發表的文章可以在香港見報，毅然隻身赴港，在當時仍非常偏僻的屯門租了三百多呎的公寓（已經比拘留所大一倍多了），靠《星島日報》專欄與《香港聯合報》小說的稿費交租。一年後返新，借鑒香港「二樓書店」的概念在橋北路中心三樓「更上一層樓」地開設「草根書室」。之後近二十年，他在英文急速成為強勢語言的大環境裏，頑固地專營冷門的華文文史哲書籍，一直到二〇一四年轉手給被他啟發的三位年輕經營者。在他的精神感召下，延續草根書室的精神的，除了新草根，還有原址樓下的「城市書房」，成為了獅島兩道不想大環境低頭的絕美風景線。時至今日，對許多被啟發被感動的文青與人文關懷者來說，「小小的草根，就是大大的草原」。

　　二〇〇八年，他患上前列腺癌，自知僅有大約十年餘生，更是全情投入長篇小說創作，自律卻又瘋狂地每日進行文字創作。因為他認為唯有長篇始見功力，始有格局，甚至代表極端缺乏長篇小說的新加坡的時候，才可以「拿得出來見人」。於是，他邊抗癌，邊應付一場莫名其妙的文壇官司，還邊匪夷所思地每隔三幾年就出版一部長篇小說，而且每一部都備受肯定。《畫室》獲《亞洲週刊》選為二〇一一年中文十大小說，二〇一二年再得新加坡文學獎。《戲服》同樣獲二〇一五年十大中文小說及二〇一六年新加坡文學獎。他生命中最後兩本書——長篇小說《黃昏的顏色》及詩集《石頭》分別獲得《聯合早報》二〇一九和二〇二〇年的年度好書。二〇二〇年進住醫院，他仍然要求的是筆記本，欲寫出的仍然是心裏和夢裏的詩文。

　　正是如此起伏的生命歷練裏頭，英培安如石頭般的頑固與頑強的性格得到了充分而徹底的長期磨礪。是的，不管是被校開除、牽涉學運、無辜

被捕、出版蝕錢、書店日暮、赴港返新、對簿公堂、連接抵抗前列腺癌、大腸癌、胰臟癌等等，都彷彿只是背景的噪音，都無礙於他的寫作，甚至吊詭地說，還有積極的鞭策催促之作用。這要多麼強大的心靈才能化那麼多負面的能量為寫作的動力呵！而是否殘餘的負能量也滲入了他的體內、他的細胞？我們不得而知，但培安一定溫暖地笑說不要迷信，我一定是吃的番茄不夠多，才得到前列腺癌的。我們唯能肯定的是：對於寫作，他這麼一專注、一堅持，就是一輩子。

英培安當然也享受得獎與發表所帶來的榮譽、肯定與填補書店赤字的獎金和稿費，然而我以為可以讓英培安一輩子忍受高處不勝寒般的孤獨地進行創作，除了熱愛成癡溺，還有更根本、更核心的渴念。他說過：「寫作是我獲得自由的視窗」，更於向他致敬的官方主辦的作家節上鏗然指出：

我有個信念：作家必須有自由的心靈，不受政治意識形態影響的心靈，也是不受名利影響的心靈。自由的心靈十分重要，文學的創新、道德的勇氣、對正義的追求，都是要有自由的心靈才能體現。

自由，就是他最純粹卻最堅持的理想。為了自由，他可以堅決不為五斗米折腰——新加坡報館主編好友因為其專欄文章批判社會政治而不願刊登，結果他從此不在該報寫文章。他也不是沒有高薪的工作、大機構的優差，結果都是因為扼殺了他自由創作的時間而被其絕然放棄。甚至還有獎金豐厚的文學獎準備頒給他，也因他對文學獎背後的意識形態有所保留，而斷然拒絕這筆原可充作及時雨的醫療費用。在一個過於現實，崇尚經濟與實用主義的新加坡社會，放棄以上種種以孤寂地進行無人問津、金錢回報遠不成比例的文字創作，簡直就是大部分島民無法想像，甚至天方夜譚的癡愚之舉。或許有少數人稍理解、卻絕對只敢幻想的、拋棄一切後才換取的自由，正是他留給我們最寶貴的理想主義的遺產。

英培安以長篇小說為世稱道，卻在生命的盡頭回到了詩歌的初心。他二〇二〇年出版的最後一本書就是詩集《石頭》，而裏頭的同名詩就是他一生如希臘神話西西弗斯推石複滾落複推石的——對理想的堅持：

我從山腳艱苦地把你往山頂推移

已知道你會一次又一次地

滾回山腳。而我也知道

只有你

聆聽我艱辛的腳步

沉重的呼吸

只有你見證

我的失望與頹喪

執著和勇氣

然而，也正是對自由的最終極渴望，讓他找到了一輩子最純粹的意義：

我不孤獨。我有林木

蒼空、驕陽、星月、暴雨

以及一起體驗快樂與艱辛的

你

沒有人了解我與你

天長地久的愛

肌膚的親密

沒有人了解

日夜緊貼著你對抗這荒謬

是我們存在的

意義

二〇二一年一月二十六日深夜寫於獅島北安頓室

陳志銳簡介

新加坡學者、作家。

《香港作家》網絡版
編後語

帶笑出發　攜手前行

張志豪
《香港作家》網絡版執行主編

俗語有云：「年關難過年年過」，二〇二〇庚子年被新冠疫情籠罩，不少生命朝不保夕，人們生活、工作、學習模式大變，經濟嚴重受挫，市道不景氣，又連帶倒閉、失業潮，限聚「宅」家。本末循環，各國政府、賢能也苦無良策，大局奈何，難，難，難！所幸歲月雖無聲，人間卻有情，一切都捱過去了……

苦難日子中，作為大家心靈休憩園地的《香港作家》網絡版亦不經不覺一歲了。港內外多位友好撰文祝賀，亦有會員撰藏頭詩並請書法家以行階誌慶。盛意拳拳，洋洋喜氣，正合春意。

牛年新歲，暢筆抒懷，特輯內充滿年味：法國綠騎士送來紅梅、風馬牛詩圖，天津歡樂使者劉利祥爆竹賀歲，客居上海黃偉豪舞動醒獅，加拿大孫博啖蔗話佳境，日本華純春節特供穎穎家外婆的紅燒肉與八寶飯，加上孔明珠新春吉祥如意菜及長安包的餃子，豐盛一桌。而丹孃抒描與畫壇「竹王」申石伽爺爺的交往與拜年，亦是一趟難忘的回憶之旅。

「每逢佳節倍思親」，佳節確是一個思念親友的日子，周蜜蜜追記鋼琴詩人傅聰的琴音；新加坡陳志銳高舉英培安留給我們的遺產、最純粹的意義——自由的心靈；「『記憶像鐵軌一樣長』，記憶有多長，情義就有多長。」(1) 黃秀蓮沿著大學站曲折的火車軌道懷念堂姐夫穩哥，從平凡中引證不平凡。

訪學英國劍橋大學的孫繼成近距離參觀英國貝德福德郡中國外賣店五福樓的具體運營，並對後廚從業人員進行了深度訪談，撰長文分析中國外賣店所帶來的文化思考。可謂是：小小中國外賣店，深藏中英文化交流的文化風向標。(2)

旅居澳洲的胡少璋介紹僅跟在梵帝岡之後的世界上第二個細小的國家：歐洲中部內陸小國列支敦士登，徜徉於國家首都華多茲——這個只有一條街道的小鎮，處處新奇有趣。

「桃李無言，下自成蹊」，其餘好文自有知音。

最後必須一提的是今年亦是香港作家聯會成立三十三周年，潘耀明會長語重心長的感言，殷切叮嚀，縈繞在耳：「讓我們背負著先輩們及時代的囑託，堅守文學陣地，不折不撓，開展一片文學的新天地！」[3]

在動盪不安的一年，《香港作家》網絡版陪伴你走過不一樣的歲月，留下一張張獨特時刻與風景的寫照。一周年之際，讓我們帶笑出發，攜手前行。

註：
（1）黃秀蓮：〈情義像鐵軌一樣長──悼穩哥〉，本期。
（2）孫繼成：中國速食外賣店：中英文化交流的風向標
　　　　──英國貝德福德郡弗特威克鎮中國外賣店五福樓的文化考察〉，本期。
（3）潘耀明：〈三十三年感言〉，本期。

二〇二一年二月

一同沉醉在花海春風裏

張志豪
《香港作家》網絡版執行主編

二〇二一年春節前，遊走於香港山野，已見深淺綠影夾雜於零落枯葉間，熱情似火的木棉花帶領群芳吐艷，一派生趣。眼前的春天，明顯比二〇二〇年的更活潑開朗，大家已懂在防疫與生活中找到相對的平衡，部分地方如內地、台灣更生活貌似如常，疫情趨穩，希望的春天在路口，菲滿人間。

今期特輯「人間春菲」，自封面到配圖，再到特輯內的各篇文字，可謂是「五光十色，花天花地」、「千朵萬朵壓枝低」。綠騎士的花影詩圖，黃秀蓮在中大欣逢的宮粉羊蹄甲、炮仗花、無憂樹，東瑞居所盛放的杜鵑、潘金英山居花徑的牽牛花、洋紫荊、「聰明葉」，潘明珠母親家的劍蘭、百合、康乃馨、水仙，冷月記憶中的紅玫瑰與等待春風，孫博一家細心呵護的「猩紅色小手掌」，在凌雁花盆冒出來的莎草，夏青青德國林蔭長椅旁的白玉蘭，以至一眾日本華文女作家筆下動人心神、如詩如畫的花見、和服美人、吉野櫻、千鳥淵櫻花、八重櫻、茗園繁花……真是「今年春色

390

勝常年，此度風光最可憐。」這是大自然給人類的一場繽紛熱烈的鼓舞嗎？

見花憶人事，張香華女士翻開臺靜農全集，牽起她一段近八十年前的往事，從幼時隨家人由香港移居台灣說起，到父親往北投育幼院接出故人之子，終奇遇張雪門老先生，隨之緬懷這位在人們心裏閃著亮光的中國學前教育先行者。李遠榮秘書長描繪愛新覺羅家族的著名作家、書法家溥旻的才情風貌，溥旻是清太祖努爾哈赤十一世孫、中國書畫家協會副主席，其書法滿漢文、寫作俱佳，並附珍貴圖片。

黃為忻追記九十多歲的著名英國女學者 Audrey Donnithorne（董育德），Audrey 生於四川，傳教士之女，愛中國，畢生從事相關研究，總盼能重回出生的故鄉，自謂「一個海外的英國人，一個四川的農村姑娘。」

譚芯芯則記香港成功企業家、「紅二代」張高賢。杜海玲整理香港著名導演與演員、外祖父羅維的舊事。還有孫繼成、熊達、羅開華不約而同地寫下懷念慈母的深情文字⋯⋯

「談文說藝」欄內，今期有幾篇用心的評論，值得細讀：陳慧雯讀詩人萍兒的《相信一場雪的天真》後，吐出「醇洌似酒，脫俗超凡」的總結。張海澎賞析旅美王煥之教授〈柏克萊校園速寫〉，凝睇詩意與哲思。阮惠珍讀胡少璋〈東京追櫻花〉，感嘆不負韶華舞流年的美麗。

又江揚女士詳談在深圳酒店十四天隔離中的親歷見聞，意外的見證了令人感動的人文的關懷、不離不棄與無怨無悔的守候、以及不盡不休的大愛。

好文如花，花如好文。

「繁花夾道開無主，可愛青黃愛靚紅。」就讓我們一同沉醉在花海春風裏。

二〇二一年四月

391

共譜兩地的藏夢

張志豪
《香港作家》網絡版執行主編

西藏文化是中華文化中的一顆璀璨明珠，也是世界文化中的一份寶貴財富。藏民族世代生活在青藏高原，面對獨特而壯麗的的自然條件和艱苦的生存環境，表現出頑強的生命力和對美好生活的不懈追求。

感謝萍兒小姐策劃及聯繫西藏雪域萱歌詩歌團隊，讓香江和西藏的詩歌碰撞。本期特輯「西藏放歌」，十位西藏詩人，帶來十道藏地聲音：吉米平階回溯納木娜尼的傳說，寫下了一首過去獻給未來的愛情詩。劉萱走進冬天的藏北格仁措：「無人回答的曠野／奔跑的羊群和牧羊女／搖晃了一下／足下的花朵／忽地／夢擠進了雪花」。敖超立在第三極，懷抱所有夢想，與他的新西藏，共赴一場地老天荒。陳躍軍坐在雅江邊，遙望香港，掬起一捧水，細細品嘗。普姆雍措它是天的延展，也是幽居於群山中兀自嬉戲的精靈，白瑪央金遇上這「柔波中的天然語言」，茫然「失語」。納穆卓瑪抒發了對潔白春天的嚮往，沉醉祥雲繞聖城的壯麗。劉沐陽眷戀雅魯藏布江的春天與八月雅礱的花影麥香。德西活現了類烏齊伊日大峽谷被魔咒掩蓋了的度母般聖潔的面龐。在拉薩的池塘邊宮牆外幽靜之處，文成公主帶來的柳樹下，烏蘭玉兒猜想它向左旋著生長的原由。覺乃·完瑪才讓念想羌塘牧人生活：「在羌塘的湖邊，我欲攜雲朵寄情遠方／從香格里拉摘下一朵杜鵑種在這草原」上。

十位詩人吟詠著一段段瑰麗與神秘的大地風光與文化情懷。

香港相關方面的作家詩人也有所呼應，無數的壯麗風景以外，更有異鄉人真切的感受：「朋友千叮嚀萬囑咐咁不能洗頭洗澡。她說毛細血管的擴張，會增加耗氧量，容易引起感冒……第二天早晨她去上班，丟下一句『不許出門』的話，順手就把我鎖在了房間裏。貼著她為我準備的氧氣枕頭，老老實實地臥床休息了三天。」[1] 亦有即使未曾踏足那片神聖而美麗的國土，但卻抵受不住它之萬有引力，作出了無限想像：由加勒萬河谷的流水、墨拉薩丁的野花，到高山下的小西藏，再到「喜馬拉雅與雅魯藏布／也流淌出來／沿著地勢／沿著被仰視的目光」[2]。甚至波密小村莊裏，那「桃

392

花的記憶也是前世的記憶」⁽³⁾。共譜兩地的藏夢。

另一方面，本期黃秀蓮寫下了對知音譚福基校長的追憶，以至迷茫縹緲間的微妙牽引。陳浩泉仁者樂山，於加國滿目蒼翠、群山壯闊、與野生動物為鄰的鹿野山莊的幽美筆耕歲月，令人嚮往。孫繼成推翻了前人對孔乙己的一些成見，為「知己」直言：「世人眼中的孔乙己，是一個活脫脫的失敗者，也是生活中的一個屌絲，但百年之後的回望，卻顯得他活得如此生動，如此頑強，如此放肆，每時每刻莫不透視著讀書人的靈魂與淒涼……那才是流傳百世的詩書煙火。」⁽⁴⁾這反省深刻有理。

此外潘耀明會長、周蜜蜜副會長追念詩人戴天先生的動人文字，以及王鼎鈞、張承志兩位大家的哲思警語，都十分值得細品。

且引王鼎鈞先生談「寫作方法」的一小節共勉：「能講清楚的部分還是要有人講，講不清楚的那一部分要有人想，語言不能通、靈感可以通，理性不能通、悟性可以通，作文不能通、作夢可以通。江山代有才人出，今人不能通的、後人可以通。」⁽⁵⁾

註：
（1）江　揚：〈我在拉薩等你〉，本期。
（2）冬　冬：〈想西藏（外三首）〉，本期。
（3）文　榕：〈波密，桃花的記憶也是前世的記憶〉，本期。
（4）孫繼成：〈知己，還是孔乙己？！〉，本期。
（5）王鼎鈞：〈我的四弘誓願〉，本期。

二〇二一年六月

在生命裏擁抱一道道文化風色

張志豪
《香港作家》網絡版執行主編

　　疫情歲月，大家彷彿都有所迷失，忽略了身邊不少的事物，尤其是文化風景，近日疫情放緩，各旅行社開始推出本地遊，當中不少是以本地人文歷史、風土情懷為主題的，其實只要我們靜下心來，重新觀察，便會發現周邊充滿著很多寶藏──能滋養心靈的文化勝景。

　　今期特輯「尋找失落的文化風景」，本地作家大寫「香港情懷」，東瑞砌一盤文化記憶的拼圖：從日夕相處的唐樓蹤影之消失，到中環舊碼頭不知不覺的拆撤並重建、巷子速食廳窄逼拘束中爬格子，以至那些與他因為投稿或被邀請寫稿而來往的「紙質的前輩」，四片成圖。

　　「南昌街的茶樓商鋪，白日昌盛；夜市地攤，生意獨特，百業中唯務兩科……為客看掌相，與君鬥棋技。尋常百姓一時興起，會在星月下追逐燈光，來到南昌街這另類文化區尋訪高明。」[1]黃秀蓮刻劃老香港那燈昏影雜中上演的南昌街地道光影。徐國強立於宋王臺前，憑弔七百四十多年前的歷史，發思古之幽情。

　　潘金英、潘明珠兩姐妹率先提出小學生文學散步，帶領學生參觀饒宗頤文化館等多個文化勝地；並為了預先作考察，及尋覓新界區歷史遺跡，訪察了當年在周恩來和董必武指導下於屯門創辦的大專院校──達德學院，還有愛國商人潘君勉的元朗家宅一級歷史建築──潘屋。

　　香港的自然風光是另一線醉人風景，高要凌雁活現了東龍島岸巨獸岩石刻，陳曉芳在造化鍾神秀的地質公園尋覓，李藏璧搖扇眺望獅子山「你的歷史我的故事」，林琳記下香港賽馬場這個充滿貧富階層集體回憶的體育賽事舞台。

　　身在日本的華純隨三重大學荒井教授的引領遊走了伊賀的忍者博物館、上野城天守閣、俳聖松尾芭蕉紀念館、蓑蟲庵，感受到了伊賀風情以及芭蕉詩人以其「俳禪一如」、「風雅之寂」的俳風所帶來不朽的藝術生命力。長安分寫對亞維農少女、日本社會「下流」風景、布拉格歐舍尼墓園等地的深刻經歷，激發出對生存、人生的省思。居德的夏青青細遊茜茜

公主故居波森霍芬，從斑駁光影間倒影出茜茜公主（伊麗莎白皇后）跌宕起伏的一生。

此外，旅歐詩人楊煉此去經年再論劍，從「一座向下修建的塔」：「潛入性之淵以尋詩，探思想之鬱以覓真。破故格以圖變法，攢險句以辟新局」[2]。辭章沉吟悱惻，詰問逐心剖膽。蔡曜陽潛讀了潘耀明《這情感仍會在你心中流動——名家手跡背後的故事》，高呼乃一項功德無量的文化工程！而劉利祥懷念「人以廉立，法以廉行。勤以成事，廉以立身」的典範、恩師廉立律師，獨有懷抱。

文學文化源於生活又高於生活，只要潛心探尋，都能在生命裏擁抱一道道文化風色。

註：
（1）黃秀蓮：〈燈昏影雜南昌街〉，本期。
（2）楊煉：〈一座向下修建的塔（上）〉，本期。

二〇二一年八月

擋不住的味道香氣　共話五味人生

張志豪
《香港作家》網絡版執行主編

《晉書·張翰傳》：「翰因見秋風起，乃思吳中菰菜、蓴羹、鱸魚膾。」一千七百年前的秋風吹起張良之後、西晉文學家張翰的鄉思，故鄉的味道、家的味道、食物風雨的味道、味蕾五官的喜悅，連繫著千百年來的人心，往往更包含著一段又一段珍貴而深刻的記憶……

禾素為家人炮製一道承傳自媽媽、工序複雜的雜醬米線，香辣中透出鄉愁裏的愛。周瀚忘不了童年時候媽媽的小年糕，那白色年糕中閃動的紅色小棗、母愛的營養。李翠薇珍惜消逝中的東莞特有風俗、濃濃中秋味道的阿婆阿嫲「送冬秋」。譚芯芯獨念上世紀六十年代北京新太倉胡同裏充滿同窗情的發麵餅。長安做烙餅、說「媽媽的味道」：「媽媽做的飯菜的味道，孩子長大後最引他鄉愁的、嚐一口就會眼淚汪汪的那個味道。……多年後若孩

子們重訪奧賽美術館，看到這幅畫，可會憶起『媽媽的味道』？」[1]

味道既難忘也可以很日常，東瑞喜歡一清二白，健康有益，隨寫白飯清湯、豆腐韭菜、芽菜辣椒、苦瓜蘿蔔，更引申到感恩減肥、溫柔隨和、乾脆刺激、吃苦清淡的人生感悟，自是生活哲理。黃秀蓮重尋深水埗唐樓廚房裏火水爐前姑婆帶著疲累烘薑的身影，並憶加國飄雪、煢然孤身，因緣巧合下所做的暖身救命「薑湯」……記憶的片段隨著薑的香氣傳到無數共鳴者的腦海中。

另外高要凌雁挑擔叫賣的柴魚花生粥，孫博廣州大街上的牛雜、北京味烤鴨，沙浪的紅酒紅荔，潘金英奶奶的潤喉好飲家常湯、酥炸金蠔、釀土鯪魚，以至潘明珠的名作家餐桌，一樣滋味可人，歲月、風味、溫情、珍惜兼備。而華純京味深深的日本腌菜，實地介紹日本的漬物文化，知識豐富，趣味盎然，寫下文化中的味道。

至於大家之作楊煉〈一座向下修建的塔〉下篇、秘書長李遠榮一炷心香祭唐至量先生、黃坤堯教授的專訪等等必然不容錯過。

秋風漸息朔風起，且泡一壺熱茶，倚座窗前，捧手機滑屏，結個文字因緣，細品屏中擋不住的味道香氣，共歷五味人生。

註：
（1）長安：〈老兵（外一篇）〉，本期。

二〇二一年十月

文化暖冬日

張志豪
《香港作家》網絡版執行主編

「風寒忽再起，手冷重相親。圍就紅爐坐，笑談惜故人。」世事紛紜，轉眼踏入清寒冬月，親朋好友相約圍爐，談笑敘舊，大快朵頤，誠人生一大美事。但冬日對於詩人作家更是別有懷抱，文學文化是璀璨瑰寶，不過在如今的香港以至相關各地，從事文學文化事業面對的困難，猶如處身冬日的苦寒。苦寒歲月，最堪守望堅持，圍爐取暖，共話知音。

圍爐宜追憶旅日求學歲月、戲劇傳承，說戲話人生[1]；更可圍爐說教育，「群策群力勵耕耘，做好教師育新人」，抒發「豈有豪情似舊時」的承教育人感思[2]。潘氏姐妹以外，東瑞為我們炒一盤文化大雜燴，從一個普通的香港市民看香港飲食文化、從一個曾經的爬格子動物看昔日報刊文化，以至從一個對香港購物以外有興趣的海外遊客的眼睛看香港。酒樓大牌檔各國餐廳中西美食、報刊歷史建築風景，隨想隨寫，共冶一爐。

飽餐後，旅法的綠騎士在「雪火冷熱煙渺」之間捧一杯黑茶，「解讀春夏秋冬」。奧地利安靜則煮雪釀酒，「撕數片朝霞作酵母／釀幾罈玉液瓊漿／便可　酣醉一生」[3]。

「人不燒烤枉少年」，「青春的容顏，給營火會的火光照得份外柔和動人。」[4]七十年代石澳沙灘的團體燒烤是黃秀蓮長繫心田的年輕回憶。高要凌雁細細回顧香港式炭燒食品文化發展——多年來的大放異彩、百家爭鳴、各施本領，令消費者歡樂無窮。

河崎深雪凝睇冬天夜空中最亮的橙色星光；萍兒刻錄冬日七夜，一個星月低眉、遼闊的世界，盡是浪漫。

人生風光無限，華純抓住秋冬之際，踏上遠州森町的楓紅之路，靜賞古剎禪意。李遠榮感嘆時運，懷緬吳祖光和新鳳霞這對文壇的苦命鴛鴦。而名家金聖華與林青霞相交相知十八載，風雨同舟，真情扶持，攜手共渡「談心」歲月，令人欣羨的緣份，尤堪細味。

另特稿有由作聯與本刊主辦的文學講座「用生命寫作的人——名家手跡背後的故事」講座紀要、潘耀明會長與許子東的發言，當可重溫。

「不經一番寒徹骨，焉得梅花撲鼻香」，且團結信念，讓一點點綿力、一星星薪火，匯聚熱力，溫暖人心，迎接文化春天。

註：
（1）潘明珠：〈圍爐說戲話人生〉，本期。
（2）潘金英：〈圍爐說教育　豈有豪情似舊時〉，本期。
（3）安　靜：〈煮雪釀酒〉，本期。
（4）黃秀蓮：〈爐火在心間〉，本期。

二〇二一年十二月

凝注的文學風景

———《香港作家》網絡版選集

〔第七期至十二期（二〇二一年二月號至十二月號

主編：　　　　　《香港作家》網絡版編委會

「香港作家」題字：饒宗頤

排版設計：　　　周芷君

出版：　　　　　香港作家出版社有限公司

地址：　　　　　香港柴灣嘉業街十二號百樂門大廈十二樓十一室

電話：　　　　　2891 3443

發行：　　　　　香港聯合書刊物流有限公司

地址：　　　　　香港新界荃灣德士古道 220-248 號荃灣工業中心 16 樓

電話：　　　　　2150 2100

電郵：　　　　　hkwriters381@yahoo.com.hk

版次：　　　　　二〇二三年十月第一版

ISBN：　　　　　978-962-8115-13-6

承印：　　　　　培基印刷